中国书籍文学馆·小说林

梅林深处

潘 吉 著

中国书籍出版社
China Book Press

图书在版编目（CIP）数据

梅林深处 / 潘吉著 . — 北京：中国书籍出版社，2014.3
（中国书籍文学馆·小说林）
ISBN 978-7-5068-3860-3

Ⅰ . ①梅… Ⅱ . ①潘… Ⅲ . ①中篇小说—小说集—中国—当代
②短篇小说—小说集—中国—当代 Ⅳ . ① I247.7

中国版本图书馆 CIP 数据核字（2013）第 283626 号

梅林深处

潘吉 著

图书策划	武 斌　崔付建
特约编辑	陈 武
责任编辑	卢安然
责任印制	孙马飞　马 芝
出版发行	中国书籍出版社
地　　址	北京市丰台区三路居路 97 号（邮编：100073）
电　　话	（010）52257143（总编室）（010）52257153（发行部）
电子邮箱	chinabp@vip.sina.com
经　　销	全国新华书店
印　　刷	三河市华东印刷有限公司
开　　本	650 毫米 ×940 毫米　1/16
字　　数	200 千字
印　　张	19.5
版　　次	2014 年 6 月第 1 版　2019 年 1 月第 2 次印刷
书　　号	ISBN 978-7-5068-3860-3
定　　价	58.00 元

版权所有　翻印必究

序

李敬泽

"中国书籍文学馆",这听上去像一个场所,在我的想象中,这个场所向所有爱书、爱文学的人开放,不管是白天还是夜晚,人们都可以在这里无所顾忌地读书——"文革"时有一论断叫做"读书无用论",说的是,上学读书皆于人生无益,有那工夫不如做工种地闹革命,这当然是坑死人的谬论。但说到读文学书,我也是主张"读书无用"的,读一本小说、一本诗,肯定是无法经世致用,若先存了一个要有用的心思,那不如不读,免得耽误了自己工夫,还把人家好好的小说、诗给读歪了。怀无用之心,方能读出文学之真趣,文学并不应许任何可以落实的利益,它所能予人的,不过是此心的宽敞、丰富。

实则,"中国书籍文学馆"并非一个场所,它是一套中国当代文学、当代小说的大型丛书。按照规划,这套丛书将主要收录当代名家和一批不那么著名,但颇具实力的作家的长篇小说、中短篇小说集和散文集等。"中国书籍文学馆"收入这批名家和实力作家的作品,就好比一座

- 001 -

厅堂架起四梁八柱，这套丛书因此有了规模气象。

现在要说的是"中国书籍文学馆"这批实力派作家，这些人我大多熟悉，有的还是多年朋友。从前他们是各不相干的人，现在，"中国书籍文学馆"把他们放在一起，看到这个名单我忽然觉得，放在一起是有道理的，而且这道理中也显出了编者的眼光和见识。

当代文学，特别是纯文学的传播生态，大抵集中在两端：一端是赫赫有名的名家，十几人而已；另一端则是"新锐"青年。评论界和媒体对这两端都有热情，很舍得言辞和篇幅。而两端之间就颇为寂寞，一批作家不青年了，离庞然大物也还有距离，他们写了很多年，还在继续写下去，处在最难将息的文学中年，他们未能充分地进入公众视野。

但此中确有高手。如果一个作家在青年时期未能引起注意，那么原因大抵有这么几条：

一、他确实没有才华。

二、他的才华需要较长时间凝聚成形，他真正重要的作品尚待写出。

三、他的才华还没有被充分领会。

四、他的运气不佳，或者，由于种种原因，他的写作生涯不够专注不够持续，以至于我们未能看见他、记住他。

也许还能列出几条，仅就这几条而言，除了第一条令人无话可说之外，其他三条都使我们有足够的理由对这些作家深怀期待。实际上，中国当代文学的丰富性、可能性和创造契机，相当程度上就沉着地蕴藏在这些作家的笔下。

这里的每一位作者都是值得关注、值得期待的。"中国书籍文学馆"

收录展示这样一批作家，正体现了这套丛书的特色——它可能真的构成一个场所，在这个场所中，我们不仅鉴赏当代文学中那些最为引人注目的成果，而且，我们还怀着发现的惊喜，去寻访当代文学中那相对安静的区域，那里或许是曲径幽处，或许是别有洞天，或许是，众里寻他千百度，蓦然回首，那人却在，灯火阑珊处……

目 录

二 舅
001 ◀

渡
015 ◀

好市民高小刚
026 ◀

围 棋
036 ◀

婚姻之门
046 ◀

手
064 ◀

迷人的旅伴
074 ◀

秋 天
087 ◀

血色黄昏
099 ◀

目录

冰凉的夏天
▶ 109

脚
▶ 122

燃烧的日子
▶ 137

车啊车
▶ 149

杯子的故事
▶ 156

窗台上的脚印
▶ 166

走天路
▶ 174

残　局
▶ 189

梅林深处
▶ 220

水边的玉翠
▶ 261

二 舅

　　二舅长得身高马大,一表人才,但给我印象最深的不是他英俊的身材,而是他那张关公一样的脸。从我有记忆起,就知道二舅最爱喝酒。
　　我们这里管"喝酒"叫"吃酒",年纪稍大一点的人还喜欢把"吃酒"说成"吃老酒"。不知老祖宗为何要把"喝"说成"吃"?开始我以为是一样的动作,只是说法不一,后来查了字典,才知道两者是有区别的。"吃"比"喝"多一个咀嚼过程,多一个咀嚼,也就意味着过程更长、更有滋味。
　　二舅一生没什么爱好,唯一的爱好就是吃酒,这是熟悉他的人都知道的,也是人们不喜欢他的原因之一。我在外公外婆家生活那阵子,二舅插队去了乡下接受贫下中农再教育,每次回家就向我外婆伸手要钱买酒吃。外婆很抠搜,一般不给钱,即便有时发善心给一点也总是边掏钱边骂人,"腻猢狲,老酒吃么哉,总有一天吃杀忒!"
　　"腻"是我们生活中的土话,"第二"的意思。凡跟"腻"字沾边的都不怎么好,腻垃糊——不好相处的人、腻邋遢——不讲卫生的人、蒋腻奶奶——惹不起的人。二舅在三个儿子中排行老二,自然也不怎么好，可这个"腻"字着实冤枉了他。二舅既不是一个不好相处的人，也不是一个不讲卫生的人，更不是一个惹不起的人。

二舅有个怪癖，说出来也许你不信。他从小到大，每次在家里坐马桶大便时，非得把下身脱得一丝不挂。有一次被我发现，好奇地问他原因。他说，这样大舒服，大得出。我私下里想，他是空惯干净，生怕大便大到自己裤子上。二舅的衣服不多，裤子就更少，我看他老是穿着那条卡其布的黑裤子。

二舅虽然衣服少、钱也没有，但人善良、脾气好，外婆骂他一般不回嘴，如果马上有酒吃，就会像神仙那样乐呵呵的，更不会回嘴了。有一次二舅从乡下回城，开口问我借钱，我问他派啥用场？他说酒念头上来了。我说，上午不是看到外婆给你钱了么。他说，没了。我说不可能。他说真的没了。原来他在酒店门口遇上了乞丐，一个哭哭啼啼的女孩。听那女孩说，父亲早亡，母亲重病在身，家里还有两个饿着肚皮的弟妹。二舅听了她的遭遇，又见那女孩长得水灵，就动了恻隐之心，把身上的酒钱一股脑儿掏给了对方。我说，"你也太好了，不会是个女骗子吧。"他说，"那个小姑娘看上去很是可怜，给她钱我情愿，譬如烧香了。"

二舅就是这么一个好脾气的人。他会疼人，可周围的人一个也不疼他。我不知道为何人人都不疼他？连他的父母，也就是我的外公外婆也不疼他，他们只疼我的大舅和小舅，否则干嘛只叫他一个人去农村接受贫下中农再教育呢？大舅进了吃不完大米的粮管所，小舅进了牛逼哄哄的机械厂。在三个娘舅中，虽然二舅最没钱，与他相处的时间也不算最长，可我与他的关系最好。

我喜欢二舅的没大没小，特别是闻到酒香那副迷花眼笑的样子。记得他从"广阔天地"正式回城的那一天，他不是一般地迷花眼笑，而是情不自禁地笑，从心底里泛出来地笑。他见了我，就拉我一把说，"大外甥，走，今朝请你吃老酒！"我问，"碰着啥开心事体了？"他握着拳头，朝天用力伸了伸手臂说，"我也要做工人阶级了！"我不以为然地说,"啥稀奇?人家三舅老早就当工人阶级了。"二舅说,"他的工人阶级与我的工人阶级不一样。"我问,"有啥不一样?"二舅卖关子,要我猜猜看。我猜了半天也没猜出来,后来他告诉我说,他当的是天天有老酒吃的工人阶级。原来他分配进了城里唯一一家酒厂工作。

  那天被二舅拉去吃酒的情景记忆犹新。起初我不想去,倒不是真的不想去,也不是刚好是我十二岁生日,而是怕被外婆骂。外婆骂起人来不留情面,像冬天里的冰雹。我虽然没被外婆骂过,但见过她骂二舅的样子,简直是一个张牙舞爪的狼外婆。我对二舅说,"我不去了。"二舅胸脯一挺拍着我的肩膀说,"你怕什么?男人迟早要学会吃酒的。"

  二舅用手按着我的肩膀,两个人雄起赳气昂昂跨过人行道,并肩钻进了位于县南街口的太白酒家。这酒家有点像鲁迅笔下的咸亨酒店,当街也是一个曲尺形的大柜台,柜里面备着热水,可以随时温酒。二舅说话的口气让我想起了孔乙己,他对柜里的伙计说,"热两碗黄酒,来一盆盐水豆。"我记得孔乙己差不多也是这么说的,"温两碗酒,要一碟茴香豆。"我们说的盐水豆其实与孔乙己要的茴香豆是一种食品,都是用蚕豆加工制成的,只是叫法不同。不过,我一点也看不出二舅身上有孔乙己的味道,孔乙己还有读书、哪怕是偷书的爱好,可二舅除了吃酒还是吃酒,别的一点爱好也没有。太白酒家我以前没来过,二舅领着我往里走。这酒家店堂不大,地面也不十分干净,里面摆着不过五六张油腻腻的小方桌,周围放着一些高矮不一的条凳。我踩着水渍渍的地皮,挑了一张稍高的条凳坐下,等着黄光光的老酒端上来。酒店伙计很快热好了酒,喊一声,"酒来了,黄酒两碗,盐水豆一份,两位请慢用!"

  我学着二舅的吃酒姿势,把一条腿搁到条凳上,端起酒碗先闻了闻,然后呷一口。这酒一下肚,立即毒蛇似的乱窜,皱得我眉头直打结,只觉得舌头上辣麻麻、嘴巴里酸溜溜、喉咙口苦滋滋、肚皮内咕噜噜。二舅看着我的样子笑了,问我好吃吗?我说一点也不好吃。我想不明白,这酒不甜不咸的,为何二舅还吃得津津有味?二舅说,"酒是个好东西，每天一碗酒，赛过活神仙。"他为了鼓励我把吃酒事业进行到底，又问店老板要了一盆猪头糕，他知道我最喜欢吃这荤腥。我见了猪头糕，目光像闪电，口水也流下来了。二舅关照我，"吃一口酒，才可以吃一块猪头糕。"我锁紧眉头，拿出吃中药的勇气，摆好梁山好汉的架势，一口酒一块猪头糕地大吃起来。这算是我有生以来第一次吃到的生日酒，也是我出了娘肚皮第一次品到老酒的滋味。

　　那天我回到家中，已不知东西南北，也不知道外婆是怎么骂二舅和骂我的？但我们肯定被骂了，或许我还被外婆打了一顿，不然第二天醒来怎么老觉得屁股痛。我问二舅是不是吃了老酒会屁股痛？他刮了我一个鼻子说，"吃老酒是不会屁股痛的，被你外婆打了才会屁股痛。"我心里暗骂，这个死老太婆！

　　二舅进酒厂工作不久，他就搬进了厂里的集体宿舍，我也回到了在小镇工作的父母身边，从此我们很难见上一面，没有了二舅的酒味，生活变得像白开水一样。后来我去了贵州读大学，想见二舅的面就更难了。

　　大四那年，我知道自己已被留校工作。在最后那个暑假里，我决定回家抽空去看一下二舅。我本想买两瓶贵州茅台送给二舅的，但考虑到路途遥远拿着酒不方便，当然也顾及到我干瘪的口袋。我自我安慰地想，二舅现在在酒厂工作整天跟酒打交道，恐怕对酒早已厌烦了。

　　我带了两盒贵州特产刺梨糕和一包竹荪来到二舅家。二舅不在，是二舅妈开的门。我第一次见到二舅妈，她看上去很老相，其实他比二舅小十岁。我听娘说起过，她离过婚，娘家是乡下徐家浜的，与二舅认识不久两人就闪电式结婚了。当初我在贵州回不来，就错过了吃二舅的喜酒。二舅妈告诉我，二舅在厂里加班。我和二舅妈不熟，一下子热烙不起来，便客套了几句，放下东西就走。我决定去二舅的工厂找他。

　　二舅所在的工厂坐落于仓浜底一个野猫不屙屎的角落里，三面背水，只有一条小巷通往厂区。我打听了几位老伯伯老好婆，才七弯八弯摸着了酒厂那扇生锈的大铁门。

眼前这家酒厂并没有我想象中那种热火朝天的景象，烟囱里不冒烟，厂区大道没人影。看门的老伯问我找谁？我说找我二舅。老伯盯着我看了一眼，说，"你二舅是谁？"我心中只有二舅，竟忘了报上他的尊姓大名。我赶紧报了二舅的名字。老伯一听是找"蒋建生"的，马上热情起来，指点我先到河边的那个棚子里寻寻看。

我来到河边的棚子里，没见一个人影，只有水泥池里满池的酒糟，糟味飘香，连空气都被这酒糟味灌醉了。我不甘心，朝棚子里喊了几声"二舅"，可没人搭理。我只好离开，在厂区里漫无目标地转悠。我感到奇怪，今天又不是休息日，这么大的一个厂子怎么连个人影也没有？

前面一个棚子里堆着许多空酒瓮，一排排像叠罗汉似的垒着。我走上去用手拍拍空酒瓮，空酒瓮立即发出沉闷的回音，它们似乎都在唉声叹气。这大热天的，棚子里倒很阴凉，不过阴凉得有点让人心寒和落寞。突然，我听到一阵奇怪的声音，有点像猪的呼噜声。我寻觅过去，怪声来自一只横卧在地上的大酒缸附近。那只酒缸很大，口径足有一人高，面北的缸底有一个大窟窿，像一扇没有窗扇的窗子，怪声音就是从那里发出来的。我走过去一看，大酒缸里躺着一个人，此人正是我要找的二舅。我一个闪念，脑子里竟出现了"酒圣"李太白的形象，可二舅不是李太白，两人虽都嗜酒，但二舅不会作诗赋词。他虽初中毕业，但经过"造反有理"的洗礼，实际文化水平恐怕连小学都不如。

"二舅，二舅。"我俯身推了推二舅。

二舅张开惺忪的眼睛，一看是我，便赶紧坐起来问，"大外甥，你怎么来了？"

我说，"我先去你家你不在，舅妈说你在加班，只好到厂里来寻你了。"

"寻我啥事体？"

"没啥事体，只是好久没见你了，来望望你。"

二舅拿起身边一只白瓷的茅台酒瓶，扬了扬问我要不要来一口？我说我没有酒细胞，至今没学会。二舅说，"男人一定要学会吃酒，现在哪桩事体不是吃酒搞定的？"我说，"我看你吃酒吃到现在也没有搞定什么。"二舅说，"大外甥，不是我吹牛逼，前几年帮厂里跑供销，我的业绩一直是第一名的，那种吃酒才叫吃呢！"我问怎么个吃法？二舅说，"吹喇叭，一瓶一口干。"二舅说着又拿起茅台酒瓶咕咚咕咚吃了两口。我问二舅，怎么吃起茅台酒来了？他告诉我，"骗骗野人头的，里边不是茅台，是朋友送我的一只空酒瓶，不过，不要小看这只空酒瓶，不管什么酒装在里面，再吃滋味就不一样了，就有好酒的味道了"。我问，"今天怎么厂里放假？"他伤心地告诉我，"厂里效益不好，停产了。"原来，他是怕不知哪天工厂真的关门卖厂，趁现在还可以进来，想多闻闻厂里的酒香，至于加班纯粹是骗骗家里的老婆。

　　我告诉二舅，我已经在贵州就读的大学里找到了一份工作，这次回来，不知道下次什么时候再能回来望他。二舅埋怨我说，"就是啊，贵州太远了，上个月我结婚你也没赶回来捧场。"我没大没小地说，"谁叫你结婚像乘直升飞机似的急吼吼地？"二舅说，"唉，年纪不饶人啊，你知道不，我已是四十出头的人了。"二舅告诉我，他这个老婆也是好不容易从别人手里抢来的。这桩事体我倒没听娘讲过，很想听听。二舅卖关子，我越想听他就越不告诉我。我肚里想，二舅说不定是吹牛，他有抢的本领吗？听我娘说，当初在乡下那阵子，他连农村的残疾姑娘都要不到。这次，他要么做了第三者，用他现在做城里人的优势勾引乡下人的老婆。我知道，在知青回城那阵子，城里人凭着一纸城市户口就可以让乡下人羡慕死。尤其对农村姑娘来说，嫁个回城知青就等于鲤鱼跳龙门，今后可以安安稳稳地做吃好穿好的城里人了。

　　我人虽在遥远的贵州，但对家乡的情况还是挺关心的，尤其对二舅的情况。那时还不时兴手机，二舅家又没装电话，我是通过娘的嘴才了解他的一些近况。知道二舅妈不久给他生了一个宝贝女儿，后来又知道酒厂倒闭后二舅去了一家"野鸡"装潢公司做漆匠，再后来又知道二舅妈和女儿的户口都落实了政策从农业户口转为城市户口。我在电话里问过我娘,"二舅现在吃酒还厉不厉害?"娘对我说,"他的酒脾气改不了了,老酒比老婆还重要,一天两顿,一顿一斤,一日不隔,吃得眼睛都成兔子眼了,你舅妈三日两头骂他也没用。"我说,"二舅辛苦了一辈子,就这么点爱好,你们就随他去吧。"

有一年探亲回家,我狠狠心买了两瓶贵州茅台,想送给二舅尝尝。想不到快下火车的时候,从行李架上拿行李时,两瓶茅台酒抢先从上面窜下来,窜到车厢板上就粉身碎骨了,我心疼啊,不,我是替二舅心疼啊。那年月,我们的小城不像现在,只要有钱,茅台酒随时可买。我去探望二舅的时候,只得在附近小店里买了一箱绍兴黄酒代替。二舅安慰我说,只要是酒,他都喜欢。但看得出来,当我说到茅台酒在火车车厢里酒香四溢的时候,二舅的喉结拼命在动。看得出,他对好酒还是想吃的,只是他这辈子还没有吃到真正的好酒。

那天在二舅家里,我和二舅吃酒吃到深更半夜。后来我吃醉了,就睡在二舅家里。天快亮时,我被尿急醒,起来小便,听到二舅妈跟二舅在隔壁房间里说话。二舅妈说,"建生,你身上的酒味重来,让我困都困不着。"二舅说,"困不着就开电灯,我陪你说说话。"二舅妈说,"谁要你陪,看见你那张脸就触心。"二舅说,"我的脸怎么啦?"二舅妈说,"我情愿天天看你的真屁股,也不情愿看你那张吃得像猢狲屁股一样的脸。"二舅说,"你想看我的屁股,我马上脱给你看。"二舅妈说,"你老酒吃多了,我不要看。哪天你老酒不吃了,我就看你,也让你看我。"后来两人不说话了,只听见二舅妈在低声叫喊,"死猢狲,不要啊,不要啊!"我猜想,二舅肯定将雪白的屁股脱给二舅妈看了。二舅的屁股真白,我曾在澡堂里亲眼目睹过,只是他的胸脯不白,红红的,而且有一粒一粒小瘤瘤。那天我问过他,怎么会这样?他告诉我,里面装着老酒呢!

一天,娘打电话告诉我,说二舅出了车祸,被一辆工程车撞了。那段时间我刚被调到贵阳的一家报社工作,正好社里派我去江南几个沿海城市采访，由于采访目的地离家不远，我抽了半天时间直奔医院。

见到二舅时，他刚好被护士从手术室里推出来。只见他头上缠着纱布，身上插着管子，特别是插在鼻孔里的那根白管子，更衬托出他那只酒糟鼻的红润。我连忙问随后出来的开刀医生，"刚才那个病人要不要紧？"戴眼镜的医生看我一眼说，"怎么说呢？反正还没脱离危险。"这时，我看到外婆也来了。她一路骂过来，"腻猢狲，我老早关照他的，老酒吃么哉，总有一天要吃出事体来！"我娘在一旁制止外婆说，"妈，人都这样了，你不要多说话了。"

二舅命大，据说不久就脱离了生命危险。等我采访结束回到报社时，二舅已经治愈出院。我知道二舅的文化不高，便写了一封短信给他。虽然现在我基本不写信了，但对于一个没有手机又不会电脑的人来说，写信仍是一种最好的交流方式。我的信是这么写的：

二舅，你好！

喜闻你已痊愈出院，感到万分高兴！但高兴之余，不免又为你担心。照例我是你的小辈，无资格跟你说下面的话，但我也是你的好朋友，所以我是以好朋友的身份说的。

酒确实是个好东西，但吃多了就不一定好了。有句老话说得好，物极必反。我想这个道理你应该晓得的。我知道你有高血压，而且心脏也不太好。我的建议是，酒可以吃，但不要吃得太多，平时吃得少一点，吃得好一点。好了，不多啰唆了。

祝你健康长寿，笑口常开！

你的朋友：大外甥

1999年9月9日

二舅没有回我信，他让我娘带讯给我，说我在大城市里吃了点墨水，没当什么官，官腔倒学会了。娘告诉我，二舅现在年纪大了，酒量也小了，不过酒就像他身体里的血液，已经离不开了，老酒还是天天吃，只是好酒吃不起，仍以零拷的甏头黄酒为主。

三年后，我为了照顾年迈的父母，从贵州回到家乡，调入本地一家报社工作。虽然与二舅同在一个城市了，但大家都忙，又住得较远，因此见面的机会还是不多。不过，现在我出去应酬，每当进入金碧辉煌的大酒店花天酒地的时候，时常会想起二舅，想象着他此时一定跷着二郎腿，坐在蟹眼天井里那张缺角的水泥台边吃老酒的情形。

每次我早早吃了夜饭去他家望他时，见他总是坐在蟹眼天井里的那个位置上，下酒的菜依然那么简单，一碗青菜，一碟花生米，只是旁边多了一台破收音机，他一边吃酒一边听苏州评弹。我知道他以前不喜欢听书的，问他什么时候喜欢上的？他对我说，人老了有些东西会变的，现在觉得边吃酒边听书那才叫神仙生活呢。我开玩笑地说，"二舅，那你吃老酒的习惯怎么不变一变呢？"他笑着说，"吃老酒的习惯怎么可以变呢？要变，进棺材再变吧。"

有家酒业公司开业，邀请我们报社一帮人捧场，回头货是每人两瓶贵州茅台。我拿回家后舍不得吃，想等二舅生日那天，送他一个惊喜。我知道他以前总是挑最便宜的酒吃，他曾向我忆苦思甜过，说他在农村插队的时候，没钱买酒，就问赤脚医生讨酒精兑了水吃。想必，虽然他拥有一只茅台酒瓶，但茅台这种好酒他一定没有吃过，让他这辈子也品品正宗国酒的味道。

二舅生日那天，刚好是星期天，我就去他家送酒，可铁将军看门。二舅没手机，我只好打二舅妈电话，她告诉我，二舅身体出问题了，正在二院检查。

我立即赶到第二人民医院。进入医院大门，发现一个怪现象，几乎所有的医生护士包括病人都回头看我。开始我还以为自己长得帅回头率高呢，后来才发现他们注目的不是我，而是我手里的两瓶茅台酒。我这才意识到，人们之所以好奇地看我，可能都以为我不正常，哪有拎了酒来医院探望病人的？

医检结果很快就出来了，二舅这回真的惨了，得了致命的肝癌，而且已是晚期。当然，我们谁也没把真相告诉他。不过，看得出来，他还是知道了自己的病情。我观察过几回，他虽在别人面前总是乐呵呵的样子，但那是他强装的，从他额头上沁出来的汗珠就知道他有多么疼痛。我不明白他干嘛要这么忍着？难道他这辈子忍惯了，忍得炉火纯青了。

二舅妈跪在医生面前，求他们救救她的男人。二舅妈也真命苦，她的第一个男人是个烟鬼，结婚一年多就得肺癌死了，唯一的一个儿子在六岁那年也溺水身亡，现在嫁的第二个男人又是一个酒鬼，得了肝癌正在死亡线上挣扎。

按医生的说法，这种病到了晚期已经无术可施、无药可救。弦外之音，只能等死。

也许二舅内心十分清楚自己的病情，他硬是不要开刀，住了一个星期的医院就坚决要求出院。他要回家，回到那个好不容易建立起来的家。虽然那个家并不怎么像样，但毕竟是一个温暖的家，一个天天有老酒吃的家。可是，这次即使回家，他这辈子再也不能吃酒了。现在令他最痛苦的不是癌细胞的攻击，而是酒细胞的骚扰。

出院那天，我帮着二舅妈去接二舅，刚把他送到家安顿好，他就避开二舅妈莫名其妙地问我，"大外甥，我们是不是朋友？"我说，"你生病生糊涂了，你是我的长辈呀。"二舅说，"几年前，你还在贵州的时候，不是给我写过一封信，说我们是好朋友么。"我说，"你不是骂过我，说我官未做，官腔倒学会了。"二舅说，"我讲你的好话你不记得，坏话倒全记着。"我说，"二舅，你不要跟我转弯抹角了，有话直说。"二舅用期待的目光看着我，说，"大外甥，如果你真当我朋友，求你一件事。"我问啥事？他嘿嘿一笑说，"你最了解我这个人了，我不说，你也应该知道的。"我说，"我又不是你肚里的蛔虫，怎么可能知道呢？"

二舅说，"你做记者的，说话有权威性，帮我在你舅妈面前说说情，让我平日里稍微吃点老酒。"我一听，马上瞪起眼，责备道，"你病成这个样子了，还念念不忘你的老酒，想跟自己的性命过不去。"二舅反驳说，"谁跟性命过不去了，你不要用这种眼光看我，我知道自己活不了多久了，我是为了提高活着的质量！"我说，"我肯定不会帮你说这个情的，要说，你自己说。"二舅骂我没良心。

过了没多久，我再次去二舅家探望时，见他戴一顶鸭舌帽，知道他的头发肯定被化疗折磨得所剩无几了。在与二舅的交谈中，看到他不时用手按压上腹部，他越是强装镇静，我越是感到压抑。无助的压抑让我有一种立即想逃离的感觉，而他总是用挽留的目光钩着我。那天我们聊了很多，在我记忆里是他说话最多的一次。

二舅告诉我，他并不是生来就喜欢吃酒，插队之前他是滴酒不沾的，还差一点参了军，大红喜报都敲锣打鼓地送到村里的打麦场上了。我只晓得二舅没参过军，但没听说他还有这段经历，便问他后来怎么没去参军？二舅叹了一口气说，"过去的事就别提了。"我喜欢打破砂锅问到底，央求他说给我听。二舅问我，"原本住在我家隔壁那个没有子孙的老太还记得不？"我问他，"是不是那个做过别人小老婆的老太婆？"因为小时候我听外婆说过的。二舅说，"就是这个女人毁了我的前程。"我不理解二舅的话，呆呆地看着他那张变色的脸。二舅说，"她知道我体检合格将去参军，就去了征兵办告状，说我们家在解放前开过饮食店，剥削过工人，说我是资本家的儿子，后来我的军就没参成。"看来，我触到了二舅的痛处。"这个不得好死的老太婆！"我狠狠骂了一句。二舅继续说，"这件事给我打击太大了，从此我就学会了吃酒，平日里一个人无聊独孤，就经常借酒消愁。当时的农村不像现在，简直像一座孤岛，一到晚上天幕一合，整个村庄就漆黑一片，什么娱乐活动也没有，村里人知道我是一个所谓资本家的儿子后，许多人也故意疏远我。大外甥，你帮我想想，一个人在没有亲眷、没有朋友的环境里生活会怎么样？只有老酒为我热手热脚热被窝。"

二舅的话很伤感，把屋里的空气都说得悲悲戚戚。为了活跃气氛，我改口问他，"那段时间你不会没谈过女朋友吧？"二舅说，"不瞒你大外甥，女朋友倒结识过两个，但都不能算正式恋爱。一个是本村贫农的女儿，一条腿有点残疾，但对方父母说我只会吃酒不会干活，相识不到一个月就棒打鸳鸯散；另一个是邻村地主的女儿，长得倒蛮漂亮，但相识了两个月，消息传到我娘耳朵里，你外婆说，我们家为了成分已经弄得这个样子，不能再找一个成分不好的了，要是继续与她好下去，全家人就跟我一刀两断，划清界线。"我又问，"你说舅妈是你从别人手里抢来的，是不是吹牛逼？"二舅说，"火车不是拉的，牛逼不是吹的，你舅妈真的是被我从别人手里抢来的。"我说，"你是王老虎抢亲啊。"二舅说，"不是王老虎抢亲，是合理竞争。你舅妈自从死了男人后一直未嫁，有个农村青年看上她，经常帮她干活接近她，就在这个时候有人介绍我们认识了。开始我们不冷不热，不久我回城进了工厂，她就跟那个青年断了关系，跟我进城来了。"我说，"那哪能叫抢来的呢？分明是人家送上门来的。"二舅说过去的事不提了，反正那个青年没得到他得到了。

二舅用乞求的目光看了我一眼，突然趴到地上，从床底下拿出那只白瓷的茅台空酒瓶，压低嗓门贼头贼脑地对我说，"趁你舅妈不在，能不能帮我到外面的小店里拷一斤白酒？"我说，"你还想吃酒？难怪外婆要骂你。"二舅说，"没有酒吃，比什么都难过。"我说，"我理解你，但再难过也不能吃，说得不中听一点，你的毛病就是吃酒吃出来的。"二舅说，"反正早晚是死，说不定酒能以毒攻毒。大外甥，你就为我做一次好事吧。"我说，"其他事我都愿意帮你，就是这件事不能做。"二舅说，"大外甥，只有你知道我的内心，你难道见死不救？"我有点心火了，没好气地说，"你要吃酒，等到那一天让你吃个够！"

那天，我俩有生以来第一次不欢而散。

过了没几天，我接到娘的电话，说二舅快不行了。我丢下手头的工作，立即赶过去。新买的小汽车开不到二舅的家门口，只得将车停在大马路上。我三脚并两步拐进羊肠般的弄堂，感觉走了好久。以前，我来二舅家从没觉得这条弄堂有多么进深，可今天竟感到那么幽长。

推开那扇吱嘎作响的房门，只见二舅妈被人吊着，像倒垂杨柳软飘飘的挂在二舅的床头，想必她已经哭得死去活来，一点气力也没有了。

只有外婆坐在一旁的小凳上仍在搭哭搭喊，身子前仰后倾活像一只滑稽的不倒翁。她哭得很伤心，嘴里还不停地念着，"我的好腻子啊！我的心肝宝贝啊！"外婆声泪俱下，如泣如诉，可让我听来，吐字含糊不清，简直像咒语。

我娘和大舅站在二舅床前，低低地说着话。我走到娘的身后，听大舅跟我娘在耳语，"哪能还不落气？"我一听这话，知道二舅真的快不行了，便挤上前去。我想，现在不看，也许以后就再也没机会见二舅的面了。

二舅面黄肌瘦已经没有人样。他平躺在床上一动不动，看上去已经没了气息，可眼睛居然还张着。我"二舅二舅"地呼喊，他见了我，灰暗的眼珠突然明亮起来，干涩的嘴唇也微微动了一下。我知道他是想跟我说话，便放胆凑上去，但他的声音实在太低，不，是外婆的哭声太响了，让我一点都听不出来。我不知哪来的勇气，直起腰，转身大声吼道，"别哭了，二舅还没死呢！"

我这一喊，马上收到了效果。哭声停了，停得仿佛连空气也不动了。寂静中我再次弯下腰，凑到二舅的嘴边，但还是听不清他说话的声音，唯有二舅微弱的喘气声……我突然明白了什么，立即转身跑进隔壁一间兼作吃饭间的客厅，对着墙角处的一只橱柜像快速扫描仪那样一阵狂扫，但始终未扫着原来放着的两瓶茅台酒。我问二舅女儿，"表妹，橱里的两瓶茅台酒呢？"她说已经被姆妈送人了。我问送给谁了？她说送给医院里的医生了。我一跺脚，连忙冲进厨房间，可寻了一圈也没寻着酒。我大声问表妹,"你家烧菜用的酒呢?"表妹疑惑地看着我说,"被我姆妈锁在碗橱里了。"

我哀叹一声,猛一低头,突然发现墙角落里的垃圾筒旁躺着一只白瓷瓶,那不是二舅经常灌酒用的茅台酒瓶么?我拾起酒瓶晃了晃,里边显然没酒。我二话没说,拿着空酒瓶拔腿冲出房门,直奔街口的小店。

我终于拿了那只灌满老酒的瓷瓶"茅台",气喘吁吁地回到二舅床前,扬了扬酒瓶问二舅,"二舅,是不是想吃一口?"

二舅两眼立刻放光,眼珠睁得贼大,盯着我,不,确切地说,是盯着我手中的瓷瓶"茅台"。他嘴角稍微牵了牵,显然很想说什么,但没力气回答我。我完全懂他的意思,立即旋开瓶盖子。顷刻,瓶子里的酒立马像妖怪似的化作一缕香气从瓶口窜出来。二舅的嘴微微张了张,我迅速往瓶盖里倒了点酒,凑到他嘴边,二舅的嘴唇又动了动。我斜着盖子倾出几滴,滴进他嘴里。他吃力地咽了咽,但仍有少许被毫无理由地溢了出来。不过,他那干涩而惨白的嘴唇真的红润起来了。

渡

渡轮在海面上颠簸着向彼岸的小岛驶去，我的心也随之上下震荡起来，且越来越厉害。这并非是我晕船的征兆，也不是像第一次乘渡轮时那种害怕的感觉。说实话，这条航线、这艘渡轮对我来说再熟悉不过了，这里有我许多美好的记忆，但今天却让我心烦意乱，非常迷茫。

船舱休息室里人满为患，嘈杂而闷热，让人透不过气来。我终于摸索着走出船舱来到甲板上，躲到一个没人的地方。

外面似乎没有阳光，迎面吹来的海风浓稠得像发馊的糨糊那样，简直叫人无法忍受，也无法回避。我抚摩着甲板上那熟悉的护栏，感觉这些铁家伙今天格外冰冷。当然，不因为它们的冰冷就迫使我产生远离的念头，我反而靠得更近，几乎将整个身子全都压了上去，如果我感觉没错的话，我的上半个身子已经出了护栏。

我俯视着海面，感受着溅起的浪花，应该说此时的海面离我很近，汹涌的海浪肯定就在咫尺。我偷偷将右脚上提，往护栏中间的铁管上踏去……

终于，我的那只像灌了铅似的右脚重重地踏在护栏中间的那根铁管上。

就在我准备用力上蹬的时候,耳畔突然飘来一阵清脆的歌声,一个女子正向我走来。我不得不把刚才的动作暂作定格处理。

歌声由远渐近,蓦地在我身后打住。

"先生,你怎么了?"旁边应该没别人,分明是走来的那位女子在问我。

这声音就在我的身后,虽然很轻很柔,却像一根粗大的缆绳那样一下子就把我拴住了。

我只好暂且把那只右脚放回到甲板上,转过身来对她说:"没什么。"

"你这个样子太危险了!"她略带责备地说。

"没事。"我强作镇静。

"真的没事吗?"她还是关切地问我。

"真的,谢谢!"我希望她快点离开。

她没有立即追问下去,但也没有马上离开。我能听到她此时异常的呼吸声,难道她发现我什么了?

"你的眼睛……"她欲言又止。

哦,她是发现我戴着墨镜。谢天谢地!但愿她没有看出我刚才的心思。我不能当着一个健全人的面表现出懦弱,况且她是个女人。

我装出一副非常轻松的样子说:"哦,我的墨镜就是我的眼睛。"我总想在别人面前表现得幽默一些。

"啊,你说什么?"听她的口气似乎并没有接受和理解我的这种幽默。

"对不起,我的眼睛瞎了。"我终于说出了一个"瞎"字,而且说话的语气是那么轻松、坦然,好像瞎眼的人根本不是我自己。这让我都觉得惊讶不已,以前我从不承认自己是个瞎子,只说"看不清楚"、"见不到"之类的话。也许今天我已经没有什么顾虑了,我豁出去了,像一个无所畏惧的勇士那样非常平静地等着她即将对我的讥笑和嘲讽。

"没关系。除了眼睛，你什么都不缺。"她用平静的语调对我说。

我万万没想到她会说这样的话，刚才我真是小人之见了。说实话，我一下子对她产生了好感。她的话像黑暗里突然出现的一道霞光那样让我惊喜和感动，以前我女友也常常是这样鼓励我的。我越发感觉她的嗓音像我以前的女友，但她肯定不是，我的女友一年前已经离我而去了。

一想起心爱的女友，我的眼泪就禁不住跑出了眼眶。

"怎么，你哭了？"她问道。

我回过神来，才想起眼前还站着一个陌生女子，便赶紧扶了扶墨镜擦掉挂在眼角的泪水。我不想让人看到我的脆弱，但一不小心还是被她发现了。

我赶紧解释道："没什么，大概是被海风吹出来的。"可这一解释自然不能自圆其说。

她似乎并不介意我蹩脚的解释，换了个话题问我："你一个人吗？"

"是的。"我很快把自己调整过来。

我想，她接下来肯定会问我"怎么没人陪"之类的话。我最讨厌别人这样问我，当然我不可能先去制止她。

"你在小岛工作？"她既像问，又像肯定我有职业似的。

"不，我的家在小岛。"我小心翼翼地说。因为我毕竟与她萍水相逢，也不知道她长着什么模样，更不知道她的内心世界。她长得美吗？她有多大了？听她的声音应该是个青春年少的花季女孩。

"你的那个小岛太美了！"她说话时一定神采飞扬。

听她的口吻肯定不是岛上人，但她的赞美之词还是让我为之一振，竟生出一点自豪的感觉来。

我略显惊讶地问："你以前去过？"

"我去过好多次了。"她不假思索地说，像是小岛上的常客。

我想不通，小岛虽美，但很闭塞贫穷，她去干吗？

我好奇地问："你去那里干吗？"

"写生！"她说得很爽快、很灿烂。

"你是画画的？"我带着羡慕的口吻说。想起自己从小也喜欢画画，在我眼睛没瞎的时候曾获得过"少年画星"的称号。可我知道这后半辈子肯定跟画画无缘了，要说还喜欢的话，现在也只能做一些画画的梦了。

她说："画画只是业余爱好，我是唱歌的。"听她自信的语气，想必她现在的生活一定很充实、很美满。

"难怪你的嗓音那么好。"想起刚才她悦耳的歌声，我赞许道。

"我想成为一名大家喜爱的歌唱家。"她说得很自信。

我被她那种洋溢着青春、向上的气氛所感染。她告诉我，她的理想很多。喜欢唱歌，想当一名像彭丽媛那样的歌唱家；也喜欢画画，想做像潘玉良一样有成就的女画家。她说这次除了去小岛写生外，还想帮妹妹圆一个梦。

圆梦？我觉得奇怪，小岛上会有什么梦？我从小在小岛上生活至今，怕是没遇上过什么好梦。我问她："你想帮妹妹圆什么梦？"

"找一位好老师。"她说。

找老师？我觉得更奇怪了，小岛上虽有小学中学，但都是普通学校，好老师应该在大海那边大城市的重点学校里。

我好奇地问她："找什么老师？"

她说："一位钢琴调音师。"

"钢琴调音师？"我自言自语道。小岛上除了我以外，还有谁会给钢琴调音呢？

她又说："听说那位调音师跟你一样，也是个盲人。"

啊？！我差一点叫出声来。小岛上居住的人虽然不少，但为钢琴调音的盲人恐怕只有我一个，这点我清楚。难道她来小岛要找我？

我问："你认识他吗？"

她说："不认识，只是听我妹妹学校的老师说起过。"

"你妹妹想学习调音技术？"

"是啊，现在工作难找，尤其像我妹妹。"她显得有点忧郁。

我正想问她，妹妹为何要学这门不容易掌握的技术时，她又开口说话了，用肯定的语气问我："你的工作一定不错吧？"

我愣了一下，说："还可以吧。"

我之所以没有直接说出我的职业，并非是我的职业不光彩，也不是我对她心存戒备，而是我已经丧失了从事这个职业的能力。由于我一年来过度的悲伤，影响了听力，以至于调音技术每况愈下，有时甚至连一个简单的音都调不准了。说实话，我现在已经无法正常工作了，就像大海里一艘突然失去动力的小船那样感到十分的无助和绝望。我知道自己已是废人一个。

她冲着我说："你先不要说，让我猜猜。"

"猜什么？"我故作不解的样子，其实想制止她在这一问题上的纠缠。

"猜你的职业呀。"她说着笑了起来。

我沉默着。她是不是真的想嘲讽我？我特怕健全人的嘲讽，恨不能立即打发她走。打发她走了以后，我就可以行动了，到那时，我就什么都不怕了。哈哈，世上的一切热嘲冷讽统统给我见鬼去吧！

她开始向我提问："你是医生？"

我摇摇头。哦，我知道她肯定是把推拿按摩故意说成医生的，因为盲人大多会从事这类工作。

"是作家？"

我还是摇头。天哪！我最怕写作了。

"是歌唱家？"

我终于忍不住了，说："你哪来那么多'家'？不要猜了，我现在什么都不是。"

其实我说这话已经露了马脚。刚才她问我工作一定不错吧，我说还可以，说明我是有工作的，怎么一下子又什么都不是了呢？当然我不想再自圆其说了，只等着她来捉我的差错。

"好，那我就不猜了。"她非但不挑我的刺，反而把话锋一转说，"我为你唱首歌吧！"

哦，理解万岁！我终于舒了一口气，她太理解我了，就像一个心理医生。是啊，我发现她所说的话，总是投人所好，让我感觉非常亲切和舒畅。至少她没像其他人那样把我当成一个残疾人看待，我俩像是站在同一高度的平台上那样互相平视着对方。这种感觉在我女友离开我之后已经很少有了，因此我感到了莫大的安慰。

我被她情至所动，终于来了兴趣，问她："唱什么歌？"

她反问我："你喜欢哪首？"

我说："随便哪首。"心里暗想，哪怕是哀乐也行，反正我要做"壮士"了。

她似乎思索了片刻，说："我就为你唱一首《my heart will go on》吧。"

啊！是《泰坦尼克号》里那首《爱无止境》的主题曲，那是一首我最爱听又最怕听的歌。

她开始用英文演唱，唱得几乎与著名女歌手席琳·迪翁一样的尽美，歌声从最初的平缓到中间的缠绵悱恻，再到荡气回肠的高潮……

我听着被她演绎得淋漓尽致的歌曲，仿佛又回到了爱的从前，油然想起了自己的女友，想起了她在这艘船上为我讲述电影《泰坦尼克号》时的情景，特别是与我一起比划露丝和杰克在船头那个飞翔的姿势。唉，可悲的是，从今往后再也找不到那种"我心飞扬"的感觉了。心爱的女友走了，我的爱没了，什么都没了，我的心也不会继续了。

想着想着，我又情不自禁地流起泪来。

她停止了歌唱，关切地问我："你怎么了？"

我说："没什么，我是被你的歌声打动了。"

"是不是让你想起什么了？"她似乎已感应到我的内心所思。

"是的。"我脱口而出。

"能不能告诉我？"她用恳切的语气说。

我转过身擦了把眼泪,仰望天空,思绪万千。我听到头顶上飞翔的海燕的鸣叫声,仿佛看到了我的女友也像海燕那样舞动着洁白的翅膀在向我飞来……

我靠在甲板的护栏上,终于敞开了心扉,向一个素不相识、但值得我信赖的女子开始了我的叙说:

我曾经拥有一位美丽的姑娘,她是音乐学院的钢琴老师,我们很相爱。原本以为我是这个世界上最幸福的人了,想不到就在一年前,她却像一只海燕突然折翅掉进了海里那样永远地离开了我。白血病无情地吞噬了一个花一般的生命,也无情地夺走了我心中的至爱。她走得是那么匆忙,以至于我来不及牵她的手走入婚姻的殿堂。我一下子被击垮了,就像人们看到泰坦尼克号沉没一样的悲哀和绝望。

"哦,对不起!"她叹着气,打断了我的话。

这时,海面上的风浪开始变大,渡轮也随之厉害地颠簸起来。

我听她咳了几声嗽,觉得这是一次打发她走的好机会,便对她说:"外面风浪太大了,你还是回船舱吧。"

"那你呢?"她居然关心起我。

"我想一个人在外面静静。"我只能对她不礼貌了,否则怎么实施我的行动呢?

"我不说话,行吗?"她说这话的意思显然不想离开。

我知道自己现在所处的位置是船客最少到的地方,船舷其他部位一定有更多的人,看来我只能缓一下再说了。原来,生不容易,死也很难。

此时,我身边似乎宁静了许多,唯有海浪拍打船体的轰鸣声。这孤独的声响,让我有一种窒息的感觉。

过了好久,我突然想听听她的声息,侧耳寻觅,但听不到。她无声无息,静得简直让我以为她已经走了。

我终于忍不住开口问:"你还在吗?"

"在。"她挪动了一下身体,离我近了一些,让我闻到了她头发上的气味。虽然这气味已被海风掺杂了许多其他成分,但即便如此仍芳香沁人。

我突然有了一种想知道她模样的冲动。因为至今我还不知道眼前的她是高是矮,是胖是瘦,年长还是年少?

我对自己竟有这一冲动感到不可思议,暗自发笑。一个决定想死的废人居然还有那么多不切实际的欲念。然而笑归笑,我还是不由自主地在想:她美吗?是不是与我的女友长得一样美?

我当然知道女友的美丽,这并非是盲人说瞎话。以前我虽然无权看到女友的长相,但她把自己的模样为我作过详细的描述,而且给了我抚摸的权利,因此我知道她的高矮,她的胖瘦,她柔软的肌肤和美丽的轮廓。我真心希望眼前这位女子也很美丽,跟她的心灵一样。

我终于开口问起了她的年龄:"你多大了?"

"你猜?"她见我开口了,也放松了心情与我调皮起来。

"哦,女孩子的年龄都是保密的。"我故作强调。

她说:"那倒不一定。中央电视台的那个柴静就是一个勇敢者。"

"柴静!就是以前那个'夜色温柔'里的柴静吗?"我问。

"是啊。"她回答得很干脆,好像她是柴静的"粉丝"似的。

哦,她去中央电视台了?其实我也曾经是柴静的"粉丝"。我是因为喜爱郑智化的那首《让我拥抱你入梦》才真正认识和喜欢上这位看似小家碧玉的(听人家描述的)女主播。我喜欢她的主持风格,更钦佩她敢于公开自己芳龄的举动。

我想不失时机地用激将法套出她的年龄,便说:"你能像她一样勇敢吗?"

"当然,但就是不告诉你。"她很机灵,像一条狡猾的泥鳅就是不上我的钩。

风浪已经减弱,在海上颠簸了很长时间的渡轮终于平稳了许多。

"快看!太阳出来了!"她突然惊喜地叫道,并在船甲板上雀跃起来。

我抬头仰望，眼前白蒙蒙一片。

她似乎很快醒悟过来，知道我看不见什么，立即不好意思地对我说："对不起！"

"没关系，我已经感受到了。"我显得有点激动。

她又靠近了我一点，近得几乎已经能让我感受到她的体温。我听到了彼此衣服的摩擦声，感觉海风已经将我俩吹在一起。

她站在我身旁声情并茂地向我描绘起海面上的景象来，说海水在太阳的照耀下波光粼粼，像无数颗飘撒在海面上的珍珠一样。她问我知不知道珍珠的模样？

我说知道，小时候见过。其实，我是在12岁那年才因先天性视神经萎缩变成了一个双目失明的人。我非但知道珍珠的模样，而且知道珍珠的颜色。

虽然我晓得即便她不描述我也知道的大海的景象，但我还是要感谢眼前这位女子，是她像一阵清新的海风那样，吹开了我的心房，驱散了我心头的愁云，令我变得振作起来。

海风真的一下子变得清新了许多，我倚在甲板的护栏上任凭着海风的吹拂。不经意间我突然想起了她的妹妹，便问她："你妹妹怎么想到要学钢琴调音呢？"

"她……她也是个盲人。"她说得很轻。

"盲人？"我十分惊讶。

"她想自立。"

我告诉她说："钢琴调音是一门精密的艺术，对一个人听觉、触感等方面的要求都很高，学好它非常困难。"

"放心，我妹妹已经做好了这方面的思想准备，我相信她能学好。"她自信地说，好像她很了解妹妹的样子。

说到钢琴调音，我像被重新拨动了那颗已经停止跳动的心，让我变得异常兴奋，竟滔滔不绝地介绍起来："你知道吗？一架看似简单的钢琴其实很复杂，它有88个键，218根弦，8000多个零件。调音师不但要熟悉每一个部件，还要具备非常好的乐感，还要有细致的耐心和一定的体力。调音时必须全神贯注，耳、手、心合一，才能调准音，稍有不慎就可能会弄断琴弦。调试一架钢琴往往要花上二、三个小时……"

"你是钢琴调音师？"她突然打断了我的话问我。

"哦……不……不是。"我一愣，暗骂自己不该说得那么多，便改口说："我只是以前也学过。"

"那你一定认识你们岛上那个盲人钢琴调音师？"

何止认识！我显得很尴尬，竟一时找不到合适的话来回答她。

这时，一声汽笛长鸣于耳，随之船上的喇叭里就传来了渡轮即将靠岸的提示语，也预示着我们将要分别了。蓦地，在我内心深处冒出了一种依依不舍的感觉。

此时我特别矛盾，只能对她说："那人我不一定认识，但可以帮你找。"

我真是白日说瞎话！但我需要时间，如果我还想继续活着的话，一定会帮她的。

我对她说，以后在小岛上需要帮忙的话可以找我，并说出了我的手机号码让她记一下。

她说记录麻烦，让我直接用手机打她一下就行了。

我问了她的号码，拨打了手机，当《两只蝴蝶》的彩铃声响起时，我知道双方的号码都已经被对方接纳了。

临别时，我说"再见"的同时出于礼貌主动伸出了自己的右手，但迟迟等不来她的手。她是害羞呢还是不愿意同我握手？

我伸着手，尴尬地站着。

这时，我似乎听到她轻轻的抽泣声，这让我觉得奇怪，侧耳仔细再听，确认她真的在哭泣。难道她对我也依依不舍？

我疑惑地问："你怎么了？"

隔了许久,她才开口说:"对不起!我没手。"

我一个激灵,茫然不知所措。

就在我将手缩回的那一刻,渡轮突然猛烈地抖动起来,我一个趔趄,盲目地去抓身边的固定物。倏地,有人紧紧抱住了我。

啊,是她!我闻到了她头发的清香,我还感受到了她急促的呼吸,想必她一定是用那双孱弱的残臂迎面抱着我。

当我挣脱她的怀抱时,渡轮已经靠岸停稳了。

好市民高小刚

高小刚挂着一脸乌云，脚下生风地走在车水马龙的环城马路上。

四月的南江，阳光明媚，花红柳绿。马路两旁盛开着樱花，一团一团簇拥在一起，煞是好看。高小刚扇动了一下鼻翼，一路走过，无心赏花。以往，他走过这条熟悉的马路，不管是一个人还是跟老婆两个人，总会放慢脚步，边走边欣赏周边的风景，可今天走得有些匆匆。

一会儿，他拐进了旁边一条小巷。小巷很深、很窄，熟悉的人都知道，这是一条通往南江市人民法院的近路。最近，他正与结发七年的妻子闹离婚，不是他的错，是对方红杏出了墙，虽然那枝红杏很快回到墙内，可高小刚一根筋，不管妻子如何知错认罚，就是不肯原谅，坚决要求一刀两断。

快出巷子的时候，忽听得身后有人喊："抓流氓！"光天化日耍流氓！高小刚一个激灵，回头一看，一个身强力壮的男人正气喘吁吁逃窜过来。狭路相逢，高小刚几乎未加思索，一把揪住来人，两人扭作一团。对方拼命挣扎，身上散发着阵阵臭气，熏得高小刚差点松手，估摸这小子几个月没洗澡了。高小刚个头虽不如那男的高，但当过侦察兵的他力气不小,死死抱住对方的油桶腰不放。那人也不甘示弱,一个"牛头拱",把高小刚拱到一边。

高小刚的头撞在一处凸出的墙壁上,眼前顿时火冒金星,血从脑门上流淌下来,可他依然死死抱牢对方。眼看后面有人追赶上来,被抱的那人猴急了,伸手从裤袋里摸出一把弹簧刀。"啪"的一下,刀刃出鞘,直刺高小刚手腕。高小刚"喔唷"一声,痛得松了手。那人像一头脱缰的野马,趁机朝巷子的另一头逃去。高小刚摇摇晃晃追了几步,就一头栽到地上,鲜血直流。

救护车很快将高小刚送到市一医院,幸好抢救及时,除了头部、手背两处伤外,已无生命危险。还没上法庭判离的妻子高娟,第一时间赶到医院,泪汪汪地守在病床边。高小刚的脑袋被白纱布裹着,几乎只露出一双眼睛,他瞄了一眼熟悉而又陌生的高娟,没说一句话就痛苦地闭上了眼睛。唉,看来离婚之事只能暂搁一边,难道冥冥之中,老天不让我们离?可离婚的决心已定,十牛九马也拉不回了,等伤好了,这婚还得离。

市见义勇为基金会领导在人民银行一位副行长的陪同下,也很快赶到医院,慰问这位在银行当押运员的高小刚,并带来口信说,警方已将逃跑者捉拿归案,此人非但有猥亵侮辱妇女的前科劣迹,更是一个抢劫疑凶,那天摸了一位年轻妇女的胸脯,还顺手抢走了她脖子上的金项链。

随见义勇为基金会领导一同前来的各路媒体记者,举着照相机、录像机狂拍,闪光灯像天上的雷公,频频下凡。在领导嘘寒问暖后,这些无冕之王,挤到床头对高小刚开始连珠炮发问:

"请问,你与歹徒搏斗时第一想到的是什么?"

——"什么也没想。"

"与歹徒搏斗害不害怕?"

——"不知道。"

"是什么力量，让你在半昏迷的状态下依然抓着歹徒不放？"

——"不知道。"

接下去的提问，高小刚均以"不知道"作答，再后来，干脆闭目不答了。

第二天，《南江日报》以整版篇幅报道了高小刚勇斗歹徒的英雄事迹和不知从哪挖到的他的其他先进事迹。中共南江市委、市政府联合发出"向好市民高小刚学习"的通知，号召全市党员群众向英雄学习，为构建"平安南江、和谐南江"作出应有的贡献。一时间，高小刚成了南江市家喻户晓的英雄。用南江市委书记的话说："经济发展了，必然带来社会治安等一系列问题，我们不怕刑事犯罪分子，怕的是市民群众对社会的冷漠，怕的是老百姓'事不关己，高高挂起'的明哲保身思想，和谐社会需要像高小刚这样敢于与犯罪分子作斗争的好市民，希望我们南江市涌现出更多高小刚式的人物！"

高小刚在各级领导关怀下，经过医护人员精心护理，伤势很快得到了好转。

出院那天，他一个人在病房里整理自己的物品，只听得有人在喊"高小刚"的名字，转身一看，门口站着一位手捧鲜花的女子，那样子显然是来探望病人的。两人目光相遇，高小刚眼前一亮，近在咫尺的女子虽陌生，但很有亲和力，三十来岁，韵致、娇美。高小刚问："你找他有事吗？"女子说："你就是高小刚吧。"高小刚点头称是。原来，对方就是那天高喊"抓流氓"的受害者。她说家里出了点事，这么多天一直没时间来探望他，今天特地来"赔不是"的。高小刚这才发现，女子头上插着一朵白花。一问，才知遭遇抢劫的第二天，她的丈夫出车祸去了另一个世界。高小刚不敢问下去，怕再触及对方的痛处。两人寒暄了几句，女子说有事就与他道了别。

高小刚终于上班了。上班第一天就被行长秘书叫到行长办公室。行长姓金，是个五十开外的成功男士，秃顶、鹰钩鼻、小眼睛、戴一副金丝边眼镜。见高小刚进来，就从老板椅里站起来热情招呼道："小高啊，来来来，坐！"行长秘书泡了一杯茶，放到高小刚身边的沙发茶几上。

行长走过来，坐到高小刚身旁的沙发里，关切地问："身体痊愈了吗？"

"谢谢金行！全好了。"高小刚抬起屁股，做了个鞠躬的样子。

行长笑道："小高啊，你现在是我们行里的大熊猫了。"

"金行，您真会开玩笑。"

行长说："不跟你开玩笑，你现在是南江的英雄，市里的典型，也是我们银行的骄傲啊，我们有责任把你像大熊猫那样保护起来。"

高小刚虽进银行已有多年，也算老员工了，但正儿八经坐在行长办公室的沙发里与行长促膝谈心还是头一回，听行长这么一说，有点坐立不安，屁股在沙发里扭了两下，说："金行，您找我有事尽管吩咐。"

行长推了推鼻梁上的金丝边眼镜说："小高啊，有个事想跟你说一下，这次市里组织五好家庭评选，我叫工会的王主席把你家推荐上去了。"

高小刚一听此话，急了，刚刚坐稳的屁股蓦地从沙发上弹跳起来："金行，您不是不知道，我跟家里那位正准备离婚呢。"

行长用手示意了一下，让高小刚重新坐回到沙发里，语重心长地说："小高啊，今天找你来，就是想跟你说这个事。这婚姻啊，得学郑板桥，要难得糊涂。虽然婚姻是你的个人私事，但你现在是公众人物了，组织上对你寄予很大的希望。你是我们银行的一面旗帜，也是全市人民的一面旗帜。我们不能玷污这面旗帜啊，你得好好掂量掂量。"

"金行，我……"

行长打断了高小刚的话，继续拉长声调说："小高啊，你是当过兵的，应该有很高的觉悟，也知道服从命令的道理。牺牲小我为大我，希望你不要再闹什么离婚了，保持一个完整的家庭，比什么都重要。说得高调一点，为'平安南江、和谐南江'作贡献嘛，至少也为我们银行增光添彩。"

"金行，还是别树我这面旗帜，我没这能耐。"

"小高啊，树你这面旗帜也不是我一个人说了算的，是市里的决定，你是一位老党员，就别不好意思了。以后有什么困难，尽管跟我说，组织上会出面帮助解决的。"

领导横一个"小高啊"、竖一个"小高啊"，且把话说到这份上，高小刚觉得不能再争辩什么了，毕竟在人家手下吃饭。

高小刚的婚看来真的离不了了，那天法院的一个电话让他意识到离婚的不易。受理他这个案子的严法官来电说，要他去一趟市法院民事庭，把离婚案撤了。高小刚说："不撤可以吗？"严法官说："不撤也离不了，你的案子市领导都过问过了，还是先撤了再说吧，以后有机会可再起诉。"

高小刚压抑着，没想到做一个见义勇为的好市民，会有这么大压力，会惹上这么多烦恼，连自己的婚姻也不能做主了。想到老家还有两位要靠他养老送终的父母，为了保住那只"银饭碗"，只能默默忍受。行长说了，要为银行增光添彩，不能给银行抹黑。虽然行长没说露骨要挟的话，没把离婚与"饭碗"挂上钩，但从他的眼神里可以感觉到那只无形的钩子在晃来晃去，想打掉你的"银饭碗"还不是一句话。

高小刚无精打采地回到家，高娟已把饭菜做好了，红烧鲫鱼、油爆河虾、土豆烧鸡、蛤蜊炖蛋、葱炒蘑菇，都是他最喜欢吃的。高小刚闻着菜香，喉结像蛤蟆似的动了几下。这是两人闹离婚以来，高娟回家给他做的第一顿饭菜。之前，高娟一直住在娘家，不是她不想回，是高小刚不让她回。这回两个人能同坐一张餐桌，看来领导的教育、组织的决定起了作用。

入夜，高小刚没跟高娟在东房同床，而是卷了铺盖睡到了西房。高娟问："怎么还要分开睡？"高小刚答："我现在不习惯跟人睡。"高娟说："我们毕竟还是受法律保护的夫妻，我有与你睡的权利。"高小刚说："法律没规定，夫妻一定要睡在一起。"高娟说："既然你同意我回来了，难道还没原谅我吗？"高小刚说："同意你回来，不等于已经原谅你，即便原谅你，也不等于一定要同房。"高娟压住心头的火气说："不跟你烦了，让领导跟你说。"高小刚一听说领导，就上了火："你别跟我提领导，领导个屁！"说完就关了西房门。

　　日子就这么不甜不咸过着，表面的和谐生活，没给高小刚带来丝毫快乐，想必也没给高娟带来任何快感。两人同在一个屋檐下，过着貌似夫妻的别居生活。

　　高娟在市里一家小超市做收银员，平时工作轻松单调，闲下来喜欢去舞厅打发时间，那次红杏出墙就是跳舞时认识了一个舞搭子，才舞出了一段故事。在高小刚眼里，男男女女在灰暗的灯光下，抱着搂着，授受不亲，不出轨才怪呢。他不愧当过侦察兵，很快就侦察到了妻子的不轨行为。妻子出轨立即成了高小刚要求离婚的一个光鲜理由，然而，在离婚的征途上，令高小刚没想到的是，充满了"路漫漫其修远兮"的况味。

　　自从高娟从娘家回来后，高小刚便多了一个活动项目，每天晚饭后去离家不远的牛背山夜爬，一来为了强身健体、二来可以减少与高娟的相处时间。牛背山不高，但很灵秀，去山上夜爬的人很多，高小刚一般不跟人结伴，独自一人爬到山顶，吹吹野风，伸伸懒腰，再独自一人慢慢下山。

　　一天，高小刚下到半山腰，遇见那位在医院送他鲜花的女子。也许是出了娘胎第一次收到异性的鲜花，高小刚对她印象特别深，一眼就认出了对方。女子也是一个人爬山，她说每次只爬到半山腰的望江阁。于是两人便结伴一同下山。闲聊中，才知对方姓刘名茜，属马，与高小刚同年同月生，只是不同日。

　　这世界有时很灵异，不管人们信不信，奇妙的事会时不时地发生。第二天，高小刚下到半山腰，在望江阁又遇上了刘茜，两人便又一同结伴下山。快到山脚下时，刘茜对高小刚说："时间还早，要不要去我家坐一坐？"高小刚问道："方便吗？"刘茜说："方便啊，女儿去外婆家了，家里没别人。"高小刚有点不好意思，说："还是下次吧。"刘茜快人快语说："什么下次不下次的，如果昨天我就邀请你，今天不就是下次嘛。"高小刚犹豫了一下，问她家住得远不远？刘茜说她开车来的。

　　刘茜的家在市中心的阳光小区，是一套上下两层的复式公寓。高小刚一踏进屋门，就闻到了花香、听到了鸟语，门口过道的花架上，花瓶里的桂花正释放着迷人的芳香，客厅阳台上的鸟笼里，不知什么鸟在鸣叫。客厅很大，高小刚坐在皮质长沙发里感觉很宽舒。他第一次跟一个不是很了解的女子去人家家里，心儿跳得特别快。刘茜给高小刚泡了一杯绿茶，去卫生间洗了个脸就坐到他边上。高小刚立刻闻到了另一种芳香，那是从刘茜身上散发出来的。他扇动着鼻翼，贪婪地嗅闻着。刘茜说："喝茶呢！"说话当口，她含情脉脉注视着高小刚。高小刚连忙将目光移开，他突然有了一阵身体上的感觉。高小刚感到欣喜，又有点害怕，这感觉已经好久没有了。高小刚呷了一口茶，努力控制住自己的情绪，可越想控制越是控制不了。为了掩饰生理上的冲动，高小刚站起身，双手插进裤袋里，围着客厅转了一圈，赞叹道："你家房子好大啊。"刘茜说："都是托老祖宗的福，老房子拆迁置换的。"她告诉高小刚，自己在一家幼儿园当老师，孩子她爸生前也只是一家小公司的部门经理，否则哪有这么多钱买这房子。高小刚不想让她再提死去的老公，便踱到鸟笼前，学着鸟叫"嘘"了几下，转移话题说："你喜欢养鸟啊。"刘茜说："不，是孩子她爸养的，这鸟通人性，舍不得，就继续养着。"该死！一问就问到对方痛处，高小刚不敢再问什么了。他只能再转移话题，说自己。因为说自己，即便触及到痛处也只是自己的痛，不会碰到对方的痛。那晚，高小刚像一只膨胀的气球，被刘茜解开了扎在口子上的绳子，唠唠叨叨倾吐了不少内心的隐痛和怨气。他从没有这样痛快地释放过自己，现在终于找到了一个出口。柔和的灯光照在高小刚脸上，却让他感觉热辣辣的。高小刚感激地望着刘茜，刘茜也含情脉脉地看着高小刚,两人相遇的目光胜过了一切语言。

高小刚从刘茜家出来已经很晚,高娟还没回家。他脱了衣裳,把燥热的身子泡进浴缸里。高小刚在浴缸里躺了许久,不知想到了什么,或许又想到了刘茜含情脉脉的眼神,反正在温暖的水里他又一次勃起了。半年前,从他与高娟闹离婚那时起,就再也没有勃起过。一想到高娟贪得无厌的欲望他就害怕,有时会折腾一个晚上,或许也可以这么说,婚后这几年,是高娟把他吓坏了。当然,高娟给他戴了顶绿帽子,更让他无法"骄傲"起来。原本以为自己废了,想不到刘茜让他看到了希望的曙光、让他获得了新生。看来,除了生理原因,更多的是心理因素。高小刚很喜欢孩子,可高娟除了拥有一颗"野火烧不尽"的欲望种子外,没有一个合格的卵子与高小刚无数个精子结合。七年了,他们依然过着伪丁克的家庭生活。

高小刚从浴缸里爬起来,擦干身上的水迹,离婚的念头便像春风一样吹生起来。他决定跟高娟好好谈一次。

高娟终于从外面回来。高小刚知道她又去跳舞了,指不定又跟谁勾搭上了。真是"江山可移,本性难改。"他瞄了一眼高娟,打开客厅里的电视机,边调频道边对她说:"今晚我们能不能好好谈一次?"

"谈什么?"

高小刚说:"我们还是离婚吧,看来这辈子我无法给你幸福了,何苦守着我这个木头人呢。"

高娟像看外星人似的盯着他说:"如果我不同意,你这样做,不怕银行辞了你?"

高小刚说:"我想好了,一个小小押运员没啥稀奇,大不了出来干个体。"

"那好,既然你想离,我现在也想通了,离就离。反正你早就变成冷血动物了。"高娟顿了顿又说:"不过,你得答应我两个条件。"

高小刚问:"啥条件?"

"你答应了，我就说。"

"你不说，我怎么答应？"

高娟说："那好，我说。第一、现在住的这套房子归我；第二、我陪伴你七年，你得赔偿我每年十万的青春损失费。"

高小刚一听对方开出的霸王条款，脑门上的青筋一下子胀了起来："你太贪了吧，这房子基本是我出的钱，贷款也是从我工资中扣的，即便共同财产，也应该一人一半。七年你花了我多少钱，耽搁了我多少青春？我要孩子，你没能耐；我要一个安稳的家，你却水性杨花。这些都没跟你算呢。"

"我早就回心转意了，你却一直冷落我、折磨我。你说，还有没有人性啊。"

"我没人性，你早就可以去找有人性的人过日子，何苦还死皮赖脸缠着我？"

"我现在看清你的狗脸了，不会再死皮赖脸，只要答应我的条件，明天就跟你拜拜。"

"答应你的条件，不可能！"

两人越说越激动，互不相让，双方很快进入了实战状态。高娟将手指触到高小刚脸上，高小刚随手一挥，打着对方的手腕。高娟痛得大叫起来，随手从茶几上拿起一只杯子掷向对方，高小刚把头一歪，杯子砸着身后的花瓶，"咣当"一声都碎了。

高娟又从茶几上拿起第二只杯子，继续想掷。高小刚见状，从茶几上拿起一把长柄水果刀，大喝一声："你再掷的话，别怪我不客气！"

高小刚本想吓吓高娟，想不到对方主动迎战，冲着高小刚说："你有种现在就把我杀了！"

"你当我不敢！"高小刚不甘示弱，将刀顶到高娟胸口。

此时，高小刚脑海里一片空白，等他完全意识过来，高娟已倒在血泊中。

高小刚连忙拨通了"110"。

高娟在阎王爷门口转了一圈,终于走回了人间。而高小刚没能逃脱法律的制裁,被关进了班房。

逮捕的第二天,《南江快报》即以"昔日好市民,今日阶下囚"为题,在醒目位置报道了高小刚杀妻案。一石激起千层浪,高小刚第二次成了南江市的新闻人物。

一日,在南江监狱,剃着光头的高小刚被管教警察带到家属探视室,令他没想到的是,前来探监的不是他的亲戚,也不是他的哥们朋友,而是风韵犹存的刘茜。

"怎么是你?"高小刚抑制住内心的波澜。

刘茜说:"我不能来看你吗?"

高小刚垂下头,不语。

刘茜轻轻地问:"里边还好吧?"

"还好。"高小刚抬了抬头,木然地回答。

刘茜又问:"与她离了吗?"

"离了。"高小刚依然木然地回答。

两人一问一答,一个像和蔼可亲的老师,一个像做了错事的孩子。

探监结束时间马上到了,高小刚觉得特别短暂,要分别了,不知说什么是好。管教警察已在催促,高小刚露出依依不舍的神情。他凝视了一下刘茜,便转身向监房深处走去。

刘茜突然冲着高小刚的背影大声说:"高小刚,你是好人!"其实,刘茜本想说的是"我等你",可到了嘴边的话还是进行了替换。

高小刚听到刘茜的话一个激灵,立即收住脚步。他缓缓转过身,远远望了她一眼,然后又回过身,继续往里走。或许,谁也没有看清高小刚此刻的脸部表情,唯有自己知道两串泪珠已挂在他那张苍白的脸上。

围 棋

　　天还没黑透,老张头就拎着一只黑布袋子出门了。黑布袋子看上去有点沉,但拎在老张头手上显得很轻飘,好似一只风铃在秋日的空气中悠来晃去,只是没有声音罢了。黑布袋子不发声,可老张头那张被拉碴胡子簇拥着的嘴,倒一张一闭地丁零当啷起来了:

　　　　虞城有茶,水上人家矣
　　　　落,河西街口
　　　　乌灯镶火,陶木齐
　　　　一桌,一壶,一灯,一椅倚两人
　　　　……

　　老张头轻哼着软语撩耳的苏州评弹小调,穿过车水马龙的八塔东街,步入霓虹闪烁的八塔西街。他来到一个弄口,回头望一眼,然后拐进一条叫幸福弄的小巷。老张头进了弄堂就停止了哼唱,清了清喉咙,往墙根上吐了一口痰,便在一扇剥了漆的大红木门前稳住脚步,跨上两级台阶，然后轻敲两下，门"吱呀"一声开了。他又回头张望一眼，迅速侧身闪入，只听那扇剥了漆的木门又"吱呀"一声，随即又被掩上。

老张头回到家已是午夜12点，老婆早就睡了。也许上了年纪的人容易被惊醒，"吱嘎"的开门声，一下子就把她唤醒了。

"怎么弄到老老晚？"

"一副棋着尴尬了。"老张头像一个念书回家的小学生，一本正经地回答了老婆的提问。

"唉，罪孽！被你一吵醒就困勿着了。"

老张头一听老婆在埋怨他，只好忍着，像一个做了错事的孩子，不再说话，轻手轻脚把那只沉甸甸的黑布袋子放到五斗橱上，便转身闪进了卫生间。

莲蓬头里喷射出来的水，宛如哗哗而降的春雨，滋润着老张头那层不再年轻的皮肤，但遇上热水的皮肤很快变得红润、紧绷，特别是下身那敏感部位的皮下经脉，很快被春雨般的温水，淋得又一次萌动起来。

从卫生间里出来，老张头似乎还有些亢奋。他瞄了一眼面朝里床侧睡的老婆，轻轻叹了一口气，钻入自己的被窝。

老张头与老婆虽然同睡一床，但两人早已拥有各自独立而不再温暖的被窝。他知道，即使睡在一个被窝里，夫妻之间也不会发生什么故事了。老婆在四十七岁那年就遭遇了癌细胞的偷袭，险些丢了性命，最后只得舍去女人最宝贵的宫殿，才换来了今天的幸福生活。老张头依然清楚地记得，那次手术刀对他老婆下毒手时，逼他签下生死状的情形，签字的手发着抖，自己名字写得像蛇游，歪歪斜斜不成样子。说来也巧，那天刚好是老张头五十岁的生日，本来开开心心的好日子，遇到这样的事情，内心就像灌了铅似的，沉重又痛苦，一时竟无法向谁诉说。虽说有一男一女两个孩子，但一个远在哈尔滨工作，一个外嫁澳大利亚，况且许多事也无法与子女沟通。

这一晃，就是十年。十年里，他早已记不清自己熬了多少回，熬得心躁气浮、眼花缭乱、头发也花白了。老张头翻了个身，深吐一口气，背朝老婆睡了……

秋日的江南，像一个娇生惯养的孩子，说哭就哭，一会儿就下起了毛毛雨。老张头走在霓虹闪烁的雨中，没有打伞，只是将那只黑布袋子顶在自己的头上，算是挡风遮雨了。

突然，有人把他头顶上的黑布袋子拉了一下。

老张头一愣，收住脚步回头一看，拉他布袋子的不是别人，是原本经常在一起对杀的棋友老黄。

他白了老黄一眼说："你个死老黄，吓我一跳！"

老黄哈哈笑了两声，问："老张头，你急吼吼的去哪里？"

老张头扬了扬黑布袋子说："下棋去。"

老黄说："以前你不是说晚上不下棋的，怎么，今晚也去文化宫啦？"

"不是的，我去……朋友家。"老张头说话有点吞吞吐吐。

老黄说："什么时候也上我家杀两盘？"

"好的，以后有空就上你家。"老张头边说边挪动脚步。

老黄认真地说："老朋友了，你可不能食言啊。"

"怎么会呢？那我先走了，人家等着呢。"说完，老张头就开始奔跑起来。

毛毛雨细密而惆怅，淅淅沥沥越下越大。今晚，他似乎来不及轻哼那段软语觉耳的苏州评弹了，只顾一路小跑。一直跑到幸福弄里那扇剥了漆的大红木门前，依然跨上两级台阶，然后轻敲两下，门"吱呀"一声立即开了。他回头张望一眼，迅速侧身闪入，只听那扇剥了漆的木门"吱呀"一声，随即又被掩上。

这次老张头回到家已是凌晨一点，他怕惊扰梦乡中的老婆，轻手轻脚开了门。但"吱嘎"的开门声，还是将床上的她从梦中拉回到了现实。

老婆问："怎么又弄到老老晚？"

"一副棋着尴尬了。"老张头像小孩子背书似的还是那句话。

"你老是这样，以后你就下一夜棋，干脆别回来了！"老婆的声音明显大了起来。

老张头似乎有点不服气，轻轻嘟哝一声："出去下棋，又不是出去做坏事。"

"谁知道你，以前只在白天下，我也就不说你了，现在好了，连晚上也不着家了。"

"你不是不知道，我从小喜欢围棋么。"

"围棋！围棋！你只知道围棋，以后你就跟围棋过日子吧。"

老婆的埋怨有一定道理，过日子总不能天天围着围棋转，再说"老伴老伴，老来伴伴"，夫妻间必要的陪伴还是应该的。当然，老张头从小喜欢围棋也是不争的事实，当年在机械厂当学徒的时候，就获过全市职工围棋大奖赛冠军。他没别的爱好，从小就喜欢下围棋，可谓是下了一辈子的围棋，下棋的工龄比结婚的年数还长，因此站在他的角度，退了休，不下围棋，又能干什么呢？

老张头的老婆患有美尼尔氏综合症，最近一段时间越来越严重。睁着眼，感觉房子和周围的东西在转；闭上眼，觉得自己的身体在转。老婆一晕转，买菜的任务自然就落到了他的肩上。其实，自从老张头从机械厂退休后，每天早上的买菜任务都是他争着去做的，看得出，他还是很爱老婆的，只是老婆嫌他的菜买得贵，多数时间是两个人一块去附近的那个叫老县场的菜场。如此看来，老张头退休后除了围棋，似乎又多了买菜这个爱好。

每次买菜，菜场右边那个生姜摊是他必经的地方。卖姜的是一个女的，从山东平度过来已有多年。当年她丈夫推了独轮车在老县场菜场卖生姜，因租不起房子就夜宿在路边屋檐下，那年刚好遇上一场大雪，他怕冻坏生姜，就把盖在自己身上的棉被全给了生姜保暖，最后生姜没冻坏，人倒被冻僵了，等到天亮被路人发现时，身高马大的一条汉子早已像一根躺倒在路旁的水泥电线杆，直挺挺、冰冰凉。老张头很同情这个卖姜女人，因此，每次去菜场买菜，总要到她摊位上转一转，买上几块生姜。

离姜摊不远的地方是一字排开的猪肉铺，老张头每次买肉，也专门照顾铺里一个年轻小刀手的生意。菜场里的人都知道那个长得十分英俊的小刀手，是卖姜女人的儿子，只是一只右眼瞎了。当然，认识这对母子的人们都知道，小刀手的右眼是被他的师傅，一个老刀手给害的，当年曾作为一条引人眼球的新闻被报纸电台等媒体炒得沸沸扬扬。老张头的家搬来这里只有一两年时间，因此，对这对母子过去的情况不是很了解，来菜场买菜多了，便渐渐知晓了一些，不同版本的故事听过几回。有的说，儿子不让母亲再婚，卖肉师傅才伤了徒弟；有的讲，那个老刀手经常虐待小刀手，还经常打骂他的母亲，才结下了冤仇……但老张头认为最真实的版本，是那个卖姜女人亲口告诉他的故事。

卖姜女人的故事，说复杂其实很简单，说简单倒也蛮复杂。

那年卖姜女人的丈夫出事后，她带了十岁的儿子从山东老家赶过来料理完丈夫的丧事，就一直留在这座富饶的江南小城里。她知道，在这里生活，即使讨饭、捡垃圾也比家乡强。当然，不回去的原因很多，最主要的是有个山东老乡求她留下来。老乡见老乡，两眼泪汪汪，念于丈夫的丧事都是那个山东老乡帮着一手操办的，她思前想后斗争了一番，想想家里也没有可留恋的亲人，最后决定留下来继承丈夫的事业。那个帮她的山东老乡就是老县场菜场里卖肉的老刀手，不久就帮她弄了一个一米开阔的小摊位，开始卖她的生姜。

一个女人带了一个年幼的孩子，在一个地陌生疏的地方生活，是何等的艰难？卖肉的山东老乡与妻子离婚后一直孤身一人，他的家自然就成了卖姜女人和她儿子挡风避雨的港湾。老刀手身强力壮，似乎有用不完的力气；卖生姜的她，像一只圆鼓鼓的烟台大苹果，也很有咬嚼。两人虽未领证，但在外人眼里，俨然已是一对恩恩爱爱的夫妻。

儿子十八岁那年，就跟着老刀手练摊了，管他叫叔叔，但毕竟没有血缘关系，两人的关系一直处得很紧张，特别是自从做了他卖肉的徒弟后，知道的事情多了，矛盾也就越加突出了。他看不惯这个叔叔经常生意不做，丢下他一个人去赌钱，每次输了钱，就回家问他母亲要；有时，还要打他母亲。

终于有一天，他们从师徒演变成了对手，从亲人转化为了敌人，肉摊成了农民起义的战场，先是投弹战，两人将摊位上肉骨头当做炮弹发射；后来发展到大刀战，双方各执一把尖头快嘴的割肉刀展开了决斗。几个回合下来，姜毕竟老的辣，徒弟终究没有斗过师傅，等周围几个勇敢的看客上来劝阻时，徒弟的一只眼睛已被师傅手中的尖刀刺中，鲜血直流。很快，救护车拉着卖姜女人的儿子往东开，警车押着卖姜女人的相好往西去。卖姜女人一时六神无主，坐在油腻腻的地上一个劲地大哭。

卖肉的山东老乡最终因伤害罪锒铛入狱。快四年了，据说不久就要出来。卖姜女人对菜场里的人讲过，即使出来，她也坚决不跟他过了。

菜场卖肉，摊多利薄，竞争越来越激烈，卖姜女人的儿子准备南下，投奔在深圳打工已立牢脚跟的亲叔叔。走的那天，卖姜女人早早收了摊，对管理市场的人说，如果这两天她不来做生意的话，是送儿子去了深圳。临走时，儿子不要娘送，好说歹说也只许她送到长途汽车站。卖姜女人的儿子第一次单独出远门，做娘的不放心也属正常，她帮儿子背了一只帆布包，送了一程又一程，千叮咛、万嘱咐，一直将儿子送到直达去上海火车站的班车上。

卖姜女人挥泪告别了儿子。当她转身走出车站大门时，突然愣住了，发现一个熟悉的身影迎面冲她而来。她调转头想往另一个方向走，可已来不及了，那人已经站到了她的跟前。

两人对视了许久，那人终于先开了口："不认识我了？"

卖姜女人瞟了对方一眼说："认识，你烧了灰我也认识，只是不想再见到你！"

原来，站在她跟前的就是刚从监狱里释放出来的老刀手。

老刀手略带着伤感说："你不要这样说话，你知道我这些年是怎么过的吗？你一次也没来望过我，而我在里面无时不刻想着你。"

"你应该回山东老家，还来这里干什么？"卖姜女人边说边白了对方一眼。

老刀手说："来望望你。"他说话的语气温柔到了极点。

卖姜女人口气生硬地说："我们已经没有任何关系了，谢谢你，别再打扰我了。"

"难道我们没有情分了？"老刀手一听对方拒绝的话，有点激动地说。

卖姜女人把头一扭，吐出三个字："没有了。"

"你怎么能这样说话？"老刀手显出一副愁眉苦脸的样子。

卖姜女人咄咄逼人地说："你要我怎样？"

"我想与你继续好下去。"老刀手乞求道。

"不可能了。"卖姜女人的话依然像冰块一样，又冷又硬。

"你知道吗，我已经四年没碰女人了。"老刀手上前一步，企图拉对方的手。

卖姜女人把手往后一缩，说："你碰不碰女人，关我什么事。"

"你不能这样拒绝我，想当初我俩一起的时候，你说过，我是你最喜欢的男人，比你前夫更能满足你。难道你忘了？"

"我没忘。但即使你再能满足我,也弥补不了你的罪过。你知道不,我一个孤家寡人带大一个孩子容易吗?你口口声声说喜欢我,可你竟然伤害我儿子。"

"我错了,而且已经受到了四年没有女人的惩罚,你就原谅我一次吧。"老刀手再次哀求道。

"我这辈子不会再原谅你,只会恨你一辈子!从今往后,我们各走各的路,不想再见到你。"

"没有挽回的余地吗?"老刀手说话的分贝显然提高了一点。

"没有!"卖姜女人摇了摇头,显得很坚决的样子。

说完,她头也不回地走了。

老刀手跟着走了几步,在她背后丢下一句话:"你这样对我,会后悔一辈子的。"

老张头突然失踪了。之前,一点征兆也没有。那天,老张头老婆睡到早上六点,才发觉老公一夜未归,莫非真的下了一夜棋不回来了?

老张头老婆起先不急,但到了吃中饭的时候还不见老伴回家,就有点着急了。她了解自己的老头子,白天一般去工人文化宫棋牌活动室下棋。于是,她直奔平安街上的工人文化宫。推开棋牌活动室的弹簧门,一股刺鼻的烟味直冲而来,老张头老婆被呛得干咳起来,但还是硬着头皮走了进去。里面人倒不少,寻了两圈,就是不见"死老头子"的影子。她问了好几个人,大家都说,今天没见老张头来。

这个死老头子,去哪了?老张头老婆心里边骂边担心起来。

老张头老婆不死心,又去了经常与他一起下棋的老黄家。

老黄说:"老张好久没跟我下棋了,那天只在八塔东街上碰过一面。"

老张头老婆心里一个咯噔,背心上的汗都冒出来了:这个死老头子,变死哉,原来经常在骗我,说天天晚上在跟老黄下棋。要不他又换了新搭档？但如果真的换了新搭档也不需要骗我啊，莫非他……老张头老婆害怕往下想了。

老张头失踪的第三天，老张头老婆才去城中派出所报了案。受理报案的警官小赵一听老张头失踪了，惊讶得很。

赵警官之所以惊讶，是因为三天前，他还跟老张头在文化宫棋牌室手谈过一回。那天刚好是星期日，爱好围棋的他下午没事，就与老张头在棋牌室里"搏杀"起来，最后，老张头以一目的优势赢了赵警官。那天，老张头的精神状态极佳，临别时还问了小赵一个问题："围棋为什么要规定两口气才算活？"小赵不知其解。老张头略带神秘口气对他说："围棋如人啊。"小赵听了仍然不解。老张头进一步解释道："人也有两口气，一口上气，一口下气，上气不接下气，中间就要断气，气一断就活不成了，即使活着，也是废人一个。"赵警官是东北人，听了老张头一番口音浓重的吴语方言的解释，更是丈二和尚摸不着头脑，本想下回碰着老张头，再与他探讨"围棋如人"这个深奥命题，想不到他竟然失踪了。

卖姜女人自从那天送儿子去车站后，再也没有出现在她的姜摊上，人们都以为她跟儿子一道去深圳了。

两个月后的一天，卖姜女人的儿子因始终没有娘的音信，害怕母亲出事而回来了一趟。而这一趟，他的母亲真的出事了。当他打开母亲的房门时，一股从未闻过的恶臭扑鼻而来，发现躺在床上的母亲已腐败不堪。

警察迅速赶到现场，在卖姜女人卧室的床底下，很快又发现了一具男尸，但由于死亡时间太久，已经面目全非，一时无法判断是谁？

技侦人员戴上白手套对案发现场进行了一番认真勘查，但除了两具腐烂的尸体外，似乎没有对破案更有价值的东西，屋里也几乎没有一枚完整的指纹可采集，像是被凶手抹擦过了。那个戴白手套的年轻警察有点失望，当他再次将目光在散发着怪味的屋里扫视一圈的时候，发现门背后的墙角里躺着一只布满灰尘的黑布袋子，他随手拎起来，袋子似乎很沉，打开一看，是两只像马桶形状的圆盒子，再打开盒盖，里面是一黑一白的围棋子。年轻警察懒得盖上马桶盖子，就把棋盒、棋子一股脑儿塞进黑布袋子，丢回原来的墙角里。

　　黑布袋里的围棋子挣扎了一下，一颗子也没跑出来，只发出了一点点轻微的响声。

婚姻之门

（一）

终于离开了整日唠叨的父母，一个人躲进自己购买的公寓里。自由和孤独并存，让我轻松又无奈。

不久，一对新婚夫妇也搬进了公寓楼，就住我对门602室。虽然我对他们不甚了解，也没来往过，但总感觉他们是幸福的一对。我之所以这么认为，全凭平日细心观察的结果。不瞒天地，在我第一次见到对门那位新娘子的时候，心儿就像断了线的风筝，满天飞舞，痴心遐想。什么时候我也能拥有这样一位美丽的妻子？从此，我开始了窥视者的生活。门上的猫儿眼自然成了一个极佳的瞭望孔，我好几次窥见他们亲热的样子，手挽着手、头靠着头、肩并着肩，那一举一动都沉浸在梨膏糖般的甜蜜里。有时一方晚回家，另一个就会主动开门迎候，就会在门口迫不及待地拥抱、亲吻，浪漫劲胜过好莱坞大片中那些经典镜头。

他们的这些行为举止深深刺激了我的神经细胞，让我羡慕，让我嫉妒，也让我坚定了娶一个漂亮老婆的信念。

说起娶老婆的事儿，有人烦得我头疼，皇帝不急急太监，最着急的恐怕是那个教小学语文的王老师。老人家天天像催命鬼似的催我：快三十的人了，不要挑三拣四啦。还时不时地给我灌输什么古人云"三十而立"、"光阴似箭"、"时不我待"等等陈词滥调。

我说的王老师当然不是外人，是我那位喋喋不休的老妈。她总把我当她的小学生管教，因此我也习惯把她当老师看待。也许当老师的就是那么中规中矩和死要面子。对此我不以为然，常与王老师争辩：找对象不能像拾到篮里就是菜那样随便将就，婚姻乃人生大事，岂能草率。

虽然我已购置了一套公寓房且一个人独住，万事俱备，但我还是坚持着自己的主张，一定要找一个天使般的女子做老婆，没有好的"东风"，宁可欠着，决不妥协。我是这么想的：现在的婚姻已不像过去那样只有传宗接代的功能，再说，即使传宗接代，也得从遗传学、优生学的角度，应该多为我们下一代的健康美丽着想。要是找个眯缝小眼的，生出来的孩子恐怕也是"一线天"，那种见不得阳光的样子让人瞧了说多难受就有多难受。

我对未来的那位初定了一个标准，就是眼睛要大、嘴巴要小、额头要高、鼻子要尖……总体感觉要好，看得舒服。说实在的，对门的那位就是符合我心意的女子，可惜她已经名花有主。

当然我不是没有遇到过较为满意的女孩，在谈过的三个女朋友中，市第二人民医院的护士小张就是令我满意的一位。我们谈了三个月，这三个月辰光还算美好，但在认识了第八十九天就出现了问题，对方突然提出分手。让我想不明白的是，在她提出分手的前一天我们还兴冲冲一同去游泳池游泳，按理说我们已经有过亲密的肌肤接触，关系应该会前进一步。然而，令人百思不解的是，关系竟一下子恶化了。究竟是什么东西这么尖利地戳破了美丽的爱情泡泡？我像傻瓜猜谜语那样愣神不知谜底。

后来，通过我老同学虎子的妹妹，也就是与小张护士一起工作的

— 047 —

小姐妹的刺探，才知道了她提出分手的真正原因。那原因简直让我哭笑不得，说出来怕笑掉你的大牙，但作为当事人的我，当初听了不是笑掉牙，而是气愤得切齿咬牙。

她与我分手的唯一理由，竟因为我没有胸毛。天哪！这是什么逻辑？

或许在小张护士看来这样的想法很正常，就像给病人动手术前刮阴毛那样没什么大惊小怪。

事后我才回想起，她为什么急着要我陪她去游泳？就是想看我的胸脯。记得那阵子天刚热，她就吵着要我陪她去游泳，因为我也是一个喜欢游泳的人，当时也就没多考虑什么就答应了她。游泳池开放的第一天我们就去了，虽然游的时间不长，但还是蛮开心的，至少我是这么认为的。现在想来，当我脱剩最后一条裤衩的时候，她就开始不开心了，只是当初没让我觉察罢了。

刚分手的时候我确实有点想不通，现在经过换位思考，总算想通了（其实不通也得通），兴许她也像我一样是个追求完美的人，追求十全十美的爱人，追求十全十美的婚姻。当然明知道这种十全十美的东西很少，但还是心存侥幸，不言放弃。

（二）

最近一段时间我的情绪非常低落，其中很大的一个因素是对门的那位已经连续三个月没出现了。她去哪了？出差学习？出国进修？与老公吵架回了娘家？我竟对一个已婚女子产生了魂不守舍的牵挂。我很想知道她的近况，想找个机会问问她老公，但始终无法开这个口，只得胡思乱想。

这两天我发现对门的男主人突然忙碌了起来，进出家门的次数比平时多出了几倍，而且在他脸上也总是洋溢着灿烂的笑容。虽然我们的居龄已有一年多，但以前彼此很少说话，平时见面的机会也不是很多，偶尔见了面也只是点个头算是打过招呼。说出来不怕笑话，我至今还不知道对方姓什么叫什么。

今天早晨我上班出门时，他正提着洗脸盆、保温瓶等一大堆乱七八糟的东西进来，刚好把我堵在了楼梯口。我们照面时他朝我微微一笑，我也对他微微一笑，这两个"微微一笑"似乎拉近了我们很多距离，我终于牛头不对马嘴地问了一句：怎么，要搬家呀？

他喜滋滋地说：不，老婆生了，准备回家！

我一阵惊讶：生什么了？

儿子！他笑得很灿烂。

哦，那个漂亮女人升级了，做妈妈了，难怪几个月不见人影，原来在娘家保胎。我听完对方的解释，说了声"恭喜"的客套话，就懒洋洋走出楼道。我不知道自己此时是什么心态？反正放慢了步伐，心情变得沉重起来。

外面的太阳已经升得很高，春光明媚，灿烂的光芒刺得我张不开眼睛。我眯着眼边走边猜想她现在可能的模样：白白的、胖胖的、理着短发……唉，真可惜，那头飘逸的长发怎么可以剪掉呢！变了，肯定变了，变得不再美丽了，变得不再可爱了。想着想着，居然生出了莫名的失落和伤感。

这自作多情的情绪一旦上来就像飞来的一只红头苍蝇赶也赶不跑。这不，已经影响到我正常工作，上午设计的几张图纸都因这样那样的问题报废了。下午我懒得什么都不想干，客户中心主任来催了好几次，但我今天就是不想干了，推说感冒发烧，请假提前下了班。

我走在回家的路上，竟产生了想去医院看望她的念头。路过一家鲜花店，我驻足停留观望，女店主眼光贼亮，似乎一眼就看出我的心思：老板，我店的鲜花都是带血的，买一束吧！

不知女店主干吗要把"新鲜"说成"带血的"？我瞥了她一眼说：随便看看。

女店主大眼珠一转，一个媚眼递过来：老板，买一束吧，我帮你挑几枝，包你满意，是送情妹妹，还是探病人？

都不是。我说完转身就走。

女店主还想与我纠缠：老板，别走啊，我的鲜花真的都是带血的呀！

神经病！我暗骂那个女人。转而一想，也在骂自己。现在想去医院是一个多么不切实际的念头啊，我连哪家医院都不知道，况且她老公说今天就要出院回家了，说不定她现在已经在家。当然我现在回家是现实的，回家见上她一面也是有可能的，只是担心回家后见不到她而沮丧，又害怕见到了她而失望。我漫无目的地在大街上溜达，走到市中心最繁华的步行街文化广场时，看到那里簇拥着一群人，透过人缝一看，原来是一帮民间艺人在表演节目。以前我自命清高从来不看这些街头杂耍玩意的，今天不知怎么来了兴趣，挤进人群，挤到前排。一位少女正在表演变脸，一会儿变个花脸，一会儿变了黑脸，一会儿又变成了鬼脸。看着看着，眼前忽然浮现出了她的形象，内心一阵乌云翻腾，我阴暗地想，她为什么不长得难看一点呢？害得我终日茶饭不思，找对象的标准也定得越来越高。

我正想着，那位表演的少女已恢复了原来的模样，楚楚动人。原来美丽和丑陋就这么轻易地在顷刻之间转换了。

（三）

晚饭时分，我拖着疲惫的身体终于走到了家门口，在掏钥匙开门的时候故意放慢了动作，真希望她现在也开门出来。虽然我知道坐月子的女人是不会出门的，但明知不可能心里还是希望着。

对门传来女人哄孩子的声音，我站在门口装着正在开门的样子，聆听着。那声音不像是她的，比较浑厚。后来又传出其他女人的说话声，我极力想从几个女人的话音中寻觅到她的声音。她的声音我听得出来，甜美轻柔，很有磁性，但我始终没能辨别出来。

突然，对面的门开了，我像做了亏心事似的赶紧推开自己的家门，头也不回地溜了进去。我躲在门后，心儿像受惊的小兔那样一阵乱蹦。当然我还是本能地立即转身回头冲着门上的猫儿眼向外窥望，门口站着一男三女，没有她，其中一男一女朝向我，男的就是她的老公；女的已上一定年纪，估计是她老妈；另外两女背对着我，像是来探望她的同事。

对面的门又关了。我失望地坐到客厅的沙发里，百无聊赖地用遥控器打开电视，里面正播着一则某某人造美女将参加"环球杯"选美大赛的娱乐新闻，屏幕下方有一排字幕，是发手机短信的有奖征答，"你认为人造美女是否可以参加选美比赛？"只要回答是与否。我拿出手机，按要求立即发了一条出去。我选择了"否"，选美比赛怎能掺假？

刚发完短信，手机就响了，是虎子打来的，请我喝酒去。虎子是我大学的上下铺兄弟，与我最铁，他现在已是一家广告公司的经理。

我"打的"赶到皇宫大酒店门口时，虎子又来电话催了，说他已在玫瑰厅包厢等我。我知道这个玫瑰厅是他宴请美眉们的常包包厢，今天这小子不知又请了哪几个美眉？反正他喜欢的那几个我是一个都看不上眼，都打扮得妖形怪状。

酒店服务生把我领到玫瑰厅包厢，我进门只见他一人，便问：人呢？

什么人不人的，我不是人？虎子今天的神情显然有点不对劲。

我是说，你请的人呢？

今天就我们兄弟俩！

我说：你的脸色不对呀，是不是发生感情危机啦？

虎子没有回答我，回头高喊：服务员，拿一瓶五粮液！

酒过三巡，虎子才吐出了苦水。虎子真的出现了感情危机，今天下午老婆与情人在他的公司里狭路相逢，大打出手。

其实这是预料中的事，我曾警告过他多次，兔子不吃窝边草，女秘书怎么可以做情人呢。但他就是不听，现在问题出了，才来找我想对策。我有什么对策可施，连自己都把握不了。

虎子和他老婆是邻居，从小一起长大，算是青梅竹马，在外人眼里也称得上幸福的一对，一个在市级机关当公务员，一个在广告公司当老总，有车有别墅。但虎子有一个痛苦的隐私，以前连我也不知道，今天他才吐露真情。想不到他老婆有洁癖的怪毛病，一年前就已经发展到严重的性冷淡，根本不能满足虎子的要求。

这确实是一个不可言传的痛苦。听了他的讲述后，我的心情倒似乎好了许多，或许是他的苦闷盖过了我的烦恼，或许是酒精已开始发挥麻醉作用。

我转身叫服务员再开一瓶五粮液，然后对虎子说：老弟，今天陪你一醉方休！

你才……才比我大一个月，卖什么老呀？他不服气地说。

其实我也有点醉了：大……大一天也是你大哥！

酒台上的菜基本没动，看来我俩光喝酒了。

一会儿，服务生走进来说：先生，对不起，五粮液没有了。

酒店怎么没五粮液呢？难道被我们喝光了。

虎子破口大骂：这是什么破酒店？叫你们经理过来！

服务生胆怯地退了出去。不一会儿一位戴眼镜的女经理一路小跑走进来，冲着虎子动手动脚直赔不是：哟，是大哥呀，今天真的对不起啦，五粮液被点完了。

小妹，那你看没酒怎么办？虎子见了女人火气一下子小了许多。

女经理温柔地说：大哥，等一会我埋单，为你们安排一个包厢唱唱歌怎么样？

好吧，下次来喝酒可不能再说没酒了。

虎子的真刚烈，还是敌不过女人的假温柔。这小子一见女人就

"阳痿"，看得出来虎子跟这个女经理混得挺熟，熟到什么程度就不得而知了。

女经理说的包厢就是大酒店楼上的皇宫夜总会，我知道，但没去过。我俩酒气冲冲地刚走进一间灰暗的包厢，屁股后面就跟来了一排涂脂抹粉的小姐，虎子要我点一个，我说不要。眼前这十几个女子一字排开，微笑地面向我们。我扫了一眼，虽然个个都很亮丽，多少让我有点心动，但我还是不想要，这倒不是假正经，与这些坐台女打情骂俏总觉得别扭。虽然其中不乏有我喜欢的，但她们已经沦落为风尘女子，没有了灵魂，成了男人们的玩物，我为这些漂亮女人而惋惜。这也让我再次意识到了爱情的危机，我心目中漂亮而又纯情的女子真的越来越少了。

（四）

那次灯红酒绿，非但没有减轻我的烦恼，反而让我更加烦躁。我的意中情人在哪呢？而对门的她倒时常出现在我梦里，成了我的梦中情人。

最近这阵子，对门进出的人特多，嘻嘻哈哈，热闹非凡，与我这边形成了鲜明的对比。最让我感到失落的是至今没有见过对门的那位新妈妈，从她出院到现在已经整整一个月零三天了。我固守在自家的门背后，一听到对门有动静，就从猫儿眼里观察，但每次都令我失望，她像一个深宫里的贵妃那样始终不肯露面。

就在我内心痛苦的当口，突然收到了一张红色请柬，像是往我伤口上撒了一把盐。那请柬是前女友小张护士托虎子的妹妹转送来的，邀请我参加她的婚礼。

是诚心邀请？还是公开挑衅？去与不去，让我左右为难。虎子骂我是小肚鸡肠，要我拿点男子汉的气概出来，赴她个"鸿门宴"。

小张护士现在的那位据说是个络腮大胡子，虽然工作不如我，是一家化工厂的普通工人；文化也不如我，只是高中毕业。但人家毕竟是个大胡子，估计胸毛一定丰盛，否则她是不会看上人家的。

那天婚宴上，新郎倌来敬酒，我仔细瞧了瞧，确实长得一表人材，身高马大，粗犷，很有男人本色。虽然我有一米七五的个头，但站在他旁边还是相形见绌。小张护士给我敬烟时多少有点尴尬，我也有点尴尬，让我一阵充血，想必这时她也在充血，好在一个化着妆，一个喝了酒，脸上都是红彤彤的，外人基本看不出什么异样，只有彼此知道，心照不宣。当时也许酒已喝多，我对新娘和新郎说了许多客套话，诸如"恭喜恭喜"、"早生贵子"、"白头偕老"。当然我说那些话是真诚的，但说出来的时候毕竟有点酸溜溜。

婚宴结束了，我也喝醉了。虎子把我当成一头死猪连抱带拖搬进他的那辆"凯迪拉克"里。有朋友真的不错，好事做到家，虎子把我拖抱到床上后才离开。

人生能有几多醉？我躺在床上胡思乱想，梦话魇魇。第二天醒来时，之前说过的许多话、想过的许多事、做过的许多梦大多已经记不得了，只有一个梦让我还能想起个大概：我独自一人背着摄影包进了山，想拍点照片，刚拿出相机，就见小溪上游走来一个楚楚动人的女子，顿时让我眼前一亮，和我心目中的那位绝对匹配。我迫不及待地迎了上去，那女子也落落大方地与我攀谈起来……她说她是孤儿……后来她就跟我回了家……再后来我们就结婚了。洞房花烛夜，我看到了她雪白的胴体，我抱着她轻轻地放到柔软的床上，当我闭上眼扑上去后，感觉身下毛茸茸的，睁眼一看，我"哇"地大叫起来，身下的漂亮女人怎么一下子变成了一个像狐狸一样的怪物。我光着身子失魂而逃……

就因那个梦，让我生了一场大病，高烧几天不退，医生说我饮酒过量且着了凉，伤神断精。吊了五天针，才算恢复元气。

人生在世，祸中有福。那天就在我办完出院手续准备回家的时候，在医院门口竟撞见了对门的一家子，男人抱着孩子，女人挽着男人。我终于见到她了，差不多快半年了。我又喜又惊，她确实让我陌生了许多，理着短发，真的理了短发！好像身段也变了，有点臃肿，走路的姿势也变了，慢腾腾的。只是那张脸依然美丽，五官仍那么精巧，让我看着舒服，像冬天里喝了一杯热牛奶，暖暖的。

夫妻俩见了我主动与我招呼。他们春光满面，而我蓬头灰脸，反差极大，也许内心的反差会来得更大，只是无人知晓罢了。当然，就在这一瞬间，我的心情还是像刚走出阴暗的山洞那样变得灿烂起来。

我与他们寒暄了几句，知道他们来医院为孩子例行体检。襁褓中的小家伙胖乎乎的煞是可爱，只是眼睛小了点，鼻子塌了点。

（五）

好事逢双。就在我出院的第二天，同科室的王大姐说要帮我介绍对象，见面时间也跟对方约好了，就在这个周末。

我怪王大姐怎么自作主张，也不问问我高兴不高兴。

王大姐快人快语：小弟呀，你不急我可急了，哪有像你已经三十的人了还这么闲着？你再不找对象，可真成我们科室的老大难了，要是真成了老大难，我这个做姐的有责任啊。

我知道这位王大姐是个热心人，她的所作所为确实也是为我好。

王大姐三年前与丈夫离了婚，从大老远的齐齐哈尔作为人才招聘过来的，心直口快，热情豪爽，我喜欢这种性格的人，因此我们相处得很好，常以姐弟相称，当然她有时也会不留情面乱骂人，但骂过之后又像什么也没发生过，东北人就是这脾性，特爽。

同科室人称"气管炎"的老张有点嫉妒我俩，经常打趣地告诫我们：不要臭味相投，要注意自身形象，谨防姐弟恋。

王大姐也常常会回敬他：我就跟小的恋，不跟你这个死老头恋，气死你！我们经常这样调侃，整个设计院就数我们科室气氛最好。

约见的那个女孩长得还可以，基本符合我的审美要求，只是个儿稍微矮了点，嘴型过于大了点。王大姐骂我：你小子别再吹毛求疵了，这么水灵的姑娘到哪去找？

对方是建设银行的职员，职业不比我差。后来我们有过几次接触，但不知怎么感觉越来越差。我发现她有不少毛病，比如说走路的时候，窝着胸，大大破坏了女性的曲线美；还有每次约会总跟我谈钱的事，什么你的工资多少啦，有没有外快，要不要上交父母等等等等。让我心烦，也许这是她的职业毛病，可我受不了。

我们科室的老张就是最好的活教材，他老婆也是建设银行的，发工资的龙卡就归老婆管。起初我们都不知道，有一次单位刚把工资打到各人的卡上，突然市里来了一个通知，要求每人出五十元募捐给希望工程。我们单位历来对募捐活动不论自愿与否，一律从工资卡上代扣，想不到全院百十号人，唯独他的龙卡上已经归零。原来刚打上去的钱就被他老婆"近水楼台先得月"了，老张从此也就成了单位里的"妻管严"标兵，"气管炎"替代了他的大名。

一想到老张婚后这等处境就让我害怕，我是决不重蹈他的覆辙，看来只能辜负王大姐她老人家一片好心了。

王大姐知道后，大眼瞪小眼，指手划脚恨不得揍我一顿。

我说：还是自知之明的好，不要糟蹋了人家姑娘再撒手。

王大姐说：你是眼高手低，世上哪有十全十美的，除非给你捏一个。

她还是个守财奴。我理直气壮地说。

你怎么知道她是守财奴？

是我悟出来的。

放你狗屁！王大姐的唾沫喷到我的脸上。

王大姐骂个不休，我不接她的话头，就让她一个人骂个痛快吧。

快下班的时候，她又拦住我，要我考虑清楚。但我决心已定，有道是"好马不吃回头草"，我不后悔。

(六)

我终于如释重负地回了家。

在楼道口，住底楼的阿婆叫住了我，要我把楼上掉在她院子里的小衣服顺便带上去。这楼里只有我对门的那家会有这样的小衣服，我就应承了下来。

老人家也许平时少有人跟她交流，硬是与我拉起了家常，还问我：什么时候吃你喜糖？

我说：还早呢。

她就像亲人一样关照我：我看你也老大不小了，得抓紧点，男大当婚，女大当嫁，这事儿谁都要经历的，早生贵子早得福。

我找了个借口终于告别了老人，拿着小衣服像要完成一件重要任务似的，轻飞如燕，快步上楼。到602室门口定了定神，用手理了理头发，轻轻敲门。

我隐约听见里面的她在说：老公，来了！

她开门见是我，一愣，便脸红起来。我也有点不自在，在我的记忆里这是我第一次敲她家门。

我递上手里的小衣服说：是你家的吧。

女主人接过衣服，露出笑容说：是的，谢谢你！

看得出来她还想跟我说话，我也没有挪动脚步。

刚下班吗？

嗯。我也极力寻找着话题：你现在不上班了？

我要休假一年。

你儿子长得挺可爱的。

小家伙长得挺快的，要不你进来看看。说话中的她带着自豪。

不了。我虽这么说，但还是将头往门里探。

进来看一下，没关系的。她侧过身体，让出一道空隙。

我准备脱鞋，被她制止：不要脱鞋，家里脏得很。

我终于一步跨了进去，这一步像跨越珠穆朗玛峰那样艰难和欣喜。里面不是很脏，而是很乱，茶几上、沙发里到处都是大人小孩的衣服、袜子……还有许多罐装、盒装的奶粉之类的东西，一看便知是人家送的礼品。

小家伙躺在客厅里的婴儿床上，我上前一看，真的大了许多。以前常听老人们说：只怕不生，不怕不长。看来有点道理。我逗了他两下，他朝我笑了，微笑中我发现这孩子的眼睛还是那么小，而且是个单眼皮，鼻子比我上次见到时还要塌。我曾观察过他们夫妻俩，都是漂亮的双眼皮，高鼻梁。这孩子怎么遗传了父母的缺点之缺点，甚至是父母身上没有的缺点。女主人倒是越长越漂亮了，已经基本恢复了原来的体型，显得更加成熟和鲜亮，风韵撩人。而这孩子怎么越长越难看了？让我纳闷。

腰间的手机响了，我便告别了她和那个小家伙走到楼道口，一看号码是虎子打来的，问我晚饭吃了没有。我开玩笑地对他说：正等着你的电话呢。他说要告诉一个有关我的好消息。我说是不是今天要我破费？他说他已经在"名典咖啡"等我了。

（七）

名典咖啡屋离我住的地方不远，就在前面方塔街的拐角处。

在三楼靠窗的小包厢里，他已经为我点好了我最喜欢吃的日式香辣牛肉煲仔饭。我没坐稳，就急吼吼地问他带来了什么好消息？

你急什么，吃了饭再说。虎子卖着关子。

我说：你不说，我也猜得出来。

那你猜。虎子狡黠地看着我。

猜对了怎么样？

猜对，今天的单我买；猜不对，就只能你买咯。虎子像跟我谈生意似的。

是不是我上次给你公司设计的东西中标了？

不是。虎子靠在沙发上悠闲地闭目养起神来。

是不是你小妹帮我物色到佳人了？

不是。

那……是不是你探听到有关我提升的消息了？

不是。

喂喂喂！你小子心不在焉的，在不在听我说话？我有点不耐烦了。

我料你猜不出来，给你三天三夜你也猜不出来。虎子很自信地说。

到底与我有没有关系？我简直怀疑了。

当然！虎子肯定地说，但他马上又转了话题，问我：喝什么咖啡？

我说：今天不喝咖啡，喝茶。

虎子点了一壶特级蓝山，我要了一壶伯爵红茶。

他问我还猜不猜？

我不想费神费脑了，就说：今天的单我买了。

虎子这才凑过身来轻轻地说：小张护士跟那个络腮大胡子离婚了。

我听了很茫然：不会吧，你小子是故意来安慰我的吧。

虎子说：真的，你猜猜看，他们是什么原因离的婚？

我不猜了，你有屁就放吧！

虎子又一次靠近我神秘兮兮地说：她老公确实是块男人的硬料，做起爱来天天像吃了伟哥那般神奇，一日三次，雷打不动，而且时间长，频率高。起初小张护士还兴奋得沾沾自喜，但渐渐受不了对方的这等折磨。

你小子是从哪儿批发来的？一日三次，吃药啊，骗谁？我打断了他的话。

嘿嘿，可靠消息，独家新闻。

我暗暗发笑：看来小张护士对男性确实颇有研究，知道性感猛男的特点，而她未曾考虑到自己的承受能力，也有招架不住的时候。本来么，夫妻间的那种事只是一种健康的娱乐活动，不能没有，也不宜过多，就如菜肴里的味精，放多了恐怕谁也受不了。

我猜想这消息可能是虎子的妹妹告诉他的，或是他从哪偷听来的。这小子在大学里就是一个窃听专家，喜欢躲在女生宿舍的门边窗下偷听女同学们的谈话，然后向我们有偿传播，有时还把她们一些精彩的谈话内容写成打油诗或整理成访谈录在学校的网站论坛上公开发表，老做这等缺德事。但尽管如此，还是深得女生们的青睐。这也应验了社会上流行的那句话：男人不坏，女人不爱。

（八）

时间过得真快，转眼又到了春天，单位派我到北京进修学习。

三个月后，当我回来的时候，发现对门寂静得杳无声息。莫非他们搬家了？本来热闹嘈杂的楼道里，被冷清的气氛所笼罩，我又一次感到了莫名的失落。

当天深夜，我听到有人上楼和掏钥匙开对面那扇门的声音，钥匙声响了半天后才不响，我感觉不对劲，第一反应，有贼！我从床上爬起来到门背后的猫儿眼上一看，对门的男主人已经躺倒在门口的水泥地上。

我迅速开门，扶起他，一股浓重的酒气直冲我口鼻。

朋友，醒醒！我摇了摇他那只软绵绵的臂膀。

他闭着眼，喘着粗气，喃喃地说：骗子，骗子……

我拍了拍他的脸，问他：谁是骗子？

他终于将眼睛眯出一条缝，目光呆迟地看着我说胡话：都是骗子。

那似笑非笑的样子简直比哭还难看。醉酒的样子真的很可怕，没了骨气，像一堆烂泥；胡言乱语，像一个小丑。那天在小张护士的婚宴上我是不是也是这等模样？酒后说了胡话还是吐露了什么真言？现在想来有点后怕。我的丑陋肯定在众目睽睽之下大曝光了？小张护士肯定耻笑我了，当然她现在也是被我耻笑的对象，我们应该扯平了。

在墙角处的地上我找到了钥匙，为他开了门，连扶带拖把他放到客厅的沙发里。我环顾四周一看，室内空荡荡的，客厅里的婴儿床没了，女人和小孩的衣服袜子也看不到了，只有随处可见的空酒瓶，一种不祥之兆油然而起。

我不知道在我离开的三个月里这户人家究竟发生了什么？我有知道真相的欲望，但现在问他恐怕不是时候，便从门口的衣架上取下一件蒙受灰尘侵扰多时的西装，抖了抖，盖在他身上，说一声：朋友，保重！

回到自己的房间，墙上的挂钟告诉我已是午夜12点。此刻，我躺在席梦思床上丝毫没有睡意，胡思乱想着，但始终想象不出对门那个幸福的家庭、那对恩爱的夫妻怎么会一下子沦落到这等地步。

（九）

几天后的一个晚上，我刚吃完夜饭，就隐约听到了对门屋里"呼呼嘭嘭"的声音，还夹杂着女人的哭叫声。

好奇心驱使我侧耳聆听，我把门拉出一条缝隙，声音顿时大了起来，那声音令我全身的汗毛都竖了起来，是一个女人呼喊"救命"的声音。

我本能地冲过去猛敲对方的门，但始终没人来开，只有从门缝里窜出的呼喊声和摔东西的声音。我意识到事情的严重性，大声地说：再不开门，我撞门了！但还是没人理我。我知道我的这种警告丝毫构不成对里面人的威胁，更无法律效力。当然我也知道，如果撞门进去我可能违法，但现在已是非常时刻，我的强行进入是为了制止一起更为严重的违法事件。

就这么决定了！我退后一步，鼓足勇气，站稳左腿，飞出右脚，

"呼"的一声,脚到门开。

屋里的人见有人突然闯入,忽地停住了一切动作,室内的空气顿时凝固起来。只见男主人正将一只青瓷大花瓶高高举起,悬在空中还没来得及摔下去;女主人泪流满面地跪在地上拉着他的裤腿。我冲上去夺下男主人手上的花瓶,大声说:你们这是干什么!?

女主人望了我一眼,像在绝望中见到了救兵,又"哇"地一声哭了起来。

哭泣中的她并不显得难看,反而透出一种忧伤的美,就像传说中哭泣的蒙娜丽莎。以前我没有见过她哭泣的样子,今天是第一次看到,也算是饱了一回眼福。

男主人在我夺下他手中的花瓶后,耷拉着脑袋坐在沙发里一声不吭。

女主人突然停住了哭泣,倏地从地上爬起来,抱起那只青瓷大花瓶夺门而出。

我一个人站在房间中央,走也不是,不走也不是,煞是尴尬。我为我的勇猛举动懊悔了,我不知道何去何从,我将如何迈出这扇被我意气用事踢坏的大门?

这时,男主人终于先开了口,对我说:兄弟,谢谢你!

他的话让我舒了一口气,但想不明白他谢我的理由,我条件反射地回了他话:没什么。

他说:真的感谢你,今天要是没有你,我不知该如何收场?也许手上的那只花瓶会成为她见阎王爷的一张门票。

你们到底怎么啦?

她是个骗子。

怎么可能呢?!我抿嘴暗笑。

真的,不骗你,如今这个世道假冒伪劣的东西实在太多了,连人也可以造假。

我越来越听不明白,惊讶地问:你说什么?难道她是个假人?

兄弟，算我瞎了眼，当初就因为冲着那张漂亮脸蛋才娶她做老婆的，想不到她是个丑八怪，完全靠整容整出来的。

真的？我很惊讶。

真的。

对方肯定的回答让我有了一种刺痛的感觉，难怪他家的孩子长得越来越难看。

我无心再逗留，不痛不痒安慰了他几句，便转身告辞。我反手把大门掩上，但门锁已坏，关不严，只得从门口的地上拣起一张废报纸，折了几下，嵌在门缝里，看来我做的坏事只能明天补救了。

那夜，我躺在自己的床上，迷迷糊糊做了一个梦，一个狐狸精大变美女的噩梦。

手

"作孽啊!"

一位老妇人边哭边扯着大嗓门快步走进新区医院的大门。那人看上去六十开外,步子很大,风风火火的样子,差点在急诊大厅门口与一个右手吊着绑带的老头撞个满怀。

老头一愣,回过神来说,"你怎么来了?"

老妇人像见了仇人一样分外眼红,开口就骂,"你这个死老头子!阎王爷怎么没收留你啊?"

"这儿是医院,你瞎嚷嚷什么!"老头瞪了她一眼,说完便快速走出急诊大厅。

老妇人骂骂咧咧地追了上去。站在一旁的两个警察彼此使了个眼色,也急匆匆地跟着走了出去。

医院里的人很多,大家都用异样的目光齐刷刷地看着他俩。听口气,老妇人和老头应该是一对,而且是那种打是亲、骂是爱的欢喜冤家,否则大热天的怎么还冒着烈日跑到医院来骂人呢?但那两个紧随其后的年轻警察就有点不好理解了,莫非是为他俩保驾护航的。

老头很快上了停在路边的一辆警车，老妇人不管三七二十一也跟着钻了进去，随后两个警察也上了那车。警车很快驶离了人们的视线。

　　那个手吊绑带的老头外号叫老牛头，因为脾气犟，故周围熟悉他的人都这么称呼他。老牛头以前是公交公司的司机，天天开着牛头大巴"招摇过市"，但退休回家后反而不见了人影。这两年他到底在干什么？街坊邻居们起初谁也不知道，就连家里的那个"欢喜"也蒙在鼓里。后来，几个从拘留所里放出来的小扒手直接上门来揭发，才得于真相大白。也就是从那天起，老牛头与恩爱多年的老伴成了冤家。当然，他们骨子里还是有"万有引力"的，两人的关系在往后的日子里时好时坏，因此说他俩是一对欢喜冤家一点也不为过。

　　那天，几个猴头鼠眼的家伙从拘留所里放出来后，就直奔老牛头的家，说老家伙砸了他们的饭碗，是来要饭的。当时老牛头不在，他的"欢喜"一个人在家自然吓得不敢开门，只能扯着大嗓门高声叫喊，"你们再不走，我要报警了！"那几个人竟鼠胆包天开始砸门，老牛头的"欢喜"马上拨打了"110"。不一会儿，警车拉着警笛呼啸而来，把那几个人吓得屁滚尿流、闻风而逃。那帮人虽然跑了，但老牛头的"欢喜"依然很害怕，她怕她的"冤家"会不会遭遇不测？

　　老牛头的"欢喜"担心了半天，后来又怨恨了起来，这个死老头竟瞒着我去干那种让人提心吊胆的事！这怨恨不上来还好，一上心头，所有的怨气全都从心底里跑出来咆哮了。难怪这死老头子每天像上班似的早早出门，经常很晚才回来，问起他，不是说在退管会帮忙，就是说在健身房锻炼。鬼屁！原来这些都是骗人的。

　　老牛头的"欢喜"心里正嘀咕着在气头上，老牛头却哼着小曲回家了，这次不偏不倚正好撞在她的"枪口"上。

　　老牛头的脚还没跨进门，他的"欢喜"已经候在门口扣动了扳机，"死老头子，你倒潇洒着回来了，我快被你吓死了！"

　　老牛头被她的"一梭子"打得丈二摸不着头，不解地说，"老太婆，你今天吃错药了？"

"我吃错什么药啊，你才吃错药了！"

"我身体好好的，要吃什么药？"老牛头理直气壮地说。

老牛头知道自己的身体好着呢，只是老太婆的身体不是很好，年轻时就有心脏病，现在血压也偏高。因此许多时候他都让着她，当然也有瞒着她的时候。

"我问你，你每天忙进忙出死哪里去了？"

"退管会帮忙呀。"

"你还要骗我，人家都已经找上门来了！"

"谁？"老牛头一个激灵。

"你说还会有谁，被你抓过的那些小扒手！"

"啊？"老牛头差点叫出声来，他想不到老太婆已经知道了他的底细，更想不到扒手竟敢上门来告状，一时无话可说，但心里怒火中烧。

老牛头的"喜欢"还在一个劲地扣动扳机扫射，"你瞒着我做这种事体，不要命了！"

"什么命不命的，我喜欢。"

"好，你喜欢是吧，那就别回来了，去喜欢你的吧！"

当天晚上两人就分了居，还闹着要离婚。这是他们携手四十年来前所未有的，虽说以前也有磕磕碰碰的时候，但不至于闹到分居、离婚的地步。现在膝下的一儿一女都已成家立业，老夫老妻却反而要来个晚节不保了。

警车很快到了老牛头的家门口，不少街坊邻居已经知道他抓扒手受伤的消息，纷纷围拢上来。老牛头下了车，像一个刚从战场上下来的勇士，见了众人，条件反射似的想举起右手示意，但上了石膏的手像石头一样沉重，他刚想往上举就感觉一阵疼痛。

老牛头用左手扶了扶右手上的绷带，望了望两个送他回家的年轻警察，感到一阵心酸。他悲痛的不是自己受伤的手，而是想到不能和反扒队员一起去抓扒手了。其实，那两个年轻警察是他的徒弟，刚从警校分配到反扒大队实习的。

老牛头送走了两个小徒弟，就回到了自己的房间，把门一关，耳根清净，任凭他的"欢喜"在门外咒长骂短。其实他心里知道老太婆骂他也是为他好，但行动上就是死不改悔。他已经盘算着下一步的行动计划，等受伤的手好了以后，第一个要抓的就是那个伤害他的人。

一想到上午打的那一仗，老牛头恨得咬牙切齿。自己非但没有抓住扒手，反而被那个年轻力壮的家伙就地取材，用基建工地上搭脚手架的铁棍打断了他的手。

说起老牛头的这双手，有其非常光荣的革命历史。如果现在单从市场经济的角度来衡量，也许不一定值钱，肯定比不上画家、书法家的手，可他还是非常看重，常常引以为荣。这双手在部队时，荣立过一等功一次、二等功三次、三等功四次、嘉奖五次；在公交公司，这双手又连续八年被评为先进工作者、当选过市劳模、省劳模、获得过五一劳动奖章。老牛头年轻时在某部特务连当的是侦察兵，他的手劲很大，据说一只手就能提起二百多斤重的东西。那年参加自卫反击战，他一个人就凭着这双有力的大手，像老鹰抓小鸡那样捕获了敌方阵地上的一个"舌头"，为反击战的胜利赢得了先机。后来转业到了公交公司，这双手又握起了生命的方向盘，在化解了一次又一次的险情后，硬是创造出了三十万公里安全行车无事故的骄人业绩，让全公司的人都刮目相看。看来老牛头的这双手确实很牛！

应该说老牛头这把年纪，出来活动活动筋骨也没什么不好，问题是他偏偏爱上了反扒这一危险的行当，而且不顾家人的反对，不顾夫妻四十年的感情，义无返顾的站到反扒志愿者的行列中，这就有点蹊跷了。是他的思想境界高吗？还是他的脑子有问题？对于这两种说法，人们说法不一,但他都不以为然,倒是流露过对扒手特别仇恨的心理。

其实这仇恨由来已久,开始日积月累,然后发展壮大,最后变为动力化为实际行动。

他当司机这么多年,在公交车上见过的扒手不是一个两个,看到被扒者哭哭啼啼伤心欲绝的场面也不是一回两回。老牛头一开始发现那些扒手还能忍着,后来他的手就有点痒痒了,只可惜他的手握着方向盘,不能一手两用。

有一次,他从后视镜里又看到车厢里一双游来游去的鼠眼,凭经验就知道肯定是扒手无疑。扒手已经锁定目标,开始动手。他看在眼里,急在心里,情急之下竟动用了自己的脚,原来他使出了一个损招,"哐当"一个急刹车,车厢里的乘客顿时像筛糠一样,一个个前倾后倒。效果不错,最终那个扒手没能得手。他拯救了一个妇女的钱财,但也换来了一车人的唾沫。个中道理谁能明白?他想解释,但有几人会相信?老牛头干脆打了牙齿往肚里咽。当然,他感到冤,同时也有了仇。

还有一次真的让他那颗埋藏已久的仇恨种子发了芽。那是一个骄阳似火的夏日,他与往常一样开着公交车,行至图书馆站台,刚停稳,就听到车厢里一个少女的尖叫声,"我的项链不见了!"老牛头从汽车右侧的后视镜里,看到一个跳下车的青年慌张逃窜,他不假思索地从车头处快速跳下车,一路追赶。想不到非但手链没追回,反而搭上了他的两颗门牙。当时的情况是这样的,他被人行道的水泥台阶拌了一跤,愤怒的鲜血当场从嘴里流了出来。这些愤怒的鲜血自然就转化为刻骨铭心的仇恨。那天,他回到家对着镜子发呆,没了门牙的他确实看上去老了许多。也许他真是老了,但那颗不老的心却一直鼓动着他、唆使着他,等退了休,解放了自己的手脚,一定要跟那些"钳工"们好好"玩玩"。

也许老牛头当初没有想到,这样的"玩玩"是要花代价的,而且代价不菲。如今残酷的现实已经明摆在他的面前,由于他的"玩玩"已经把"喜欢"玩成了"冤家",把好端端的手博得伤痕累累。可老牛头竟认了，而且往死里认了，固执得像块石头。

　　老牛头的手终于痊愈了。他像一只被囚禁多日的老鹰，一旦放生，立马显露出往日的勇猛，迫不及待地开始飞翔、寻觅猎物。当然他飞行的范围不大，无非是从这辆公交车飞到那辆公交车，寻觅的猎物也很单一。

　　几个老"钳工"见老牛头又出现在他们的"工作"场所，只得溜之大吉，而那些不知天高地厚的新手们，却还在继续"辛勤劳作"着。当然越是辛勤就越会出错，这不，一个"小新疆"已经被老牛头逮个正着。

　　"小新疆"转动着鼠眼，嘴里叽里呱啦说着一般人听不懂的维吾尔语。其实那小子是想找机会开溜，殊不知老牛头非但听得懂维语，而且还能说上几句，那是他在新疆当兵时学的。老牛头用标准的维语一声怒吼，一下子把小新疆震住了。那小子以为真的遇上了家乡来的老警，自知蒙混不过了，只得乖乖地跟他到了就近的派出所。

　　不出几天工夫，老牛头已经觅到不少的猎物，足足有一面包车。当然，这一面包车指的是那种七座的警用面包车。如果再精确一点的话，还得去掉一个最高分（开车的）和去掉一个最低分（押解的）。

　　那天老牛头领了派出所发给他的奖金，兴冲冲地来到开发区新开张的服装市场给"冤家"买衣裳，听说那里的服装便宜。他想拿廉价的新衣裳制成糖衣炮弹，让"冤家"投诚过来重新变成"欢喜"。

　　服装市场很大，人山人海，鲜艳的服装如彩旗招展，看得老牛头眼花缭乱，心花怒放。也许是第一次光顾，新奇啊！但很快老牛头的眼神就有点不对劲了，他不再看那些鲜艳的衣裳，而是盯上了簇拥的人群。此时他已经忘却了来此地的初衷，变得"神经兮兮"起来。

　　其实老牛头"神经兮兮"是有理由的，他已经盯上了一个猴头鼠眼的家伙。老牛头想不到这里的扒手不比公交车上少，更想不到几个老

"钳工"都上这儿干活来了。老牛头马上戴上墨镜将自己伪装起来。

老牛头盯了许久终于见那个家伙下手了，便快步靠上去。猴头鼠眼的家伙一得手就飞身逃窜，老牛头见状哪里肯放，在后面拼命追赶。他边追边喊，只可惜旁人非但不上来帮忙，反而给那小子让出一条血路。老牛头气得差点喷血，涨红了眼穷追不舍。追进一条宁静的小巷，眼看就要逮住那个小子了，这时突然从小巷的拐角处窜出一个拿刀的家伙。那人直扑上来，老牛头毫无准备，眼看来不及躲闪，他只得用手去挡，只听得不知是"哗啦"还是"哇啦"一声，老牛头右手的五个手指头已经掉了四个。

由于是盛夏，加上时间拖得太长，老牛头右手从食指到小指的四个手指头一个也没接上，他第一次伤心地哭了。他不是哭他的手指头，而是哭自己的无能，哭今后的前程。

说来也怪，老牛头没有买到想制成糖衣炮弹的新衣裳，却用四个手指头轻松地让"冤家"投诚过来了。"欢喜"每天给他喂饭喂菜，擦脸擦身，真是悉心照料，无微不至。

时间过得真快，转眼已近春节。老牛头在家歇了半年，他的手又开始发痒了。往年，春节前的这段时间是他最忙碌最兴奋的时候，现在他只能望着几乎没有手指的右手，在家里唉声叹气。

虽然老牛头已经学会了用左手做事，生活全部能够自理了，但"欢喜"还是天天陪着他，名曰照顾他，实则软禁他，让他不得自由。这样的日子久了，又让老牛头眷恋起那段做"冤家"的日子来。

当然他不是没有招数，洗澡就是一招解脱的办法，只是前几次都是在"欢喜"的安排下，有儿子全程监护。这次老牛头拣了个儿子出差的日子，申请外出洗澡，"欢喜"起初不肯答应，她怕失控，要他在家里洗。老牛头自然不会听话，可怜兮兮地说，"这么冷的天，家里又没暖气，你要冻死我啊？"

"欢喜"想想也是，大冬天的，没暖气，让他在家里洗澡确实有点说不过去。现在报纸上、电台、电视台里不是都在提倡"以人为本"么，看来也只能来一次与时代接轨了。她终于动了恻隐之心。

那天，老牛头哼着好久没哼的小曲，一路欢歌出了门。他两步一回首，三步一回头，生怕"欢喜"盯他的梢。果不其然，"欢喜"跟在了他的后面，老牛头不得不向澡堂走去。

"欢喜"简直成了他的牛皮糖，粘着不放了。老牛头无奈地边走边叹息，此时他多么希望自己能变成那个会腾云驾雾的孙悟空。但转而一想，变成孙悟空也不行，孙大圣头上还有唐僧的紧箍咒呢，也许自己变成孙悟空，他的欢喜也会变成唐僧的。这么一想，他心里平衡了许多。

老牛头走进澡堂就起了"邪念"，他问了吧台上的服务员，就从后门溜了出去。看来他手残心不残，真的又要去"玩"了。

走出澡堂，老牛头上了那辆熟悉的"8路"公交车，这是一条去大卖场的购物专线，乘客多，扒手也多。他往中间一站，就对车厢进行全方位扫描，很快，目标出现在他的"屏幕"上。老牛头兴奋不已，简直像一只饥饿的馋猫遇见了大老鼠。也难怪，这是他致残以来的首次出山，自然特别兴奋。

车子在联华大卖场站台刚刚停稳，目标就趁着上下客拥挤的瞬间下手了。这时，老牛头也伸出了手，不对，他一看自己伸的是右手，连忙换了左手。在车上，"三只手"就这样遭到了"一只手"的袭击。

"三只手"转头一看是个"一只手"的老家伙，当然不买账，拼命挣扎。

老牛头明显感到力不从心，他想用右手帮忙，但毕竟缺了手指头的手有劲使不上，他只能用左手死死抓住那个家伙。"一只手"要对付"三只手"，那情形可想而知。最后，老牛头花了九牛二虎之力，硬是把"三只手"制服了。看来，年轻时在特务连练就的功底还有一点余热可发挥。

老牛头像抢到了天上掉下的大馅饼那样，兴高采烈地把"三只手"交到附近的城中派出所。

可他万万没有想到的是，"欢喜"已经在派出所的接待大厅里了。两人的目光一对上，老牛头那个兴高采烈的脸蛋顿时像霜打的茄子，一下子蔫了。看来，他的"欢喜"不仅是唐僧，而且已经修炼成如来佛了。

其实老牛头误解了，他的"欢喜"不是如来佛，也没有如来佛的大手掌，她只是来派出所报案的。

原来，老牛头的"欢喜"在澡堂门口等了半天，还不见老头子出来，就着急了，便噜哩噜苏向吧台的服务员描绘了老牛头的体貌特征，其实只要说右手没有四个手指头的老头就可以了。"欢喜"焦急地守在门外，服务员很快传来了近似噩耗的消息，老头子根本不在澡堂。难道他一下从人间蒸发了？"欢喜"差点哭出来，她不能没有这个"冤家"，他是她的主心骨，是家里的顶梁柱。"欢喜"就这样跌跌撞撞来到城中派出所报案，说她的老头子失踪了，并怀疑可能是被小扒手们害了。接待她的民警认识老牛头，便安慰她说，不会有事的。"欢喜"本来没哭，一安慰反而触动了她那根控制眼泪的神经，顿时失声痛哭起来。

现在，她突然从眼泪的背后见到了一个真实的"冤家"，还发现他揪着一个人，便明白了一切。她抹了一把泪，当着众人的面就大骂起来，"你这个冤家，何时才能让我放心？"

老牛头像一头犟牛，一声不吭。

最后，派出所李所长出面充当了老娘舅，并请两老在所里的食堂用了餐，才算平息了一场可能升级的人民战争。

从城中派出所出来，已是阳光灿烂的午后。"欢喜"一路上始终抓着"冤家"的手不放。在一些人看来，这对老夫妻居然在光天化日之下手拉着手并肩走在大街上，简直比年轻人在大马路上接吻还来得前卫时尚。许多行人纷纷驻足用嫉妒的目光看着这对热恋恩爱的老情侣，也许是被他们幸福的举止感动了。

其实,"欢喜"还没有考虑到幸福不幸福的问题,她只是担心,怕一不小心真的会失去这个"冤家"。她这么想着,不由得把老牛头的手越抓越紧。

迷人的旅伴

在广州办完事,我就匆匆赶往火车站,准备回北京参加妹妹的婚礼。午饭都没来得及吃就来到售票厅买票,售票窗口的金属框正好挡住了我与售票员交流的视线,我只能歪着脑袋说话。

买一张今天去北京的票。

没了!女售票员的话通过扩音器后走了调,硬邦邦的没有一点人情味。

明天的呢?

也没了。售票员的声音还是像机器人讲话那般刻板。

怎么这么倒霉?我心里正嘀咕着,腰间的手机响了,一接,原来是即将做新娘的老妹从北京打来的,问我啥时候回家?

我叹了口气,有气无力地说,赶不回了。

电话那头蜜蜂似的声音嗡嗡乱叫。我打断了她的话,说,我的小祖宗,做哥的不是不想参加你婚礼,而是买不到车票。

对方显然不满意。我只得继续解释,机票太贵了,谁给我报销呀,况且你也不是不知道,我从小就有恐高症,怕坐飞机。

刚挂断电话,耳畔又传来了一个娇柔的声音,先生,你去北京吗?

回头一看,一位穿白风衣的年轻女子站在了我的身边,朝我粲然一笑,微笑中露出两颗小虎牙煞是可爱。我眼前一亮,像见到了救星似的说,是呀,你有多余的票?

她说,这段时间是旅游旺季,去北京的票特紧张,差不多都给旅行社包了。

听她这么一说让我大所失望。刚才我在电话里虽然说赶不回去,其实还是很想马上回家,要是这次不参加老妹的婚礼,非被她咒骂一辈子不可。

女子瞟了我一眼,见我愁眉苦脸的样子,很是同情,咬着下唇想了想说,我手头有倒是有一张今天下午去北京的票。

我一听有票,眼前顿觉一亮,像在茫茫黑夜的海面上见到了灯塔似的。可还没等我笑出来,女子又说,不过,现在还不能给你。

真会吊胃口,我问,为什么?

她解释道,那票是她帮一位朋友预订的,现在正等着他的电话,朋友昨天来电话说可能有事走不了了。如果他真的走不了的话,可以把票转让给我。

我听了双手一合,做出一副祈祷的样子,正对着她说,阿弥陀佛,太谢谢你了!

她像观音菩萨似的朝我莞尔一笑,说,不用谢,这票还不一定是你的呢。

我讨好她说,不管是不是我的,我还是要先好好谢谢你,感动了你也许就能感动菩萨。

她笑着说,不愧是京城里的人,连说话都让人爱听。

我说,真的,你将是我的大救星。我说得有点激动了,心里恨不能上前拥抱她一下。

没隔多久,她朋友来了电话,告诉她今天真的走不了了。我听到这消息，像见到了节日里的烟花那样心花怒放。

我虔诚地从她手里接过票，付了票钱，才想起午饭还没吃，一看时间离上车还有两个小时，便恳请她一起去吃点什么。她说她吃过了，还有一些事情要安排，就与我道别。

看着这么一位善良而美丽的女子将要离去，着实让我有点依依不舍。我问，姑娘贵姓？

她说，你别问了，我们还会再见面的。她丢下这句话，人已像云朵那样飘走了。我品嚼着她的话，想不出个所以然。

终于登上了火车，这是一列从广州直达北京的特快。软卧在第十车厢，我找到了10车12号下铺的那间包厢，拉开门，里边空无一人。放好行李，刚坐下，包厢门口就飘来一朵白云，我抬头一看，竟是刚才兑我票的那位女子。我一个惊讶，脱口而出，是你！

怎么样，我们又见面了吧。女子朝我做了个鬼脸。

我殷勤地拿过她的旅行箱放到行李架上。

她礼貌地说了声，谢谢！

怎么你也去北京？我说。

女子点头应诺。

是去旅游？

女子摇头。

出差？

女子还是摇头。

她坐在我对面的铺上，顿时变得忧郁起来，愁眉苦脸地说，父亲病重，我去北京探望他一下。

你也是北京人？我问。

不，我是广州人，我和母亲都在广州，只有父亲一人在北京。

女子看来去性格外向，她毫无顾忌地告诉我，在她小的时候父母就离了婚,父亲很早去了北京发展,可至今仍孑身一人。这次突然接到父亲单位打来的电话,才知道父亲重病在身。

车厢里的气氛顿时有点凝固,我不便再细问下去,想换个话题,但又不知道谈论什么是好,竟沉默了起来。

女子见我不说话,便从随身的红色小包里拿出一只粉色化妆盒,打开盒子,取出一支口红。这口红我熟悉,韩国的露姿,与我老婆用的同一品牌。

我不由得打量起她来。

女子的嘴型有点偏大,但她很会化妆,只见她将口红小心翼翼地在嘴唇的内侧轻描了一圈,然后又将上下嘴唇轻轻抿了抿,生怕口红敷得面积太大而影响嘴型的美观。妆化与不化确实不一样,女子的嘴唇被口红一抹顷刻变得小巧和性感起来,基本达到了传统审美标准的那种"樱桃小口"型。她又拿起粉饼轻扑丰腴的脸蛋,双颊越加红润了,像改良后的红富士苹果那样,更加惹人喜爱。她的手指纤嫩而修长,看上去是一双天生丽质的钢琴家的手。应该说这是一个丰盈而不失精巧的美丽女人,连放在台上的那把梳子也是精美小巧的正宗牛角梳。女子用白嫩的手拢了拢乌黑飘逸的披肩长发,做出一副像电视广告里经常播放的那种用××洗发水洗过头的明星形象,风姿撩人。

她还在打扮自己。我不想浪费更多的时间去观察一个素不相识的女人,就从旅行背包里拿出一本书阅了起来。

女子化好妆就坐了过来,坐在了我身边,她俯下脑袋问我在看什么书?我合上书给她看封面,告诉她,是茨威格的《一个陌生女人的来信》。她露出惊讶的神色说,是外国人写的,一定很刺激吧。

我说,这是世界名著,你没看过?

她摇着头。

我说,茨威格是描写情欲的高手,看他的小说很过瘾。

是吗?女子的眼里射出了惊喜的光芒。

我们正说着，火车驶进了一条隧道，像突然被巨蟒吞食了那样，车厢里顿时一片黑暗。女子轻叫一声，好黑呀。她竟把身体靠了过来，头几乎匍匐到我的肩上，她的秀发分明在诱惑我的鼻孔，我闻到了洗发水的沁人芳香。

火车驶出隧道，车厢里亮堂起来，她又端坐到一旁，似乎一切又都恢复了原来的平静。然而我的心已不再那么平静，女人的香味刺激着我的血液，体内的血管似乎都在膨胀，血液在加速流动。

手上的书再也无法阅读下去，我极力想打破这种看似平静的尴尬局面。环顾四周后我终于找到了话题，自言自语道，怎么上铺没人？

女子说，也许那两个乘客赶火车误点了。

我说，会不会是票贩子控制在手上的票来不及出手？

不可能，现在票那么紧张，倒票的人早就出手了。女子很自信地说。

一说到票贩子就让我气愤不已。去年春节回家过年，从票贩子手中出高价买了一张票，上了火车见别人已占了我的位置，为争座位，我和对方差点打起来。后来乘务员和乘警赶来查明情况，才知道我的那张是假票，最后补了票还罚了钱。冤哪！

车厢喇叭里传来列车播音员甜美的嗓音，提醒旅客已到了用餐时间。

我对那位女子说，晚饭我请你。

为什么要请我？她把眼睛睁得大大的，像要一下子探到我的心底。

我忙解释，请不要误会，我没别的意思，刚才你把票转让给了我，还没谢你呢。

她想了想说，好吧，不吃你的饭怕你今晚睡不着。

餐车里，我们面对面坐着，我把菜谱递给她点菜，她抬眼瞧着我，问我喜欢吃什么？我说，你喜欢吃什么就点什么，我什么都爱吃。其实我对吃是很挑剔的，从小就被父母娇生惯养着。不过现在好多了，经常在外出差，许多时候也只能将就着吃。

她问，喝什么酒？

我说，不会喝酒。

一个大男人怎么不会喝酒？

我说，我真的不行，一喝就脸红。

我们是初次么，赏个脸，多少也得喝一点。经她这么一说，我也不好推辞了。

那就喝点啤酒吧。我像是在求饶。当然我不再推辞还有另一个原因，因为说好了我请客，免得人家认为我不想付酒钱，说我小气。

菜还没上来，我们又聊了起来。

她告诉我，目前她在广州开一家经销化妆品的小公司，生意还可以。经她这么一说，我对眼前这位颇有好感的女子多了一份敬佩之意，想不到这么一位年纪轻轻的弱女子已有自己的公司了，而我还是一个跑码头做保健品生意的推销员。相比之下我感到惭愧。

服务员把菜端了上来，红烧鲳鱼、咖喱牛肉、生煸豆苗、野生菌菇汤，都合我口味。她真会点菜，以前我在火车上好像从没吃过这么可口的饭菜。我突然多了一个梦想，以后要是出差坐火车时都能碰上这样的女子该有多好呀。

打开啤酒，她先敬了我一杯，照例是应该我先敬她的。怎么老让她抢主动，我成什么男人了？

干！她举起了酒杯。

干就干！我也豁出去了。

我们边吃边聊，天南地北地胡侃。侃着侃着，话题自然又回到了这次行程上来。我说，这次回京是赶着参加妹妹的婚礼。本想在广州多呆几天，多谈几笔业务，以后恐怕来不了广州了。她问我为什么？我告诉她，妻子快要生小宝宝了，我要在家照顾她一阵子。

她听了扑哧一笑，夸我是个难得的好丈夫。

我说，你别这样损我，我可受不起这样的光荣称号。

她鬼鬼地转着眼珠说，不想做好丈夫，难道外面有相好了？

没有！我把这俩字说得斩钉截铁。不瞒天地，虽然我曾划过这种闪念，但目前确实还没有，我不想背叛从小就是孤儿的妻子。这次照顾妻子也是件没办法的事，本来这事完全可以托付给我妈她老人家，可她与媳妇的关系老是处不好，现在只能由我挑起这副重担了。嗨，想起妻子生孩子的事，既让人高兴又令人苦恼。

夜深了，整个包厢里就我们两人。我躺在铺上，感觉有点怪怪的，兴许是酒兴，说实在的我真有点想入非非。翻身下床去了一次厕所小解，回来把门锁好，继续睡，但翻来覆去怎么也睡不着。

我又想起了挺着大肚子的妻子，预产期是这个月底，我快要当爸爸了。但爸爸也不是好当的，要牺牲很多，要学会忍耐。

就在我胡思乱想的时候，突然传来了对床那位女子的呼唤和重重的喘气声，受不了了，呵——呵——救救我，受不了了！

我飞身下床，迅速走过去开启她的床头小灯，只见她颤抖的手在撕扯着衬衣领口。

你怎么啦？我紧张地发问。

胸口难受。

我去叫乘务员。

不要，快……快帮我揉一揉。她抓住了我的手，往她的胸口处送。

我被这突如其来的情形弄得六神无主，但我的手已触及到她起伏的胸脯上，那是一对高耸而饱满的胸脯，非常柔软，不像我妻子那般瘦小一碰就碰到骨头的那种。我不敢重压，生怕伤着。

我边揉边说，还是让乘务员叫医生吧。

她被我揉了几下似乎已经好了许多，喘着气困难地说，没事了，这是我的老毛病，多揉几下就会好的。

要不要吃点什么药？

不要，我这病是先天的，过一会儿就会好的。

听了她的话，竟让我眼泪汪汪起来，一个大男人怎么好意思在一个萍水相逢的女人面前流泪呢。我强忍着，深深地同情起她来。好在车厢里的灯光不怎么明亮，应该没有让她看出我眼眶里的泪花。而我却发现她的眼泪已从眼眶里溢了出来。

我半跪在她的床前，用手轻轻擦拭着她眼角的泪。我已经离她很近，面对着面，足已让我感到她喷薄而来的气息，彼此的气息已在交融……升腾……我们已经有过了间接的肌肤抚摸，不再陌生，感觉如同恋人一般。

橘黄色的灯光把整个包厢营造得柔美温馨。她平躺在床上，那对长长睫毛下闪动着的明眸此刻已变得更为迷人，撩我心弦，荡我心旌。

车厢里静得出奇，唯有火车隆隆的作响声。而我的内心一点也平静不下来，心跳像车轮和钢轨的撞击声那样变得异常强烈，犹如爵士乐队里的定音鼓槌在不停地敲打着我兴奋的神经。

我知道该离开了，该回到我的铺上，可手脚却不听使唤。我握着她那双纤嫩的手，感觉她也不想放开我的手。难道她也希望我们睡一个铺？

我分明感到她的手在发力，让我靠她靠得越来越近，头与头几乎已经碰在了一起。我不知哪来的勇气，开始吻她的面颊，吻她的嘴唇。她没有拒绝，嘴已微微张开，吮吸着我送去的舌尖。

趁着酒兴，我斗胆地爬到她的铺上。她没拒绝，欠了欠身让出一点空间来。狭小的铺位竟能容下我们两个大人，我们拥在一起却不觉得挤。她的呼吸似乎比刚才发作时还来得急促，让我心悸。但心悸归心悸，我还是解开了她的衬衣纽扣，里边是一件粉色的黛安芬文胸，也与我妻子的一样，是我熟悉的那种式样。

自从妻子怀孕以来，我好久没有看到这样精美的文胸了，好久没有像今天这样春潮涌动了。黛安芬文胸对我来说竟有点像伟哥那样神奇。

不知谁说过的，当男人与女人做完那件事之后，男人便成了女人的俘虏。此话一点不假，此时的我确实已经成了那个女人的俘虏。我从她的身上滚落下来的时候，已经筋疲力尽，失去了任何的抵抗能力。

天已经放亮，她还在蒙头大睡。我怕乘务员以打扫卫生的名义进来，便回到了自己的铺位上继续睡。昨晚我没睡好，想必她也没有睡好，现在该好好睡一觉了。

其实我回到自己的铺位上已经睡不着了，我迷迷糊糊做了一个梦。

我梦见自己又回到了广州，在广州火车站她亲自来接我，我们在旅客出口处忘情地拥抱着、亲吻着。她领我走向一辆停靠在路边的白色宝马车，告诉我这车是给我买的。我坐进了驾驶室，无级变速的，很容易驾驶，比起我以前开过的那辆破旧桑塔纳，真有天壤之别，我终于真正体会到了驾驶的乐趣……我和她进入了一幢摩天大楼，电梯把我们送到了38层，我跟着她走进一个单元，进门靠窗的那张老板桌上已经放着写有我名字的牌子，一看头衔是总经理。她竟不跟我商量就给了我这样一个惊喜，我兴奋得想吻她，可她拒绝了，说这里是工作场所，要注意形象。她是董事长，我是总经理，要我摆正生活与工作的关系。我听了又好气又好笑，我哈哈大笑起来。这一笑，我的美梦就这样笑没了。

车厢喇叭里开始播放背景音乐，新的一天又开始了。我从铺上爬起来，见她还在蒙头大睡，便先去车厢一头的水房洗漱。

等我回到包厢，她也起来了。

我说，怎么不再睡一会儿？

她打了个哈欠，伸了伸懒腰说，够了，再睡要变大懒猫了。

我说，你去洗漱一下，我去打点热水，今早咱们吃泡面。

火车已经进入了河北境内，不久就能抵达北京。

车到石家庄的时候她接到一个电话，没说几句，她就"哇"地哭出声来，我怕她是不是心脏的老毛病又犯了，赶紧上前去扶住她。我不知道发生了什么事，自己的心脏竟也紧张得"突突"乱跳，我想照这样下去我也快得心脏病了。

电话终于挂了，我问她谁来的电话，出了什么事？

她一头扑到我的怀里，像是突然受到了沉重的打击那样，伤心地哭着。

你别哭呀，告诉我到底发生了什么事？我帮她擦着眼泪问她。

她说，刚才来电话的是她的哥哥，说母亲突发心脏病住进了医院。

我说，有你哥哥在母亲身边你急什么呀？

她告诉我，母亲马上要动大手术，医院催着交钱，可家里的存款都由她保管着寄存在银行的保险柜里，其他人都无法取出。

我听了也跟着她急，快叫你哥哥想办法呀！

她无助地说，哥哥是个下岗工人，叫他一时半会哪里去凑那么多钱？

要多少？我焦急地问。

五……五万。

要那么多？我惊讶了。

她无奈地朝我点点头。

我把她搂得紧紧的，深情地吻了她一下，安慰道，别难过，钱的问题最不是问题，反正快到北京了，一到北京我就帮你想办法。

我虽这么说，其实我也一下子没那么多现钱，但说出口的话又不能马上收回来。我想到了父母的钱、妻子的钱、甚至老妹的彩礼钱……

我为自己而感动，为即将做出的义举而自豪。既然我们有缘成为一个车厢的伴侣，当对方遇到困难的时候作为一个男人不应该无动于衷，应该做出点什么。我为自己找到了帮助的理由。

听我这么一说，她好像安静了许多。也许她心中的苦涩被我这么一搂一吻一安慰，就像清咖啡里加入了咖啡伴侣那样也变得甜润起来。

她静静地躺在我的怀里。突然，她又忽地挣脱了我的怀抱，说，我还是自己再想办法。

她拿起手机,拨通了公司的电话,会计告诉她账上的钱刚汇给客户,公司里现在没有余钱。

她挂了电话,又一次无奈地看着我,苦笑着说,做生意人就是这样,虽说很有钱,但到关键时刻竟拿不出钱来。

我责备她说,你不要逞强了,也不要不信任我好不好?!

她见我生气了,似乎对我信任了许多,又一次向我敞开了心扉。她告诉我,虽然她在事业上有了一点点成功,但在婚姻上是个失败者。她有过一次短暂的婚姻,前夫与她离婚后去了美国,并在那里重新结了婚。而她至今仍孤身一人,她有许多苦水想吐,但又不知向谁倾诉,她时常感到压抑、烦躁、苦闷……

其实,女人的忧郁在某些时候真是一笔不小的财富。她的坦诚、她的诉说,一下子博得了我更多的好感和同情,继而让我心甘情愿地想帮助对方。此时的我真的决定为她做点什么了。

中午时分列车终于到了北京西站,我想先陪她去她父亲那里,她不让我陪,要我尽快帮她解决钱的问题,我想想也对,当务之急不应该是卿卿我我,救人要紧。

我们互留了手机号码,就在火车站出口处分了手。当然她在离开时没有忘记留给我一个甜蜜的热吻。

我情绪高涨,先去父母那里报到,说了一大通好话,但向他们借钱时,却被他们骂了一通,并说,妹妹明天就要结婚了哪来那么多钱。最后好说歹说硬是要到了一万元。

我又偷偷向老妹借,她要我先说原因,我和盘托出,想不到她竟骂我神经病。我说人家为了让我回家参加你的婚礼,千方百计帮我搞到了车票,人家现在遇到了困难,要不要讲点人道主义?老妹终于被我说得感动了,借了我两万。

还缺两万，怎么办？我不敢向妻子借，毕竟"做贼心虚"。于是立即赶到单位，从办公桌抽屉的角落里翻出我那本存私房钱的存折，上面只有九千元，即使贴进去，还缺一万一。

　　最后，我不得不向社会上朋友们低了头，换在平时我宁可饿死也决不低头向别人借钱的，这也是我做人以来一直倍感自豪的一点，可今天没办法了，我也不想自豪了。

　　下午三点，终于让我松了一口气，五万元凑齐了。我赶紧拨通了她的手机，二十分钟后我们就在王府井大街的路口碰了头。现在电汇广州还来得及。

　　当我用牛皮纸包扎好的五万元人民币放到她手上的时候俨然像一个救世主，那种从未有过的优越感、舒畅感、成就感纷至沓来，直涌我的心头。她用双手接着，虔诚地把钱捧在胸前，深情地望着我，眼里滚动着感激的、舒心的、喜悦的泪花，那场面如同一个希望小学的学生正在接受馈赠那般感人。她嗫嚅着嘴，感恩不尽地连说"谢谢"，还一个劲地向我鞠躬。此情此景，我真的飘飘然了，感觉我就是上帝派到人间的那个耶稣。

　　她问我要了信用卡号码，说回去后就把钱打到我的卡上，并从包里重新拿出一张白纸准备写一张借条给我，我说不需要。她想了想就从包里取出一本精美的专放身份证件的红皮夹，说里面有她的一张居民身份证，作为借款的抵押物。我说，也不需要的。但她执意要给我，说借了别人的钱总该留下点什么。她还告诉我，下个月她还要来北京开会，到时再问我拿回身份证，也好再次聚一聚。

　　我拗不过她只好收下红皮夹，心想，这女人真好，认识这样的女人真是前世修到了高福。正想着，她已在我的脸颊上重重地吻了一下，等我用手捂着脸回过神来时，那个令我魂不守舍的女人已经离我而去，就像一朵美丽的白云飘得很远很远了。

我随手打开红皮夹,里面的那张居民身份证被反放着,也许想再多看她一眼,便去抽那张居民身份证,就这么一抽,从红皮夹里掉出两张火车票。我弯腰拣起来一看,两张都是从广州到北京的车票;仔细一看,是当日与我们乘坐的同一个车次;再仔细一看,一张是10车11号上铺,另一张是10车12号上铺。我突然意识到了什么,脑神经顿时暴涨起来。我快速从屁股后面的口袋里拿出我的那张车票,"10车12号下铺"的字样赫然呈现在我的眼前。我像被什么东西重重击打了一下,眼前一黑,手中的车票全都滑落到地上。

秋　天

秋天到了，养育了十八年的小鹰也要飞了，她带着那张娃娃笑脸就要离开父母、离开生她养她的家乡去省城读大学。

临行前，程莉对宝贝女儿千叮咛万嘱咐，早饭一定要吃，睡前别忘了喝牛奶，冷了要勤添衣裳，那个来了里边的东西要勤换……

鲁小鹰脸一红，打断母亲的话说，妈，知道了，你烦不烦啊？

程莉说，不是妈烦你，是不放心你第一次出远门。

其实，他们居住的小城离省城也不算太远，从高速走，也不过两个多小时的车程。但即使只有两个多小时的车程，对于程莉这个既不会骑单车也不会开汽车的不惑女人来说，已经够远的了。

当初填报志愿的时候，她就不主张小鹰去省城读大学，她认为本地那所理工学院也不错，既近又方便，母女俩想见面只要乘两块钱的公交车就行了。可女儿非要去外地读书，说什么，不到外地读书就像没上过大学。这是啥理论？现在的孩子满脑子的奇谈怪论，真拿她没办法。那个老猢狲也不好，还一个劲地帮女儿说话。

程莉心里正胡思乱想着，被她称为老猢狲的鲁德明开着自家的北京现代已经停到她和女儿的跟前。鲁德明下了车，三个人七手八脚把大包小包的行李往车上塞。

本来这次程莉也要送女儿去省城，但最近不知什么原因，一乘汽车就头晕，翻江倒海的。其实鲁小鹰也无所谓母亲送，她的心儿早已像出笼的小鸟扑棱着翅膀准备自由飞翔了。她见母亲泪汪汪的样子，就安慰道，妈，你就别担心了，又不是去边疆发配充军，我会好好照顾自己的。

程莉见父女俩上了车，抹了一把泪，还是不放心地拉住副驾驶的车门关照道，小鹰啊，到了省城就给妈打电话，有啥事要及时跟家里联系，自己的身体要当心，冷了别装强，要多穿点衣服，不要老露着肚脐眼。

鲁小鹰一声长长的"妈"，打断了母亲的唠叨，说，看你烦的，知——道——了。

程莉眼望北京现代像一头虎虎生威的小马，呼着气，一溜烟地跑了。她站在原地，挥着手，心里顿觉空落落的。

女儿一走，程莉每晚就像跟恋人煲电话粥似的准时将电话打到女儿宿舍里，有话说话，没话找话，一般没有一二十分钟肯定下不来。那天，鲁德明坐在一旁的长沙发里看报，听得实在不耐烦了，抬头说，程莉，你也说得差不多了，烦不烦啊？程莉回头一句，你才烦呢！

程莉又跟女儿说了一大堆话才挂断电话。她挨着丈夫坐到长沙发上嗔怪说，女儿走了，你也不陪我说说话。鲁德明说，老夫老妻了，有什么好说的。程莉说，你只知道忙自己的事，根本就不把我放在心上。鲁德明说，你又不是不知道我公司里的事多，如果觉得一个人在家闷得慌，要不要养条狗伴伴？程莉说，我怕狗，不要。鲁德明又说，那要不要捉两只猫？程莉说，也不要。鲁德明说，你看对门小六妹养了条哈巴狗，还有楼上的台湾阿婆养了七八只猫，不都很开心。程莉说，人家一个是离婚女人，一个是中年丧夫的老太，你要我向她们学习？鲁德明说，养狗养猫跟离婚丧夫有啥关系。程莉说，狗和猫能代替人吗？鲁德明说，我又不是要你跟动物做什么。程莉打了丈夫一下，骂道，你这个死鬼！鲁德明放下手中的报纸，一把搂过妻子说，是不是我们好久没温馨了？程莉顺势躺到丈夫的怀里说，我才不想呢。鲁德明搂紧妻子说，真的？我今天倒要看看你想不想？说完就把妻子按倒在长沙发里。

但是鲁德明努力了半天也没能让妻子兴奋起来。

那天，女儿主动打来电话，着实让程莉兴奋了一阵，说实话，这兴奋不比与丈夫做爱差。可这兴奋来得快去得也快，女儿最后告诉母亲说，老妈，从明天起你就别往宿舍打电话了。程莉不解地问，小鹰，你怎么啦？女儿说，没什么，明天我们就要去校外军训了。程莉说，那就打你手机。女儿说，军训有规定，平时不能打手机，妈，你就别操那份闲心了，我有事会跟家里联系的。

一个星期过去了，女儿连个电话都没有，程莉有点坐不住了，对丈夫说，德明，要不要去趟省城看看小鹰？丈夫说，女儿军训要半个月，你去省城干吗，况且她在哪个地方军训都不知道？程莉说，可我这几天老是心跳得厉害，女儿不会有事吧？丈夫说，她也是大人了，你还老当她小孩看待。程莉叹了一口气，不知说什么好了。

又一个星期过去了，晚上女儿终于打来电话，说军训已结束，明天大吃一顿欢送了教官就回校念书。程莉忙问，宝贝，你还好吧？女儿说，开始有点不适应，发了一个寒热，挂了几瓶盐水。程莉一听，急着说，我的小祖宗啊，这么大的事怎么不告诉妈呢。女儿说，没事，现在我强壮着呢！程莉说，不行，我得来看看你。女儿连忙说，妈，你可不要来啊，来了或许你也认不出我了。程莉问，我的女儿怎么会认不出呢？女儿哈哈哈笑了起来说，妈，我现在可不属于你生的人了，早变成了非洲黑人。程莉心疼地说，宝贝啊，十几天工夫就把你烤成那个样了。

程莉挂了女儿的电话，就打丈夫手机，德明，明天你有没有空？对方问，什么事？程莉说，我想去趟省城。对方说，你发神经啊。程莉说，你骂谁呢？对方说，你想女儿也不能这么想，况且我明天没空。程莉说，我叫你办事总是推三拉四，别人一叫你像弹簧似的。对方说，明天我真的没空。程莉说，没空拉倒！我也没指望过你。对方说，我现在还有重要的事情要处理，回家再说。程莉哭丧着脸冲着话筒大声说，你不要回这个家了，我们离婚！对方急促地在呼叫，程莉，程莉……

程莉不再说话，啪地一声把电话挂了。她一屁股坐到沙发里望着天花板哭了起来。哭了一阵，突然想起鲁德明对她的称呼，以前丈夫总是亲热地喊她"莉莉"，不知从什么时候开始硬邦邦连名带姓地叫了。还有，对刚才自己说的话，她也感到一阵心寒，自己怎么会说出离婚的字眼呢？想当初女儿小的时候，她和鲁德明吵过甚至动过手，也从没说过离婚的话啊。

晚上，鲁德明与几个客户吃完饭就早早回家了。

按照以往惯例他还得陪客人去夜总会唱唱歌什么的，可今晚不行，家里的母老虎在发威，倒不是怕离婚，而是实在没有这个必要。老婆平时说话虽然多一点，人也不如以前漂亮了，可毕竟家里的活她一个人揽着，上班下班也是两点一线，像她这种人恐怕现在已经找不大到了。

鲁德明正想着，北京现代已经把他载到家门口。泊好车，开门进屋，见妻子坐在客厅里看电视，他把包一放，就挨着她坐到长沙发里。程莉拨弄着遥控器不理他，从一频道换到六十频道，又从六十频道退到一频道。鲁德明搂住妻子说，老婆，你怎么突然想去省城？程莉扭动身子挲了挲，挣脱了丈夫的手，头都不回继续看电视。鲁德明半开玩笑地说，自从女儿去了省城，我总感觉你变了，是不是更年期了？程莉听到这个最令她忌讳的词，立即掉转头大声说了一句，你才更年期呢！鲁德明忙堆出笑容边拉妻子的胳膊边说，好了好了，我说错了，不是你更年期，是我更年期。程莉终于熬不住了，冲着丈夫说，你知不知道小鹰生病挂盐水了？鲁德明一听也急了，忙收起笑容问，什么时候？程莉说，军训一开始就病了。鲁德明问，现在呢？程莉说，现在当然好了，你想让她病上十天半月不成？鲁德明松了一口气说，好了你还急着去省城做啥？程莉说，做啥，看看女儿不行？想当初我叫你让她填本地的理工学院，你偏要送她去那么远的省城念书。鲁德明说，女儿已不是小孩子，你该可以放手了，让她出去经经风雨见见世面有什么不好？程莉说，反正女儿不是你身上的肉，你不知道心疼。鲁德明说，难道她不是我的种子，我不想呵护？程莉说，那你明天陪我去省城。鲁德明为难地说，明天我真的有事脱不开身，反正也快到"十一"了，你就熬两天吧，国庆长假我与你一起去省城接她回家。程莉说，你不去拉倒，谁稀奇你的破车！说完就关掉电视进了卧室。

鲁德明一个人没趣，便关了客厅的电灯进了卫生间。关上移门，打开浴霸，脱了衣裳，踏进浴缸。莲蓬头里的水哗啦啦，莲蓬头下的鲁德明哼起了齐秦的那首《外面的世界》：外面的世界很精彩，外面的世界很无奈……水滋润着鲁德明的身体，他突然有了一种冲动，今晚他也想滋润一下程莉。鲁德明往身上抹了些沐浴露，彻彻底底给自己清理了一遍。

鲁德明用电吹风吹干了头发，穿上浴衣就进了卧室。

程莉已躺在床上，背朝房门。鲁德明爬上床，钻进程莉的被窝，他从背后拥住老婆的身子，贴上去，刚想把手伸向她的胸部，却被对方一巴掌打住。程莉说，别碰我。鲁德明说，你是我老婆，碰碰也不行？程莉挖苦说，我更年期了，碰了也白碰。鲁德明说，我不是已经认错了么，是我更年期，不是你更年期。程莉说，你更不更年期和我不搭界，反正我不想。鲁德明说，那我想了啊。程莉说，那还不容易，外面的漂亮妹妹多得很。鲁德明说，我是那种人吗？程莉说，人心隔肚皮，谁晓得？你现在是块宝，要你的人肯定不会少；而我已是一棵没人要的草。鲁德明说，即使有人要我，我也不会要人家的。程莉说，你说得好听，整天在外花天酒地，早把这个家当成了舍一舍的旅馆，还假惺惺什么？鲁德明说，你胡说什么啊？程莉说，我没有胡说，你看你现在连女儿都不管不顾，是不是外面真的有人了？鲁德明说，如果外面真的有了，我还找你老婆做啥？程莉说，谁晓得你？你们这些男人就是喜欢吃着碗里的看着锅里的。鲁德明说，无聊！

那夜，鲁德明被妻子说得没了兴趣，洗澡时的强烈愿望最终化为泡影。

第二天，程莉在家归了几件替换衣裳，又去超市买了女儿最喜欢吃的海藻肉松和德芙巧克力，就赶到长途汽车站买了一张直达省城的票。

程莉是第一次去省城，人生地不熟的。她下了汽车，舍不得"打的"，问了差不多十来个人才摸着了女儿的学校大门。门卫告诉她，军训的同学还没回校，估计快了，叫她就在校门口等一等。

不一会儿，军训的同学们果真一卡车一卡车地被拉来了。程莉伸长了脖子像企鹅似的左搜右寻，在最后一辆军用卡车上终于用鼠标般的目光搜寻到了女儿的身影。她激动得挥手高喊起来，小鹰！小鹰！

鲁小鹰听到喊声，回头一看是母亲。她揉了揉眼睛，就奔跑过来，说，妈，你怎么来了？程莉一看女儿眼睛红红的，像刚刚哭过的样子，便担心地问道，小鹰，你怎么了？女儿说，没什么啊。程莉追问，那你的眼睛怎么红红的，像刚刚哭过？女儿说，我刚才是哭了。程莉焦急地问，快跟妈说，谁欺负你了？女儿说，妈，你说什么呀，又不是我一个人哭的，大家都哭了。程莉不解地问，为什么啊？女儿说，大家都舍不得离开那个帅哥教官。程莉笑了出来，说，有你们这种年轻人的。

程莉确实不理解这帮年轻人的心，她觉得教官长得再帅，又不是她们的男朋友，也不是什么歌星影星，而且相处那么短，也不过十来天的时间，怎么就会舍不得呢？她想着想着竟暗自伤感起来，原来她是想到了女儿离开她去省城读书时的情景，那天女儿好像没有哭，难道十几年的心血还不如别人十几天的"滚打"。

当然，小鹰见到母亲还是挺高兴的，她拉着母亲的手说，妈，带你去参观参观我们美丽的校园。母女俩边走边说，亲热得很，毕竟血浓于水。程莉刚才临时泛起的感伤之情很快被浓浓亲情沉淀了。

程莉问女儿，学校里的饭菜还吃得惯吗？女儿说，还行，就是价钱贵了点。程莉说，宝贝，你以后不要考虑价钱，想吃什么就买什么。女儿说，妈，我现在也要学着节省点了，以前一直大手大脚，看看外省来的几个同学，我吃得再差也比他们好。程莉说，不会吧，现在都是一个孩子了。女儿说，真的，有好几个外省的同学还有弟弟妹妹呢，她们规定自己每个星期只吃一顿荤菜，蔬菜也挑最便宜的买。程莉说，那你以后买了荤菜分点人家。女儿说，有时候要的，她们真的很可怜，特别是与我同宿舍的那个贵州同学，我从来没见她买过荤菜。

两人说着便进了学生宿舍区的大门，女儿的宿舍在2号楼六楼，没电梯，程莉平时很少爬这么高的楼梯，走到六楼就气喘吁吁了。女儿说，妈你怎么这么没用？程莉说，妈老了，哪能跟你们年轻人比。女儿说，我看你不老，还年轻着呢，只是有时话多，思想观念老。程莉说，那就是老了啊。女儿说，明天下午我没课，陪你去商业街买身衣裳，再去美容院给你设计一下，保你年轻十岁。程莉笑着说，亏你想得出来，我年轻了有啥用？女儿说，怎么没用？至少可以吸引老爸的眼球啊，让他爱你爱不够。程莉嘴上骂女儿"傻丫头"，可心里像灌了蜜糖似的甜蜜。

当晚，程莉就住在女儿学校的招待所里。她决定住几日，反正还有三天就到国庆长假了，好和女儿一起回家。她刚躺下，手机就响了，一看号码，是鲁德明打来的。她故意不接，让它响着；停了，一会儿又响了，她还是不接；又停了，终于不响了。不料，过了一歇，手机又响了，这次她看都没看，干脆关机。这一关，只安静了很短一会儿，床头柜上的电话机响了。程莉想，鲁德明不可能知道这儿的电话，谁还深更半夜打进来，莫非是那些养在招待所的"野鸡"？这种事以前听人说过，但转而一想，这儿是学校招待所，不可能养那些不干不净的"野鸡"。她刚想接，可对方已将电话挂断了。

程莉毕竟不是一个适合闯荡的人，白天坐了两个多小时的汽车，后来又走了那些路，她着实有点累了，开始迷迷糊糊起来。当她快要进入梦乡的时候，忽听得有人敲门，还没等她反应过来，门已经开，电灯也被拉亮了。

走进房间的是服务员，还有鲁小鹰。鲁小鹰大声呼喊道，妈，你怎么了？程莉揉了揉惺忪的眼睛，一看闯进来的是自己的女儿，便仰起身说，小鹰，我没什么啊，你怎么来了？鲁小鹰带着火气说，妈，你急死我了，干吗不接电话？程莉说，你打我电话了？鲁小鹰说，爸打你电话你不接，我打你电话也不接，你干吗呢？程莉说，我不想接他的电话。鲁小鹰皱着眉问，你跟爸怎么了？程莉说，我还没老呢，他就讨厌我了，说我更年期，现在我让他，让他跟没有更年期的女人过好了。鲁小鹰说，妈，为了一句话，你犯得着这样么？程莉说，小鹰，妈想在这儿住两天。鲁小鹰说，住几天可以，只要你回去不跟老爸吵就是了。程莉说，宝贝，你放心，我也不是真的不回家，那里还有我的一半家产呢，我只是想出出气，气气那个老猢狲！鲁小鹰坐到床沿上一把搂住母亲，笑着说，妈，你也像一个小孩子似的，超级可爱，也超级烦。程莉嗔怪一眼说，烦烦烦，要吃饭就得烦，等你成家立业后，有得烦嘞。鲁小鹰把头一歪说，我才不像你呢。

国庆节到了，鲁小鹰最终没跟母亲回家，她说要跟学校爱心志愿者协会的几个同学去山区探望贫困小学生。

那天鲁德明开了北京现代来省城接程莉，女儿亲自将母亲扶上车，也算给了她一个上去的台阶。这次，轮到女儿眼泪汪汪了，她对母亲说，回去不要吵了啊，跟老爸好好过日子，到家就跟我通个电话。程莉一个劲地点头，心想，宝贝女儿真的长大了。

程莉的家就座落在清目山脚下，除了单位和家里，她能去的地方便是这清目山。程莉是建设银行一家储蓄所的窗口工作人员，那天下午她调休在家无所事事便一个人上山踏秋。红艳夺目的枫叶，令程莉心潮起伏，树上的，草地上的，小路上的，满山遍地都是，艳美而喜庆，仿佛把她带进了一个诺大的结婚殿堂，走在枫叶铺就的山间小径上，感觉就像踏上了柔软悠长的红地毯一样。程莉触景生情，她油然想起了当年与鲁德明第一次见面时的情景，也是这个季节，也是在这座山上，甚至也走过这条山路，初恋总是令人难忘的，如今鸟语花香、山林依旧，可岁月无情、年轻不再。程莉望了望天边西下的夕阳，才发现时间不早了，该到了回家做晚饭的时候，她只得转身下山。

程莉手忙脚乱做好晚饭，想到今天的日子不一般，便又去小区门口的熟食店添了点荤菜，准备等鲁德明回来一起吃。可等了半天，丈夫还是没回家，连个电话都没有。程莉想打个电话给他，但不知该不该打？以前她是从来不打的，他不回来，一到点，就跟女儿两个人先吃。如今女儿走了，她一个人吃独桌就感到不是个滋味，每次他不回来吃就会产生一种打他电话的欲望，甚至想知道他在哪里吃、跟谁在一起吃？为了听从女儿的话，她已经熬了很长一段时间，今天终于熬不住了，饭吃了才一半，她就抓起电话打到鲁德明的手机上，对方先是忙音，再打，还是忙音。等到程莉将饭吃完，再拨过去对方干脆关机了。程莉简直像一只愤怒的苍蝇，在餐厅和厨房之间嗡嗡乱转，她拿起一只青瓷花边碗举在手上，想摔，但想想刚从华联商厦买来的，也是她最喜欢的，有点舍不得；她又拿起一只醋瓶，想想打碎了，满屋子的醋味也不是个滋味，往后的卫生工作还得由自己动手；后来她终于想到了一个绝好的发泄工具——筷子。这个小东西摔到地上既有响声，又不损失什么，弄脏了大不了再洗一次，也不会破坏居室环境，即使偶尔摔断几根也不值几个钱。程莉终于决定摔筷子，一不做二不休，今天就拿手里这把筷子出气了，她摔了，捡起来再摔，摔一遍又一遍，直到她摔累了，气喘吁吁了，再也不想摔了才歇手。

鲁德明回家已是午夜11点。程莉虽然躺在床上但还没睡着，听见丈夫的声音就上了火气。鲁德明见卧室的门开着，灯也亮着，就轻手轻脚跑进来关灯。程莉一个翻身说，别关灯！鲁德明重新开亮电灯说，怎么还没睡？程莉猛地从床上坐起来冲着丈夫说，鲁德明，你还好意思回家，我以为你出啥事体了？鲁德明说，你今天怎么了，怎么这么说话？程莉说，我问你，你去哪了？鲁德明说，陪客户吃饭啊。程莉问，你干吗关机？鲁德明说，我的手机没电了，备用电板又忘了带。程莉说，那你为何不早点打个电话回家？鲁德明说，以前你从没计较过这些，今天怎么计较起来了？程莉说，过去不计较，不等于今天不计较。鲁德明说，那你要我怎么样？程莉说，我不要你怎么样，你自己看着办。鲁德明说，要么今后天天向你早请示晚汇报。程莉说，谁要你天天早请示晚汇报！鲁德明说，那我真不知道怎么伺候你了？我的老祖宗！程莉说，我才不做你的什么老祖宗，我要你回家吃饭。鲁德明说，回家吃饭，我巴不得呢。程莉说，那你为何还天天在外面野？鲁德明哭笑不得地说，你以为我高兴在外面？回家吃饭可以，不陪客户也可以，但生意要不要做，钱要不要赚？程莉说，你少给我打哈哈，做生意的就不能回家吃饭？你看看隔壁老王，人家生意做得不比你差，可他每天早早就回家了，哪像你！鲁德明说，人家是人家我是我，他做的生意跟我不一样，他的生意是人家求他的多，而我是求人家的多。程莉说，我才不管你求不求的，我只要你早点回家。鲁德明说，我怎么跟你讲不明白？程莉说，你明白什么呀，你知道今天是啥日子？鲁德明说，啥日子？总不会是情人节吧。程莉说，算你猜对了，今天正是情人节。鲁德明说，不可能，今年的情人节早过了，明年的还没到。程莉说，今天是我俩的情人节，二十年前的今天是我们认识的日子，你早忘了是不？鲁德明呵呵一笑说，我倒真的记不得了。程莉说，认识了二十年，是不是有点厌烦了？鲁德明说，你看看，你看看，又要怪说怪话了。鲁德明本想说"又要更年期了"，但此话升到嘴边又咽了下去，立马换成了"怪说怪话"。

周末的一天，快到吃晚饭的时候，程莉接到鲁德明打来的电话，说是晚饭不回家吃了。程莉问，又要跟谁一起吃了？鲁德明说，电视台广告部的几个朋友。程莉还想问在哪里吃？对方已将电话挂了。她很想打过去问个明白，但最终还是熬住了。

程莉一个人扒着饭，心里泛起阵阵酸意，眼前仿佛出现了鲁德明与众男女举杯欢饮的场景。如果是众饮那还好说，怕只怕一男一女的对饮。她想到这点，再也咽不下嘴里的饭，把手中的筷碗一放，披上那件经常穿的灰风衣就出了门。

寒风中，程莉沿着灯红酒绿的美食街一路搜寻。她想透过几乎连成片的饭店透明玻璃，捉拿鲁德明。突然，一个熟悉的身影真的跳进了她的眼眶，但那只是一个男人的背影，面对她的是一个漂亮的脸蛋，两个人正举杯对饮，美酒佳肴配以红粉佳人，让她猛生醋意。程莉在店门外走了好几个来回，想从不同的角度认证里面的那个男人是否真是自己的丈夫？但始终确定不了。她很矛盾，既想进去看个清楚弄个明白，又怕贸然闯入人家的饭店认错人；即使真是自己的丈夫，在这种场合谋面也是一件很尴尬的事。她已经想好，最好的办法是守候，等他们出来后再跟踪，说不定还能摸清他们的藏身老窝。

这时饭店门口一个看车的服务生走过来问程莉，这位女士，您找人吗？程莉说，不找人。服务生说，您不找人就请不要在这里东张西望。程莉脸一红，不情愿地走开了。

程莉走了一段路，从风衣口袋里拿出手机，看了一下时间，准备溜达一圈后隔半个小时再折回来。刚想把手机放回口袋，手机响了，一看号码，是鲁德明打来的，她一边接电话，一边快速折回那家饭店。程莉边走边问，打我电话做啥？对方说，家里电话没人接，你不在家啊？程莉说，干吗我一定要在家？对方说，不要火么，如果你早回家先把热水器开一下，等会儿我要回家洗澡。程莉说，你还想着回家啊？对方说，我不回家还能到哪里去？程莉说，你跟着漂亮妹妹不是在开心么，还回家干吗？对方说，你不要老是瞎想呢！程莉质问道，那我问你，你与谁在一起？对方说，不是告诉你了么，跟电视台的一帮人。程莉说，不会是一帮人，恐怕只有一个人吧？对方火了，说，不信，你来看！这时程莉已经回到那家饭店门外，透过明亮的落地大玻璃，她看到刚才背对她的那名男子还在，但那人显然不在打电话，于是她对着手机里的鲁德明说，我吃饱了，才不来看你呢。

一阵风吹来，吹得人行道上的法国梧桐哗哗作响，一些枯黄的树叶被迫离开苍老的树杆，有的在空中打转、有的已坠落在地，有一片竟掉在程莉的头上。程莉用手拂去头顶上那片枯叶，裹紧身上的风衣，快步离开灯红酒乐的美食街，消失在深秋的茫茫夜色中。

血色黄昏

　　接到猪头命令，已近午饭时分，我正躺在会议桌上会周公。昨夜加班一直忙到凌晨，连上下眼皮打架的工夫都没有。本来说好今天休息，想不到猪头越发没人性，要我留队待命。被猪头吵醒那一刻，我非但没闻到饭菜的芳香，反而闻到了一股臭味。

　　猪头扯了我一把耳朵说，老虎，快醒醒！我伸了个懒腰，没搭理。猪头又扯了我一把耳朵说，看看你那只出屁股的臭袜子，放毒啊。我又伸了个懒腰，埋怨道，别来烦我，刚做一个好梦就被你搅了。猪头重重推了我一把说，别好梦了，即使现在搂着女朋友睡觉，也得起来啦。我把眼皮拉出一条细缝问，啥事，催得这么急？猪头急吼吼说，你马上带几个弟兄去趟环湖镇中坝桥村。我问，是不是又发大案子了？猪头用手点了我一下脑袋说，发你个头，你张臭嘴，叫你去抓逃犯。我一个激灵，连忙跳下会议桌，把脚塞进球鞋里，问猪头什么逃犯？猪头说，一个杀人犯！我一听，像服了兴奋剂，立马来了精神。

　　我看了一眼瘦黑的猪头，活动开发麻的腿脚，犹如准备比赛的运动员，显出一副跃跃欲试的样子。猪头说，这次任务只许成功、不许失败！我伸出右手，行了个夸张的军礼，大声说，Yes！Sir！没问题！猪头一脸严肃，拍着我的肩膀关照道，这次可不同以往，据说那人身上有枪，别再嘻嘻哈哈的。我不屑一顾地说，头，我办事您放心，一定抓个活口回来交差。

猪头是我们刑侦三中队的队长，姓朱，属猪，平时弟兄们都爱这么叫，反正猪朱同音。全队的弟兄们几乎都有一个与动物相关的诨号，比如，本人属虎，大家都叫我老虎，抓捕人犯是我的拿手好戏；队里的资深刑警张小弟属马，在刑事战线上驰骋了三十年，至今还没混着一官半职，我们就称其老马；刚从警校毕业的小王属狗，年轻人虚心好学、尊敬领导和长辈，加上人长得可爱，被大伙呼作哈巴狗。所以啊，与其说我们刑侦大队三中队是一个紧张严肃的战斗集体，倒不如说是一个团结活泼的动物园更贴切。其实，用动物做诨号在我读大学时就已有光荣的革命传统了，几个室友之间也是这么叫来叫去的。记得有个比我小一岁的四川同学，个头小，胆子也小，属兔，所以我们都叫他兔子。不过，兔子枪法很好，学校每次组织射击比赛他总拿第一、第二的，而我的成绩总落在他的后面，心里老不服气，工作后我们几乎失去了联系，如果什么时候碰着，我倒想再跟他比试比试。同寝室还有一个江西同学，跟我一样也属虎，是个圆滚滚的小胖子，他的诨号叫大虫。还有一位福建的，属牛，是个游泳好手，有一股牛劲，为了能上北京的公安大学，高考考了两年才金榜题名，我们都叫他水牛。

猪头递给我一份从网上打印下来的"在逃人员登记表"，我接过一看，照片上的人很是面熟，一看名字，我的汗毛顿时竖了起来，难道是他？再看户籍地址，虽属同一省份，但不是一个地方。我有些释然，心里安慰着自己，也许是巧合，全国十几亿人口，长相差不多的、同名同姓的人多着呢。

时间不容多想，我立即抓起电话，点来虾兵蟹将，带上手枪、手铐、对讲机、催泪瓦斯，作了简短的动员便出发了。

目的地是环湖镇中坝桥村,这个北靠清目山,南临环湖水的村落,背山面水,人杰地灵,历来是一块风水宝地。在这个油菜花盛开的季节里,远山如黛,近湖似海,山野风光,一派旖旎。

为了不惊动逃犯,我们身着便装,只要求当地派出所派一名社区民警小张作向导。车到中坝桥村,艳阳高悬,我们一行五人下了那辆挂民用牌照的桑塔纳,立即分头行动。我和哈巴狗一档,老马、小牛和小张一档。

哈巴狗跟我走的是一条开满油菜花的湖边小径。春天的乡间山野,特别美,青山、绿水、黄花、白云……美得简直让你赖着不想走。我瞥了一眼身旁的哈巴狗,忽然想起热恋中的女友,要是身边的哈巴狗换成女友该有多好啊,这条散发着油菜花香的湖边小径真是一处谈情说爱的好地方。正想着,腰间的手机响了,一看,女友打来的,问我晚上几时陪她逛街?昨天加班我是为了脱身随便说说的,她倒当真了。我只得说,现在有重要任务,等一会再说。女友娇嗔道,不行,现在就得说清楚。我说,现在正忙着呢,等完成了任务一定陪你逛个够。女友在电话里埋怨了几声,极不情愿地挂了。我能想象女友此刻的小嘴一定翘得像只钩子,老高老高。

按照抓捕方案,我、哈巴狗和另一档老马、小牛他们很快从东西两个方向合围,向湖边一间小屋靠拢。眼前的这间小屋十分破旧,灰色的墙壁早已体无完肤,露出了块块青斑。据小张介绍,屋主人是村里的一位养鱼专业户。根据线索,居住在这间小屋里给养鱼专业户看管鱼塘的人就是杀人逃犯。本想先通过主人了解一下那个逃犯的情况后再作行动,可惜这位仁兄两天前带了老婆孩子去海南旅游了,现在看来只能依据掌握的情况直接抓捕。

两档人很快在小屋附近会合,我向哈巴狗、老马和小牛他们使了个眼色,老马和小牛立即掏出枪,迅速蹲守到小屋后墙的一扇窗户下,我和哈巴狗,还有社区民警小张,则来到屋前门口。透过门缝,我往里瞧了瞧,屋里很黑，几乎看不到任何东西。猪头给我透露的情报是，这个看鱼塘人一般晚上守夜白天睡觉，但在不在里面还是个谜。要不要敲门？我犹豫了一下，最后还是敲了。敲了半天，里面没有一点动静。是人不在还是已经闻风而逃？我心里一点底也没有。环顾四周，我突然发现，离小屋不远的湖边，有一串凌乱的新鲜脚印，一种不祥之兆直冲脑门。

我正思考着下一步该怎样办？小牛打断了我的思路说，反正人不在，老虎，我们先去吃饭吧。被他这么一说，我的肚皮也咕咕叫了起来。可我还是一本正经说，逃犯没抓到，你还有心思吃饭。小牛捂着肚皮装出一副痛苦状说，亲爱的老虎，求你了，我早饭没吃，饿死了。我说，我早饭也没吃，比你饿得更慌，你不是牛吗，反刍一下不就行了。小牛白了我一眼，不再嚷嚷。

经过一番脑细胞的较量，我决定让老马和小牛在原地伏击守候，自己和哈巴狗、小张三人到周边摸情况。

探访了几位村民，都说不清那个看鱼塘人的情况，甚至连姓啥叫啥都不知道。

转了大半个村子，终于有个村民向我们提供了一个重要情况，说半小时前有个小男孩跌入湖中，被湖边一个看鱼塘的人救了，估计现在去了镇上的卫生院。获此消息，我立即用对讲机呼了老马和小牛他们，五个人一起挤进桑塔纳，直奔镇卫生院。

中坝桥村离镇卫生院有七、八公里路程。行至半途，桑塔纳的右后轮胎就给我们放炮庆祝。奶奶的！逃犯没抓着，你小子放什么炮？我从副驾驶上下来，踢了一脚干瘪的轮胎，只得召唤车上的兄弟们下车换胎。

这条乡间公路，有点偏，一路上没见几辆车，想拦辆车都拦不到。等我们换好车胎赶到镇卫生院时，落水小孩的父母说救他们孩子的那个人已经走了。问了一下那人的体貌特征，果真与我们要抓的逃犯相符。

奶奶的！就差那么几分钟，竟让杀人逃犯擦肩而过了。我不恨逃犯，只恨这辆破车。妈的，叫你放炮！叫你放炮！我扶着反光镜，狠狠踢了几脚车轱辘。

逃犯没抓着,小牛又嚷着肚皮饿,其实我也饿了,一看时间,已是下午2点。见镇卫生院隔壁有家副食品小店,就叫小牛买了十只面包、五瓶农夫山泉,我们边啃面包边原路返回。

破桑塔纳扯着大嗓门又一次带我们鬼子似的进了村。熄了火,跟上次一样,我们五人分成两组,又一次悄悄摸向湖边小屋。但愿这次逮他个正着。我掏出笨重的五四式手枪,双手合一,对天祈祷。

很快,我们几个已将小屋包围。屋里似乎有动静!我的神经顿时紧张起来,轻轻推了几下门,门仍锁着,透过门缝往里瞧了瞧,里面依然很黑,什么也看不清。不一会儿,里面传出几声猫叫,听声音,似乎是两只猫在打斗。我侧耳倾听,里面没有人声,只有猫咪的喵喵声。

突然,不远处传来一阵狗叫。我回头一看,一条大狼狗后面站着一个人,那人见了我们撒腿就逃。我立即意识到,逃跑的人肯定有问题,或许就是我们要抓的那人。我唤上哈巴狗和小张,直追而去。边追边用对讲机呼叫还蹲守在后窗的老马小牛他们。

大狼狗没有跟主人一起逃跑,而是站在原地狂吠,它成了我的拦路虎。可我已顾不得什么了,迎面直冲过去。大狼狗似乎知道主人遇上了危险,一口咬住我的裤腿。显然,在这么近的距离,我不是这条狼狗的对手。正想举枪射击,大狼狗突然"呜"的一声软倒在地。我回头一看,哈巴狗手上的枪管正冒着烟。这小子,什么时候给宝贝疙瘩装了消音器。

幸好我穿了一条厚实的牛仔裤,没被狗牙伤着皮肉。我拖着被狼狗撕裂了一条口子的牛仔裤继续追击。逃跑的那人头发很长,从背后看像个女人,可奔跑速度奇快。不过,他显然不是我这个曾获得过长跑冠军的人的对手,于是很快被我一米一米地咬上去。跑过一片菜花地,横在眼前是一条十来米宽的河,那人见我与他的距离越来越近,就一头扎了下去。我站在河岸上掏出手枪,像国产电影里的英雄人物那样大声喝道,快给我上来,不上来我就开枪了!河里那人毕竟不是电影演员,根本不睬我,一个劲地往对岸游去。我立即把枪插回枪套,也跳进河里。这时,后面赶来的哈巴狗、小张和老马小牛他们也像下饺子似的一个个往河里跳。河水有点湍急,那人似乎比我游得快,很快就游上了对岸。好在对岸是一排高高的围墙,只有沿河的一条小路可供人行走。

上了岸,我的速度又上来了。那人逃了一段路,又一次跳进河里,或许他感觉自己奔跑速度不如我,而游泳速度比我快。我也不得不再次跳入河中,奋力向他游去。后面的弟兄们也再次充当了一回饺子。

那人上岸的时候,我还在河中央。等我上了岸,发现二十米开外的地方就是那间看鱼塘的小屋,他已离那间小屋越来越近了。

我不由得惊喜起来,一旦他进小屋,我们就可以瓮中捉鳖了!我掏出手枪,做好了捉拿的准备。但当我把枪握在手里的那刻,却再也喜不起来了,马上意识到,那人进屋一定是去取枪的!

不管怎样,我们很快将小屋包围起来,这次决不能让他逃跑了。我用脚踢了几脚门,大声对屋里的人说,你已经被包围了,缴枪投降才是你唯一的出路!

里面没有一点声息,跟没人似的。我把枪收放在胸前,双手紧握着做好了随时击发的姿势。站在门口另一边的哈巴狗用期待的目光看了我一眼,等待我的指令。我不知道用攻心战还是破门强攻?显然,对于一个身负命案的逃犯,一时半会用攻心战是解决不了问题的;而破门强攻,怕自己的弟兄会有伤亡,毕竟对方也有枪。我思想斗争了片刻,破门强攻的念头还是占了上风。

我拿出催泪瓦斯向哈巴狗示意了一下。哈巴狗很默契地知道我的意图,也掏出身上的催泪瓦斯。一切准备就绪,我一个侧身飞腿,踢开屋门,两罐催泪瓦斯同时投进屋内。待烟雾稍有撒去,我和哈巴狗就冲了进去。

在呛人的屋里,我们没有发现逃犯的踪影。明明见他逃进屋的,难道那人是会施魔法的孙猴子？不可能。搜！屋子很小，显然，如果人在里面早就发现了。哈巴狗很机敏，很快关注到墙角处的一堆稻草。他立即飞起一脚，草堆里无人，却露出了一个黑乎乎的地洞。不好！我立即意识到情况不妙，那小子一定变成老鼠钻地洞逃跑了。

我顾不上危险，也立即钻了下去。地洞很小，只容一人爬行。哈巴狗也跟在我屁股后面爬了进来。地洞不长，两人很快爬到出口。出口在一处杂草丛生的荒地里，被半只破甏掩盖着，一般不会引起人们的注意。看来，这个逃犯很有心机，不是一般对手。

钻出地洞的那一刻，我像一只泄气的皮球，顿时没了精神。逃犯在我眼皮底下逃跑了，回去怎么向猪头交差？哈巴狗说，快向猪头汇报吧，请求增援和外围布控。我无奈地看了一眼哈巴狗，心想，也只能这样了。

我迅速观察了一下周边地形，道路两旁是油菜田和荒地，再向外扩展一边是湖，一边是河，也就是说，我们所处的位置是湖与河之间的一条狭长地带上。那个出口在小屋的西面，可以断定，那人逃跑的方向应该往西，这样就可以离我们所处的位置越来越远。而且那个方向有座山，要是让逃犯跑进了山林深处，抓捕就变得十分困难了。

在增援人员还未到达之前，我们几个只能死马当活马医。我叫哈巴狗把那辆破桑塔纳开过来，其余的人排开一字阵型在后面往西边搜索。我跳上车，和哈巴狗快速向前追去。或许这样快慢结合的方式，逃犯会重新出现在我们的视线里。

道路两旁的油菜花开得很盛，黄灿灿一片，黄得让我心里发慌。我无心赏花，血红的眼珠像两台红外线扫描仪，来回扫视着前方和左右。逃犯身穿红色夹克衫和灰色裤子，问题是他后来回屋有没有换下被河水浸泡过的湿衣服？如果想尽快逃跑的话，应该来不及换，况且，刚才在那间小屋里也没发现红夹克和灰裤子，因此，可以断定逃犯依然穿着原来的衣裤。

约莫开车跑了一根烟工夫的路程,突然发现前面一处开满黄灿灿油菜花的小土包上有一个小红点在移动,我和哈巴狗顿时兴奋起来,兴奋得像头饥饿的狼狗看到了美味的肉骨头,只是一时半会够不到嘴里罢了。

我观察了一下地形,决定让哈巴狗下车在后面追赶,而我驾车包抄到那人前面进行拦截,来个前后夹攻。

那人的两条腿毕竟不是"南征北战"里的解放军,哪里赛得过老子的车轮子。我很快包抄到那人前面,并占据了有利位置。哈哈,真是"道高一尺魔高一丈"。我心里一阵狂喜,像一个守株待兔的猎手,蹲守在那个正在冲撞过来的逃犯前面。

突然,那人在我十多米处来了个急刹车,停在油菜地里不动了。我立即意识到,对方一定发现我这只拦路虎了。我立即站起来举枪大声喝道,不许动,快举起双手!几乎在同一时间,那人也举枪对准了我。

兔子!我竟大声叫了起来。第一次与逃犯正面交锋,我一眼就认出了对方,跳动的心像一辆急驶的汽车突然被人踩了刹车,一下子闷住了。

怎么是你!?我不敢贸然往前挪动半步,扣扳机的手指也一下子松了下来,站在面前的正是我有过一闪之念的那位在大学里每天只吃泡菜和免费汤的四川同学。不过,在我心里依然拒绝着这一事实。印象里,这个绰号叫"兔子"的四川同学是个个头小、胆小也小的人,我无法将一个胆小如兔的大学同学与一个凶残的杀人犯等起号来,也无法把他跟眼前这个披着长发,满脸胡子的人等同起来。

老虎,别过来!对方大声叫着,显然也认出了我。他的话也进一步证实了站在我面前的果真是那个四川同学。想不到大学毕业后的第一次见面竟以这种方式。

在一个错误的时刻遇上了一个很想见又不该见的人,成了我此生最大的痛苦和最艰难的抉择。抓还是不抓?内心像是拳击台上的两个搏击手,互相击打起来。只是,这一场搏击战必须分出胜负。看来抓是肯定的,只是怎么个抓法?我必须先让对方放松下来。

我尽量用平和的语气问道，兔子，你是不是真的杀了人？兔子很坦然地看了我一眼说，是的。我有些激动了，说，你疯了，干吗要杀人呢？兔子顺着我的话说，我是疯了。我说，即便有天大的事也不能杀人啊！兔子说，这帮狗杂种不杀不足以平民愤！我问，谁惹你了？兔子说，告诉你也没用。我无话可说，内心像被烧焦似的缩成一团。

兔子举着枪，我也举着枪，我们依然对峙着。记得大学的时候，兔子的枪法很好，特别是速射成绩优异，每次比赛总排在我的前面。如果此时双方同时开枪，我先把他击倒的把握一点都没有。

我认真地近乎哀求地说，兔子，快把枪放下，跟我去自首吧。

哈哈！你以为我是三岁小孩。兔子笑着说，只是脸上的肌肉被笑得非常生硬。

我们僵着，好在我已看见哈巴狗远远的身影，顿时有了底气。我说，那我们都放下枪，好好谈谈。兔子瞪着与我一样血红的眼睛说，你别跟我打哈哈，放下枪不就成了你的枪下鬼。我说，那你愿意一辈子过这样生不如死的逃亡生涯吗？自首，或许还有一条生路。兔子说，生路？我没家、没亲人，我什么都没了，还要什么生路！我说，你我都还年轻，要好好珍惜自己的生命，还记得毕业时你给我的临别留言吗？你说，好兄弟，不管天涯海角，我们的心永远贴在一起，彼此祝福！兔子听了我的话，眼睛有点湿了。我说，三年不见，你变得不像以前那个兔子了，到底发生了什么事？兔子说，不是我变，是世道变了，老家的房子被人强拆，父亲为了阻止被迫自焚，等我从外地赶回家中，母亲突发心脏病也含冤离我而去，你说谁受得了！你说那帮家伙该不该杀？我说，我家也经历了强拆，但以暴制暴能解决问题吗？

我试图用对话的方式缓解彼此的紧张心理，以赢得最佳的抓捕时机。哈巴狗已离兔子越来越近了，眼看抓捕的时机即将到来，我屏住呼吸，内心极度紧张而痛苦。

突然，兔子一个侧身，他早已闻到了危险的味道，动作敏捷地举枪对准身后的哈巴狗，然后迅速后退几步。三个人站在齐腰高的油菜地里，立即形成了一个稳定的正三角，谁也不敢轻举妄动。用时间换机会，这样的僵持应该对我方有利。我盘算着增援人员的到达时间，应该快了。

不出所料，老马和小牛他们带着增援人员来了，并迅速形成了一个大大的包围圈。我终于松了一口气。这时，太阳滑下地平线，远方的天际，血红血红，我望了一眼平时觉得很美的晚霞，感觉一阵刺眼的痛，直抵心底，刚刚放宽的情绪一下子跌到了黑暗的谷底。

我强忍着内心莫名的疼痛，再次哀求兔子道，兄弟，放下枪吧，我证明你是自首的。说完，就逼上去。兔子后退两步说，老虎，你别过来，否则别怪我。此刻，我感觉自己已失去灵魂，竟把手中的枪往地里一丢，空着双手一步一步逼向兔子。同事们的包围圈也越来越小了。兔子似乎已意识到结局，突然举枪对准自己的脑门，声嘶力竭地大叫道，别过来！我知道不妙，大声说，兔子！冷静！

枪响了。

我高喊兔子的名字，猛扑过去。兔子的身影一下子没了，只见弥望的油菜地里惊起朵朵黄花，在血红的空中无声舞动。

冰凉的夏天

一

夏天本该是夏天的样子，碧蓝的天，清澈的水，如歌的蝉鸣，如画的岸柳。惠芳原本最喜欢夏天，喜欢夏天的声音，喜欢夏天的味道，可现在最怕夏天了，怕夏天的阳光，怕夏天的一切。

年轻的时候，惠芳从部队退伍回家分配进国营半导体厂工作，在那间凉爽的恒温车间里，多么惬意、舒心，穿着白大褂，俨如一名科研工作者。每天换下雪白的工作服下班回到家，就在老屋前的空地上泼上些水，搬来桌椅，一家人围坐在一起有滋有味、有说有笑地吃上虽不丰盛却很温馨的晚餐。这样的日子，惠芳很是留恋，可如今已离她很遥远了。自从工厂关门大吉，惠芳的日子就露出了凶相，一个四十不到的人就成了没"娘"的孩子，后来托张三求李四，好不容易找着了一只勤杂工的泥饭碗。

那天，惠芳拿着拖把从女厕所里汗流浃背出来，忽听得隔壁男厕所里有人说话。虽然说话的声音很低，但还是被她听到了。一个很低沉的男声说："我要的那个人搞定了没有？"另一个有点雌鸡声的男人说："董总，还没呢，物色了好几个都不愿意。"低沉男有些不快地说："怎么还没，快点给我搞定！"雌鸡男低声下气地说："是。"低沉男又说："实在不行，加码。"雌鸡男问："加多少？"低沉男说："原来定多少？"雌鸡男说："二百一天，一共三千。"低沉男说："小王，你看加多少？"雌鸡男说："还是董总您给个数。"低沉男顿了顿说："那就翻个跟头，六千。不过，两天之内必须给我搞定。"雌鸡男依然低声下气地说："是，董总。"

　　惠芳听了一会儿，终于听清是公司总经理与办公室主任在说话，但让她不明白的是，他们说的那个来钱的好差使怎么会没人愿意呢？惠芳仿佛看到一张张印有伟人头像的红票票从空中飘落下来，在她身旁飘来飘去。她想继续听下去，可董总和王主任已从男厕所里出来了。惠芳见状，想往女厕所里躲，但已来不及。王主任在池边洗手时瞥了她一眼，没说话，但惠芳感觉他的眼神已经说话了。

　　惠芳还没把走廊的地拖完，秘书小张就风风火火地跑过来，要她马上去趟王主任办公室。惠芳心里一个咯噔，莫非是为了刚才厕所里的话？望着张秘书轻盈的背影，惠芳的心猛地像灌了铅一样沉重。她想起了自己的女儿，张秘书的脸蛋很像她女儿，年纪也差不了多少，可两人的命运却有着天壤之别，一个鲜花般地充满朝气和活力，一个……惠芳叹了一口气，把拖把往墙上一靠，忐忑不安地向王主任的办公室走去。

　　王主任办公室的门虚掩着，惠芳轻轻敲了两下，里面很快传出熟悉的雌鸡声："请进！"

　　惠芳推门进入，见王主任背对着她面窗而立。是故意这样，还是在欣赏窗外的风景，惠芳心里打着鼓。

　　"王主任好，您找我？"惠芳小心翼翼地招呼道。

　　王主任转过身，打量了一下惠芳说："知道找你啥事吗？"

　　"王主任，不知道。"

"真不知道？"

"真不知道。"惠芳用手抹了一把额上的汗，颤颤地说。

王主任推了推架在鼻子上的金丝边眼镜，一缕凶光穿透镜片像眼镜蛇的毒液直射过来。惠芳连忙低下脑袋，窝着胸不敢正视。王主任在办公桌前踱了两步说："张阿姨，刚才我和董总在厕所里的话你都听到了吧。"

惠芳红着脸不作声。

王主任见惠芳不说话，就大声呵道："你倒是说话啊！到底听到了没有？"

惠芳搓着双手，怯怯地说："听到了一点儿。"

二

天终于黑了，惠芳疲惫地往家赶。在小巷路口，惠芳遇上了对门邻居李阿姨。李阿姨叫住她，说女儿去年大学毕了业，至今还没找到工作，知道惠芳现在的公司效益好，问她公司要不要招人。惠芳说："我只是个临时工，哪知道这方面的情况？"李阿姨说："张阿姨，谢谢你啊，方便时帮我女儿问问呢。"惠芳苦笑了一下说："试试吧。"

惠芳告别了李阿姨，赶紧回家。儿子还没回来，小小年纪已很懂事，暑假一放就出去打工了，在一家私人工厂做搬运工。惠芳的儿子很出息，聪明、好学，去年以全市第四名的成绩考上了离家不远的一所名牌大学。儿子的出息，让她很感欣慰，但也让她倍感压力。还有半个多月就要开学了，可学费如残兵败将还没凑够一个团的兵力。"唉"，惠芳叹了一口气，心想，当兵那年要是答应了团政委的"要求"，也不至于很快就退伍回家，或许一切都不是现在这个样子了。

"妈，我又尿床了！"一个稚嫩的声音从黑暗的内屋传来。惠芳丢下手中的小青菜，赶紧往里走。她拉亮床头那盏灰暗的电灯，见女儿侧卧在床上，床底下的一汪水正沿着水泥地的缝隙艰难地向外流淌。

女儿今年17了，瘦削的脸、畸形的手、扭曲的身子，简直无法让人将她与花季少女划上等号。惠芳来到床前扶起骨瘦如柴的女儿，心底一阵寒战，眼泪不由得哗哗下来了。

惠芳很爱这个女儿，女儿也爱这位妈妈，她们之间虽没有任何血缘关系，但磨难把她俩紧紧攥在一起，生生死死难分难舍。一年前的一场车祸，夺走了惠芳第二任丈夫的生命，也夺走了女儿的青春和美丽，可逃跑的肇事司机至今逍遥法外。

"妈，我回来了。"惠芳刚把女儿的身子擦洗干净，儿子就裹着一股欢快的风推开了吱嘎作响的家门。

"什么事看你高兴的？"惠芳问儿子。

"妈，今天发钱了。"儿子报喜似的告诉母亲。

儿子今年才升大二，就已经为家里挣钱了，惠芳的脸上立即泛起了欢快的浪花。她问："发了多少？"

"三百。"

"怎么只发这么点？"惠芳的脸色有些凝重。

"我们是在校生，本来就连实习生都不如，有钱发就不错了。"

"一个月没休息过一天，还只发三百，哪有这种黑良心老板！"惠芳说得脸上起了风浪。

"妈，你在那家公司累死累活，人家也没给你多少啊。"儿子有点不快地说。

儿子说得一点也不错。惠芳现在的公司也没给她多少钱，一个临时性质的勤杂工，能奢望多少收入呢。当年她所在的那家国营半导体厂倒闭后，许多像她这样上有老下有小的中年妇女成了那个时代最大的牺牲品。不过，再大的磨难都没能把她磨垮。她像一根弯弯的扁担，一头挑着下肢瘫痪的女儿，一头担着还在上学的儿子，一步一扭地走在城市高楼大厦的夹缝中，走在逼仄潮湿冒着煤烟的小巷里。

惠芳没心思多想别的,想起晚饭还没做,就连忙招呼儿子说:"寅俊,快把妹妹扶到轮椅上,妈去做饭。"

三

累了一天的惠芳躺在床上怎么也睡不着。白天办公室王主任跟她说的话,老在脑海里翻腾,要她把涉及董总的话、包括厕所里听到的全部烂在肚子里。其实厕所里的话她没听出什么端倪,倒是王主任在办公室里讲的话,让她知道了更多细节,也让她产生了强烈的欲望。

公司董总醉酒驾车,刚好撞在警察枪口上,说要拘留十五天。王主任职务虽小,但人际关系很密,通过市政府工作的一位老同学,为董总弄了个暂缓执行的担保。暂缓拘留可以,但有时限,到时还得执行。王主任这两天最重要的工作,就是要尽快找一位能替董总受罚的人选。

失去十五天自由,换来六千元报酬,这样的好事千载难逢。惠芳一想起儿子暑期打工,一个月不吃不喝才三百元。现在离开学还有二十天,时间正好,如果让儿子去顶替的话,学费就有着落了。她思前想后,决定让儿子去赴汤蹈火一回。

其实在惠芳心里,也舍不得这样,儿子毕竟是她身上一块肉,但不抓住这样的机会,别人也会去抓的。惠芳很无奈,不过一想到儿子的聪明才智,还是觉得挺欣慰的。这孩子总算没白养,当年孩子他爹为了救落水的儿子,用自己的生命作了一次无法收回的抵押。惠芳想起溺水身亡的第一任丈夫,心儿不由得又一次紧缩起来。十年间,两任丈夫像风一样被刮走了,没留下片瓦,只留下两个懵懵懂懂的孩子。如今,她和孩子们仍居住在破旧、潮湿、狭小的老公房里。

惠芳爬起来,借着月光,看了一眼隔壁床上的女儿。睡梦中的女儿露着一张可爱的笑脸,似乎白天所有的痛苦也在均匀的呼吸声中沉睡了。

她拉开一道门缝,见外屋的儿子还在埋头学习。微弱的灯光下,儿子的侧影被剪得十分清削。想当年儿子刚出生，是个胖乎乎的八斤娃，生产时差点要了她的命。现在儿子长大了，却一年比一年消瘦。惠芳凝视着儿子，一阵心悸，胸口隐隐作痛，感觉自己像大海里的一叶小舟，没了方向，没了动力，只剩下茫茫的无奈。一个没有正式工作的女人，除了双手，还能拿什么为两个孩子创造幸福生活呢？在惠芳的辞海里，没有"休息"两字。每个休息日，就是第二份工作的劳动日，她一口气揽了五个家庭的钟点工。

惠芳把门缝拉大了点，想跨出去，但在跨出去的一刹那，还是犹豫了，看着儿子专心致志的样子，真不忍心在这个时候打扰他。惠芳想，如果现在就跟儿子谈这件事的话，他会是怎样的反应，是同意？还是反对？还是沉默？他有这样的心理承受力吗？今后会不会埋怨我这个妈呢？

惠芳轻轻将门掩上。她知道儿子只是块读书的料，做不了社会上的小混混。她也知道知识改变命运的道理，可现实是，这些知识的获得，需要每年花一大笔金钱去学校购买。听说儿子今后还有考研的打算，惠芳表面上不反对，但内心极不支持，好在这个还不是件迫在眉睫的事。目前最迫切的是凑齐即将开学的学费。

唉。惠芳叹了一口气，重新躺到床上。假如孩子他爹还在，假如那个逃跑的肇事司机能抓到，或许能改善这个家的现状。问题是，所有的假设，仅仅是假设而已。想着想着，惠芳的那个欲望越来越强烈。她决定明天一上班就去找王主任，先把这事揽下来再说。

四

夏日的太阳跟惠芳一样也睡不安稳，早早就爬起来了。惠芳迎着初升的太阳，似乎多了一分美丽，阳光照在脸上，像化了一个漂亮的自然妆，连花白的头发也染成了金黄色。

惠芳提前去了公司，准备忙完手头的第一遍活，就去找王主任。她已经盘算好了：厕所、走廊、楼梯，一层楼面半个多小时，差不多干到王主任办公的那一层，他就该来上班了。

来到公司，惠芳先去茶水间服侍那只电热开水炉。记得刚来公司的时候，老是忘了开启茶水间的开水炉，开水炉不开，全楼的人就没水喝。为此，被办公室王主任骂过几回。好像开水炉的开关有密码，只有惠芳一人掌控。现在好了，惠芳习惯了，上班第一件事就是开启每层楼里的开水炉，好让全公司的上帝们一上班就能喝上热腾腾的鲜开水。

王主任终于来上班了。这时的惠芳正干得汗流浃背，薄薄的衬衣已湿了一大片，好在有胸罩护着，否则凸出的胸脯早就被曝光了。惠芳在楼道口打扫，见王主任迎面走来，赶忙直起腰，然后又迅速弯下腰向他问候："王主任早！"王主任瞟了她一眼，条件反射地看了一下腕表，没说话，就直奔自己的办公室。或许，在他眼里，像惠芳这样的临时工可以爱理不理。

惠芳放下扫帚，掏出手绢抹了一把汗，整了整衣衫，来到王主任办公室门口。王主任的门开着，惠芳没有直接进去，站在门口朝门板上敲了两下。

王主任抬头望了惠芳一眼，问："有事吗？"

"王主任，您好！我想问您个事？"

"啥事？进来说吧。"

惠芳小心翼翼走进几步，把门掩上说："王主任，我想……让我儿子去拘留所。"

"你儿子愿意？"王主任露出惊讶的神色。

"愿意！愿意！"

"不过，你儿子年纪偏小，让他去恐怕不合适。"

"王主任，您不是有市政府做官的老同学吗，您就再给疏通疏通。"

王主任瞟了一眼张惠芳，沉默着，点上一支烟，吧嗒吧嗒吐着烟圈。

惠芳见对方不表态，焦急地说："王主任，求您了，就给我儿子这个机会吧。我给您磕头。"说着就往地上跪。

这招果真有效。王主任连忙开口说:"你别这样,像什么样子!这是办公室,又不是金禅寺。快给我起来!"

惠芳说:"您答应了我就起来。"

王主任想了想说:"要不试试吧。"

"咚"的一声,惠芳一个响头叩到地上:"王主任,您的大恩大德,我和儿子这辈子都不会忘记。"

"别这样,快起来!"

惠芳从地上爬起来说:"我让儿子什么时候来?"

王主任见惠芳从地上爬起来了,就慢条斯理起来。他摘下鼻子上的金丝边眼镜,然后从抽屉里拿出一块绒布,往镜片上哈了一口气,边细细擦拭边慢吞吞地说:"这事我得去疏通关系,只是……疏通还得花费啊。"

惠芳说:"应该,应该的。王主任,您看要花费多少?"

王主任望着天花板,想了想说:"我不可能再问董总要钱,这样吧,从那六千中抽出二千,帮你去打点。"

惠芳愣了一下,不过,很快恢复过来,眼里泻出感激的泪光说:"谢谢王主任!"

五

惠芳下了班,没有直接往家赶,而是奔向巷口的"马泳斋"熟食店。"马泳斋"是一家百年老店,加工的熟菜味道好,可惠芳从没光顾过,不是不想吃,而是嫌价钱贵,平时路过至多放慢脚步闻一闻飘出来的香味,动一动欲望的喉舌。

惠芳问营业员要了两块五香大排,一块给儿子,一块给女儿,本想给自己也买一块,但最终还是忍住了。她决定用五香大排赢得儿子对妈妈的理解,让他顺顺利利去拘留所。

儿子在惠芳的瓢盆锅盖交响乐中回来了。惠芳见到儿子像见了金疙瘩那样开心，忙招呼道："寅俊啊，回来啦！"儿子有气无力地说："妈，回来了。"惠芳说："累了吧，快去洗把脸。"

不一会儿，惠芳就把饭菜准备好了，两块香味十足的五香大排放在儿子和女儿的饭桌前。惠芳招呼道："寅俊，快把妹妹推出来一起吃饭吧。"

坐在轮椅里的妹妹被寅俊小心翼翼推了出来，一家三口围坐在一起开始吃饭。惠芳欲言又止，快速扒了几口白米饭。儿子把五香大排夹到母亲碗里说："妈，这个你吃。"惠芳拒绝着，用筷子夹住五香大排塞回儿子的碗里说："这是特地买给你和妹妹吃的。"儿子说："妈，你不吃我也不吃。"女儿也跟着起哄："妈，你不吃我更不应该吃。"惠芳说："你们两个是不是要气我？快吃！"儿子说："要么我们三人分着一起吃。"坐在轮椅里的女儿也附和道："哥说得对，有福同享有难同当。"惠芳强忍住泪水说："好，一起吃。"

惠芳见儿子咬了一口五香大排，心里安稳了许多。她终于把堵在喉咙口的想法一五一十吐了出来。

儿子正兴致勃勃嚼着香浓的大排肉，听母亲这么一说，顿时愣住了。惠芳见儿子不说话，就说："寅俊，你表个态呢。"儿子责备道："妈，你怎么可以让我去做违法者的帮凶呢！"惠芳说："这样的机会难得，为了你的学费我也没办法啊。"

"妈，我不去。"儿子明显生气了。"你就成全妈吧。"惠芳的眼泪出来了。儿子说："学校知道了怎么办？同学们知道了怎么办？"惠芳道："谁也不会知道的。"儿子担心地问："拘留所那边能蒙混过关吗？"惠芳说："这你放心，那边有王主任打点着呢。"儿子撅起嘴说："我不去！"惠芳说："寅俊，听话啊。"儿子说："妹妹就是被野蛮司机撞成残废的，你还要让我给这帮家伙顶罪？"惠芳说："谁叫我们没钱呢。"儿子说："我不去，不要赚这种不明不白的钱。"惠芳说："好儿子，别犟了，我已经答应王主任了。"儿子说："我不去！"惠芳有点沉不住气了，大声说："你怎么这么不听话呢！"儿子也拉高了嗓门说："我就是不听，要去你去！"

啪！惠芳伸手一挥，一个耳光打在儿子的脸上。儿子捂着脸站起身就往门外窜。轮椅里的妹妹见哥哥赌气往外走，想一把拉住他，想不到被哥哥的手一甩，连人带车倾翻在地。妹妹"哇"的一声哭了起来。

邻居李阿姨刚好拎着垃圾袋开门出来，听到对门的异常响动，又看到惠芳儿子气鼓鼓地往外走，就跑过来问惠芳："张阿姨，你儿子怎么了？"

惠芳愤愤地说："现在的孩子啊，叫他受几天罪都不行。"

李阿姨问，到底怎么回事？惠芳正在气头上，就稀里糊涂把事情经过讲了出来，等她知道自己失言时，已经讲得八九不离十了。

惠芳懊悔跟李阿姨讲得太多了，好在李阿姨不认识他们公司任何人，跟她也是邻居多年，彼此知根知底。惠芳也开始懊悔刚才对儿子的举动。她看着自己粗糙的手，想着儿子稚嫩的脸，心里阵阵发痛。

在这座城市里，除了两个孩子，惠芳已没有至亲。她给儿子的同学打电话、跟远房的亲戚联系，均没有儿子的音信。

惠芳度过了一个不眠之夜。

六

早上天一亮，惠芳安顿好了女儿，就去上班。一路上，她放慢脚步，寻思能否在马路上发现儿子的踪影。车水马龙的街道上，一张张都是陌生的人脸。寅俊在哪呢？惠芳连走路也牵挂着儿子。

惠芳来到公司，就埋头打扫起来。可她脑子里却在想：如果王主任找她说起事情已经落实的话，该如何回答呢？

惠芳忙完手头的活，几次经过王主任的办公室想进去解释一下，但最终还是没敢敲门，生怕弄巧成拙。她远远望着王主任办公室的门，一种渴望见又害怕见的心理像两条毒蛇纠缠在一起，让她惶恐不安，心乱如麻。

惠芳佯装在楼道里拖地，突然发现王主任办公室的门开了，王主任和一个男人一起从里面走出来，朝她的相反方向走去。他们一起下了楼。惠芳觉得王主任身旁那个男人的背影很眼熟，连忙跑到楼道口的窗前张望。她很快看清了，是对门邻居李阿姨的丈夫陈先生。陈先生跟她一样也是下岗工人，整天帮人家打短工度日，难道他来找王主任要工作的。不对啊，前些天他刚应聘一家超市，在超市门口给人家看车呢，莫非是为女儿工作的事？

惠芳在忐忑不安中度过了一整天，王主任没来找她，她也没敢去找王主任。她想好了，还是等找到了儿子再去求情。

惠芳在焦急和无助的等待中，终于在晚上等回了儿子。

惠芳问："寅俊，昨晚你去哪了？急死妈了。"儿子回答说："火车站。"惠芳心疼地说："你去那宿了一夜？"儿子点点头。惠芳端详着儿子说："昨天是妈不好，不能动手打你。"儿子走近惠芳，说："妈，我明天就去拘留所。"惠芳惊喜地问："想通了？"儿子平静地说："想通了，就算去经历一次难忘的社会实践。"惠芳感激地说："乖儿子，妈难为你了。"儿子说："妈，你带我和妹妹两个人，太不容易了。原谅儿子的不孝。"

惠芳再也控制不住自己的情绪，转过脸恸哭起来。儿子连忙去拿挂在竹竿上的毛巾给母亲，把她扶到板凳上说："妈，别哭了。"惠芳接过儿子的毛巾，擦了一把眼泪说："寅俊，本来说好今天就带你去的，大概王主任也忙，没联系我。你不在，我也不敢找他。明天上午就带你去。"儿子没有说话，重重地点了点头。

第二天早上，惠芳带着儿子早早来到公司，但迟迟不见王主任。问了办公室的张秘书，才知道王主任今天坐飞机去省里开会了，要下个星期才回。

惠芳急了，连忙问张秘书要了王主任的电话，拿过儿子的手机就打了过去。拨了三次，终于拨通了对方的电话。王主任在电话那头说："昨天等了你们一天，谁让你不联系我的，现在已经有人去顶了。"

惠芳问："我儿子真没希望了吗？"

王主任说："这次没了，下次吧，飞机马上起飞了。"说完就挂了电话。

惠芳握着手机，愣了半天，感觉一股冰凉的寒气从手机里袭来，钻进她的衣领，流向她的脊背。她在原地晃了两下，感觉天昏地转，连忙抓住儿子这棵大树，才没有倒下去。

七

惠芳的儿子准备提前回学校了。他对母亲说："妈，学费的事你就别操心了，我能自己解决。"惠芳问："你哪来这么多钱？"儿子说："原本积蓄一点，还有学校发的奖学金，再做几份家教，就差不了多少了。"惠芳问："那也不够啊。"儿子安慰母亲说："再不够，学校有帮助贫困生的助学贷款。"

儿子要回学校了，惠芳想做一顿丰盛的午餐犒劳一下儿子。那天，惠芳去菜场买菜，碰到对门邻居李阿姨，便关切地问道："你女儿的工作有眉目了吗？"李阿姨说："还没呢。"惠芳问："那天见你家先生在我们公司，是不是为女儿工作的事？"李阿姨说："没有啊，我家老头子出门好几天了，况且他又不熟悉你们公司的人，怎么可能去呢。"

惠芳心想，李阿姨的丈夫是多日没见了，自从那天在公司见过一个模样很像他的人，就再也没见过陈先生。"你家先生去哪了？"惠芳心生好奇地问。李阿姨说："他外地有个好朋友，家里装修，叫他去帮一阵子忙。"惠芳说："你家先生真是心地善良！"

吃过午饭，儿子就走了，走得有点匆忙，连母亲给他编织的腈纶小背心都忘了带。等惠芳发现，赶到车站，儿子的车早已开走了。

惠芳的儿子回到学校，没找到家教的活，便去卖血了。

开学半个月后的一天,惠芳接到学校老师打来的电话,说她儿子昏倒在一个建筑工地上,目前正在医院抢救。惠芳立即请了假,把女儿托付给一个要好的小姐妹,就买了车票火速赶往儿子的医院。

惠芳见着面黄肌瘦的儿子,心都碎了,幸好无生命危险。医生见了惠芳责备道:"是不是自家的孩子?做父母的怎么这么不上心呢!"惠芳无言以对。

惠芳不能在儿子那边久留,没服侍几天就回了。

从儿子那里回来后上班的第一天,惠芳就被张秘书叫到王主任办公室。王主任一口气罗列了惠芳很多优点,不过,最后王主任说了一些要她顾全大局的话,让惠芳差点昏厥。公司原本两个勤杂工,现在改为一人,惠芳被解雇了。

惠芳去劳资科签领了最后一份工资,刚放下手中颤抖的笔,就见一个熟悉的身影从她身边飘过,然后稳稳地落坐在靠窗那张办公桌前。惠芳仔细一看,是邻居李阿姨家那个宝贝女儿。

惠芳看了她一眼,她也看了惠芳一眼,四目相对,如同陌人。

脚

脚对于乔杏生来说就像有后妈的孩子，似乎从没被他爱过，或者也可以说，没有被他呵护过。平时他不给它穿鞋，到了冬天冷得实在没办法，才为其套上一双开着天窗的破胶鞋。但即便如此，那双脚还是忠实地守着主人，不辞辛劳地为主人奔波着。

突然有一天，那双忠心耿耿的脚把乔杏生带出了深山老林，带到了天堂般的大都市。从此那双脚也算暂且过上了幸福生活，独享着孩子他妈在新婚蜜月里亲手扎制的那双黑面布鞋。

应该说，这次他与脚一起翻山越岭从山沟沟里走出来是鼓了很大的勇气。他从没出过山，想着马上要到一个他从小就向往的大城市，乔杏生既兴奋又紧张，虽然人生地不熟，但心中早有了自己的远大理想。

说到乔杏生的理想，实在扯不上远大，他那个理想很低很渺小，但很实在。他只是想用一个男人一辈子的力气去养活妻子、儿子和两个女儿，让他们天天过上吃得饱穿得暖的日子。乔杏生的妻子有点残疾，但不严重，小时候因一次生病发烧得了小儿麻痹症，这种由脊髓灰质炎病毒引起的急性传染病，毫不留情地将这个山妹子的右脚肌肉折磨成萎缩，继而造成肢骨畸形，让她走起路来一瘸一拐，让她走起山路来更加艰难。平日，乔杏生的妻子与常人一样要干好多活，还要照顾好家里三个年幼的孩子。乔杏生看着这个家徒四壁不成其家的家，时常一个人流泪，但作为一个男人，他只能一个人默默地哭，而且不能哭出声来让别人知道。他偷偷哭过几次后，终于作出了一生中一个最大胆的决定，他决定抛儿别妻一个人去求见山外的太阳。他固执地想，山外的太阳与山里的太阳肯定不一样，只有沐浴在山外的阳光下，才能挣得到钱、挣得到大钱。乔杏生只读过一年书，居然也知道"沐浴"一词。

初到省城，乔杏生惊喜地发现，这里鳞次栉比的高楼大厦比老家的山头还多，商店里琳琅满目的商品比山上的花草还艳，街道上匆匆行走的人们比山里的树木还密。然而，这些高楼大厦不是他给住的，商店里琳琅满目的商品也不是供他享用的，街道上的行人也没有一个他认识的。

乔杏生很快感到了前所未有的孤独和无奈，最令他失望的是，山外的太阳也并非他想象的那么温暖。那双勤劳的脚疲惫地拖着他几乎跑遍了省城所有的劳动力市场，但都没有找到他喜欢的工作，确切地说，是所有的工作都不喜欢他。而此时，他从家里省吃俭用带出来的一百块钱已经用得差不多了。虽然他通过捡垃圾、宿车站等手段维持生计，但在出来后的第十天，他还是陷入了深深的困境，身上只剩下了五毛钱。

就在乔杏生连家都回不了的时候，终于在星光大道上遇上了他来省城后见到的第一个熟人，也可以说是亲人，确切地说，是他老家的一个远房亲戚。在举目无亲的偌大城市里，能碰上这么一个远亲真可谓是一件亲上加亲的喜事，比在家里见着了亲爹亲妈还高兴。那天，乔杏生见到那个远房亲戚时，那人正汗流浃背地埋头蹬着一辆人力三轮车，载人的三轮车上载的不是人，而是一只大箱子。乔杏生看得真切，他像见了救命恩人似的朝那人"大娃子，大娃子"地大喊起来。

那人果真是他的远房亲戚，听到有人喊他的小名，便将车停下来，惊喜地说，哟，是杏生。

大娃子一眼就认出了他。

乔杏生见到大娃子，甭提有多高兴，胸腔里的那颗心犹如活泼欢快的小兔儿兴奋得简直快要蹦出来了，他惊喜地说，你也在这儿打工？

是啊，为自己打工。大娃子说。

乔杏生惊讶地问，你做大老板啦！在哪发财？

大娃子拍拍三轮车的把手说，这就是我的流动办公室。

这车是你自己的？乔杏生抚摸着充满油漆味的三轮车很羡慕。

大娃子点头应诺，说，我正想找个人顶我的班呢。

顶什么班？乔杏生听了又有点不明白。

大娃子招呼乔杏生先上车，两人边走边聊。

大娃子也是山里人，不会蒙人，他现在真的急于想找一个可靠的人顶他的班。老家刚来电话，家中老父病重，要他马上回去。那辆给他带来幸福生活的三轮车，现在却成了他的一块心病，带回家不现实，放在屋里不生钱，借给别人又不放心。他正愁着，就撞见了乔杏生。乔杏生也正愁没事干，两人在路上这么一说，正是卯眼对榫头，一拍即合。他们说好了，在大娃子回家的那段时间里，三轮车就由乔杏生保管使用，至于使用费么，归还时再说。大娃子对乔杏生是一百个放心，虽说是远房亲戚平时很少走动，但毕竟是自家人么。

乔杏生坐在三轮车上扶着身旁的大箱子，左看右看就是看不明白箱子里装的啥东西，便好奇地问大娃子，娃子，这箱子挺重的，里面装的啥？

大娃子边蹬车边气喘吁吁地说，彩电。

乔杏生惊讶地想，有这么大的彩电？

大娃子说，这是给我的老客户送的货。对了，我还有一事要关照你，你以后也要每天早上去一次这个彩电的主人家。

乔杏生又一次听不明白了。

大娃子说的彩电的主人家就是居住在老城区新民里5号的张老伯家。张老伯今年已经七十有五，是抗美援朝的伤残军人，一只左脚被美国佬的炸弹炸残了,他没有子女,唯一的亲人是他的老爱人,一个与他相依为命几十年的小老太。而在上个月,他的老爱人上街买菜时不小心被菜皮滑了一跤,跌断了腿骨,虽然已经出院,但仍然卧床不起。张老伯家里原来只有一台十二英寸的黑白电视机,两位老人还没有享受过彩色电视,所以张老伯这次横下一条心,拿出多年积蓄,买了一台二十九英寸的大彩电,想充实充实自己和老伴的晚年生活。大娃子就租住在张老伯家的隔壁,每天早上总要到老人家里一次,问一问,需要捎带点什么,像半个采购员。这一工作从张老伯老伴摔跤那天起就开始了,一直义务到现在。所以这根接力棒不能丢,大娃子想把这根棒交给乔杏生。

三轮车很快到了新民里5号,乔杏生帮大娃子一起搬弄那台大彩电到门口。主人的房子不大,但很整洁,地上的瓷砖光亮照人,乔杏生拘谨得不敢进屋,张老伯连忙招呼他们。

乔杏生搬起彩电盒子刚想抬脚,被大娃子叫住,要他脱鞋。乔杏生心想,城里人规矩就是多。其实他不是不想脱鞋,而是不敢脱鞋,一脱鞋就会露馅,脚上有几个趾头,那双袜子上也就有几个探着光脑袋的天窗。

乔杏生在大娃子的威逼下,像做了什么亏心事似的不得不慢慢脱了鞋。乔杏生不脱鞋还好,一脱鞋,那股难闻的气味直冲而来,熏得连自己都有点招架不住。现在既然已经将丑陋全部暴露了,他也只好硬着头皮进了屋。

二十九英寸的大彩电终于拆开了包装箱,被稳稳地放在了张老伯早已准备好的电视机柜上。乔杏生看到如此大的彩电,惊讶得目瞪口呆,他是有生以来第一次见到这么大的彩电。大娃子毕竟闯荡江湖多年了,他熟练地将彩电接上线,调试好频道,在调出的最后一个频道里,刚好在展示时尚前卫的女模特儿泳装系列。乔杏生看着画面,又一次目瞪口呆了。

大娃子走了,给乔杏生留下了五十块钱,也留下了一句话,这里不是老家，与城里人打交道要受得了委屈，忍得住怨气。最后还加了一句，别把我的新车弄坏啊。

乔杏生当然应诺着。虽然他连自行车都不会蹬，但他以为三个轮子比两个轮子稳定性好，蹬这三个轮子的车子肯定没问题，只要有一双健壮的脚就行了。

其实他想错了，第一次上车，还没蹬两圈，就连车带人一起翻到了路边的花坛里，光修车费就一下子花掉了二十块钱。乔杏生急了，但急也没用。他那双走山路的脚毕竟不熟悉城市里的三轮车，骑上去摔下来，再骑上去再摔下来，真是苦了自己又苦了脚。当然，只要功夫深，老虎也能驯成猫。乔杏生不信驯服不了这辆犟头倔脑的三轮车，他整整苦练了两天，三轮车终于被他制服。第三天，他就正式上路为有钱人服务了。

乔杏生在长途汽车站揽到了第一注生意，那是一个初次来省城办事的外地客，他说要去石油勘探研究所，乔杏生一听就傻了眼，他第一次听说石油勘探研究所这个单位。去那里的路他根本不认识，但为了不丢掉这注来之不易的生意，乔杏生还是硬着头皮对那人说，上车吧。

他蹬着车，走过一个街口就停车问一下，第一个人白了他一眼说不知道；第二个人瞪了他一眼也说不知道；第三个人还算热情，告诉他，看到前面的红绿灯向右拐，过了大桥再向左拐，到了一个十字路口再向右拐，再走过第二个街口向左拐，再前进一百米就到了。他开动脑筋强记着右拐左拐右拐左拐的话，谢完后，就继续前进。后来又问了两个路人，石油勘探研究所的牌子终于被坐在车上的客人看到了。到了！到了！

乔杏生欣喜若狂，他想收他五块钱，但又一想，第一注生意就收他四块钱吧。乔杏生还没开口要钱，那人却转过身来先说话了，三轮车！你到底认识不认识路？我要去的是市石油勘探研究所，你把我拉到了地质学院的石油勘探研究所了。

乔杏生嘟哝着嘴，说，我怎么知道还有另一家呢？

那人埋怨着说，本想省几个钱，现在倒好，我只能"打的"了，人家等着我的资料呢？说着便在路边招呼出租车。

乔杏生急了，说，你还没给钱呢？

那人说，给钱，老子没要你赔钱就已经便宜你了。

说完，就钻进一辆出租车一溜烟跑了。乔杏生想追，但还是收住了脚步，他知道追不上，即使追上了也无可奈何。他欲哭无泪。

俗话说，吃一堑，长一智。乔杏生虽然没有多少文化，但他有了第一次教训后，也明白了许多道理，要在这座城市生存下去，就必须得熟悉这座城市，了解这座城市，适应这座城市。于是他开动脑筋想起了办法，做的第一件事就是在街口的报刊亭买了一张市区交通旅游图，但问题是等他把那张地图展开来看的时候，上面的路名像天书一样，他什么也看不懂。虽然他知道"沐浴"一词的含义，但真要让他看懂文字是一件挺困难的事，他的识字能力几乎跟文盲没什么两样。他拿着地图左看右看、正看反看、颠来倒去地看，最后还是没有看出什么名堂。他真的又一次傻眼了。

当然，天无绝人之路，实践出真知。乔杏生干脆不做生意了，他先蹬着三轮车到处跑，到处问，不怕碰壁，不耻下问。一天下来，他对老城区的大广场、大商店、大宾馆、大酒店等客流量多的地方，有了大概的方位感。

日落西下，乔杏生突然想到了今天说好的要给张老伯家送大米，老人家一定已等着他做晚饭的米了。他立即调转车头，直奔粮油店。刚到店门口，两个青年招呼他的车，说要去新世纪大酒店。乔杏生说，现在不接客了。

对方那个穿花衬衫一头黄毛的人开口就骂，怎么，你小子敢拒载？！

乔杏生说，不是拒载，我真的有急事要做。

对方不依不饶,非要乘他的车。他呢,就是不让乘,山里人的耿直和固执一下子显露了出来。

黄毛装出一副大款的样子说,老子有的是钱,不信,我连你这个人都可以买下来。

乔杏生感到了侮辱,他毫不示弱地说,有钱怎么啦?有钱可坐出租车,再有钱可以自己买车。

说着,黄毛和另一个青年就开始对乔杏生动手动脚。

乔杏生强忍着胸中的怒火,他不是不会打,而是不想打,他现在急着要给张大伯家送大米,另外他也想到了大娃子关照他的话,咱们是初来乍到的外乡人,特别是干三轮车这一行的要懂得忍辱负重、和气生财的道理。当对方拳头挥过来的时候,乔杏生真的只有躲闪、忍耐,他始终没有还手。

两个青年见他只是躲避不反击,便变本加厉起来,直打得他鼻青眼肿,趴倒在地为止。那个穿花衬衫的黄毛临走时似乎仍不解恨,用皮鞋狠狠地往他的右脚上踩了一脚,乔杏生一阵剧痛差点叫出声来,他捂着疼痛的右脚眼巴巴地看着他俩扬长而去。

这时,街道两旁已是华灯初放,估计家家户户都已经围坐在餐桌前享受了,而此时的乔杏生还躺在地上,他念着张老伯家肯定还等着他的大米,便忍着伤痛,硬是爬了起来。

乔杏生已蹬不了车了,只能推着三轮车一瘸一拐地往前走。当他把大米送到张老伯家时,已是汗流浃背。

老俩口见状,不安地问乔杏生出了什么事?

从没在别人面前流过泪的硬汉,却在两个老人面前委屈得像个孩子,伤心地哭了起来,而且哭出了声音。

由于乔杏生的右脚被黄毛踩伤了,他不得不休养了两天,第三天他就拖着还没痊愈的病脚上路了。乔杏生慢慢地蹬着三轮车,左顾右盼的看有没有主顾,但半天下来,路上竟没有一个人向他招手。下午总算揽到了两注生意，但那只病脚却已经在向他抗议了。

日子就这么一天天艰难地过着。明天，相信一切都会好起来的。乔杏生每每遇到困难总是这么想着。

转眼一个月过去了，大娃子也回到了省城，他问乔杏生要回了那辆三轮车的同时，也帮他搞到了一辆便宜的二手人力三轮车。在交了费办理了过户等相关手续后，乔杏生领到了一张编号为"111"的营运证，从此他开始了真正属于自己的车夫生涯。

在以后的日子里，乔杏生慢慢地适应了这个社会，加上热情周到的服务，逐渐赢得了不少回头客，他的生意也就越做越好了。

一天深夜，他照例将三轮车停在赚钱机会较多的夜总会门口等候客人。他坐在车里打着瞌睡，突然，一个气喘吁吁的年轻人跳上他的车，焦躁不安地哀求道，师傅，快救救我！

乔杏生张眼一看是个二十来岁的毛头小伙，见他的脸红一阵白一阵非常紧张的样子，便挺直了身子问道，什么事？

那人说，有人要追杀我，快带我走！

乔杏生一听"追杀"两字，人命关天，便迅速从三轮车的后座里跃到蹬车的座位上。这时，后面已有人边喊边追上来了。

三轮车的车轱辘还没滚几圈，后面追来的两个汉子已把乔杏生的车子截住。那个胡子拉碴的中年男子去拉坐在车里的年轻人，并酒气冲天地说，你小子想逃，快给我滚下来！

年轻人蜷缩在车厢的一角死活不肯下车，另一个三十来岁的光头上前帮忙，与拉碴胡子一起将他拉下车。等乔杏生回过神来，对方雨点般的拳头已落在了年轻人的身上。

住手！乔杏生怒吼一声。

拉碴胡子和光头被这突如其来的吼声震得一愣，回头一看瞎嚷嚷的是一个瘦小的三轮车夫，便说，老獬猁，你少管闲事！

其实乔杏生只不过四十出头，还不能算老，只是岁月的风霜过早地光顾到了他的脸上。

他严厉地说，你们有话可以好好说，也不能动手打人呀。

光头帮腔说，打人又怎么了？你这乡巴佬少管闲事。

乔杏生也不甘示弱，说，在我眼皮底下打人我就得管。

拉碴胡子把眼一瞪说，妈的，你这只老猢狲是不是非要狗拿耗子多管闲事？

动手打人我就要管。乔杏生不依不饶。

妈的，你再管，老子今天非废了你不可！拉碴胡子气势汹汹地说。

乔杏生一听这话非但不害怕，反而来了劲。他一字一句地说，这闲事我今天管定了！

两人放开年轻人，显然已把矛头指向乔杏生，拉碴胡子一把揪住乔杏生的头发，光头随即朝着他的身上一阵冷拳。

乔杏生本能地抵挡，想到了上次忍辱负重被两个小流氓殴打的情形，他顿时怒火中烧。乔杏生思忖着，这次是为民除害，不能再忍辱负重不还击了。他立刻将身体往下一缩，一个漂亮的扫荡腿，将拉碴胡子扫了个四脚朝天，紧接着一个看似不标准的土式右勾拳，把光头打趴在地。

拉碴胡子从地上爬起来，从屁股后面的口袋里"唰"地拔出一把弹簧刀，又"啪"地一声，明晃晃的刀刃立刻从刀鞘里弹了出来，直逼乔杏生。

乔杏生当然不怕，要知道他年幼时曾跟随隐居在大山深处的一个武林高手学过几招，两个小子有眼不识泰山了。只见乔杏生一个躲闪，转身飞起一脚，把拉碴胡子手上亮闪闪的弹簧刀踢得老远。

光头见势不妙，偷偷先开溜。拉碴胡子被乔杏生来了个生擒活拿。不知谁报了警，一会儿警车就来了。

派出所民警对拉碴胡子和那个年轻人进行了一番调查，很快就搞清了两人的身份和底细，原来那个年轻人也是孬种，经常与拉碴胡子和光头他们几个人聚在一起赌钱，年轻人经常输钱欠债，这次就是躲债被他们发现后才发生了"追杀"一幕。令乔杏生想不到的是，民警还查出了拉碴胡子的案底，原来他还是一个被当地公安机关网上通缉的杀人疑犯。

这件事很快被嗅觉灵敏的媒体记者炒得像热油锅里的花生米那样热闹非凡，乔杏生在受到了见义勇为基金会表彰奖励后，更是引来了众多记者的追踪采访，他连做梦也没想到这辈子会上报纸、上电台、还上了电视，一时间他的事迹成了人们街头巷尾谈论的热门话题，也成了人们熟知的一位名人，他的那辆编号为"111"的人力三轮车自然也成了一辆引人注目的名车。

当然，随着时间的推移，名人的光环很快在乔杏生的身上消失了，他毕竟只是一个普普通通的三轮车夫。说实在的，他不懂得炒作，也并不在乎别人给他的荣誉。他还是默默无闻地继续蹬他的三轮车，现在他只是重新规划了自己的理想，除了吃饱穿暖外，还想把妻子和孩子们从山沟沟里接出来，让他们也过上与城里人一样的幸福生活。

日复一日，月过一月，乔杏生经过整整半年的奋斗，加上见义勇为基金会奖给他的一千元奖金，他还清了买车的所有债务，终于轻装上路了，但终日的劳累也把他的背搞得像弯弓一样，将他塑成了一个名副其实的驼背形象。当然，不管他的背驼与不驼，都丝毫不会影响到他的那双脚，他仍然依靠着那双勤劳的脚在赚钱。

一日，乔杏生吃罢晚饭打算再做几注生意，正蹬着三轮车往前行进，这时一辆黑色奥迪车把他的三轮车直往路边逼。

这人怎么开的车？！

乔杏生心里正嘀咕着，奥迪车已在他前面的路旁停稳，从车里钻出了一个油头光脑的中年男子，那人向乔杏生招手喊着，三轮车，你过来！

乔杏生害怕了，害怕他的三轮车是不是刮坏了那人的汽车？现在的城里人都惹不起，乔杏生已经有过类似的经历。就在十天前的一个早上，一位金发女郎开着一辆尾号为"8888"的白色宝马车，从乔杏生的三轮车后面驶过，明明是那辆不听话的白宝马擦着了他的三轮车，那女的非要说他的三轮车碰着了她的宝马，幸好当时在马路上值勤的交警看得一清二楚，才帮乔杏生解了围。现在已是晚上，看来再指望警察帮忙是不现实的了。

乔杏生想到这里一个寒战，但他的三轮车已行至那人的跟前了。

那人没有骂人，只是快速跳上三轮车说，送我去春心楼休闲足浴中心。

乔杏生以为自己的耳朵出了毛病，是否听错，便又胆战心惊地问了一下，先生，您要我送您去香港路上的那个足浴中心？

那人说，对，对，就是那里。

乔杏生本想要问他为什么不自己开车去，但他不便问，不该问的不能随便乱问。现在的乔杏生已不像以前那样大大咧咧了，懂得生意人的规矩。

中年人问他是哪里人？他告诉他是小巴山的。中年人惊喜地说他也是从小巴山出来的，看来是老乡咯。

老乡见老乡两眼泪汪汪，一路上两人就亲热地聊了起来。原来那个中年人不开车直接到春心楼休闲足浴中心，是为了跟情人约会而躲避老婆的跟踪，这次他选择了洗脚房。他还想出了要乔杏生陪他一起洗脚的歪点子，一来见着了老乡不免有点激动，二来一旦被老婆跟踪，也好有张挡箭牌。

春心楼休闲足浴中心的霓虹灯已经在眼前闪耀。车到足浴中心，乔杏生看到一个娇艳的年轻女子已经等在门口。在他停车的当口，那女子已和中年男子搂抱在一起。中年男子回头催促乔杏生说，快点！

乔杏生站在足浴中心的门外探头向里张望，怯懦地说，老板算了吧，我就不进去了。

那人说，进去、进去，今天我请客，等会儿还要你拉我回去呢，我给你双倍的车费总行了吧。

其实乔杏生心里也想进去开开眼界，尝尝足浴中心里边的滋味，只是觉得不好意思，然而一想到天天为他操劳的那双脚就动了恻隐之心。这等好事要是放在平时想都不敢想的，现在既然有这个机会，就豁边一次吧。乔杏生暗暗安慰自己。

在中年男子的催促下，乔杏生的双脚终于跨进了足浴中心的门槛，就这么简单的一个跨越，他感觉像跨进了另一个世界。门口那位个子高高的礼仪小姐拉住弹簧门一个鞠躬、一声"您好，欢迎光临！"的问候，着实把乔杏生吓了一跳，他从没享受过这等高规格的礼仪，令他不知所措。

乔杏生跟在中年男子和那个女子后面，只是他还有点担心，不知道这里洗脚是怎么个洗法？会不会得性病？

他正胡思乱想着，服务生已领他们几个上了二楼，中年男子和那个女子进了玫瑰包厢，乔杏生被安排在隔壁的牡丹包厢里。

乔杏生环顾四周，像进了天堂一般，感到新奇而美妙。他坐在柔软的沙发床上，首先映入眼帘的是对面墙上一幅彩色油画，画面是一个刚出浴的全裸女子，他感到眼睛像要被针扎着似的，立即掉转头再也不敢正视，当然他最后还是像做贼一样偷偷瞥了几眼。

一会儿，服务小姐端来了泡脚的木盆，想给乔杏生脱鞋脱袜。他连忙说，我自己来。他是怕自己那双开着天窗的臭袜子暴露在大庭广众之下，特别是在小姐面前出丑。

乔杏生神速地把脚上的解放牌跑鞋和尼龙袜子脱了，将那双臭气冲天的脚迅速伸进木盆里，由于伸得过猛，盆里的水花四溅，不少水滴还溅在了服务小姐那张白嫩的脸上。乔杏生连忙说对不起。那位小姐倒也没脾气，温和地说，没关系。

服务小姐用手抹去脸上的水珠，不失时机地介绍说，我们这里的洗脚药水都是用天然名贵的中草药炮制的，有强身健脑之功效……她说得神乎其神，乔杏生听得也神乎其神。

乔杏生的脚在药味十足的木盆里荡漾着，温暖的水滋润着他的双脚，他感觉与平时洗脚没什么两样，只是那盆里的洗脚水换了一种药水罢了。

但接下来的过程让乔杏生很快感受到了前所未有的不一样。只见服务小姐将他那双粗糙的脚轻轻扶起，用雪白的毛巾擦干，放在她柔软的大腿上。乔杏生想不到用雪白的毛巾擦脚，他真的有点舍不得，平生从没用过这么白的毛巾擦脚，也从没有将脚搁在女人大腿上这般亲密接触过，他记得自己的脚连老婆的腿也没搁过一回。

乔杏生很不自然地将腿脚绷得紧紧的，一动不动，僵硬得简直像两根没有生命的枯树竿。服务小姐一边叫他放松，一边用裹着毛巾的纤纤细指在他脚趾间抚摩着，弄得他微微痛痒，但有说不出的舒服。

小姐说他的趾甲太长了应该修一下脚，乔杏生不知道修脚啥意思？他想问，还没开口，服务小姐已不知从哪儿拿出了一巴亮晃晃的小刀。乔杏生本能地将脚一缩，说，你想干什么？服务小姐看他紧张的样子笑道，你怕什么呀，我帮你修一修趾甲。乔杏生想不明白，趾甲长了应该用剪子剪，怎么用刀呢？其实让他想不明白的还有很多。比如，洗完脚怎么还要用手捏脚捶腿？怎么还要做身体按摩？

当乔杏生平躺在沙发床上接受服务小姐按摩的时候，他仿佛进入了另一个世界，真是出了娘胎头一遭，让他大开眼界，也让他坐立不安，世界上竟还有这么一个伺候脚的地方！

过去乔杏生虽然知道春心楼休闲足浴中心，但不知道里面有些啥服务？现在他明白了，也享受了。然而，这里毕竟不是他这种人享受的地方。他想到了老家那个腿脚不好的妻子和三个赤着脚没鞋穿的孩子，他似乎看到了他们憔悴而期待的目光。想着想着，他的眼眶湿了。

服务小姐见他眼睛湿漉漉的样子，好奇地问，老板，你怎么哭啦？

乔杏生强忍住泪水说，我不是老板，也没有哭，是眼睛过敏，不习惯这里的气味。

乔杏生从春心楼休闲足浴中心出来后,当他脚蹬三轮车载着那个自称是老乡的中年男子行驶在寒风瑟瑟的马路上的时候,很快从刚才梦一般的享受中回到了现实。他知道自己仍是一个名副其实的三轮车夫,不可能再去享受那种梦一般的生活。他必须用蹬三轮车的双脚赚钱来养家糊口,他只想着等他赚到了足够的钱后,一定要把妻子和儿女们从贫瘠的山沟沟里解放出来,过上像城里人一样富足的生活。这次洗脚的经历,也洗醒了他的头脑,他深感自己别无本领,就应该好好地爱护他这双养家糊口的脚。他知道,唯一这双脚才会成就他的幸福。不,应该说,成就全家人的幸福。

然而,天有不测风云。乔杏生那双还没赚到足够钱的脚却在不久的一天出了问题,出了一个让他痛不欲生的大问题。

那天,他刚送走一位客人,蹬着空车在骏马路上的非机动车道里慢行着。只听得"哐啷"一声巨响,乔杏生从三轮车的座椅上飞了出去,等他醒悟过来,身子已掉在人行道的地上不能动弹。乔杏生忍着剧痛回头一看,从后面撞他三轮车的又是一辆白色宝马车,他对这车太敏感了,他知道这种车都是横冲直撞的"好汉"车,开这种车的也都是些惹不起只可躲得起的人。

那人从车上下来,戴着一副墨镜,乔杏生看不清他的脸,却清楚地听到了他的谩骂声,你这个乡巴佬怎么骑的车?

明明是他把车开到了非机动车道上,又是从屁股后面撞着了乔杏生的车,居然还振振有词,真是一匹惹不起的宝马。看来乔杏生的思维不错,早就意识到了这一点,他没有回话只是一个劲地呻吟。这呻吟是一种无声的抗议,或许也是最好的回答。

那人从口袋里掏出几张钞票数了数,恶狠狠地说,你哼什么?又没死人,好了,算我倒霉,给你一百块钱补偿。

说着便把钱扔在乔杏生的怀里,扬长而去。

乔杏生眼望着宝马车一溜烟地远去,无奈地收好钱。他想站起来,可怎么也站不起来。乔杏生突然意识到了什么，顿时害怕起来，他迅速用手去抚摸双脚，摸了一下右脚感觉还能动，再摸左脚却一点知觉也没有，再摸，还是没有知觉。乔杏生呆呆地坐在地上，几个过路的行人，回头只是看了他一眼，都冷漠地走开了，连句问候的话也没有，让他感到世态炎凉、孤立无助。

这下他真的伤心地哭了。他望着那只不能动弹的脚，模糊的眼前立刻浮现出妻子和儿女们期待的眼睛。他的心一阵紧缩，担心、痛苦、迷茫、绝望一齐涌上心头，一阵昏眩，终于躺倒在冰冷的人行道上……

乔杏生从此在这座省城里消失了，连同他那辆编号为"111"的人力三轮车一起消失了。一些老主顾偶尔向其他三轮车主打听他的消息，但许多同行也不知道他的下落。他去哪了？他不是说过，等他赚足了钱，要把妻子和儿女们从贫瘠的山沟沟里接到城里来，也过上与城里人一样富足的生活吗？现在竟连个人影都不见了。

没多久，一些熟悉他的人也渐渐把他遗忘了，那些偶尔乘坐他车的人更是记不得他了，他和他的三轮车就像石沉大海，无影无踪。

直到半年后的一天，那辆编号为"111"的人力三轮车又出现在这座省会城市的大街小巷里，人们觉得似曾相识，但大家都已想不起"111"的车主是谁了？而让所有看到的人感到惊讶的是，蹬这辆三轮车的是一位驼着背、只用一只右脚套在脚踏板里蹬车的半老头。

燃烧的日子

也许说出来谁都不会相信,我进那家女工如云、美眉争艳的棉纺织厂工作整整两年,竟没有和厂里三十岁以下的女人正式说过话,更不要说与厂里的小姑娘们有过什么亲密接触了。

我工作的车间位于厂区西北角,人烟稀少,每次上下班都要穿过一片黑压压的大煤场,打个不恰当的比喻有点像洒了乌油的撒哈拉大沙漠。大概是偏僻的缘故,自打我进厂以来,从没见过一位女工来过这里,甚至连上了年纪的女工也没来过一个。我想不明白,为何这里没有女人光顾,甚至连路过的都没有呢?

经过一段时间的观察,我发现,这周围都被堆积如山的黑煤包围着,只有中间一条并不宽敞的水泥路才通往我的工作区域,在水泥路的尽头有一段同样宽的碎石路延伸至厂区围墙,那里倒有一扇大铁门,墙外就是厂职工住宅小区,但平时那扇门总是关着,高大的铁门已经锈迹斑斑,那条依稀可见的碎石路也是杂草丛生,想必很长时间没有人走过了,那些散落在草丛里一堆堆风干的狗屎,或许就是最好的明证。

我推想着肯定是哪个缺德的厂领导下了一道没人性的命令,从此断送了这条"生路",让那些上有老下有小的工人们天天舍近求远,像猴子似的兜着圈子奔波在上下班的路上。工人们的个中苦难厂长们也许不知道,想必知道了也不会发什么善心。

其实工人们上下班劳累奔波,对于我来说是不相干的,反正我不住在职工住宅小区,而是住在比那里条件更差的一条叫"羊角弄"的小巷里。因此,我的那些牢骚话其实也不是为工人师傅们说的,说穿了,我仅仅对那道长年不开放的门有点意见,说得再贴切一点是有点失落感。

有些事情最好不说穿为好,如果硬要我说出来当然也不怕别人笑话,现在我可以偷偷告诉你这么一个不争的事实:由于对那道门的长期封锁,客观上就是封锁了厂里工人们从那里进出的方便,尤其是厂里女工们进出的自由,也就封锁了我在上班时间本可以看到但现在无法看到,那道如歌如画的美眉们穿着花花绿绿或袒胸露脐的衣裳从眼前飘来晃去的亮丽风景。这些迷人的场景都是师傅花泉泉亲口告诉我的,当然我得相信。

花师傅每每讲起那情那景,总是流着口水在我面前炫耀,惹得我羡慕不已。我几次问师傅那道后门为什么不开的原因?他总是说,不清楚。但从他的眼神里分明可以看出他应该是清楚的,不像我老是瞎猜测,老是胡说八道。可师傅为什么不愿告诉我事情的真相呢?当然,师傅不愿说肯定有他的道理。

不好意思,说了半天连我的具体工作还没向你介绍。其实我干的活并不高深,也许说出来你会摇头。那是一种反差很大的活,整天跟着"红"与"黑"打交道,需要澄清的是,我并非跟"红道""黑道"打交道的那种,而仅仅是跟"红的火"和"黑的煤"进行亲密接触,说白了,我……我就是一个"烧锅炉"的。

因为常怕别人笑话我、瞧不起我,所以刚才在介绍时有点支支吾吾、吞吞吐吐。请原谅我这种不痛快的表达方式。真的,就内心而言,我实在不愿告诉别人我现在的这个职业，不管是熟悉我的还是不熟悉我的人，平时我对外宣称在能源部门工作。

说来惭愧，自打进厂两年来，别人为我介绍的女朋友也有过好几个，剔除外地的，本地就有四个，两个外单位两个本厂的。外单位的两个各见了一次面就吹了；本厂的两个说出来还要气人，没见一面就"黄"了。后来听介绍人透露：外单位的那两个是嫌我家里太穷，而本厂的那两个就是因为我的那个该死的职业，厂里那个漂亮妹妹一听说我是个"烧锅炉"的，就立即打了退堂鼓，脑袋摇得像小孩玩的拨浪鼓。

你说气不气人。现在的女孩子谈对象好像不再是为了嫁个好男人，而是一门心思嫁给人民币、最好还有美金，或者是嫁给一份好职业。难怪报纸上曾刊登过一个70多岁的老翁突然得到了政府的一笔巨额补偿款后，众多的美女少妇争着要嫁给他的奇闻。看来这等怪事真有，不一定是条假新闻。我还听说工商、税务等热点部门的小伙子在进单位工作的第一天，就有红娘们开始为他们张罗了，他们找对象就像在繁花似锦的花店里买花那样可以随意挑选。这世道真是令人气愤又让人羡慕。

司炉工确实不是什么好工种，我刚进厂那阵子，还全部是人工操作的。往炉子里添煤是用大铲子一把一把地往里送，烧过的煤渣也是靠铁耙子一下两下地往外扒，特别是夏天，人在炉前作业简直像烤红薯。其实冬天也不好受，不管刮再大的风、下再大的雨也要推着笨重的斜斗铁皮车到煤场上运煤，常常弄得我灰头黑脸像个"黑老大"。

当然，既然干上了这行当，也只能老老实实好好干了。谁叫我爹妈不争气做了一辈子的普通百姓呢。

说起我爹妈，就来气。尤其我老妈，下岗在家不思上进，整天跟街坊邻居几个老头老太打麻将，虽然是小来来输赢不大，但毕竟也是一种赌博行为，况且他们玩得没有节制，白天玩，晚上玩，简直玩疯了。当然，我虽对老妈玩麻将意见很大，但时常也希望她赢钱。因为只有赢钱了，我们家的餐桌上才有可口的鱼肉之类的荤菜。当然，我也得感谢我爹不错的厨艺。

我爹是个在一家快要倒闭的化工厂食堂里做厨子,也许是多年的厨子生涯,造就了他平时不愿意抛头露面的性格,是个"三拳打不出一个闷屁"的老好人,且老实得有点迂腐。就说我进厂分配工种那件事,人家提醒过我爹,你家建生长得细皮嫩肉的,虽然当过兵,现在进了棉纺织厂这么一家大企业,但里边的工种累的和闲的差别很大,有没有托托人走走关系为儿子觅个好工种?可我爹怎么对人家说,我家建生当兵那阵子也没走关系没托人,照样年年是先进,有一年还受过部队的嘉奖,厂长看了我儿子的档案后,肯定不会亏待他的,不是还有拥军拥属的政策吗?

现在什么年代了,我爹还是那种死脑筋,真是太落伍了。所以我常常对他们两老既爱又恨,无可奈何。我当了司炉工,他们还都说好呢。我妈说,这工作不错,还有高温补贴营养费。我爹说,这工作很好,年轻人就应该吃点苦,锻炼锻炼么。

爹妈竟说出这等屁话,气得我三天三夜没理他们。然而,再气也没用,毕竟是我爹妈,我还得理他们,我还得去工厂干我的苦力活。

工作再苦再累,我还是慢慢适应了。然而始终让我适应不了的,是周围那种没有色彩黑压压的氛围。在我空闲无聊的时候,总会不由自主地望一望不远处的那扇大铁门,翘盼着重新开启的那一天。

一天上早班,我还未到车间门口眼前就一亮,只见不远处几个民工正在清理那扇大铁门两侧围墙周围的杂草。我顿时一阵兴奋,看来我的翘首有盼头了。我问师傅,那扇门是不是真的要开了?师傅的话却像黄梅天里的一盆冷水把我从头浇到脚,浑身不舒服,他说,你想得美,听说厂部是要利用那块地,破墙盖房准备做店面对外出租搞创收。

啊?原来是这样。眼看开门通路的希望即将破灭,我忍不住又一次向师傅提及那扇门封堵的原因?权作最后的告别回顾,这次师傅被我缠得没办法,他叹了一口气说,那是他的一个耻辱。

师傅这么一说,让我更为好奇。在我的追问下,师傅略带哀伤地告诉我,他以前带的一个最得意的徒弟在一个晚上,就在那条小路上劫持了一位下班回家的女工,并将她拖到围墙边一个废弃仓库里强奸了。师傅说到气愤处,就一个劲地骂他那个叫"小变死"的徒弟。自从"小变死"干了那种伤天害理的事后,厂里的女工们见了我们烧锅炉的就像见了瘟神一样,躲得远远的。我们工作的地方也就成了黑风口,再也没有女人来过。

恐怖。我听了害怕。我倒不是害怕强奸的事,而是害怕以后我找女朋友就更加困难了。难怪那个漂亮妹妹一听我是个"烧锅炉"的,头就摇得像拨浪鼓。

我所在的锅炉车间在厂里的名声确实也不咋的。就说我师傅吧,是个大酒鬼,一天不喝酒,终日无气力。我师娘就是忍受不了他的酒劲,才无情地与他一刀两断,我进厂工作一周年的那天也就是他的离婚纪念日。

还有那个据说曾经做过我们这个厂的厂长,我们现在都叫他"老棺材"的老头,他的前科劣迹更是给我们脸上抹黑。"老棺材"在十八年前确实是厂里的一把手,因搞大了年轻漂亮的厂医石榴的小肚皮,被开除党籍、留厂察看两年,随后就发配到我们这个全厂公认为最累最脏的锅炉车间劳动改造。从此我们这里自然就成了工厂里的劳改部门。

不说了,一说就伤心。想想"老棺材"像飞机失事似的一下子从天上掉到地上,我们靠两条腿走路的小老百姓也就释然了,还是安安稳稳过劳动人民小日子的好。

日子也真够快的,转眼间围墙边的荒地上已竖起了一排平房,不久就有人前来租房开店了。我知道,原本厂里办事总是拖拖拉拉的,想不到这次破墙造屋倒也雷厉风行,看来厂领导的作风转变了。后来才听师傅说下个月发工资的钱还指望这些房子呢。

或许我厂的市口好,十几间房子一下子全都名花有主。对直那条水泥路的是一家烟杂店的窗户，虽然里边没有门，但还是极大地方便了我们的购物。最开心的是我师傅，他生命中最喜欢的香烟和老酒就再也不愁断货了。按理说，厂纪厂规是不允许上班时间喝酒的，但有哪个领导愿意来关心我们？我们这里就是一个被人遗忘的角落，当然对我来说还是个被爱情遗忘的角落。

然而，想不到的是，在我进厂廿五个月后的一天上午十点半左右，突然有个女子用一种特殊的方式闯入了我的领地，让我措手不及。

那天刚好就我一个人在车间里，师傅去了后勤科领劳保用品，同班的还有一个叫小胖的同事在外面的煤场上干活。一个穿白大褂的女子风风火火走了过来，我刚好在窗前，白大褂出现在我们黑压压的撒哈拉大沙漠里老远就显得十分枪眼，让我一惊，以为哪来了一个奔丧的。等她走近，我才看清了她的面目，那人就是人称"大炮"的张大妹。以前虽然没有跟她说过一句话，但我知道她是厂食堂的一个小组长，在她手里打过几回饭菜。

张大妹的人影还没进门，话倒已经像大炮一样打了进来，震耳欲聋：这里的人是不是死光了？

我迎出去说，怎么说话的，难道我不是人！

她大眼瞪小眼地上下打量了我一番，像要一口吃掉我似的，狠狠地说，我打来电话，你们为什么不接？

电话坏了！我理直气壮地回击。

你们今天送的什么蒸汽？简直像一个阳痿的男人，食堂里的饭都被你们糟蹋啦！

我本来心情也不好，就以牙还牙地说，你这个更年期的丑婆娘，说话注意点！

难道我说错了吗？她用手指着我的脸说，以后你要是再不给我放足汽，别怪老娘给你吃一个月的夹生饭！

岂有此理！眼前这女人虽然年纪不大，人也长得不赖，可说出来的话怎么这么呛人。我当然不甘示弱，与她对骂起来。想不到我进厂以来正面接触的第一个女人竟然是这门大炮，况且是在这种近乎肉搏战的情形下进行的。

师傅终于回来了。了解情况后，他给她赔了礼、道了歉，对她保证，以后给食堂送蒸饭的汽一定送足，争做猛男，坚决不再做阳痿的男人。

她听了掩脸"扑哧"一笑，一溜风地走了。我望着她风风火火的背影，也笑了。

师傅说，对付这种女人，你不能一味地跟她来真的，只能三真七假，让她骂也不是，爱也不是。

我夸师傅厉害，毕竟是过来之人。师傅得意地朝我挤眉弄眼。

自从附近有了那家烟杂店以后，师傅的心情确实开朗了许多，脸色红润，精神饱满，思维敏捷。这段时间他的变化不小，比如现在考虑问题越来越全面了，工作更讲究方法了，也越来越为大家着想了，有爱心了。

当然他也没有忘记那个还在监狱里吃官司的"小变死"。一天，他对我说，到换班休息时想和我一起去监狱探望他一下。我当然也很想见一见这个从没照过面的不争气的师兄。

那天在监狱探视室里，"小变死"一见师傅就隔着冰冷的玻璃痛哭流涕。师傅跟他聊了几句才想到我的存在，但在介绍我时让我感觉有点不舒服，告诉"小变死"，说我就是接他班的建生。师傅这话，说错吧没什么不对，说对吧好像又有点毛病。当然我也不会计较师傅的臭水平。我师傅就是这么的一个人，脾气不大，水平不高。

师傅问"小变死"，那次是不是中了什么邪？

"小变死"告诉我们，这官司是他开玩笑开出来的，也可以说是斗劲斗出来的。原来那个被他强奸的女工叫钱招弟，是他中学时的同班同学，后来一同进了棉纺织厂，他以前曾追求过她。那天两人刚好单独在那里相遇，"小变死"就开玩笑地说了一句"明天我正式向你求婚"的话，对方就骂他"癞蛤蟆想吃天鹅肉"，还骂了许多更加难听的话。"小变死"一个激动，当场就把她给"吃"了。其实除了老婆以外，任何别的女人都是不好"吃"的，不吃官司也会吃处分，不吃处分也得花钱买太平。"小变死"从小死了爹妈，一无背景，二无钱财，剩下的只有吃官司这条路了。

师傅说了一些好好改造之类的话后，探望时间也差不多了，我们就与"小变死"道别。走出监狱的大门，我对自由似乎有了更深的认识。

看来，任何的自由都是建立在法制或一定原则基础上的，不可能是一种随心所欲的自由。而我的师傅最近一段时间就自由得有点出格了。那天，烟杂店的老板拿着砍刀一路追杀到厂里，说我师傅抢了他老婆。虽然我没有见过师傅与烟杂店老板娘上过床，但平时在他俩交流的目光里，我也瞄出了一点端倪。另外，师傅也不经意地透露过，他们经常去红玫瑰舞厅"碰擦擦"。

看来男女之间"碰擦擦"并非是件值得推广的好事，时间长了往往会擦出危险的火花，特别是对于那些有家庭的人来说。

不瞒大家，我在当兵的时候，也差点与一个当地的小学老师擦出火花。那是我在部队当校外辅导员的时候，就在她的那所小学里认识了她。她是学校的大队辅导员，我们经常在一起，谈理想、说抱负、搞活动、学跳舞，后来竟情不自禁地都对对方有了好感，但部队的纪律不允许，我只能压抑着自己的感情。而她是一个音乐老师，比较开朗也比较开放，经常找一些借口与我接近，我的防线当然不是铜墙铁壁，终于有一天我在她的办公室里，留下了我青春的初吻。应该说，当时有很多机会能够向纵深发展，但我不敢。我的热望只能偷偷地画在自己那条军用的被褥上。好在后来我就退伍回家了，与她保持着一千公里左右的距离。之后虽然跟她通过几回信，但毕竟事过境迁渐渐断了交往。

那次经历也可以算是我有生以来的第一次恋爱，也是我至今为止的唯一一次恋爱。然而，我最近似乎又找到了恋爱的感觉。虽然那种感觉还很朦胧,但已经天天存在,特别是每天到了吃饭的时候。

我一想起现在的那种感觉,真想狠狠抽打自己的嘴巴。我怎么会突然喜欢上了食堂那个与我吵过架的张大妹呢?真是应验了"不打不相识"那句老话。难道是因为她平时给我小恩小惠的结果?说出来不怕你们告诉食堂的事务长,我每次早上到食堂吃面,只要她在,就会给我的面汤里多放一点味精,多放一块排骨什么的。记得有一次早餐,她给我面汤里放一大匙味精,吃得我口燥难忍,害得我一个上午连喝了三瓶开水。现在每逢中午吃饭,我也喜欢排队排在她的那个窗口。看来我真是一个没有坚强意志的凡夫俗子。

当然男女之事往往是说不清道不明的,我也说不上理由,但我确实喜欢上了这个已成寡妇的张大妹。自从我们有了交流后,我知道了她背后的许多故事。想想她也挺命苦的,自从男人出车祸死了后,她是又当爹来又做妈,与一个刚上幼儿园的女儿艰难度着日子。

自打我的恋情暴露后,周围的反对呼声一浪高过一浪,就差开批斗会了。先是我师傅,后来是我的朋友们,再后来是我的爹妈,再后来是我的街坊邻居……他们的意见倒挺一致,都认为好端端一个年轻小伙子怎么找了一个寡妇,而且还带个孩子?最令他们想不通的是,张大妹的年龄比我大三岁。用我们家乡的俗话来说,妻大三,动刀宰。很忌讳的。

他们越是说我,我越是义无返顾。也不知道我的这个牛脾气什么时候才会改改?我师傅在这样的男女问题上就处理得就比我好,做得快、改得也快。

其实我师傅与烟杂店老板娘的事,除了他俩,其他人谁也说不清楚。厂保卫科长找了我师傅谈话,也始终没捞到什么实质性的东西。后来组织上找了烟杂店老板和老板娘谈话,做了不少解释和安抚工作,最后双方都写了不再来往、不再纠缠的保证书,厂里最终还同意免掉烟杂店一个月的租金,才算没有惊动派出所。

我不知道厂部为什么对我师傅如此袒护？但看得出来，我师傅在厂里的分量还是挺重的，至少说他是我们车间里的主心骨。他是我师傅，现在也是我们的车间主任，缺了他，锅炉车间也就成了一盘散沙，估计谁也不愿意来接任这个位子。虽说我们这个车间对全厂而言也算是个重要部门，但许多领导只是把重要性放在嘴上而不是落实在行动上，连分管厂长也很少来过问。锅炉车间里的所有担子都由我师傅一人挑着。

我永远忘不了初冬的那个晚上，忘不了师傅在那晚的形象。

那天，我和"老棺材"、还有小胖在深夜11点准时接岗做夜班。那时我已经与师傅分开，他当了车间主任只做常日班了。

夜深了，我们三人做好准备工作后，我就自告奋勇把守在操作台上，叫"老棺材"和小胖先去隔壁工具间休息。当然我说的这种休息显然是违反厂纪厂规的，只能偷偷进行。

自从安装了全新的链式锅炉后，进煤出渣全部自动化，平时只需按按电钮，我们的劳动强度得到了大大缓解，因此刚才我叫"老棺材"和小胖去休息对工作没有多大影响。只是我一个人稍微辛苦点，等一会他们也会主动来接替我的。

这几天我与张大妹热乎得很，大概今晚上班前陪她去舞厅"碰擦擦"没有休息好，因此一坐到操作台上就打起了瞌睡。

不一会儿，锅炉里突然传来"啪啪"两声巨响，把我从瞌睡中惊醒，我以为锅炉爆炸了，顿时吓出一身冷汗。"老棺材"和小胖也从隔壁工具间里冲了过来，问我发生了什么事？我说，我也不知道。三人仔细一看，往炉膛里输送煤的链排不走了，我强按电钮，传动电机只是"咔咔"作响。"老棺材"连忙制止我说，建生，别按了，你再按电机也要烧坏了。

我只知道锅炉里的链排跟坦克车轮子上的履带是差不多模样的铁疙瘩，至于不动的毛病我们三人谁也搞不清楚。压力表上的指针在不断下降，眼看将影响给其他车间的供汽量，"老棺材"、小胖和我都面面相觑，束手无策。

"老棺材"、小胖叫我去喊师傅来解决。那么冷的天，深更半夜叫人家出来，我有点于心不忍，但现在没有其他办法也只能这样了。

很快，师傅被我从家里叫了出来。

经他在现场一观察，一分析，再用铁钎在炉膛里一捣鼓，马上就得出了结论。他很有把握地说，有一块链排断裂，卡在炉内风室的隔墙上，现在唯一的办法是进去排险。

我一听就害怕，因为我知道即使把炉膛里的火苗全部压灭，里面的温度至少也有一、二百度。

只见师傅穿上喷了水的棉袄棉裤和大头棉皮鞋，用粗绳将自己身子扎紧，戴上湿的棉帽子和棉手套，再喝上一大杯水，然后就叫我们三个人扛头扛脚像火葬场烧死人那样将他塞进炉膛里。

我站在炉堂口，里面往外涌出的热浪已经让我受不了，可我师傅却挺身而出地进去了。我的神经在颤抖。照例是我当班，应该由我进去，而我在关键时刻却成了逃兵，退缩了。虽然在此之前我好像跟师傅说过让我进去的话，但那只是说说而已的客套话，我知道师傅肯定不会让我们其他人进去的，因为进里面确实很危险，即使不危险也是很伤身体的。

师傅在进炉内之前还跟我们几个开玩笑地说：反正他是结过婚的人了，女人也玩过了，现在是一个人无牵无挂，死了也无所谓；"老棺材"年纪已大，还有一个星期就要退休了，而且还有一个乡下老婆要靠他供养；建生和小胖虽然不知道这两小子有没有玩过女人，但毕竟还未尝过结婚的滋味。

险情终于在五分钟内排除了，这是生与死的五分钟，这是让我对师傅刮目相看的五分钟。我们三人几乎是把他从炉膛内拖出来的。师傅的脸色苍白，嘴唇干裂，几乎已虚脱。此情此景，我禁不住眼泪夺眶而出。

庆幸的是，师傅在那次排险中没有出事。然而不幸的是，"老棺材"的老伴却在他退休的前一天晚上出了事。

本来我们说好了明天要吃"老棺材"的欢送酒，现在看来只能改吃"豆腐"了。

"老棺材"一夜之间苍老了许多，本来花白的头发现在一下子全白了。他老泪纵横地告诉我们，他对不起老伴，他为一生中没有好好陪伴过她而深感遗憾和愧疚。"老棺材"的老伴长期生活在农村，生前确实没有占过"老棺材"的一点光，即使是在他当厂长风光潇洒的那阵子，她也仍然一如既往地在乡下种田、带孩子。

"老棺材"的老伴死得很惨烈，是家中着了火被活活烧死的。俗话说，水冲一半，火烧全无。"老棺材"顿时变得一贫如洗。

师傅号召我们募捐，但一个车间的力量毕竟有限，我和小胖就制作了捐款箱和横幅，在厂区大道的厂门口发动全厂工人捐款捐物。

想不到这次行动，让我得益匪浅，我终于有机会跟好几个漂亮妹妹说了话。虽然女工中还有不少人仍用异样的眼光看着我们，但毕竟"老棺材"的处境让他们动容，女工们离我们近了许多，我们之间已经可以面对面交流了。就在我跟几个女工说话的当口，我与她们窃窃私语的举动被站在一旁的张大妹看到了。等我发现张大妹想跟她打招呼的时候，发觉她的神色有点不快。女人么，这点小心眼，可以理解，看来她真的爱上我了。

张大妹近来确实对我很好，经常帮我换洗工作服，还给我买了养生堂龟鳖丸。当然，我有让她喜欢的优势，不过我的劣势也不少，比方说家境贫寒，缺钱少房。如果我现在就向她求婚的话，不知道她会提出什么样的要求？她的女儿小佳佳又会是什么态度？

一日，我半真半开玩笑地问小佳佳，我说，要是跟你妈妈结了婚，你肯叫我爸爸吗？她歪着小脑袋，眼珠转了一下脱口而出地说，你什么时候给我妈妈买大钻戒，我就什么时候叫你爸爸。是呀，孩无戏言，结婚是应该要给对方买钻戒的，而且不能太小气。

看来我还得先量量自己的底，现在买得起吗？

车啊车

我说的车,不是大街上漂亮潇洒的轿车,虽然在我们这座城市里小汽车已成为一道流动的风景,可我今天并不想谈论它们,而是想说说一辆自行车。

那天,我值夜班回家,走出派出所的大门已是大雪纷飞。在这夜深人静的银色世界里,我仿佛进入了一个童话天地。这是今年入冬以来的第一场雪,瑞雪兆丰年啊!我心里一阵窃喜,明天刚好是礼拜天,可以带女儿出去堆雪人了。女儿今年五岁了,出了娘胎还没见过真正的雪呢。

我正高兴着,突然看到前方有一个推着自行车的人在行走。为什么不骑呢?职业的习惯让我马上变得敏感起来。我骑着摩托车跟在他后面,总感觉那人推车的姿势有点异样,也许是职业的使然,我立即靠上去,有问没问他跟那人搭腔,"喂,兄弟,干吗推着车不骑呀?"

那人看到我先是一愣,然后支支吾吾地说,"车——坏了。"

我一看那人的样子就觉得不是头好驴,就试探着说,"要不跟我到派出所去,帮你修一修?"

那人一听"派出所"三个字，顿时像一头见了老虎的野驴，慌了神，丢开自行车撒腿就跑。我见他逃窜，便加大油门追了上去。到了老虎嘴边的驴子哪有轻易放过的道理，我很快追上那人，跳下车，一个标准的前扑将他牢牢擒住。

我把那人按倒在雪地里，马上拿出手机给所里坚守岗位的兄弟们发出求援信号。警车很快就来了，连车带人一起装到了派出所。我骑上摩托车也回了所里，看来回自己的家又只能成为我的将来进行时了。

按照老规矩，先检查嫌疑人的随身物品，以防不测。很快，我发现那人腰间皮带上挂着一根用铅丝弯成的铁钩，一问，原来这小子是用它来钩挂自行车的，这样就可以将车后轮提空着推行了。看来这家伙会耍点小聪明，但我心里还是暗骂，"笨蛋！为什么不直接掏开车锁呢。"我知道现在的自行车锁根本经不起折腾。

值班的兄弟将那人带去询问室做笔录，我就关注起眼前这辆自行车来，当我仔细审视这辆车子时，着实让我吃了一惊。我马上反省自己，刚才是我错骂了，不是那个小贼笨，而是这辆车不一般。我惊讶地发现，自行车的后轮上竟挂着三把锁，一把是固定在车上的普通锁，一把是钢丝环形锁，还有一把是保安公司推销的防盗锁。乖乖！是哪位车主如此珍爱自己的车子？这车虽然看上去很新，但毕竟是一辆普普通通的凤凰牌自行车，即使是全新车现在也不值几个钱，况且凤凰牌的风光时代早已过去了，干吗还要大动干戈来个三保险呢？这让我很是好奇。看来我这个吃了十几年公安饭的老警察世面见得再多，也还有好奇的时候。

当晚我就睡在了派出所。当然，老婆也不指望我深更半夜地回家，一来吵醒她，二来还要做我的暖炉，她不一定愿意。以前每次晚回家，她总把我逼到悬崖峭壁上，其实我也不好受，每次都像在"大练兵"，因此有时值班晚了我就干脆在派出所"练兵"算了。

第二天一大早，我就打电话给非机动车管理所查询车主的信息资料，以便尽快结案。很快，非机所那边就有了回音，说是那辆凤凰牌自行车的车主叫"赵倩倩"。

哟，这名字好听，肯定人也长得不赖。我竟想到了人家的长相上。

我自知不对，赶紧悬崖勒马，继续问对方，"车主有没有联系电话？"对方说没有。我又问了车主的家庭地址。对方说，"北城脚23号。"

我一听，属于我现在的管区，只可惜我刚调到那个辖区不久，根本不知道北城脚23号里住些什么人？我决定亲自去一趟。

雪后的天空一派明媚，大地银装素裹像盖了一层厚厚的棉被，温暖无比。我这才想起时常给我温暖的妻子，想起要带女儿出去堆雪人的那个行动计划。唉，真是一个不称职的老公和老爸！我抓起一把雪，捏成一团，狠狠地砸在路旁的一棵老树上。其实老树并没有惹我，我可能把那棵老树比作自己了，应该说它是我的同龄人，是从小和我一起长大的一棵法国梧桐。

北城脚已在眼前，它静静地躲藏在城市的角落里，虽然属于老城区范围，但已经很偏僻。我开始寻觅23号。听我的前任兄弟说过，这里住的大多是一些低收入户，以前有城墙的时候，这里就有移民了。"北城脚"顾名思义，就是指城北的古城墙脚下护城河边上的一条小道，后来那些从外乡漂泊来的船民就纷纷上了河岸，依着墙脚搭个简易棚就安身下来，故在我们这座城市的地名中还有叫"南城脚"、"东城脚"、"西城脚"的街巷。

我终于看到了23号门牌，刚想兴奋起来，就听到不远处传来了哭喊声。那是女人的声音，声嘶力竭，仔细听来应该是两个女人在吵闹。我心里一沉，看来又要叫我做老娘舅了。唉，我是最怕调解纠纷了，有道是"清官难断家务事"。前任的兄弟说得一点都不错，这儿的人素质真是不怎么样。我摇起头来。

23号是个大杂院，哭喊吵闹声是从最里边的一间小屋里传出来的，我走进去的时候，天井里有几个老妇人正嘀嘀咕咕议论着。

我上前一问,她们就七嘴八舌地告诉我,吵闹的是赵师母和她的女儿。我问,"是不是赵倩倩家?"她们说是的。

我就立即敲门,说是派出所的。

屋里的哭喊声停了,过了好长一段时间,才有人来开门。前来开门的是一位中年妇女,很苍老的样子,看来此人就是邻居们称呼的赵师母,也就是赵倩倩的母亲了。

我站在门口,就闻到了一股浓烈的药味。我问开门的赵母,"赵倩倩是住这里吗?"

赵母紧张地反问我,"你找她什么事?"

我尽量将语气放松着说,"她是不是丢了一辆自行车?"

"是啊!"赵母蓦地两眼发亮,射来期待的目光,问我,"是不是找到了?"

我说,"是的,我就是来叫她去派出所领车的。"

"真的找到了!真的找到了!"赵母望着我,激动得有点不能自持。她顾不得我,立即转身回屋。我听她在对女儿说,"倩倩,车子找到了!我们有救了!"

赵母的后半句话像一首藏头诗的答案,让我一愣。虽然诗的具体内容我一时猜不出,但分明有一种不祥的预兆在向我袭来。那里面到底包含了什么东西,什么有救没救的?

我探头往低矮的屋里张望,里面黑乎乎的,与外面光亮亮的白雪形成了很大的反差,等我的眼睛适应过来才看到墙角处有一个女子蜷缩在那里。莫非此人就是赵倩倩。

没经主人的同意,我不便擅自进去,就等在门口,过了好一会儿赵倩倩和她母亲才一同走出来。我看了看她们递给我的自行车执照,确认车子真是这个赵倩倩的。

眼前的赵倩倩长得并不漂亮,但也不难看,是很普通的一个女孩,就像大海里的一滴水。但当这滴水滴进我的心里时,还是溅起了一些浪花，瘦小、忧郁、可爱。也许是穷人的孩子早当家，她看上去比实际年龄要成熟许多。

在去派出所的路上，赵倩倩始终挽着母亲的手，默不作声，我只能与她母亲攀谈起来。交谈中，她说自行车是那天她们在夜市上设摊卖鞋忘了使用环形锁而被盗的。原来那辆自行车是她们做生意的运输工具，平时出摊后就将车子先上好两把锁，然后再用环形锁与旁边的电线杆固定起来，因为她们家一年中除了这辆以外已经接连失窃三辆自行车了。

作为一个警察，我听了立即脸红起来，羞愧交加。这下我不敢主动开口说话了，更不敢贸然询问她们家的底细了，可我还是隐隐感到这户人家背后藏着许多鲜为人知的可怕的东西。后来，赵倩倩的母亲没有跟我多说什么，只是一个劲地谢我。她越是谢我，我越感到羞愧难堪。

我领她们到派出所做好笔录后，问题又来了。匆忙中赵倩倩竟忘了带车钥匙，我实在不好意思叫人家再跑一趟，就开了派出所的一辆皮卡将母女俩连同自行车一起送她们回了家。

我把自行车从皮卡上卸下来，终于舒了一口气。看着母女俩难得的笑容，我也露出了会心的微笑。

她们一定要我进屋坐一坐，我拗不过，就进了屋。低矮的屋子不大，进门那间是厨房、餐厅和兼作客厅的多功能屋子，简陋而整洁，旁边的两小间估计是卧室了。

赵母从里屋拿出一条红双喜香烟执意要我收下，我说不能拿老百姓的东西，这是纪律。其实我心里在想，这烟也太次了。况且我确实不抽烟的。她告诉我，这香烟不是特意去买的，本来是送给为倩倩她爹做手术的开刀医生的，医生不收，现在反正放着也是放着。

我把香烟放到桌子上，想走。赵母见我挺固执的样子，就说，"香烟不拿可以，但喝了杯水再走。"她吩咐女儿去倒茶。

我接过杯子就顺从地坐了下来。就在我坐下不久，令人震惊的一幕发生了。只听"扑通"一声，母女俩双双跪在了我面前。

- 153 -

我当时几乎是晕了,不知所措,连忙站起来去扶她们,可她们死活不肯起来。赵母哭着深情地说,"李同志,谢谢你!是你救了我们全家啊!"

我连忙说,"区区一件小事,您别这样说。"

赵母流着泪说,"李同志,你真是救命恩人啊。那天你要是不来告诉我们自行车找到的消息,倩倩就要喝敌敌畏了,她要是真的喝了叫我怎么活?我当时也想喝了算了,只是放不下还在医院里的倩倩她爹。"

我想不到,一辆普普通通的自行车对于这个家庭竟如此重要。难道区区一辆自行车真会承载着他们的生活,甚至承载着他们的生命?我终于打破了禁忌,忍不住开口问了许多问题,我太想了解和帮助眼前这个家庭了。

赵母起初不想说什么,在我以救命恩人的口吻要挟下,才说了一些。她告诉我,自己四十几岁的人已从纺织厂下岗,因为没有手艺,现在只能在夜市上摆个卖鞋的小摊;她的丈夫已是肝癌晚期,目前还躺在医院里,如果再不交钱就得出院了;她的女儿倩倩去年考上了南京大学,因交不起学费,今年已经申请退学。

我听到这些,再一次被震惊了。难道在我们这座美丽而繁华的城市里真的还有这样苦难的家庭吗?望着她们善良而又憔悴的脸,我的心一下子揪了起来。

那天,我晕晕糊糊回了家。晚上,我与妻子商量,我说想资助一个贫困学生上大学。她说我平时连家里人都不管还想管别人,骂我是神经病。但这次我真的决定了,我要独断专行了。

第二天晚上,我早早吃了晚饭就一个人徒步去了步行街上的夜市。我找了半天,终于在狭窄的摊位上看到了赵倩倩和她母亲瘦弱的身影。很快她们也发现了我,问我是不是来买东西?我说,"刚好路过顺便看看你们。"闲谈中,我不失时机地把我想资助赵倩倩重上大学的想法说了出来。赵倩倩说,她虽然很想再圆大学梦,但现在先得考虑生存问题。她很感激我，但拒绝了我的好意。我不得不把要求降低，说资助的钱是借给她的，可以打借条给我。但她还是没有答应，只是说考虑考虑再说。我发现在我们交谈的那段时间里，竟很少有人光顾她们的摊位。临走时我想作成她们一注生意，便挑了一双运动鞋，但她们死活不肯收我的钱，最后连我的这注生意也黄了。

半个月后的一天下午，我从乡下查案回所，在派出所门口发现了一个熟悉的身影，走近一看竟是赵倩倩。她见了我，那张忧愁的脸上顿时露出了笑容，她说等我半天了。

原来她是特意来跟我告别的。她说，父亲已经出院了，他们全家准备回苏北老家生活一段时间。我说，"你难道不想再上大学了吗？"她说，"以后再说吧。"

我还想说什么，可她已提起手上的一只纸盒对我说，"李叔叔，我妈说，这双鞋你一定要收下。"从外包装上一眼就能看出是一双运动鞋，我说，"我不能收你们的东西。"正想拒绝，她不由分说地已经把那双鞋塞在我的怀里，说了声"再见"就像蝴蝶一样飞走了。

我捧着运动鞋，追了几步，但很快停了下来，如雕塑般立在那里，心情难以名状。望着赵倩倩远去的背影，我强忍住泪水。我知道，男儿有泪不轻弹，可眼泪最终还是禁不住夺眶而出。

杯子的故事

寒假还有几天。休息在家的张嘉准时准点做好了饭菜，只等老公下班回家共进晚餐。她听到一阵掏钥匙的开门声，知道老公回来了，忙去门口迎候。开门的果真是老公赵健。但张嘉发现他挂着一张猩猩脸，便关切地问道，怎么啦，哪儿不舒服？

赵健走进客厅，丢下公文包，一屁股瘫到沙发里，愤愤地说，今天碰着赤佬了，明明放在办公桌左边的杯子竟跑到右边去了！

张嘉边去厨房盛饭边劝慰，也许你记错了，本来就放在右边。赵健说，不可能，我习惯放在左边的，况且杯盖也被动过了，平时我都盖得好好的。张嘉把米饭端到餐桌上，劝说道，放在右边跟放在左边又不是什么原则问题，别杞人忧天了，快来吃饭吧。

赵健睨了老婆一眼，起身去了趟卫生间。然后坐到餐桌前，继续他的耿耿于怀，今天真的碰着赤佬了！张嘉瞟了赵健一眼说，快吃饭吧，别瞎想了。赵健晃了晃脑袋，终于端起饭碗扒了一口，然后迅速将米饭咽下肚，想让嘴巴让出一条说话的路来，但似乎被什么噎着了。他喝了一口番茄蛋汤，顺了顺气说，反正我想不通。张嘉说，如今，想不通的事多着呢，都想通了，还活着干啥呀。老婆的这句话，总算把赵健的嘴给堵上了。

赵健和张嘉同年同月生，在大学又是同一年级的校友，可看上去两人的年纪有差距。或许女人爱打扮的缘故，张嘉明显比赵健年轻许多。而赵健可能受家族遗传影响，三十不到就很老相，油光光的脑袋已出现了谢顶的征兆。

想当年，张嘉是华师大一枝花，被她吸引的人宛如菜花地里的蜜蜂，一群一群的。赵健也是其中之一。那时，赵健最大的对手是学生会副主席、隔壁班的班长钱进。为此，两人进行过一场"古罗马式"的决斗，赵健最终因身矮体弱，没能敌过对手而败下阵来，很长一段时间成为同学们饭后茶余的笑谈。好在赵健的惨败并没有败在美女的石榴裙下，倒是穿石榴裙的女孩在毕业前夕向他抛出了绣球。这事再次成为华师大轰动一时的校园新闻。一年后，赵健如愿以偿抱得美人归。唯一欠缺的是结婚快两年了，张嘉的肚皮始终不见动静。

前不久，两人去医院做了一次全面检查，说女方一切正常，问题出在男方。按医生的说法，因真阳不足而导致精气清冷，俗称"冷精"，无生育能力。赵健听了那个脖子上挂着听诊器的家伙的结论，自己脖子上那个油光光的脑袋立马成了快挂完水的一次性输液袋。

夫妻俩怀着不同心情走出医院大门，张嘉挽住赵健的胳膊安慰道，没关系，今后真要孩子的话，大不了领一个。

自从那次去医院检查后，赵健觉得婚姻生活并非他以前想象的那么美好，纠结的事好像夏天的蚊子，嗡嗡地飞来，盘上盘下，且越来越多。那天为自己的无能而纠结，甚至怀疑是不是跟他长期做化工生意有关；今天又为杯子的事而纠结，弄得自己茶饭不思、夜不能寐。晚上他做了个梦，梦见办公桌上的杯子会走路，而且杯盖会飞，如神秘的飞碟，发着耀眼的光在他头顶旋转。看来赵健的梦是白天的事情想多了的结果。日有所思，夜有所梦。似乎印证了这句流传千古的谚语。

赵健之所以纠结杯子的事，也可能缘于他的某些习惯与常人不同。他是个典型的左撇子，平时喝茶总是把杯子放在顺手的左边，除非被人动过，一般不可能挪到办公桌的右边。赵健想了几天都没想明白杯子是如何跑到右边去的？他这么想着，就像一只硬壳虫钻进了螺蛳壳，出不来了。当然，想了几天不是没一点收获，他最终想到了一个人。会不会是他动了我的杯子？

赵健想到的不是别人，正是那个曾为爱恋而与他决斗过的大学同学钱进。按说这么多年过去了，一个在苏北，一个在江南，虽然离得不远，但一条宽阔的长江已将两人隔断，早就老死不相往来，钱进的名字也淡出赵健脑海很久了。想不到就在上个月，这个要命的钱进突然雄赳赳气昂昂跨过宽阔的长江，来到江南滨城，应聘进了赵健现在的公司。这个钱进非但进了公司，而且跟赵健分在同一个部门，更要命的是钱进还在公司里谋到了一官半职。虽说是个芝麻绿豆官大的部门副职，但正好直接分管赵健的业务，因此自然成了赵健的嫡亲领导。真是冤家路窄！

赵健终于想起，杯子移位的前一天下午，钱进来过他的办公室。他刚好去了下卫生间，回来时发现钱进坐在他办公桌前的椅子里等他。当时，快到下班时间，赵健不耐烦地听了他几句唠叨后，就挟了公文包去赴朋友的宴会。第二天早上一上班，赵健就发现办公桌上的杯子移位了。他想，不是钱进这小子动过，还会有谁呢？

钱进的出现，令赵健很不爽，非但让他在事业上有了挫败感，更令他精神上有了压抑感。最让他不快的是，时隔多年，钱进依然像一头东北虎，对他老婆虎视眈眈。那天张嘉告诉他，钱进打她电话，也不知道是怎么知道她手机号码的。赵健问老婆，对方说了些什么？张嘉说，没说啥，只是说他来我们这边工作了。赵健不便追问下去，他知道问也问不出名堂，只是心里嘀咕，老婆告诉我什么意思？是跟我叫板？还是想证明自己清白？

赵健一想起这个钱进，好似喉咙里戳了根鱼刺，难受得要命。他决定找机会考证一下老婆的忠诚度。

机会似乎常常青睐有准备的人。那天，钱进要赵健去南京参加省里组织的一个化工系统培训班，时间三天，也就是说，要在外面住两个晚上。赵健虽然心里不怎么想去，但嘴上还是答应了。

走的前一天晚上，赵健想让张嘉配合着清一清自己的"仓库"。虽然对张嘉来说都是些没有价值的东西，但对于他来说，还是有积极意义的，至少能先满足一下自己，哪怕是部分满足。最主要的是，想用心灵感应的方式摸一摸张嘉心底里对他的态度。那晚，正如赵健料想而又不希望的那样，张嘉没有领情，说要备课，迟迟不上床。张嘉在一所中学里教化学，不是班主任，教学任务不怎么重，以前即便备课也不会备得很晚。赵健酝酿已久的情感犹如大海里的浪头一波一波地涌来，可恨的是张嘉迟迟不来踏浪。看着一波波海浪孤独地死在沙滩上，赵健开始心烦意乱起来。难道她真的与钱进勾搭上了，想积蓄了"精气神"去踏那个臭小子的浪？赵健这么一想，越来越心浮气躁，像一只没人要的冬瓜，在六尺宽的大床上翻来滚去。当晚，两人什么也没发生。赵健一个人硬熬到鸡叫。

赵健现在对什么都提不起精神，对人对事总抱怀疑态度。倒是每天早上的鸡叫声让他生出一丝安慰和好感，觉得唯有鸡叫声真切、实在，始终如一。照例，如今的城里人是没有耳福听到鸡叫声的，但赵健和张嘉确实每天都能听到"喔喔喔"。结婚那年，市中心的房价奇高，夫妻俩只能将婚房安在近郊的新城开发区。开发区里的一半住户是失地农民，这些农民虽然摇身一变成了城里人，住进了祖祖辈辈从来没住过的钢筋水泥的高楼大厦，但依然保持着农村人的生活习性。住在赵健夫妇楼下的就是这么一户人家，老夫妻俩在自家阳台上养了一窝鸡，小区物业干涉了好几次也无济于事。赵健每天闻鸡起舞，刚开始不习惯，后来听多了也就习惯了。如今，赵健听不到鸡叫还真不习惯呢。

南京的培训，第一天不正式上课，只需办个报到手续。赵健是吃了中饭自己开车去的，三个小时车程，到南京才下午三点半。培训班安排在鼓楼区一家五星级酒店，学习、住宿放在一起，报到、登记、入住，半个小时就搞定了。

赵健毕竟开了三个小时车，有点累。将行李拖进房间，就和衣横到床上。他望着天花板发呆，脑子里的细胞在激烈挣扎，今晚要不要回去？赵健猜想着各种可能出现的状况，想着想着就睡着了。可睡了不久还没把梦做完，就被一个风风火火的家伙吵醒了。

这次培训安排的都是双人商务房，那人来自连云港，跟赵健一个房间，进来时手脚很重，简直像鬼子扫荡。赵健睁眼一看，差点吓出声来。他揉了揉惺忪的眼睛，又仔细瞧了一下，眼前此人还真长得跟钱进似的，特别是那对贼眉鼠眼。赵健心里一个咯噔，很快有了决断。今晚就杀它个回马枪，反正明天培训要九点半才开始，起个早身就能赶回。

他去卫生间擦了一把脸，振了振精神。出来对贼眉鼠眼打了个招呼说，兄弟，今晚我跟南京的老同学有个聚会，晚饭不在酒店吃了。贼眉鼠眼说，老同学难得见面，你只管去好了。赵健心神不定地在房间里转了一圈，出门时又回头对贼眉鼠眼说，对了，晚的话，我可能不回来睡了。贼眉鼠眼说，没关系。他嘴上这么说，眼睛里却瞟出了一串别样的问号。

赵健快步走出酒店，迅速钻进停车场上那辆不动声色的别克。他发动汽车，看了看仪表台上的时间，五点三十三分，到家也就晚上八点半左右。本来赵健打算在酒店吃了免费餐再走，一想今晚不住酒店，用了晚餐再走被"贼眉鼠眼"看到了有点说不上理由。

近来赵健多了一个毛病，一有心事，就吃不下饭，或者说不想吃饭，有时还伴有打恶心现象，症状极像一个怀孕妇女。好在赵健确是男儿身，否则真要怀疑他肚里是不是有孩子了。现在，赵健满肚子装的都是归心似箭的心情，所以更不觉得饿。

- 160 -

冬日的夜晚来得早，仿佛被一群黑压压的蝙蝠霸占了整个天空。别克车好似一条准备偷袭的鲨鱼，趁着茫茫夜色悄然潜回滨城。

赵健让别克在自家小区里转了一圈，寻找最佳观察点。他不能将车直接开到家门口，生怕被妻子撞着。赵健最终选择了一个暗处，既与家保持一定距离，又能看到楼道大门进出人员的情况，也能观察到自家的窗户。

家里的窗户亮着灯，看来妻子没出门，赵健一颗悬着的心终于有了着落。他心神一定，饥饿感就上来了，想到自己的肠胃从中午到现在还没填充任何东西。赵健从别克车里钻出来，去小区外面的"可的"店买了面包、口香糖和矿泉水，像是做着长期作战的准备。

等他买好东西回到别克车里，手中的面包还没啃一口，就发现家里的灯光没了。他的心再次被提上来，悬到喉咙口。难道张嘉出门了？这么短的时间应该不会吧。赵健一边安慰自己，一边啃面包。很快，他明白过来，现在所处的位置是家的北边，北面的窗户没灯光说明不了问题，或许妻子去南面的房间了。这么一想，赵健口含面包，发动汽车，沿着小区道路转到自家楼房的南边。

南面的窗户黑乎乎的，一点灯光也没有。这下赵健急了，脚下的刹车和离合器没配合好，别克"咕咚"一声熄了火。别克一熄火，赵健的火气就上来了。他咽下口中残留的面包，掏出手机，往家里打电话。可打到忙音了都没人接。赵健正想骂娘，家里的窗户突然亮起了灯光。他的手机响了，一看是家里电话。张嘉在电话那头问他有啥事？赵健说，想你么，刚才怎么不接电话呀？张嘉说，有点累，已回房休息了。赵健连忙说，那你早点睡吧，后天回来陪你啊。赵健跟妻子道了"晚安"，可心里依然不踏实。他突然有了一个大胆的念头，给钱进的住处打个电话，探探那小子的脚路。

赵健从公文包里翻出公司员工通讯录，翻了半天没找到钱进的名字，才想起编这本通讯录的时候，姓钱的小子还没进公司呢。好在钱进曾用住处的电话打过赵健手机，赵健翻查了来电记录，终于查到了钱进的电话。他既激动又忐忑，拿手机的手都有点发抖了。

赵健定了定神，先将要说的话在心里排练了一遍。如果钱进在的话，就向他汇报南京培训的情况，如果不在，嘿嘿，那就有好戏看了。赵健此刻的内心十分复杂，既害怕又冀希。

他深呼了一口气，将电话打过去，接电话的是一个操东北口音的女人。赵健觉得奇怪，钱进跟远在哈尔滨的妻子早已离婚，目前公司给他租的那套房子就他一人居住，怎么会有女人声音呢？对方说，钱进不在，你找他有事吗？赵健问，你是谁？电话那头说，我是他娘。赵健问，他什么时候回来？对方说，今晚可能不回来了，要不你打他手机。赵健"哦"了一下就挂断电话。他在黑暗里冷笑了一声，心想，果然不出所料。

这时的赵健，脑子里一片混乱。他理了理头绪，最后作出了一个大胆的决定。不入虎穴，焉得虎子。

赵健做贼似的蹑手蹑脚摸到家门口，轻轻掏出钥匙——轻轻插入——轻轻转动——轻轻推开——轻轻闪进门里。当他轻轻掩上门的时候，心里蓦地升起一股悲哀的滋味，一个大男人，竟然像做贼一样，连自己的家也不能光明正大进入。

赵健不敢开灯，生怕惊动里面的人，只能借助手机显示屏微弱的光亮，蟑螂似的寻觅"食物"。他首先打开门背后的鞋柜，看看里面有没有可疑的鞋子，结果令他失望。他又趴到客厅的地上继续寻找，可疑鞋子会不会藏在沙发底下或别的什么地方？结果依然令他失望。也许离地太近，赵健感到一阵鼻子酸痒，连忙掐住人中，逼迫喷嚏不打出来。

发光的手机像幽灵一样在寒冷的空气中虚来晃去。屋里所有的房门都开着，唯有卧室的门是关着的。赵健靠近卧室，侧耳听了听，里面竟传出阵阵有节奏的呼噜声。妻子很少打呼噜，难道里面果真有男人？赵健身体内的血管顿如冬眠复苏的蛇，一条条窜动起来，恨不得立即冲进去把那只害人的老鼠干掉。

突然，赵健手中的手机响了。在这夜深人静的黑夜里，手机铃声宛如警笛，声音很大、很刺耳。赵健被这突如其来的铃声吓得六神无主，连忙按键挂断，但由于过分紧张，竟按下了接听键。

喂！是赵健吗？电话那头传来了钱进的声音。此时的手机犹如一只杀猪的电击器，击得赵健手臂直发抖。他边关手机边逃出家门，也顾不得是否已惊动卧室里的妻子了。

从南京培训回来，赵健没有舒坦过一天，整天耷拉着脑袋，对啥都打不起精神，老觉得身体里哪个零件出了问题。尤其是顶在脖子上那个首脑机关，有时嗡嗡作响，犹如一只蜜蜂在里面盘旋；有时胀鼓鼓的，感觉全身血液山洪爆发般地一股股冲上来。赵健担心的是，脑子里会不会长什么东西了。

熬了几天，赵健感觉症状在加重。那天跟单位了请假，去医院做了一次检查，拍了脑CT。片子出来后，医生说没啥问题。但他仍不放心，又去另一家医院做了磁共振，那家医院的医生也说没啥问题。赵健这才放下心来。

当初母亲给赵健起这个名字的时候，是希望自己的儿子将来能健健康康地生活。殊不知，还不到而立之年的他，问题就出在这个"健"字上，健康的"健"成了健忘的"健"。最明显的症状是，记忆力减退，经常丢三落四，缺乏自信，做过的事情往往会重复再过一遍。比如，每次开车回家，下车锁好车门，走了几步，总要回头看一下，然后用遥控器再锁一次，有时甚至回到车前再检查一遍，拉拉车门，看看车门有没有锁好、车窗有没有关好。

有一次张嘉出差去了外地，临走时关照赵健下班回家别忘了收衣裳，可他竟然任凭老婆的胸罩、裤衩在漆黑的夜里跟风儿说了一晚的悄悄话。

还有一次，天空突然变脸，眼看就要下大雨，张嘉来电话问赵健，上班时家里的窗户有没有关好？赵健支支吾吾，记不得关没关好了。妻子罚他回家一次。他只得飞车往家赶，急急忙忙的，途中还差点撞了一个横穿马路的老人。到家一看，家里的门窗都关得好好的。

最严重的一次是赵健晚上回家开门后忘了拔钥匙。他们住的是顶楼，幸好没被小偷光顾，否则损失大了。那晚，张嘉把当天在学校里收取的学生参考书款带回了家，本想放在学校过夜不安全，想不到放在家里反而差点出事。第二天张嘉发现钥匙插在楼道里的门上，把赵健骂了个狗血喷头。赵健闷声不响，妻子第一次这么骂他，确实是他的错。张嘉再怎么骂，即便那些骂人的话变成苍蝇，他也只能吃进。

一天，赵健在本地一家论坛上看到一个令人震惊的帖子，说的是一个男的为了得到朋友的妻子，竟然将老鼠药放在朋友的杯子里，毒死了对方。老话说，朋友妻不可欺。这是做人的原则，那个缺德的小子简直连狗屎都不如。赵健又想到了钱进，感慨万千。现在的世道啊，人心叵测，心怀鬼胎的人多，世风日下，"朋友妻不可欺"的底线早已破了。

自从出现杯子事件后，每到晚上，赵健只要做梦，杯子就会出现在缥缈的梦境里，像从天外闯入地球的不明飞行物，一会儿旋转，一会儿悬停。杯子成了赵健的一块心病，关于杯子移位的问题他冀求尽快找到一个令人信服的答案。因此只要闲下来，赵健就会想杯子的事。除了姓钱的小子，还会有谁呢？虽然钱进有作案动机和可能，但苦于没有证据。如果是别人干的话，那以前怎么从来没发生过呢？赵健喜欢自问自答。当然，以前不发生，不等于现在不发生，更不等于今后不发生。就像以前是朋友，不等于永远是朋友。由此推论，赵健又想到了另一个人，这个人就是与他坐对办公桌的老李。

赵健刚进公司的时候，就跟老李跑业务，虽然没正式拜过师，但也算名义上的半个师傅。平时赵健对他敬重有加。老李也很喜欢赵健这个小伙子，甚至有段时间，想把宝贝女儿的终身大事托付给他。老李为了想做他的岳父大人，还私下里劝说过赵健，说男人找对象不能找太漂亮的，妻子太漂亮了，做丈夫的往往要戴绿帽子。赵健倒不是嫌老李的女儿长得像凤姐，而是他的一颗心早就被张嘉俘去了。老李眼看赵健无法成为他的乘龙快婿，才不得不死了这条心。不过，老李仍然喜欢赵健，赵健也一如既往敬重老李。当然，说两人好得割头换颈、没一点过结也不切实际。上个月两人就为一份合同的事吵过一架。当时双方都说了一些过头的话，虽然后来弄清原因消除了误会，但就像一面好端端的镜子，碎过了再黏合在一块，总有暗暗的裂痕了。况且，老李在女儿的婚姻大事上没能如愿，会不会早就对赵健有意见了呢，只是这个社会阅历丰富的家伙水潜得深，表面上不表露出来而已。如今，即便朝夕相处，天天面对面坐着，但赵健觉得自己对老李越来越陌生。

这两天，赵健一上班，就故意拿起办公桌上的杯子边擦拭边故意在老李面前晃动，观察他的表情。老李是个已过天命之年的人，脸上的皱纹本来就多，加上他喜欢皱眉，老是一副苦大仇深的样子。赵健看了半天也没看出什么端倪。虽然老李最有机会动赵健的杯子，但没有证据的事不能乱说，赵健只得把想法放在肚皮里翻跟斗。

世界上无法解释的事件很多，杯子事件也最终成了一个不解之谜，只是这个谜不像百慕大三角那样来得轰动和令人关注，但对赵健来说，杯子就是他的百慕大三角。

现在，赵健到单位上班第一件事不是打扫办公室，也不是打开电脑，而是先仔细观察办公桌上那只杯子的位置，然后小心翼翼用酒精棉擦拭一遍，再去厕所隔壁的开水间冲洗干净。

新的一天生活就从消毒杯子开始了。

窗台上的脚印

　　窗台上的脚印是你偶然发现的。当你一眼看到的时候,它正无地自容地暴晒在阳光下发着晕晕的贼光。你皱了一下眉,一副很惊恐的样子,第一闪念:莫非家里来了盗贼?

　　这只让令你恐慌的脚印,是留在你与妻子同枕共眠的卧室的窗台上。你立即转身审视这间位于二楼东南角的房间,没发觉任何异常。屋里所有的东西都很安静地呆在该呆的地方,一切完好无损,就连床头柜最底层那只专放安全套的抽屉把手上的灰尘也一如既往。你想打开那只把手上布满灰尘的抽屉,但最终没碰,只是略有所思地摇头苦笑了一下,然后就去了书房。

　　那间所谓的书房在二楼的西北角,有些名不副实,里面除了用少量图书作装点外,其余的东西都是与书房无关,有礼盒装的冬虫夏草、人参、燕窝等补品,有散发着王者气息的贵州茅台、五粮液等好酒,还有带着雀斑一样霉点的金华火腿……琳琅满目,简直像一个堆放年货的仓库。你走进书房的那一刻,根本没关注书橱里的书,甚至连瞟一眼都没有,而是直冲到墙角处,打开了角落里那只不起眼的书橱。当你看到书橱下方的保险柜时，立即长长舒了一口气。还好，保险柜像一位钢铁战士，静静地坚守在那里，那副敬业的样子令你十分感动。你清了清嗓门，用不太正宗的吴侬软语对它连唤两声："清正廉洁，清正廉洁。"保险柜的门像一个忠诚的卫兵听到首长的指令，"啪"的一下子就开启了。原来这是一只声控保险柜，"清正廉洁"是你给它起的名字。多好的名字啊，想必你时时处处这样严格要求着自己，虽然你只是一个在局里负责后勤的小科长。你看着那些安安稳稳躺在保险柜里的金银珠宝，两眼放出迷人的光芒。你伸手轻轻抚摸了一下它们，欣慰而灿烂地笑了。

你从楼上到楼下，查看了几乎所有的房间，都没发现盗贼闯入的痕迹。看来，你刚才的猜测是错误的。假如盗贼真的进来过，不会不动屋里的东西。不过，你仍不放心，因为还有最后一个房间没进去查看。那是你儿子的房间，儿子住在前妻那边，几乎不回来住，只是当初法院判决时留他一个房间而已。你犹豫了一下，最后还是进去了。

儿子的房间在西南角，虽有朝南的窗户，但里面很暗，遮光窗帘几乎把整个屋子遮得严严实实，阳光只能无奈地在窗外徘徊。当你把窗帘拉开时，第一眼看到的不是儿子的东西，而是挂在墙上那张前妻与儿子的合影。前妻长得很美，现实应该比照片更美，她是市歌舞团的台柱子，歌唱得好，舞跳得也美。用你的话说，追求她的人简直多得像茅坑里的大头蛆。人家是正宗的城里人，长得又水灵又漂亮，自然追求的人多；你是农村的穷娃子，只是书包翻身才幸运地变成了城里人，况且你又长得不帅，猴脸、鼠眼，一副惨不忍睹的样子。不知你小子怎么追到这个美人胚子的？当初你跟她恋爱时，想必一定是施了什么魔法才将她骗到手的吧。但一切的一切均在冥冥之中，前妻终究不是你的，她跟市里那个领导走的那天，成了你今生永远的痛。不过，这样的痛也给你带来了丰厚的回报，否则那个后勤科长的肥缺是轮不到你去填补的。

你看了一下前妻的照片，又看了一下这个已感陌生的房间，拉上遮光窗帘，重新回到黑暗中。

黑暗里，你想得很多，想得最多的还是前妻那虚无缥缈的身姿。你最想忘却但又最难忘记的是那个风和月圆的晚上，月光如银色绸缎柔和地装点在世界大酒店那间豪华包房的门上，你像看门狗似的在包房门口的走廊里来来回回走了无数次，隐约听见妻子和一个男人在里面的欢叫声。但你不敢闯入，因为你知道那个男人的身份。你只能用跺脚、打耳光、偷偷流泪等自我排解的方式来释放你内心涨溢的痛苦。不过，如今这个世界，像你这种悲哀的男人为数不少，或许你这样做是对的。你不这样做，又能怎样呢？你的忍辱负重，至少也博得了不少同情的目光。否则，你连小科长也当不着，也没机会遇上现在那位比你小八岁的年轻妻子。一想起现在的妻子，你就像见到了太阳，心里顿觉明亮起来。

你从儿子的房间里出来时，太阳已快下山，余晖透过窗户照在你的身上，把你拉得很长很长，让你一下子觉得自己异常高大。

你重新回到那个留有脚印的窗台前，用福尔摩斯般的眼光重新审视了一番，最终认定那是一枚耐克鞋留下的脚印，纹路虽很模糊，但依然不乏"希腊胜利女神"般的尊贵，让你看到了某种力量、速度和动感。当然，从纹路的深浅来看，显然鞋主人已穿过 N 次了。想必这个喜欢穿耐克鞋的家伙，年纪不会太大，身高不会低于一米七五，或许还很英俊。

这时你才想起儿子也有一双耐克鞋，而且经常穿在脚上。难道是他留下的？这样的推断令你百思不得其解。应该说这个家他也有钥匙，当然除了你和妻子的卧室。如果真是他，那么进来干什么呢？你想了半天，想不出儿子进入的理由，令你十分纠结。

你如卷入了一场能见度很低的迷雾中，越想越迷茫。

你皱着脸，像一个初出茅庐的侦探，神情严肃地站在卧室的窗前，点了一支中华。你吸了两口，似乎来了灵感，只见你双手扶住窗台，探出半个身子往下瞧了瞧，然后转身下楼走到屋外的院子里。

虽然你所居住的这栋房子的院子并不大，但足以让你种植各种花花草草和诸如桂花、白玉兰、香樟等树木。你深吸了一口由树木花草吐出来的芬芳，然后踱步来到卧室的窗下，抬头望了望二楼的窗户，又低头看了看靠墙的狗棚，然后用目光丈量了一下两者之间的距离。你立即意识到，狗棚犹如一块天然的垫脚石，凭你儿子的身高完全可以借助它爬上二楼的窗台，然后进入你的房间。当初在装修的时候，你曾提出二楼的窗户也应安装防盗栅，可前妻说不要装，装了防盗栅就像住在监狱的牢房里。这一观点，你现在的妻子竟与前妻有着不谋而合的一致。

你仔细审视着狗棚和周围的墙壁，想寻找有价值的痕迹，比如那只耐克鞋印，但你看了一圈，什么也没发现。

望着卧室的窗户，你突然想起三年前的一件事。那时你跟前妻还没离婚，处在斗争的白热化阶段。那天她被你反锁在卧室里，而你送儿子上学后，竟一个人直接上班去了。你的目地显而易见，想阻止她的出轨行为，但你的做法蹩脚透顶。事后你才知道，她只需一个电话，"110"民警就如天兵神将很快从二楼卧室的窗户里把她解救出来。当时窗下还没狗棚，人家也能进到二楼的卧室里，现在有了这块垫脚石不是更方便了吗。你立即想到，会不会是她指使儿子干的？这种可能性不是没有。以前一起生活的时候，她老是指使儿子干这干那，况且大多是一些见不得人的勾当。比如监视你的行动，偷听你的电话；还用那些看似正经的，诸如让你带儿子外出游玩、看电影、去混堂洗澡等方式缠住你。好让那个被你称为婊子养的女人有充分时间跟那个好色领导鬼混。不过，如今你们已经离婚，不存在什么纠葛了，再让儿子翻墙爬窗似乎没理由。

你垂头丧气地转身回屋，推开那扇结实得像保镖一样的铜门，就直奔客厅深处的卫生间。站在马桶前，你滴沥了半天，才把体内的残液排尽。你才四十出头，竟怀疑自己是不是得了前列腺炎？在卫生间的镜子里，你终于看清了自己一副苍白失落的模样。

墙上的时钟告诉你，已到晚饭时间，妻子今晚值班住单位不回家吃，而此刻你一个人根本没食欲。你无精打采地坐到客厅的沙发里，用遥控器开了电视，眼睛瞄着色彩艳丽的画面，心里依然纠结着那只留在窗台上的怪异脚印，它像幽灵一样让你挥之不去。电视画面像走马灯似的被你手中的遥控器调来调去。调了半天，你终于在中央台12频道上安定下来，那是一档"心理访谈"节目，你似乎来了兴趣看下去，可主持人很快跟你说再见；广告之后的是"法治视界"，以往你是不看这类节目的，不是不想看，而是不敢看，但今天你显得很勇敢，竟大胆地看了起来；约莫半个小时，画面出现了"天网"两个字，电视屏幕里突然伸出一副巨大的手铐，你的身子条件反射地倾了一下，拿遥控器的手竟颤抖起来，画面里的一个镜头令你震撼。你连忙调到过一个台，那是一个电影频道，正播放着获得奥斯卡最佳外语片的《窃听风暴》。你看了一会儿，突然意识到什么，蓦地从沙发里跳起来，立即奔向楼上。

你冲进自己的卧室，用异样的目光扫视着里面的一切，然后走到靠门的那只床头柜前，将其挪出了一点，前后左右端详起来，接着你把抽屉卸了下来，将床头柜倒置过来，来了个四脚朝天，并伸手摸了摸被你折腾得已成骨架的床头柜内壁。之后，你用同样卑劣的手段将另一端靠窗的床头柜和房间里的电视柜、小沙发、衣柜等，通通来了次大扫荡。你用恐惧的目光搜查着房间里的一切。

你疯了，有你这样找东西的吗？你知道失态，但似乎不这样做你觉得自己真会疯掉。原来你还是想起了窗台上的那只脚印，竟认为可能是市纪委、检察院或公安局的人留下的。你在寻找这帮家伙安装的窃听器。难道真的有人会在你家里安装窃听设备？你虽然无法肯定，但必须正视自己的这一猜想。不怕一万，只怕万一。你像一只偷食的老鼠，胆战心惊。虽然组织上至今没找你谈过话，检察院或公安局的人也没传讯过你，但你依然忧心忡忡。好在你是一个做事认真、小心谨慎的人，什么事都力求做得天衣无缝。这些年里，你用表面的风光掩饰着内心的痛苦。你可以用一切手段欺骗别人，却无法欺骗自己的内心。这也是你最为痛苦的一件事。

在你无功而返的时候，你突然想到了一个人，于是就拿起电话拨打了过去。接电话的是一位那年你去崂山游玩时认识的算命大师，每次遇到困惑或劫难的时候，你都会想到他。你问他最近会不会有什么麻烦？他在电话里告诉你，今年你会有一些小麻烦，极有可能是由女人惹起的，告诫你要当心身边的女人。

身边的女人？大师的话令你不得不重视。你想了半天，除了前妻，只想到了两个女人，一个单位的，一个家里的。

去年单位新来了一位女大学生，安排在你科里实习。你第一眼见到她时，就像财主爷见了金银珠宝那样眼睛贼亮。她确实长得很美，鹅蛋脸、细腰身、细皮嫩肉的，十足的模特儿味道，特别是那头披肩长发，让单位里所有的美女都啧啧赞叹。最难忘的是那次你带她去深圳参加一个什么国际会议，当然也可以说，她只是作为你的翻译陪同前往。会议只有三天，而你们却欢度了五天的两人世界，余下的时光你带她去了一个海边度假村。度假村真是个好地方，靠山面海，雀鸟轻啼，婆娑的椰子树在海风的拨弄下摇曳轻舞，金沙银滩也在阳光下显得格外迷人。你与她手牵手走在宛如绸缎一样光滑的沙滩上，涛声阵阵，飞鸟声声。海浪轻抚着金沙银滩上的脚印，你俩享受着蜜月般的休闲浪漫。那夜，你与她有了第一次。如今，她虽已嫁人，但与你依然保持着藕断丝连的关系。对方现在的生活很好，嫁了一个在华工作的美国人。也可以说，遇上这么一位年轻人是你的幸运，对方是个很开放的女人，她的爱情观很时尚，想好就在一起，不想好就说声"拜拜"，没有那种爱得要死要活的。她从没要挟过你什么，因此你想不出她会对你有什么伤害。

而家里的那位，是你的第二任妻子，结婚两年一直恩恩爱爱，唯一欠缺的是至今没让你那颗爱的种子生根发芽。原因是对方的问题，你陪她求医问药无数次，均以失败告终。这成了你一个不解的心结。"难道她会给我惹麻烦？"你心里狠狠想了一下，但这个念头一闪而过。不过，最近她升任了部门经理，不是外出应酬，就是在家睡懒觉，让你有点不爽。你突然想起，那天你出差提前回家，发现卧室的房门被反锁着上了保险，已经快到吃午饭的时间了，妻子却还在睡觉。你打门叫醒了妻子，问她为何把房门锁着，她说一个人睡觉害怕。当初你什么也没多想，但今天不一样了，大师的话还在你的耳边回荡，你一念起这件事便有了新的想法。

　　天已经黑透了。你找来一只手电筒，再次来到卧室的窗台前。窗台上的那只脚印在强光照射下显得很猥琐，这次你看得比以往更细心了。很快，你像破解了一份密电码那样露出了一丝阴冷的奸笑。你终于发现了新的线索，这是一只脚尖向外脚跟朝里的鞋印，也就是说，这个穿耐克鞋的人是从里往外去的。这一重大发现顿时让你惊出一身冷汗，仿佛看到一个喘着气的男人从房间里跳窗而逃。你立即意识到：莫非她趁我出差之际引狼入室了？

　　你回过身，来到床前，像一名专业的技侦人员在案发现场寻找蛛丝马迹那样，在被褥之间仔细检查起来。但一切令你失望，在你看来，不是自己无能，而是对方狡猾，具有反侦查能力。你发呆地坐在床上喘着气，仿佛看到一个强壮的男人光着屁股与你妻子交缠在一起，他们也同样喘着气，翻滚着，叫喊着……

　　你终于忍无可忍，愤怒地抓起电话，按下了妻子的手机号码，电话里只有等待音，通了半天都无人接听。

　　你像一只无头苍蝇，在房间里乱转。转了半天终于把目光停留在妻子的笔记本电脑上，那款野玫红的东芝电脑，像一个妖艳的招手女郎正向你抛着媚眼。你露出一副杀气腾腾的样子，粗鲁地将其抓到手里。打开电脑，屏幕提示要你输入密码，你用妻子的出生年月、手机号码、她喜欢的吉祥数字，试着输了几次，但始终不能进入。你像一头咆哮的狮子，发出了声嘶力竭的喊叫。你不甘心，继续查看别的东西，甚至首饰盒，最后竟打开衣柜，将妻子的衣服一件一件揪出来检查，试图从中发现些什么？你流着汗，像一个蛮干的劳工，衬衫都湿透了，可一切无功而返。

你打了个寒战,把自己关进卫生间,脱了衣服,然后浸泡到浴缸里。你试图浸泡自己来改变目前这种癫狂的状态。幸好妻子不在家,否则不知会发生怎样的后果?

你终于安静下来,半躺到床上,看了一会儿电视,现在的电视节目撞车的很多,换了好几个台,都没啥感兴趣的节目。你关了电视关了电灯,刚躺下,突然听到窗户上有嗦嗦的响声。你紧张地拉亮电灯,发现窗帘上挂着一团黑乎乎的东西,仔细一看是一只蝙蝠。你连忙打开窗户,抖动窗帘,试图赶走它。蝙蝠似乎很不听话,趴在上面不动。你有些恼火,可手够不着,于是就操起脚上的拖鞋掷上去。蝙蝠终于离开了窗帘,在屋里转了一圈,然后穿过窗户,向黑色的夜空飞去。

望着蝙蝠远去的身影,你这才想起,那天喝酒回家开门时,也发现屋里有一只飞翔的蝙蝠,还拿起门背后的一把扫帚一路追打,后来蝙蝠飞逃到楼上,一下子飞进了你的卧室。你找了半天都没找到它的踪影,后来终于被你发现,这小子竟躲藏在窗帘的顶棚里。你试图用扫帚吓唬它,可它躲在里面就是不肯出来。最后逼你爬上窗台,这才将它抓获。这一过程在你脑海里逐渐清晰起来,但当时回家开门后有没有换鞋你依然十分模糊。

你立即去鞋柜里找出自己唯一的一双耐克鞋,与窗台上那只脚印进行了专家级的比较,发现脚印与耐克鞋的大小几乎不差上下。你松了一口气,双手合一对自己说:但愿,真的是我的。

这下你总算放下了所有的包袱,安稳地睡到床上。刚入梦乡,电话铃就响了。你被急促的铃声吵醒,骂了一句,抓起电话。正想骂第二句,电话里的妻子说话了,问你刚才打她电话干吗?

你顿了顿说,没事,问你今晚要不要回家?

电话里的妻子温柔地说道:老公,你怎么记性好差啊,不是告诉过你吗,今晚值班住单位嘛,是不是想我了?

你"嗯嗯"两声,挂了电话想继续睡,可再也睡不着了。

走天路

格尔木露天广场像一块悬在空中的魔毯,云雾缭绕,迷幻莫测。广场上人头攒动,空旷而嘈杂。太阳被几乎能触手可及的云雾笼罩着,灰沉沉的天空一副没精打采的样子,虽然已过北京时间10点,但对格尔木来说,还是个刚刚苏醒的孩子。

广场一角的停车场上趴着好几辆灰头土脸的大巴,看来都是跑长途给累的。一辆大巴上的司机正窝在驾驶室的座椅里,像一头刚刚比赛完的公牛,双脚挺直在方向盘上呼呼大睡,鼾声如雷。

我背着双肩包,手拿筒式氧气罐,像一个奔赴伊拉克战场的巷战突击队员,满头大汗地在车弄堂里来回穿梭地寻找目标。经过几个会合的寻找,终于找到一辆即将出发去拉萨的卧铺大巴。

正当我爬上那辆身强力壮的大巴车时,突然有人从背后叫我名字。我惊讶地回头一看,是亲爱的李红同学,正满脸通红地出现在我面前。

见到她,我既兴奋又生气。我说,红,你怎么来了?。

李红似乎比我更生气,她说,你这个死丫头,干吗一声不响就走了!

我说,不是昨天讲好的吗,不要你来送么。

李红说，你千里迢迢难得来一次，哪有不送之理。要是今天见不到你，我会恨你一辈子的！

没想到她会说这狠话。我说，没这么严重吧。

李红说，你一个人去拉萨，我真放心不下。

看她说得眼眶都红了，我很快被她的情绪所感染，两人紧抱在一起。

在这举目无亲的蛮荒之地，如果遇上熟悉的人想必谁都会感动，如果分别的话都会产生依恋之情，更何况我们是多年未见的好同学。

我轻拍着李红的肩膀安慰道，没事，我早把去拉萨的"功课"做好了。

李红还是不放心地说，到了拉萨，别忘了给我电话啊。

李红属牛，大学里是个出了名的牛坚强，即便流血流汗，也很少见她流泪，可今天当我拥住她的时候，她的眼泪顷刻像开了闸门似的，波涛汹涌。在旁人眼里，我们像一对生离死别的亲姐妹。说实话，这次一别，真不知何时才能重逢？或许是我害怕这样的分离，所以不要她来送行。

想起三年前大学毕业时那个狂欢之夜，我们也一起拥抱着这般哭过。甜蜜和痛苦，永远是一对欢喜冤家，谁也离不开谁。今天的相聚必须品尝明天的分离之痛，而分离是为了享受下一次相聚的甜蜜。

人生恐怕就是一个分分合合的过程，爱情和婚姻亦是如此，至少我已尝到了爱情的甜蜜与苦涩，幸好还没被婚姻的篱笆刺伤。这次就是为了忘却那段所谓的爱情生活，而离开家乡出来散心的。

李红的生存环境和物质生活虽然看似不如我，但她的精神生活比我丰润而幸福，至少那个在大学里一开始就追她的叫韦小宝的家伙至今依然围在她身边呵护着她。

这不，李红老公韦小宝一手抱着枕头般的氧气袋，一手提着无纺布的绿色环保拎袋，气喘吁吁奔跑过来。

李红见她老公过来，才与我脱离同志式的拥抱。

她接过老公手里的无纺布拎袋，像妈妈关照不懂事的孩子，一样样介绍着告诉我，这是红景天口服液，防高原反应比一般的红景天效果好；这是紫皮大蒜，吃了别怕臭，抗炎杀菌的；这是焜锅馍，很香很好吃，路上饿了充饥；底下还有巧克力，吃了增加能量。

论年份，李红比我大一岁，论月份，只大我三个月，可她简直把我当成春游的孩子，把装满食品的环保袋塞给我。

我边推边说，该备的我都备了，这些你都拿回去。

李红像管孩子一样对我发号施令，拿回去给谁？你都给我拿着！

看她一本正经的样子，我也不想再不近人情，最后象征性推了两下，就接受下来。

韦小宝拿着抱枕似的氧气袋说，杜鹃，这个也带上，路上应急用。

我扬了扬手里的筒式氧气罐说，我有这个，你那个就不用带了。

李红从她老公手里夺过氧气袋塞给我说，这又不重，拿着！比你那个喷蚊子的小罐子管用多了。

我拗不过老同学，只得照单全收。谁叫我一个人大老远地跑她这儿来诉衷肠的呢。

卧铺大巴启动那一刻，我心头猛然涌起一股诀别的滋味。隔着冰冷的车窗玻璃，与李红和韦小宝挥手道别，孤独、无助、紧张、恐惧像一个个吞噬的魔鬼一齐向我袭来，刚才安慰李红的那份镇静和坦然，早已跑得不见踪影。此时，我已无退路，甚至连"永别"的念头都有了。或许，第一次独走西藏，心情变得异常复杂。

卧铺大巴像一间流动的集中营房，狭小的空间里弥漫着难闻的气味，里面的人几乎都板着脸，一副充军发配的样子。司机是个中年男子，秃顶、凹眼、黑脸、络腮胡，像本拉登家族派来的。大巴开出格尔木市区不久，就在一处荒凉的路边停了下来，司机大声吆喝着要大家躺到自己的铺上，像清点囚犯人数。后来才明白，原来是要把车厢的过道空出来，让给几个不知从哪冒出来的"黑客"。

车厢里顿时一阵躁动，个别胆大一点的人提出抗议，这不是超载么。

司机把眼一瞪，露出几缕凶光说，你认为挤，可以下车。

一个站在驾驶室旁的汉子说，大家去一趟拉萨不容易，出门在外的，不能谦让点？

那人嗓门虽然不大，但五大三粗的样子，着实令人生畏，显然是与司机一伙的。

我往窗外观察了一番，这荒郊野外的前不着村后不着店，心想，上了这车就等于把命交出了，全车人的命运都掌握在这两个家伙手里，谁与他们较劲谁倒霉。

还好，大巴很快又启动了，车厢里渐渐恢复了平静。而我，依然沉浸在与李红别离的情绪里。

李红与我是同学，从小学一直到大学。大学里又一个寝室，且都在学校广播站兼职，她当播音员，我做记者。毕业那年照例她是可以留校任教的，但这个死丫头却鬼迷心窍地被那个叫韦小宝的家伙骗到了野猫不屙屎的青海察尔汗盐湖，还美其名曰：为了捍卫纯真的爱情。

韦小宝是怎么摘到李红这朵校花的，至今仍是个谜。不知当年他有没有动用手中的权力？他是我们政法大学的学生会主席，当然不是金庸笔下的小桂子。《鹿鼎记》里的韦小宝有七个老婆，而格尔木的韦小宝只有一个老婆，事实上，他与小桂子刚好相反，他的优点正好是小桂子的缺点，小桂子的优点恰巧是他的缺点，两人的家庭背景也截然相反，唯一相同的是都出生在烟雨三月的扬州。

察尔汗盐湖在海拔 2670 米的柴达木盆地，距格尔木市约 60 公里，当年韦小宝的父亲怀着一腔热血来这里创业，如今子承父业，韦小宝大学一毕业就不管专业对不对口，义无反顾地来到他父亲身边，来到了这个终年见不到春色的盐湖，只是他不该将如花似玉的江南美女裹来这里一起受苦受难。

察尔汗盐湖拒绝一切绿色的诱惑，只孕育和呵护晶莹如玉、纯正美丽的盐花。

那天李红带我参观了凝固在盐湖中形态各异的盐花，一簇簇，一片片，一丛丛，有形如珍珠、珊瑚的，有状若亭台楼阁、飞禽走兽的，让我领略到了大自然的鬼斧神工，不过也让我真切感受到了什么是大漠荒颜，或许这里除了爱情可以常青外，一切都是那么荒凉，寸草不生。

李红曾跟我讲过韦小宝父亲的故事，至今印象很深：有一年他第一次回扬州探亲，看到自家庭院里一棵郁郁葱葱的梧桐，竟上前抱着树大哭起来，当时韦小宝还小，被父亲这般举动吓得哇哇大哭，后来等儿子懂事了才知道父亲之所以哭是因为好几年没见过绿色了。当然，我猜想他可能也是好几年没近过女色了。但即便如此，最终韦小宝跟母亲也去了格尔木。

我真佩服韦小宝这一家子，也佩服出身娇贵的李红小姐，竟跟她婆婆一样，为了爱情而放弃一切，甘愿跟着为事业而奋斗的男人在这个几乎与世隔绝的地方过苦日子。虽然李红在集团公司干的对外宣传的活，但一年365天，天天面对如此的景象，换了我一定会疯掉。好在李红不是我，不像我孤身一人，她至少还有一个感情专一的韦小宝陪着。环境的荒凉不可怕，可怕的是精神荒凉。

卧铺大巴像一头养精蓄锐的壮牛，在青藏线上一路狂奔，格尔木离我越来越远，做好了最坏打算的我也坦然了许多。沿途的雅丹地貌宛如一副副巨大的群雕，千姿百态，气势恢弘地耸立在辽阔的大地上，令人震撼。海拔在不断升高，鼓膜开始肿胀，耳朵里回荡着高原的声音。

车到西大滩，终于见到了享有"国山之母"美誉的昆仑山，远眺主峰玉珠峰和周围大大小小的山峰，皑皑雪山，巍峨壮丽。昆仑山是中华民族神话传说的摇篮，造就了多少英雄侠客，站在这座大山脚下，感觉自己渺小又伟岸。

我拿了相机下车取景，同车的一位小伙子主动上前问我要不要帮忙照相？我警觉地看了他一眼，小伙子长得很英俊，外形和说话的腔调酷像我过世的表弟。

表弟生前最喜欢看金庸的武侠小说,《射雕英雄传》、《雪山飞狐》、《笑傲江湖》……凡金庸的作品他几乎都读过。他特别喜欢《倚天屠龙记》中的张无忌,血脉里也像张无忌那样流淌着宽厚大度、慷慨仁侠的因子,只是不知人世险恶,为朋友两肋插刀,20岁生日那天在一场年轻人的打斗中,他想成为英雄,却成了一具刀枪剑棍下的狗熊。每每想起这位表弟,我的心总会不安地颤抖。

面前就是表弟生前最向往的昆仑山脉,为了那个光明顶的真假问题,我俩曾争得面红耳赤。其实光明顶不过是金庸先生为气势磅礴的昆仑山杜撰的一个地名,如果换了现在,我一定不会跟表弟争辩了,或许美好的东西不一定非要刨根问底弄得水落石出。我心里对着表弟说,小强,今天姐帮你来圆梦了。

我把相机递给身旁的小伙子,摆出一副大侠的架势说,给我拍得好一点。

在西大滩,大巴稍作休息,汽车加水,旅人用餐。我自带干粮,边吃边走,见一排简陋的板房,想进去讨点水喝,掀开一门帘,见屋里两男一女盘坐在靠窗的炕上喝着酒,正想退出,其中一人招呼我,美女,进来喝一碗。

我仔细一瞧,招呼我的人竟是那位大巴司机。我一脚进一脚出推辞着,那人却热情地继续邀请道,走天路不容易,来来来!有福同享有难同当。

我被他说得有点脸红,犹豫片刻,最后坐到炕上,心想:总不会吃人吧,大不了奉献一次"爱心",帮他们买单。

三人似乎都很好客,有的给我拿筷,有的为我斟酒。

我问,这是什么酒?

女的说,青稞酒。

我朝她瞄了一眼,二十来岁的模样,柔中带野,楚楚动人。看在她年轻漂亮的份上,我端起酒碗抿了一口,有点呛舌。

大巴司机见我皱眉,就说,出门在外,喝点酒有好处。

我正视了他一眼,套近乎地问,师傅,你是西藏人吗?

朋友关照过我,出门在外,对陌生男人都叫"师傅"为好,特别是对开车人千万别喊"司机",虽然我对这位司机印象不好,但也只能改口喊他"师傅"。

"师傅"说,我不是西藏人,新疆的。

我恭维道,新疆是个好地方啊。

我们的话题就围绕着新疆转动起来,很快拉近了彼此距离。聊天中,我知道了司机叫奎尼,维语"太阳"的意思;那位美女叫古丽苏如合,有点拗口,翻译成汉语就是"玫瑰花",也是搭车去拉萨的乘客;另外一个男人叫巴图尔,维语"勇士"的意思,是奎尼的同伴,整个行程,就由他俩替换着开车。

酒足饭饱后,我准备掏钱付账,想不到奎尼又把眼一瞪说,别跟我争,今天我请客。

这话说得很重,像撞着了我的心口,血一下子涌上来,热乎乎的,流遍全身。在这寒冷的雪域高原上,我感到了温暖。

大巴继续上路,直奔海拔 4767 米的昆仑山口。蓝天、白云,几乎触手可及,汽车沿着青藏公路飞奔,好似在天上滑行。

"那是一条神奇的天路,哎,把人间的温暖送到边疆……"车载电视播放着韩红的《天路》,高亢空灵的歌声,令我全身的细胞都颤动起来,此刻已无法掩饰内心的激动。心想,我终于走上这条天路了。

三年前,那个与我玩感情游戏的家伙曾信誓旦旦地说在一年之内一定会陪我去西藏。可笑的是,我傻傻等了三年,而三年后的一天,当两个人分手后,却让我实现了进藏的梦想。我应该感谢他,如果没有他的抛弃,我不敢肯定这辈子一定会来西藏。

大巴突然一个急刹车,差点把我一米半高的卧铺上抛下来,心里正想骂司机怎么开车的，车载喇叭里就传来奎尼嘶哑的声音，各位乘客对不起，刚才有藏羚羊穿越公路。

他的一声对不起，堵住了我准备骂人的嘴。我透过车窗玻璃想看个究竟，没看到穿越公路的藏羚羊，却看到前方路边竖着一块大石碑。我仔细一看，汉白玉的石碑很高，据说它就是昆仑山口标记碑，其高度是昆仑山口海拔高度的千分之一。

奎尼将车停靠在路边，说给我们五分钟的拍照时间。

昆仑山口被视为青藏线上的第一道鬼门关。第一次站在海拔4700多米的高度，对我这个来自长江中下游平原的人来说，简直有点像阿姆斯特朗登月，我屏住呼吸，小心翼翼地走了几步，感觉没啥不舒服，紧张的神经这才放松下来。

我跑到昆仑山口标记碑下，抬头仰望，一种直插云霄的感觉油然而生。身处高原，在大自然面前，人显得卑微而又豪情满怀。我不知该如何描述此刻的心情？我举起相机，调了个仰视的角度，将标记碑摄得又高又大。

在西大滩给我拍过照的小伙子，又殷勤地跑来问我要不要帮忙照相？我无法拒绝他的好意，看得出来，他很乐意跟我亲近。

我问，你也是一个人吗？

他点了点头。

我说，你还是学生吧。

小伙子说，过了这个暑假就大四了。

我说，你一个人出来父母不反对吗？

小伙子脸一红低下脑袋说，我骗他们去西宁的同学家玩几天。

我拿出长辈的口吻说，这样不好吧。

小伙子说，我也没办法，只能这样咯，如果实话实说，老妈肯定不会同意的。

我问，你是哪儿的？

对方说，吉林。

我"哦"了一声。说实话，"吉林"像根刺，又戳痛了我那根脆弱的神经。跟我分手的那个家伙，老家也是吉林的。

五大三粗的巴图尔催促我们上车了。

我赶紧跑到"可可西里国家级自然保护区"标志碑前留了个影。一转身，竟发现后面山坡上有一只可爱的藏羚羊。那头藏羚羊远远望着我，也许它凝望的不是我，而是在我不远处那座为保护藏羚羊而献身的索南达杰烈士墓碑。挂在墓碑上的五彩经幡，在风中飘动着，似乎也在为这位英雄默默祝福。我双手合一，做了个虔诚的手势。

已经发动汽车的奎尼见我最后一个上车，瞪了我一眼说，怎么没有纪律观念！

我吐了吐舌头，小兔似的往车厢里钻。其实，我已不再害怕这个瘦得像本拉登一样的家伙。

卧铺大巴又加足马力奔跑起来。公路上时不时地有磕着长头去拉萨朝圣的藏民，三步一磕，用身子丈量着山路，缓慢而虔诚。这时，天空飘起了淅淅沥沥的小雨，几位身穿藏袍的藏民依然痴心不改，执着地磕着长头前进。

看到如此虔诚的场景，不由得让我想起六世达赖的诗句：
那一年磕长头在山路，不为觐见，只为贴着你的温暖
……

我默念着，眼泪莫名地涌出眼眶。

吉林小伙子的位置是离我不远的过道里，他拿着苹果跑过来问我要不要吃？

我摇摇说不要。

他见我情绪不对，便关切地问我，怎么了，是不是高原反应？

我说，没事。

为了尽快走出情绪的低谷，我拿出一瓶矿泉水，咕咚咕咚猛喝了

几口。

吉林小伙子站在一旁说，很快要到不冻泉了，据说那儿的泉水清洌甘甜，是西王母用来酿制琼浆玉液的优质的矿泉水，比你现在喝的好多了。

我问，真的吗？

吉林小伙子说，不信，等一会叫司机停一下车，我帮你去灌点。

他说着就跑到驾驶室前问巴图尔，不冻泉要不要停车？

巴图尔说，不停。

小伙子央求道，能不能停一下呢？

巴图尔说，不能。

我从铺位上下来，跑过去帮腔。我说，师傅，这条路我们这辈子恐怕就这么一次，能不能通融一下？

奎尼接过话说，青藏线上的好地方多着呢，要是每个地方都停一下，猴年马月才能到拉萨？

我偷偷瞪了一眼奎尼的背影，心想，你个死拉登，说得也太夸张了吧。

奎尼说，你们还年轻，以后有的是机会。

我嘟哝道，以后？猴年马月才有机会。

奎尼说，车肯定不能停，等一会到了不冻泉，我指你们看一下就是了。

我说，我们又不是为了观察它的位置，只想灌点不冻泉的仙水。

奎尼回头瞥了我一眼说，仙水是灌不成了，看你像个好学生，我就讲个不冻泉的故事吧。

有故事听当然开心，一路下来真有点疲惫了。

奎尼端起驾驶台上的茶杯喝了一口水说，相传当年文成公主远嫁松赞干布，由于山高路遥，一天，他们的进藏人马来到昆仑山下，便就地安营扎寨，不想附近没有水源，疲惫不堪的人们只得忍受干渴之苦。想不到次日早上大家醒来时，发现供放佛祖像的地方，竟冒出了一眼晶莹的泉水,原来是普渡众生的释迦佛获悉情况后,把山中之水压出了一个泉眼。从此,这个泉眼四季长流,便取名为"不冻泉"。

文成公主的传说有很多,但毕竟是传说,真假难辨。奎尼的故事也过于简单了吧,不过,他讲的时候,我还是听得很认真,装出一副好学生的样子。

卧铺大巴继续在世界屋脊上飞奔。

若是借我一对翅膀,飞在空中鸟瞰,青藏公路一定如我想象中的那样像一根乌黑的线,缠绕着雪山群峰。如果说之前走过的昆仑山口是这条线上的一个结,那么接下去面对的"五道梁"和"唐古拉山口",就是这条线上的另外两个结,这三个结就是青藏线上人们谈虎色变的三大"生命禁区"。虽已穿越了昆仑山口这个结,下一个结是令人生畏的五道梁,这么想着,我的心跳开始加快,接下来不知将会发生什么状况?我双手合一,放在胸口祈祷着,但愿平安无事。

来之前,我曾查过资料,说五道梁为昆仑山脉和唐古拉山脉的过渡地带,虽然平均海拔要比昆仑山和唐古拉山低很多,但这一带因土壤含汞量高,气流不畅,植被少,空气极为稀薄,含氧量仅为我们江南水乡的百分之四十左右,可以说是一个死结。谁要是过不了这个结,那么谁的生命就会在这里结束。当地人就有这样的顺口溜,"到了五道梁,哭爹又叫娘!"

为了避免大脑缺氧而导致休克死亡,奎尼边开车边招呼大家不要瞌睡。车内的空气顿然凝固起来,人们紧张得都不敢喘气。我立即从旅行包里掏出红景天口服液,连服两支,仿佛死神已经降临。

这时,那位在西大滩给我照相的吉林小伙子,突然像喝了酒的醉鬼那样一下子昏眩倒地。奎尼从后视镜里看得真切,连忙大声招呼众人,快把他扶起来,不能睡,睡了就醒不来了。原来,那人已出现了明显的大脑缺氧症状。

巴图尔在大声呼叫,谁有氧气包!谁有氧气包!

- 184 -

我赶紧拿出自己的氧气袋跑上去，巴图尔与一位乘客一人一只胳膊已将那人扶起来。车上的人也纷纷骚动不安起来，死亡的恐惧弥漫于整个车厢。好在我的氧气袋很快起了作用，车厢里又渐渐恢复了原先的平静。

经过两个多小时的跋涉，我们的汽车终于跨上了号称长江源头第一桥的沱沱河大桥，不过，在我右手边的沱沱河上游，出现了一条更长的大桥，自从有了青藏铁路，万里长江第一桥的称号便让给了这条铁路大桥。

跨越了沱沱河，传说中唐僧师徒取经所经过的通天河也已离我们不远了。当年孙悟空大战山寨的大王，救下童男童女，后得老龟相助，才渡过了通天河。不过，当我看到"通天河大桥"那块浅绿色路标时，没看到《西游记》里所描述的那条湍急的大河。

我见吉林小伙子的气色已经恢复了好多，便指着窗外的一片几乎没水的小河床用怀疑的口吻问他，这就是通天河吗？

他说，不知道，或许通天河也被人类污染了。

我伸手跷起大拇指笑着说，不愧为当代大学生，很有见地。

他感慨道，照这样下去，长江源头总有被污染的一天。

车过雁石坪和温泉兵站，壮美的唐古拉山便渐渐显露出来。"唐古拉"，藏语为"高原上的山"，是青海与西藏的分界线。远眺唐古拉，山峰延绵，像一个个连接在一起的蒙古包，山顶上的皑皑积雪在晚霞的映照下，像罩了一层厚厚的金粉，变得金光灿灿，无比耀眼。

不知什么时候，卧铺大巴已由巴图尔驾驶。这时，站在车头的奎尼又提醒大家，马上要过唐古拉山口，大家相互照应一下，尽量不要睡觉。他是怕有高原反应的人睡着了就醒不来了。

我的神经又一次紧绷起来，看了一眼坐在前面的那位吉林小伙子。说实话，最担心的是他。我赶紧把氧气袋递给他。他摇摇手示意不要。我心里说：哼，别逞强了，看你身高马大的还不如我一个小女子呢。听人说过，身强体壮的人更容易会有高原反应。

　　高原的天气，说变就变。一会儿还金光灿灿，一会儿就乌云密布，大块大块的黑云像泼墨一样突然扑向山峦、扑向大地，露出一副"黑云压城城欲摧"的恐怖面目。在忽明忽暗的云层中，时而会冒出一道道闪电，从空中直击大地。在高原，暴风雨说来就来，不会跟人打任何招呼。

　　凉凉的冰雨打在汽车挡风玻璃上，发出簌簌的撞击声。卧铺大巴像一头气喘吁吁的老牛，在风雨中艰难前行。巴图尔稳住方向，脚踩油门，马达吃力地嘶叫着，奋力向号称世界公路最高点的唐古拉山口挺进。从车头上方的反光镜里，我看到了巴图尔凝重的神色，脸上似乎刻着"视死如归"的字样。

　　汽车在不断加重的喘息声中，终于赶在天黑之前爬上了唐古拉山口，公路边那块像旗帜一样挂着的标志碑默默告诉我，这里的高度为海拔5231米。我按了一下胸口，还好，心脏还在怦怦直跳。5231米，这是我有生以来到达的最高点，心情不免有些激动，全身血液一片欢呼，几乎都冲到了我的头顶。

　　唐古拉山口是连接青海和西藏的一个制高点，也是一个交汇点。过了唐古拉山口，也就是说真正进入西藏了。

　　天完全黑了。虽然外面已经漆黑一片，但车厢里灯火通明，我终于舒了一口气，开始啃我的面包。想不到，一会儿工夫，那位吉林小伙子又出了状况，平静的车厢又起骚动，死亡的阴影再次笼罩在人们的心头。

　　我抱着氧气袋赶紧跑过去。

　　奎尼在拍他的脸，见我拿来了氧气袋，就说，快把管子插进他的鼻孔。

　　我笨手笨脚不知该插哪个鼻孔。奎尼接过管口，熟练地为他输起氧来。李红和他老公韦小宝给我买的氧气袋真的大派用场。想起李红，我

— 186 —

突然觉得自己很孤独。

进藏之路，让我经历了从未有过的生死体验。其实，青藏线山高缺氧和死亡的威胁并不可怕，怕的是越不过自己心路上的高峰和直面死亡的勇气。

吉林小伙子在氧气的感召下，又一次转危为安。

我告诉他，三大鬼门关终于都过了。

他看了我一眼，高兴地大声说，青藏高原终于被我征服了。

我笑对着他，没有说话，心想：人类是征服不了大自然的，我们只有亲近自然、敬畏自然。

过了唐古拉山，便进入藏北最美的羌塘大草原。"羌塘"是青藏高原上一片地势高亢而又平缓的区域，因它位于西藏北部，故通常也称为"藏北高原"。据说夏天的羌塘，是一年中最美的季节，在蓝天白云的庇护下，广袤的原野上青草悠悠，清澈的雪水隐藏在草丛里尽情流淌，成群的牛羊在平缓的山坡上，珍珠般地洒落一片，远处横亘千里的念青唐古拉山脉成为这片大草原最强壮的守护神。可惜的是，车窗外的景色被黑雾笼罩着什么也看不见，现在唯一可做的闭目养神。我不敢睡得太沉，生怕睡沉了醒不过来。

不知隔了多久，迷迷糊糊中感觉有人推我，张开眼睛一看，是那位吉林小伙。

他说，我要走了。

我睡眼惺忪地问道，到拉萨了吗？

他说，拉萨还早呢，现在快到当雄了，我要在那儿下车。

我有些失望地问，你不去拉萨？

他说，我和从川藏线过来的同学约好的，在当雄会合，然后一起去纳木错。

他伸手握住了我的手说，谢谢你救了我！

见他一副依依不舍的样子，让我很是感动。在一个陌生的地方，遇见一个陌生而好感的人，或许也是一种缘分，只不过这种缘分稍纵即逝。

　　8月的青藏高原，昼长夜短，黑夜跟我一样只打了个盹就醒了。东边天际出现了鱼肚白，与我在家乡看到的很不一样，给人一种亲近的感觉，仿佛迷蒙的内心会随着鱼肚白的变化而一点点渐渐清晰起来。

　　拉萨到了。天路依然向着远方延伸……

残 局

"河里死人了！"

一大早，就被街上的呼叫声惊醒，好奇心驱使我立即钻出被窝。

倒马桶的隔壁邻居王阿姨起得早，等我穿好衣裳走出屋门，她刚从现场回来。王阿姨站在低矮的屋檐下，惊魂未定地对我说，"小排骨，吓人来，娶媳妇桥下的河里漂着一具浮尸。"

我伸头张望，临河的街上雾气重重，不远处那座叫"娶媳妇"的石拱桥依稀可见，桥上桥下已围了好多人，叽叽喳喳一大片……

这里的居民大多临水而居，一条古老的小河像一把生锈的剪刀，把道路剪成弯弯曲曲的两爿，形成了两街夹一河的典型的江南水乡风景图。两条街巷之间的距离虽近，但只能像牛郎织女那样隔河相望。好在河上有一座横跨两岸的石拱桥，像一位布满皱纹的长者，一手搀着河这边的小街，一手拉着河那边的小巷，两条街巷算是有了往来。两边的街巷均用青石板铺就，走在上面会发出"笃笃笃"的响声。那些临河的灰墙黛瓦，宛如上了年纪的老淑女的身影，在浑浊的河里扭来扭去。

我三脚两步跑到娶媳妇桥边，挤进人群一看，桥墩处果真漂着一具白乎乎的浮尸。这时,警察已经开来"公安"小汽艇准备打捞。浮尸在河里的姿势很舒展,整个儿自由地俯展在水面上,全然不顾人们的议论。令人惊异的是,在这寒冷的冬日里,尸体上身竟赤裸着,下身仅穿一条裤衩。

很快,尸体被几个警察抬拉上小汽艇,人们终于看清尸首的面目,顿时一片哗然。我也惊讶得差点叫出声来,这不是住在河对岸的老金师吗?眼前的他,虽然瘦小的身躯已被河水浸泡得像头大肥猪,但光秃秃的脑袋还是让我一眼就认了出来。

老金师的大名叫金福寿,平日里我俩经常要下下象棋,也算是我的半个师傅。昨天我瞧见他还好端端的,怎么今天一大早就死了呢?

围观的人们也都看清了死者的面目,开始七嘴八舌起来,有的说他肯定是欠钱不还遭人暗算的,有的说他是日子过不下去投河自尽的……说法很多,但谁也说不清金福寿是怎么掉进河里的?况且这么冷的天,他身上怎会只穿一条裤衩呢?

这时,一个哀嚎声由远而近,我回头一看,是住在街东头的凤婶号啕着跑过来,她拨开人群挤到河边的石驳岸上,哭的姿势有点夸张,整个身子前倾后仰,脑袋一会儿朝天一会儿俯地。许多围观的人都用异样的目光扫视她。而此时的她,除了小汽艇上的老金师,眼中早已没有别人了。

小汽艇载着老金师的尸首穿过娶媳妇桥狭窄的桥洞,一会儿就不见了。凤婶跟着小汽艇的方向没跑几步,身子就软了下来。她软到地上,拍打着自己的大腿,边哭边喊,"好伤心啊,好伤心……"凤婶的哭泣声像唱戏,很有韵味。

人们议论着逐渐散去,而凤婶依然哭得爬不起来。我知道凤婶为何如此悲伤,她是舍不得老金师走啊!他俩虽不是结发夫妻,不过相好已有多年,在附近一带乡邻中可谓是公开的秘密。现在人走了,她能不受打击吗?看她伤心欲绝的样子,再不公开的秘密也公开了。就冲着这一点，凤婶对老金师这个干瘪老头还真有点儿老感情呢。

  老金师的尸体最终没有运回家，据说被公安局拉到殡仪馆的冷冻箱里了。其实，即使运回来也没人收尸，凤婶虽然哭得死去活来，但她没有资格收，而有资格收的人却不知道在哪里？我听倒马桶的王阿姨讲，老金师有三个光郎头儿子，大儿子叫爱工，二儿子叫爱农，小儿子叫爱兵。不巧的是，造物主弄人，叫爱工的不做工，叫爱农的不务农，叫爱兵的不当兵。爱工初中未毕业就遇上知青上山下乡，受领了一个接受贫下中农再教育的指标；爱农身体素质好，初中一毕业就去当了兵；爱兵运气最好，高中毕业进了工厂。后来他们回城的回城、退伍的退伍都回到父母身边，成了家、立了业。可自从老金师的老婆死后，三个儿子知道他没有退休工资，没有积蓄，专门吃他们的用他们的，还经常伸手向他们要钱，最终将他扫地出门。有道是，三个和尚没水喝，他只得借住到我们这儿来。我知道，他现在住的那间破房子是一个被判处死刑吃"花生米"的人遗留下来的。难怪他搬来跟我们做街坊邻居后，我从没见过他的小辈。我曾问过他，"你几个儿子都是做啥的？怎么不来望望你？"他说，"他们不会来望我了，都死光哉。"老金师跟我讲的是气话，也是实话。看来这世道真的变了，哪有不来探望长辈的子女？哪有咒子女"翘辫子"的父亲？

  当天晚上，我刚吃过夜饭就有人来敲我家门，开门一看是凤婶。她的样子着实把我吓了一跳，一双丹凤眼肿得像水泡金鱼眼，不过瘦削的脸蛋依然不乏年轻时所留下的美丽印记。这回老金师走了，看来她真的哭伤心了，但伤心有何用，哭煞也哭不回一个大活人了。我不着边际地安慰了她几句，问她找我有啥事情？她翻了翻水泡眼，怯怯地对我说，"小排骨，听说你老同学在公安局刑警队，能不能帮我打听打听，福寿到底是怎么死的？"我有些犹豫，虽说老同学在公安局工作，但自打出了校门几乎没联系过，所谓的亲密关系，只是平时我喜欢在别人面前炫耀吹嘘罢了。凤婶见我不接话头，又搭哭搭泣地说，"看在老乡邻的份上，你就帮我这个忙吧。"我说，"弄清了死因又怎样呢？那是公安局的事，你还是赶紧找老金师儿子来料理丧事才是真的。"凤婶收起哭声，抹了一把泪，一本正经地说，"他是一个好人啊，怎能死得不明不白呢？"我见她一副可怜巴巴的样子，况且老金师也算是我棋坛上的半个师傅，就硬着头皮答应说，"要么明天帮你去问问。"凤婶听后，抖抖簌簌从大襟布衫里掏出一包红塔山香烟递给我。我说不要的，但她还是硬往我手里塞。当凤婶的左手抓住我右手的时候，我的心跳怦然急促起来，一种说不清、道不明的感觉电流般地流遍全身。小时候，印象最深的是她胸前那对大奶子，走起路来像藏在衣裳里的两只小白兔，一耸一耸的；伸出来的兰花指，是那么白净、柔软、纤长。想不到眼前的凤婶，胸脯瘪平，那双兰花指的纤手瘦皱得不成样子。

　　第二天上午我向包工头请了假，说去公安局找老同学办点事。包工头用怀疑的目光瞟了我一眼说，"你也有当警察的同学？"我点了点头，没说什么。包工头说，"准你一个小时，快去快回。"

　　我骑上那辆跟随我多年的"老坦克"直奔公安局。巧得很，在公安局门口，我就撞见了老同学王开明。他挺着将军肚，但还是被我一眼认了出来。王开明正陪着一个人从大门里出来，等他送走那人转身进门时，我才堆起笑脸招呼他，"开明。"王开明回了一下头似乎没看见我，又继续往里走，我急了，大声说，"王开明！是我呀。"王开明再次回头，才发现站在花岗岩柱子旁的我。他一个惊讶，"你是？"我心里咯噔一下，说，"你不认识我了？我是小排骨啊！"王开明终于认出了我，说，"哦，是小排骨，好久不见了。"我连忙接过话头，"是啊是啊，想当年我们在一起叉铁环、打弹子、攀牛皮筋……"我知道有些失言，现在他与我不是一个档次了，便转了话题说，"开明，你现在当什么官了？"王开明用手捋了捋油乌乌的头发说，"当什么官啊，混混。"我说，"要是你也混混，那我们这些穷人就没法过日子了。"王开明问我现在在哪儿发财？我把身上的破棉袄抖了抖说，"你看我这身打扮，像发财的吗？"我告诉他，自从手表厂倒闭后，就到处打零工，现在在一个建筑工地做小工。王开明不再问我工作生活上的事，说，"今天怎么会在这里？"我说，"来找你啊。"他问，"有事吗？"我说，"想问个事，昨天掉在娶媳妇桥河里那个人，是怎么死的？"他惊讶地说，"怎么问这事？"我说，"死者是我的对河乡邻。"本来我还想说，他还是我的半个师傅，但话到嘴边又咽了下去。王开明"哦"了一声说，"初步结论已排除了他杀可能，基本认定是自杀，只是最终的尸检报告还没有出来。"我抬头望了望阴沉沉的天，轻轻"哦"了一声。

　　对面海关大楼上的街钟敲了一下，我扭头一看，时间不早了，就与老同学握手告别。我要紧往回赶，上个月已吃过迟到的苦头，就是因为去医院探望一个开刀住院的远房亲戚，回来时迟到了半个钟头，被工头克扣了半天工钱。

　　一路上我一直在想，老金师怎么可能自杀呢？我想来想去想不通，虽然他穷得没有卵钿，但穷人也有穷人的活法，穷人也会穷开心，他每天摆棋摊回来，赢了钱总要小酒抿抿，下酒菜只需三粒花生米或两根萝卜干。前天晚上他抿了半斤赤水老白酒，还开开心心跑到我屋里跟我对杀了三盘，只是他的棋现在越下越臭，我赢了他一副，平了一副，后来我说今朝在工地上拆房子敲了一天的水泥块，累得下不动了。可他还是缠着我不放，非要再下一盘。我知道他的德性，不赢一盘是不甘罢休的，最后一盘我就缓了一着，让他赢了。他赢了就像一个顽皮的孩童，手舞足蹈回家去了。说是回家，说不定去的是凤婶家。我知道他现在的主要生活来源就是靠摆象棋残局赢点小钱过日子，凤婶时而会给他一些小钱补贴补贴。老金师虽然生活得很艰难，但他有"夕阳红"的爱情，有摆残局糊口的本领，应该说比我强多了。况且昨天中午，我乘午休的片刻从工地上溜出来买东西，还看见他在汽车站门口的人行道上，笑眯眯地赢了一个中年人三盘棋，怎么一夜之间就自杀了呢？

　　傍晚我下班回家时，特地拐到河对岸老金师住的小屋前，只见那扇

- 193 -

窄小的破木门半开半掩着，简直像医院里的太平间，一点声息也没有。我想起了我的父亲，如果他活到现在也和老金师差不多年纪。可我爹爹的命还不如老金师，年轻时就生痨病死了，那天我跟在母亲身后，亲眼目送父亲进了医院的太平间。母亲从此一病不起，三年后也被可怕的尿毒症折磨死了，那年我九岁，我哥十二岁。

"呼"的一声，屋门拍打着门框，将我从记忆中震回到了现实，原来是风在作怪。我抹了一把不知何时流出来的眼泪，伸手把小木门掩上，将门上的铁扳钮扣好，扳钮上的铁锈沾了我一手。

以前我听老金师讲过，他的屋门从来不上锁的，甚至连关也懒得关。这倒不是说我们这儿治安特别好，而是小偷去他家实在没什么值钱的东西可偷。我进过他屋里，那是他搬来不久，得知他是摆象棋残局的高手，就去请教他，想不到一进屋里就闻到一股浓重的霉苦气，屋子很小，就十来平方米，但给我的感觉不小，大概是因为屋里除了一张单人竹榻、一只藤编破茶几、一张小竹椅、一只旧木橱和橱顶上一只破皮箱外，基本没别的东西的缘故吧。

冬日的傍晚，天说黑就黑，月光照在那扇掉了漆的破门上，泛出灰白的冷色，煞是心寒。我抬头望了望明晃晃的月亮，感到冷飕飕的便转身往家走，走过高高的娶媳妇桥，才想起晚饭还不知道吃啥。

我懒懒地回到家，打开碗橱看了看，里面只有一盆萝卜和半碗剩饭，觉得实在没胃口下咽。最近我养成了一个怪习惯，没有胃口吃饭就喝白开水，然后一个人摆棋谱研究残局，想起老金师上个月送给我的一本棋书，便从枕头底下拿出来翻看，那本书的书名叫《象棋残局生死棋型》，但不知怎的，看了两页就看不下去，棋谱也不想摆了。我躺到床上，老金师走路一瘸一拐的形象老在我眼前晃动。他跟我讲过，年轻时在矿上挖过煤，后来一次意外事故，砸坏了一条腿，单位给了点少得可怜的抚恤金就把他打发回家了。

在我印象里，老金师是一个不起眼的干瘪老头，招风耳、小眼睛、塌鼻梁，但不知为什么，我一点也不反感，好像他是我的前世知音。或许我们都喜欢下棋，有共同语言；或许我们的生活状态差不多，能同病相怜，但不管什么原因，这也许就是人们常说的缘分吧。只是有一点我俩不同，我每每想起明天的日子，老是感到紧张心慌，而他总是乐呵呵的，好像明天的日子与他无关。每当他见我愁眉苦脸的时候，就会对我说，"年纪轻轻的，愁什么？过好每一天的今朝就是过好你的一辈子。"记得有一次他来工地问我借钞票，我问他派啥用场？他说，"想买两副棋子。"我说，"你不是有棋么，还想多摆几副残局？"他眯着小眼告诉我，"棋子被城管没收去了。"我心里哀叹一声，像他这把年纪这个样子的人，不摆残局还能干什么？我当时身边没钱，就问其他工友借了十块钱给他。他千感万谢，拿了钱笑眯眯地走了。

"笃笃笃"，一阵轻轻的敲门声将我从老金师的印象里惊扰出来，起床开门一看是凤婶。她是来问我老金师的死因有没有打听到了？我说，"问了，是自杀。"她一听，眼里顿然露出异样的目光，"哇啦哇啦"张嘴就哭。我说，"你别哭啊，他的三个儿子都不来哭，你一个外人哭点啥？"凤婶不听我的劝说，像一台刹不住车的拖拉机，继续"哇啦哇啦"，边哭边说，"福寿一生都没风光过，本想让他死后风光一回，要是自杀的话，政府就不管了啊。"我说，"他不是有三个儿子，还怕没人管？"她说，"要是他们都不来收尸，那该怎么办呢？"我说，"你也真是的，皇帝不急急太监，即使他们不来，不是还有居委会么。"她说，"我已去过居委会了，李主任说，有家属子女的他们是不管的。"我说，"那他们也应该有责任寻找老金师的儿子呀。"她说，"李主任说，寻不着他们。"我说，"世上无难事，只要认真寻总归寻得着的。"其实我嘴上这么说，心里也没底。凤婶止住哭泣，揉了揉眼皮，偷偷看我一眼说，"小排骨，我想再麻烦你公安局那位老同学，让他帮福寿寻寻。"我说，"他是刑警又不是户籍警。"她说，"天下警察一家人，他们的办法总归比我们小老百姓多。"我想想也是，但我不好意思再麻烦人家，虽然小辰光两个人流着鼻涕一起趴在地上打过弹子，但毕竟我和王开明已不是一个档次的人了。凤婶见我不说话，哀求道，"小排骨，我知道你是好人，好人有好报，求求你，就好事做到底吧。"听了此话，我不知说什么才好，想想凤婶也是个好人，记得我娘刚离世那年冬天，她见我们兄弟俩可怜得连过冬的棉袄也没有，就亲自动手用旧衣裳旧棉花给我俩每人缝制了一件。如今，凤婶对老金师的事这么执著，我不帮忙似乎有点说不过去。

第二天中午，我乘午休的间隙，跑到工地对面的公用电话亭查了"114"，拨通了刑警大队的电话，接电话的是一个甜美的女声，老是答非所问。我问，"王开明在不在？"她说，"你是他什么人？"我说，"我是他的老同学，找他有事。"她说，"你找他有什么事？可不可以转言？"我说，"最好跟他本人讲。"在电话里，她还问了许多不着边际的问题，最后才兜到"王开明在不在"的问题上，结果是王开明出差天涯海角的海南去抓逃犯了，也不知道何时回来？那天，那个甜美的女声之所以在电话里与我纠缠不休，原来她以为我是电影译制片厂的配音演员，说我的声音很特别，浑厚富有磁性，还说她小时候最崇拜童自荣了，梦想就是当一名配音演员。我听了哭笑不得，我哪是什么配音演员，连个跑龙套的都不是。其实那天我正伤风感冒，说话时鼻音特别厚重罢了。

王开明这条线断了，我很沮丧，下午工作无精打采。这时包工头站在脚手架下喊我名字，我以为做错了什么又要挨批了。他叫我下来一下。我怯怯地从脚手架上爬下来，爬到一半，突然一脚踏空，手在空中舞了一下没抓着什么，人就直挺挺摔到地上。

当我睁开眼睛的时候，已躺在新区医院的病床上，左臂和右腿上着石膏被捆绑着吊在病床的支架上，像风干的咸鸡腿。陪伴我的工友安慰我说，"小排骨，你人小命大，从那么高的地方跌下来只伤了点筋骨，内脏和脑子都没问题。"

躺在医院需要人服侍，可我身边没啥人，唯一的亲人是我哥，但他远在南京，不可能抛开家庭跑来服侍我。好在我平时做人还可以，工友们轮流着来医院陪护我。

一天，凤婶突然出现在我病床前，着实让我激动了一阵。好像没人告诉她，怎么也来探望我？后来才知道，她不是特地来望我的，恰巧在我隔壁病房做护工。我知道凤婶在医院做护工已有多年，想不到就在这家新区医院。她说，做护工不固定在哪家医院的，只要病家要求，哪家医院都要去。不过，即便她不是特地来探望我的，我依然很激动。当然，更为激动的事还在后头。那天下午，陪我的那位工友家里自来水管突然爆裂，邻居打他电话，说他们楼下水漫金山了。我叫工友只管回家好了。想不到他走后不久，我就尿急了，一看隔壁病床陪护的都是女人，自己又不能下床，憋得我横皱眉毛竖瞪眼。这时，凤婶刚好拿了一只苹果进来，见我一副愁眉苦脸的样子，问我是不是哪儿不舒服？我不好意思把尿急说出来，但憋得实在不行最终还是说了。她朝我笑笑说，"这有啥说不出口的。"我红着脸说，"难为情。"凤婶立即弯腰从床下端起便壶说："都是过来之人了，有啥难为情，憋坏了，以后儿子要养不出个。"说着就掀我身上的被子，熟练地将便壶塞到我的下身，问我放的位置是否正好？我说正好。等我解好手，凤婶已从卫生间里打了一盆热水过来，拿走了我的便壶，就绞了一把热毛巾又要掀我被子。我急了，说，"凤婶，你要干什么？"她说，"小排骨，看你紧张的，帮你擦擦身子。"我说，"不要啊。"凤婶朝我白了一眼说，"你现在是病人，有啥难为情的，身子要经常擦洗，否则要生褥疮的。"她不管我同不同意，说完就掀我被子，一把热毛巾焐到我的大腿上，热量传递得很快，大腿根部那个敏感部位也一下子有了感觉。我像一只上了砧板的烧鸡，只能闭上眼睛，任她宰割，最后竟然把我的裤衩也脱了，说该换条干净的了。病房里的人很多，我像一只暴晒在阳光下的光鸡，羞愧难当。好在她手脚麻利，左擦右擦，不一会就把我整个身子都擦了一遍。

凤婶帮我擦了身子、换了干净裤衩，感觉全身轻松了不少。望着她那张不再年轻但依然美丽的脸蛋，我的眼睛忽地湿了。如果母亲在世的话，也该跟她一样温柔慈祥，但我竟想不起母亲什么样子了。凤婶见状问，"小排骨，你怎么了？"我说，"你对人太好了！"凤婶说，"你别瞎想八想，我一直当你小孩子看待的。"我知道，凤婶没生过孩子，年轻时曾嫁过两个男人，可老天不长眼，一个病死，一个欠赌债被人打死，按我们这里老人的说法，她是克夫的硬命。想想也是，即便她的相好，老金师说不定也是被她克死的。可凤婶确实是个好人，这次住院让我也亲生感受了一回，难怪病房里的人都夸她善良、能干。

凤婶今天的气色很好。她告诉我，居委会李主任说了，公安局的正式结论已出来，福寿不是他杀，也不是自杀，而是意外溺水死亡。警察在河里捞到了他经常穿的那件棉大衣，而且死亡时间是半夜12点左右，估计是他深更半夜尿急从睡梦中醒来，披了件棉大衣到河边小便时不小心落水的，否则那件棉大衣也不可能离开他的身体。如果是自杀，也不需要披上棉大衣了。

我听凤婶这么一说，想想有道理。老金师家里确实没有马桶，也没有痰盂，更不要说抽水马桶了。我们居住的那块地方，之前我好像已经介绍过了，中间一条河，两边是街巷和老房子。那条看似不起眼的小河，据说还是一条有历史价值的古护城河，但老金师似乎不把它放在眼里，总是将它当作自家的抽水马桶，有时使用起来连人都不避，撩出"大家伙"就朝河里"扫机关枪"。我说过他几回。我说，"老金师，你这样难不难为情？"他朝我笑笑说，"一个连吃饭都成问题的穷光蛋还有啥难为情的。"我说，"你这样做是糟蹋历史、污染环境。"他指着河道争辩说，"小排骨你看看清爽，埋在这石驳岸里的水泥管子，哪一根不是流着污水！"我说，"你撩开裤裆朝向我们，有伤风化，有失大雅。"他说，"人赤条条来，赤条条去，中间偶尔走走光有啥大惊小怪的。"他总有反驳我的理由，我竟说不过这个糟老头。现在好了，报应来了，一夜之间就成了古护城河里的冤鬼孤魂。

凤婶还告诉我，社区的户籍警张警官已经找到了福寿的小儿子，只是他死活不肯出面，说什么，父亲不在了，长兄即父，他的丧事应该由大儿子来操办，大儿子不管还有二儿子，根本轮不上他。李主任说了，寻着了他的一个儿子，估计其他两个儿子也很快能联系上。

我被医院"关"了十多天。出院那天，刚好工地停电，不少工友都来医院接我，我像一只出笼的灰兔，虽不能蹦蹦跳跳，但完全可以自由走动了。我终于明白，自由是多么美好。

一天吃罢夜饭，我拎了一瓶蜂皇浆，散步散到街东头凤婶的家门口。门虚掩着，我以为她在家，轻轻敲了敲，门就开了，灰暗的屋里飘出一团火红的光亮，我借着黄浊浊的路灯光一看，惊讶得不知所措，这个凤婶什么时候土屋里藏了一只金凤凰？眼前的女子虽然穿一件大红衣裳显得土里土气，但再土的打扮也遮不住她那姣好的脸蛋和苗条的身材，特别是那对林忆莲般的小眼睛特别迷人，简直把我这个快到不惑的老男人给迷住了。女子问我找谁？我说，"凤婶在家吗？"她反问，"谁是凤婶？"我说，"陶金凤啊。"她说，"哦，她还没回来。"我乘势问，"你是她啥人？"女子说，"我是她亲眷。"我继续追问，"怎么我从来没见过你？"女子说，"我是乡下的，第一次上城。"我"哦"了一声，又问，"是不是来城里白相？"女子说，"出来散散心。"我又"哦"了一声。正当我一时找不到合适的话题时，身后一声"小排骨"给我解了围。我回头一看是凤婶，她弯着弓箭般的腰，背了一捆乱树柴回家了。我连忙上前帮她卸下身上的重负，说，"你也太贪心了，一个小女人背这么重的东西，也不怕把老骨头压坏了。"她说，"压坏倒好了，可以躺着不干活了。"我见她抹了一把额头上的汗，感觉一阵心痛，心想，这么冷的天怎么还会出汗呢？我对凤婶说，"以后就别烧煤炉了，每天生炉子，你看多麻烦，人家都用液化气了。"凤婶说，"液化气好是好，价钱贵啊，用不起。"我递上手中的蜂皇浆说，"谢谢你在医院照顾我，没啥谢意,这个你就收下吧。"凤婶看了我一眼说,"怎么好意思让你破费呢。"我嗯啊一声,有点心不在焉,目光盯着她那个亲眷进屋的背影。凤婶见我目光游在她的亲眷身上,便轻声告诉我,"她是我的一个远房侄女,刚离婚,来城里散散心的。"我"哦"了一声算是回音。凤婶见我一副渴望的样子,就说,"要不要进来坐一歇?"我心里很想进去,但嘴上却说,"不了,我还有事。"凤婶将手里的蜂皇浆提了提说,"谢谢你啊!"她的这一声谢谢让我感到很不舒服,弦外之音"你可以走了"。这个凤婶,怎么不再邀请一声呢?也许再邀请一下,我就进屋了。我抬头望了望没有月亮的天空,只得怏怏离去。

那夜,凤婶那个乡下亲眷老在我眼前晃来晃去,让我不得安睡。我虽然没结过婚,但女人也不是没碰过,也曾爱过、恨过、怨过、痛过。不过回想起来,被我碰过的两个女人岁数都比我大。曾有一段时间,我不再相信爱情,也不想再亲近女色,只把象棋当作我的知音、我的老婆。可今天见了凤婶屋里的那个女子怎么就不争气了呢?恍惚中,我的身下竟情不自禁起来。

好几次,我特意路过凤婶家门口,但大门总是紧闭着,唯有门口那只小黄狗朝我点头晃尾,最后还跑上来嗅嗅我的脚,露出一副亲热的样子。我踢了小黄狗一脚,朝它发泄道,"我再穷,再没本事,也不跟你这只狗谈情说爱。"

从医院出来已有好多天,手上腿上的伤总算痊愈了,但腰还是酸得厉害,工地上的重活是干不了了,轻活又轮不到我。于是我作出了一个大胆决定:辞职不干了!我宁可像老金师那样去汽车站旁边的人行道上摆残局,也不愿再去工地上当牛做马。我翻出了老金师送我的那本《象棋残局生死棋型》,挑选了几盘自认为拿手的残局。第二天早上,又去文具店买了两副木质象棋,真的去汽车站旁边的人行道上摆起了残局。

长途汽车站门口乱哄哄的,进进出出的人简直像一窝蚂蚁;车站周围也乱,擦皮鞋的、摆地摊的、买小吃的,似乎人人都在吆喝。我找了一处较为僻静的地方，席地而坐，然后铺开纸质棋盘，摆好残局阵势，等待对手前来应战。摆残局和看别人摆残局的心情是完全不一样的，原来我无法知道两者的不一样，现在总算体会到了。我心里慌慌的，一点都不自在，既怕没有人来下，又怕遇上难缠的高手；既怕遇上朋友熟人，又怕遇上城管队员。

大约过了半个多小时，终于迎来了第一个顾主，一位二十来岁的小伙子。他操着不标准的普通话问我下一盘多少钱？输赢怎么算？我说，"下一盘十块钱，你赢了我给你十块，你输了我付我十块，和棋的话也算你赢，红棋先走，你可以选择红棋也可以选择黑棋。"那人说，"十块钱一盘没意思，要么跟你一百元一盘？"我心里一个咯噔，真倒霉，碰到的第一个来者就那么不善。但又不能做逃兵，只得硬着头皮应承下来。我努力回忆棋谱上的每一步棋，生怕一步着错，全盘皆输。那人走得也一步不错，我的小汗很快从额头上沁出来了。突然，有人喊，"城管来了！"我听到喊声，好似听到了呼啸而来的炮弹，收起残局就逃。顷刻间，围观的人也如飞鸟般散去。

我低头一阵猛跑，几颗狡猾的棋子乘机从我胸口钻出来，跳到地上我也全然不顾不管了。突然听得身后有人喊我"小排骨"，我放慢速度扭头一看，是凤婶在喊我，她与那个远房侄女正好跟我面对面跑过。我立即停住脚步，望望身后没有"追兵"，才跑过去跟她俩打招呼。凤婶问我，"跑得这么快，阿是在炼身体？"我说，"不是炼身体，是在炼胆量。"凤婶不解地问，"炼啥胆量？"我没有再回答她的提问，转了话题反问她们，"你们去哪里啊？"凤婶指了指身旁的远房侄女说，"送她回乡下。"我"哦"了一声，那"哦"里分明掺杂着失望的成分。我涨红了脸看了那个女的一眼，问道，"怎么来了就要走，不多玩几天？"那女子向我传递了一个难于言状的眼神，终于开口说，"乡下还有一个小囡要照顾，以后还会上来的。"我说，"欢迎再来啊！"我边说边把一堆棋子塞在左手的臂弯里，腾出右手偷偷将掌心在裤屁股上擦了擦，本想擦干净了与她握个手，想不到屁股上有沙土，越擦越脏。我最终没敢与她握手，知道自己的手不干净，怕她拒绝。

凤婶的亲眷走了，可我还是天天想着法子尽可能多地路过凤婶的家门口。我想碰见凤婶，很想与她说说话，当然不是要与这个老太婆谈恋爱，也不是向她借钞票，而是想通过她得到那位远房侄女更多的信息。

看来，住在一条街上就像乘在一条船上，碰面的机会说有就有。第二天傍晚我收摊回来，在娶媳妇桥桥头就碰到了凤婶。我吞吞吐吐说，"凤婶，有件事我想……想问问你？"凤婶说，"小排骨，啥事体你尽管讲。"我顿了顿，凤婶以为我又要向她借钱，问我，"厄是又没钞票用了？"我连忙开口说，"不是的，一直问你借钞票难为情的。"凤婶说，"那还有啥事？"我深吸一口气，想想自己的身体都给她看过摸过了，便鼓足勇气说，"凤婶，我想问问你，你那个远房侄女真的还会来吗？"凤婶把目光锁住我说，"小排骨，你是不是对她有意思了？"我说，"我对她一点都不了解，哪能有意思呢？"凤婶白了我一眼说，"还不承认，你肚里的花花肠子我早就看出来了。"凤婶说得我脸上火辣辣的。我终于承认说，"那天听你说她已经离婚，我才有想法的。"凤婶故意说，"人家离婚关你屁事。"我嘿嘿嘿地笑了起来，凤婶不解，问我，"你笑啥？"我说，"我笑我的屁事。"凤婶也笑了，说，"小排骨，念你帮了我不少忙，你的这件屁事我就帮到底了。"

凤婶不愧为一名优秀护工，做起事来果真雷厉风行，仅隔了一天工夫，她就帮我"牵上了线、搭好了桥"，说好明天下午就让远房侄女上城来与我见面。我听了喜出望外，忙问，"对方有啥要求？"凤婶说，"我的这个小玉也是苦人家出身，不会有啥高要求的，她只要找个年纪比她大一点的、老实本分的、不喝酒不打人的城里人。"我听了此话简直想笑出来，找对象哪有提这种条件的，真是耳朵尝鲜了。后来我仔细推敲了一下，"年纪比她大一点的"可理解为"会照顾体贴人"，"老实本分"可解释为"安分守己不干坏事"，"不喝酒"亦可认为是"勤俭节约"，只是那个"不打人"想不出个道道来。我问凤婶，"不打人是啥意思？"凤婶叹了一口气说，"唉，不瞒你说，她以前那个没教养的乡下男人，是个酒鬼，平时啥都不做，老在外面赌博，一输就喝酒，一喝酒就打老婆，经常打得她身上青一块紫一块。"我听了，好像那个叫"小玉"的已经是我老婆，让我愤愤不平起来，扯着嗓门说，"现在啥年代了，竟还有这种事体！"凤婶对我说，"小排骨，过去的事你就别管了，以后小玉真做了你老婆，对她好一点就是了。"我说，"一定会的！"我又问，"明天见面的地点放在啥地方妥当一点？"凤婶说，"我看，就放在你家里好了。"我说，"不行，我家里乱得像狗窝，人家第一次来就叫她进狗窝。"凤婶说，"小玉不会计较的，如果你们有缘，她早晚要进你那个狗窝的。"

第二天下午，凤婶果然领了小玉如约而来。凤婶对我说，"这就是你喜欢的小玉。"接着又转身对小玉说，"这是象棋高手张二宝同志，人称'小排骨'。"凤婶的介绍其实是多余的，我和小玉不是早就认识了，只是不知道对方姓名罢了，但凤婶还是摆出媒婆的样子一本正经地介绍来介绍去。我连忙招呼小玉坐。小玉刚坐定，凤婶就推说有事溜了。

小玉倒也不陌生，见凤婶走了，就坐近了我一点，开门见山地问我，"你真的喜欢我吗？"我倒有点吃不消对方的直截了当，没说话，只是点了点头。她又说，"我虽然年纪比你轻，但我是个离过婚的人，而且还有一个九岁的'拖油瓶'，听说你还是个童男子，吃亏便宜你可要想清楚啊。"我说，"我不在乎你离过婚，也不在乎你拖一个'油瓶'，只要你不嫌弃我这个穷光蛋，我会好好待你的。"她说，"只要你不打人，其他都好说。"我说，"我没有打人的本领，只有被人欺负的份。"说着说着，我的眼睛就开始发亮，她的眼睛也开始发光，不一会儿我俩就靠得很近了。当然，相比之下，她一上来就比我积极主动，而我起先还有点躲躲闪闪。我们正动情地说着，突然一只大老鼠从房梁上蹿下来，吓得小玉直往我身上靠，我趁势将小玉搂进怀里，嘴上大声骂道,"死老鼠,你是不是吃醋了？"心里却在说,大老鼠,谢谢你！是你给了我搂她的勇气。小玉钻在我的怀里不肯出来了,说她冷。我将小玉搂紧说,"有我在你就不会冷了。"她的头贴在我胸口上倒让我先温暖了起来。

我们沉默了一会儿,彼此听着对方的心跳声。小玉又开口问我,"二宝,为啥别人都叫你'小排骨'？"我说,"我的命不好,投娘胎时没投准,家里穷,加上出生那年刚好遇上自然灾害,养出来就没有吃的,人一直长不大,街坊邻居看我瘦得像块排骨,就叫我'小排骨'了。当然小排骨也有被人'好吃吃'的意思,小时候我老是被人家欺负,人又长得瘦不拉饥,这个小名从小辰光一直叫到现在,好多人都记不得我的真名实姓了,但一说起小排骨,人人晓得。"小玉说,"只要你今后待我好,我一定把你养得像块有肉势的大排骨。"我捏了捏小玉的尖鼻子嗔怪道,"你倒好意思,还要我做排骨。"说着,两人像一对肉老鼠,抱在一起倒到我那张老式片子床上,"叽叽嘎嘎"翻滚着互相取起暖来。

小玉住了一夜,第二天一清早就起了床,她说放心不下乡下的女儿。我问,"她上学了吗？"小玉说,"念五年级了。"我说,"今后可以转学到城里来念书的。"小玉问,"转城里来念书不知道要多少钞票？"我说,"这个倒不清楚,但我俩省吃俭用总归供得起她念书的。"小玉说,"转城里来念书好是好,可你只有这么一间小房子,我们娘俩个要来住的话,再铺一张床恐怕太挤了。"我说,"小玉,你放心好了,你们娘俩个来住的话,我可以打地铺睡的。"小玉深情地望了我一眼,突然抱住我,亲了亲我的脸。她有点依依不舍地说,"我要走了。"我说,"我送送你吧。"她说,"不用了。"我说,"送你是应该的。"她说,"我又不是什么黄花闺女了,还怕被人拐去？"我说,"我就是怕你被人拐去。"小玉撅起小嘴,白我一眼说,"你才是拐子呢！"

送走小玉,从汽车站回来,路过医院门口,正巧碰着从医院出来的凤婶。我喊了一声"凤婶"。凤婶也看见了我,说,"小排骨,看你开心的,是不是小玉被你骗到手了?"我说,"我又不是骗子,我是真心爱她的。"凤婶说,"小排骨,我可得关照你,如果哪一天小玉的肚皮被你骗膨了,可不许打掉啊。"我问,"为什么?"凤婶说,"不为什么,我最反对打胎了,有几次在医院里看见那些被打掉的胎儿,都是鲜活的小生命了,作孽啊!"我说,"凤婶,你也太慈悲了吧。"凤婶说,"人又不是阿狗阿猫,当然要慈悲一点咯。"我叹了一口气说,"唉,光慈悲有啥用。"凤婶说,"怎么能这样说呢,大家都不讲慈悲,不就成动物世界了吗。"我说,"现在这世道就是动物世界么。"凤婶朝我白了一眼说,"小排骨,你别乱讲。"我是,"本来么。"凤婶问,"对了,小玉她人呢?"我说,"刚送她回乡下。"凤婶责备道,"你看看,没良心的,有了男人就不理我这个老太婆了,走时连个招呼都不打。"我解释说,"不是的,临走时我陪她一起到你家里的,你不在。"凤婶诡秘地看了我一眼,问我,"昨晚是不是住你家了?"我朝凤婶做了个鬼脸算是回答。我生怕她在这个问题上刨根问底、纠缠不清,马上转了话题,问她,"老金师的丧事要不要办了?"凤婶说,"我正愁着呢,死人放在殡仪馆里没人认领。"我说,"难道他的另外两个儿子还没寻着?"凤婶说,"寻是寻着了,但他们推来推去谁都不愿意出面。"说着,凤婶就红了眼睛又伤心起来。我连忙安慰她说,"凤婶,你也别太难过了,事情总归会了结的。"凤婶说,"忤逆啊,忤逆!昨天下午我去居委会找李主任,福寿的三个儿子刚好都在,李主任叫他们把老子的丧事办了,他们非但不管,还指着我的鼻梁骂我老弗死,还说老头子的钱都被我刮皮刮去了,要办丧事叫我办。作孽啊,福寿哪有什么钱?平时还不是我隔三差五接济他的。"我说,"老金师的经济我知道,穷得叮当响,去年问我借了一百块钱还没还我呢。你放心,这点我可以为你作证。"凤婶听我这么一说,感激地看了我一眼说,"小排骨,你可要为我做主啊。"我说,"其实,他们也知道自己的爷老头子是个穷光蛋,如果老金师真有什么遗产的话,早就抢着为他开丧了。"凤婶打断我的话说,"我去对面商店给病家买点东西,空了再聊吧。"我说,"好的。"说着就与凤婶道别。

这两天我似乎一直在关注老金师的丧事,可等了好几天,仍不见动静。老金师的豆腐还没吃着,我却接到了南京嫂子的电话,说我哥出了车祸。

那天,我立即乘大巴冒雨赶往南京,见到哥时,他与我已是阴阳两隔。哥的突然离去,给我打击很大,他在我心目中是有一定地位的,自从父母双亡后,就我们哥俩相依为命。我有好几年没见过哥了,这次去南京,才知道他的生活并非我想象的那么好,两个光郎头儿子,一个大学毕业后还没找到正式工作,一个还在念大学,他和嫂子都已下岗,一家四口全凭夫妻俩在长江大桥桥堍开的一爿小饮食店度日。那天他骑了一辆送货三轮车去税务所交税,想不到回来的路上被一辆从工地上驶出来的工程车撞了,送到医院时还剩最后一口气,医生说,交了钱马上动手术,但嫂子一时拿不出钱,工程车司机身上也没有钱,后来好说歹说求处理交通事故的警察签了字作了担保才对我哥进行手术,可等到正式抢救为时已晚,大出血把他活活出死了。我不知道哥的死除了被工程车司机害的外,最终是被医生害的,还是被钞票害的?

开丧那天,我看到哥的遗体时,居然哭不出来了。我突然感觉人是那么的渺小,就像空气中的一粒尘埃那样微不足道。那天在参加哥的葬礼时,我竟又想起了老金师,什么时候他也能开丧为安呢?

三天后,等我从南京奔丧回来,老金师的丧事竟热热闹闹办起来了。

那天我走到街口,听见不远处传来吹鼓手们的"弥勒嘛啦"。当我跑上娶媳妇桥时,从高处一眼就望见摆在老金师那间破房子门口的花圈。我快步走过娶媳妇桥,看见忙里忙外的凤婶,心里忽发感慨:真是难为凤婶了。但我很快又有了新的发现,三个头扎粗白布、身缠白触腰的陌生男子也与凤婶一样,窜进窜出特别殷勤。难道是老金师的三个儿子？我不敢想象，但不是老金师的儿子还会是谁呢？凤婶也看见了我，走过来与我招呼。我问，"那三个男人是老金师的儿子吗？"凤婶点头称是。我叹了一口气又问凤婶，"老金师的丧事他们肯办了？"凤婶苦笑着点了点头。我连忙说，"让我回去包点钞票，再过来吧。"

我回家找了好半天才找来一张黄纸头，包了102元人民币，来到老金师的灵堂前。灵堂就设在他那间灰暗的破房子里，我前脚刚踏进门槛，刺耳的"弥勒嘛啦"就又响起，接着听得屋里传来一阵撕心裂肺的哭声，顺着哭声的方向，我看到了一个头扎白布条、身缠白触腰的中年女子前倾后仰地号啕大哭，这一倾一仰很有节奏感，哭声也富有特色，顿挫激昂，像经过专业训练的。我瞥了她一眼，此人从未见过，老金师没有女儿，想必眼前这位定是那个儿子的媳妇。蓦地，不知是她的哭声感动了我，还是我一眼看到了老金师的遗像，我的两行热泪忍不住地滚滚而出。我面朝老金师的遗像恭恭敬敬鞠了三个躬。就在我鞠躬当口，我被脚下一个黑乎乎的东西吓了一跳，一看，是一只丢在我脚下的黑纱套。我知道这是我们这里的风俗，只有从地上捡起黑纱套才不会把晦气带给活人。我弯腰捡起那只默默躺在地上的黑纱套，心想，老金师身上的晦气确实太多了，作孽啊。等我起身抬头，那个恸哭的女人哭得更伤心了，边哭边将目光伸到我的衣袋口。我从她恸哭的目光里似乎没有看到太多的悲哀，而更多的是一种欲望。我跟她说了一两句"要节哀"的安慰话，便从裤袋里掏出礼包，塞进她手里。这一塞，就像被我关掉了高音喇叭的开关，她即刻不嚎了。

从灰暗的破房子里出来，阳光刺得我有点张不开眼。我揉了揉模糊的双眼，终于看清了站在屋檐下的凤婶，清瘦的凤婶正被一男两女三个小囡"好婆长、好婆短"地纠缠着。我惊讶了，三个小家伙都是从没见过的新面孔，便走过去问凤婶，"这几个是谁家的小囡？"凤婶笑眯眯地说，"是福寿的孙子、孙女。"我见凤婶说话时脸上的皱纹都堆成了一朵花，真有点犯迷糊了，没几天工夫，她俨然已经成了老金师的结发妻子，真不知道凤婶施了什么魔法把老金师的子子孙孙们"一网打尽"的？

老金师火化那天，我也跟着去了火葬场。在去的路上，天空突然下起了鹅毛大雪，我的眼前模糊了，好像看到的不是雪，而是无数张被撕得角零角碎的棋盘纸。送葬的人足足坐了空调大巴一汽车，吹鼓手们一路上也勤劲地吹着"弥勒嘛啦"。真想不到，平日里孤苦伶仃的老金师，死后会这般风光，有这么多亲眷朋友热热闹闹为他送行。按凤婶的说法，现在有钱人家死条狗也搞得风风光光，人总不能弄得连条狗都不如。

火化前，我终于见了老金师最后一面，他很安详，脸色也比活着的时候好看，只是他再也见不到凤婶和我这个叫"小排骨"的老乡邻，也看不到站在他身边的亲朋好友和躺在鲜花翠柏丛中的自己了。

在亲人们搭哭搭喊的号啕声中，老金师的遗体终于被冷漠的殡葬工熟练地推进了焚烧炉。那一刻，我真真切切地看到在场的人们流露出来的悲情，尤其是凤婶，还有老金师的子子孙孙们，只是老金师三个媳妇的表现出乎我的意料，好像在比赛哭，看谁哭得更为卖力和投入。如果在天有灵的话，不知老金师见此情景会有何感想？我站在火化隔离区，握着冰冷的铁栅栏，似乎听到从老金师身体里发出的"吱吱吱"的声音，也仿佛看到他在火光中的灵魂像一拨烟似地袅袅升腾。

那日，我吃完老金师的"豆腐"，神思恍惚地回到家中，老金师像幽灵一样老在我眼前晃动。冬日的天黑得早，我晃了晃放在墙角处的热水瓶，一点热水也没有，想在煤气灶上烧点水，可煤气瓶里一点煤气也没有。我只得用冰凉的自来水擦了一把脸，脚也没洗，就钻进冰冷的被窝里。

迷迷糊糊不知睡了多久，我被一阵急促的敲门声惊醒。起先我以为是在做梦，后来听听确实有人在敲我的房门。这深更半夜的会是谁呢？我懒得搭理。隔了片刻敲门声又响了，且越来越急促起来，我只得开口问,"谁啊?"对方也终于开口说,"是我啊!"那声音搭哭搭喊,一听有点像凤婶的腔调,但我不敢确认,又问,"你是谁?"对方说,"小排骨,是我,你的凤婶呀。"我说,"凤婶,深更半夜的,有啥事体?"凤婶急吼吼地说,"我害怕,你快点开门呢!"说实话,她又不是小玉,况且老金师的丧事也办了,我不太情愿放她进来,心里暗骂,"这个死老太婆半夜三更的中啥邪了?"但心里骂归骂,最终还是开了门。

凤婶一进门就朝我身上靠,我闻到了一股难于说清、似香非香的味道。外面的风很大,我一个躲闪连忙把门关上,叫她先坐有话慢慢说。她没说清什么话,倒先哭起来了。我说,"深更半夜的,你哭啥呀?"她搭哭搭颤地说,"有人想打我,还说要杀我!"我听了她的话差点笑出来,我说,"奇怪了,你这么大年纪的人,又不是什么大款,也没有冤家对头,谁要来打你杀你?"凤婶说,"是福寿的儿子、媳妇。"我惊讶了,心想,白天开丧的时候不是好好的么,跟一家人似的,怎么一到晚上就闹鬼了呢?难道是老金师的鬼魂看不惯他们和好而附在活人身上兴风作浪?我急着问凤婶,"到底怎么回事?"凤婶一边低声抽泣一边解释,说得断断续续、噜哩叭苏。

我听了半天,也没听出个所以然来,最后才终于辨出个大概意思。原来,老金师的三个儿子之所以愿意认领老头子尸体并为其办了丧事,不是他们良心发现,而是被凤婶导演的一场戏给骗的。

凤婶虽没当过导演,但她年轻时做过演员却是事实,而且是那种情感细腻的越剧演员。我听街坊邻居说过,她原来是一家越剧团的台柱子,花旦、小生样样能唱能演,后来跟同团里一个拉越胡的琴师恋上了,但团里的一位领导也盯上了她,而她就是不从领导的,情愿跟琴师这个没权没势的丧妻之夫做相好,最终的结局当然是可想而知,两人双双被组织辞退出团。从此凤婶的人生道路来了一个一百八十度的大转弯,后来虽换过不少职业,打过不少工,但都是一些临杂活,最终成了一个做护工服侍人家的孤老太。有一回,我与她寻开心说,"凤婶啊,唱段越剧我听听呢。"凤婶说，"我老了，早就不唱了。"我说，"隔壁的张阿姨，还有河对岸的黄阿姨，本来都不会唱越剧，现在退了休都在唱越剧，你一个正宗的越剧演员，为啥倒不唱了呢？"她说，"我一个整天给别人作陪护的老太，唱出来不好听了。"我很好奇，问道，"唱越剧跟作陪护有啥关系？"她说，"照例是没有关系的，但有一次，我服侍一个40来岁的高龄产妇，剖腹产，那天在手术门口，我与她丈夫林先生都紧张得要命。当得知产妇和出生的女婴都平安无事时，我一激动，就在医院走廊里情不自禁唱起了《天上掉下个林妹妹》，可没唱几句就发现不对劲，走廊里的人都用怪怪的眼神看着我，几个小囡还抄到我面前朝我做鬼脸。原来他们都以为我是疯子，所以我后来就再也不唱了。"我说，"这有什么，你也太在乎别人的感觉了。"凤婶说，"小排骨，告诉你，越剧是高雅艺术，不是随便好唱的，要讲身份还要看场合。现在，要是我喉咙痒得实在想唱的话，也是关起门来一个人躲在屋里偷偷唱。"

我看了凤婶一眼，突然很想听她唱越剧，虽然我以前不太喜欢越剧软绵绵的唱腔，但此刻我真的很想听凤婶是怎样唱越剧的。

凤婶坐在我那张片子床上还在嘤嘤地哭，她似乎没有回去的意思。我说，"你还是回家睡觉吧，有话明天再说。"凤婶说，"我不敢回去，刚才他们几个就是拿着清单赶到我门上来吵的，要我拿真货色出来。"我问，"什么清单？拿出来给我看看。"凤婶说，"清单在他们手里。"我又问，"清单上有点啥东西？"凤婶说，"清单上的东西都是我从地摊上买来的假货，两只纯金铜鼓戒、一只翡翠戒，三块和田玉。作孽啊！我哪来真货色啊？"我问，"当时他们怎么没有看出来？"凤婶说，"当时我只给他们看了一眼。为了这些东西怎么分割，他们兄弟几个还吵过两场，那几天居委李主任出面调解做了不少工作，拿出了一个大家认可的继承方案才算把事情摆平了。"我说，"这哪是摆平？弄卵弄出血来哉！"凤婶哭丧着脸说，"小排骨，不要吓我呢，我该怎么办啊？"我说,"我也不知道,谁叫你骗他们的?"凤婶说,"我是没有办法的办法啊。"我说,"你没有办法也不能作之下策,老金师的丧事完全可以跟居委李主任再商量商量么。"凤婶说,"我不是没有去过,李主任说她也没有办法。我本想要来问问你的,可那几天没见你人影。"我压低嗓门问凤婶,"你实话告诉我,老金师破皮箱里的那些金银首饰到底是真是假?"凤婶停止了哭泣,瞪大眼睛说,"我真的是从地摊上买来的假货故意放在他箱子里的。"我又问,"那三块和田玉也是假的?"因为我听老金师自己讲过,他年轻时曾去新疆和田工作过一段时间,要是那三块真是和田玉的话,那是价值不菲的宝贝啊。凤婶见我也起了疑心,生气地说,"连你也不相信我?"说着,又"哇哇哇"地哭了起来。我说,"好了,好了,我们不说这些,时间不早了,如果你真的不敢回去的话今晚就睡在我床上吧。"凤婶说,"那你呢?"我说,"你尽管睡,我有沙发。"凤婶说,"我怎么可以让你睡沙发呢。"我说,"我现在还不想睡,还要研究几副残局。反正我现在自由得很,晚上不睡,明天白天也可以睡的。"

凤婶听了我的话,也不再说什么,和着衣服就一骨碌钻进被窝,一会儿就打起了呼噜。我坐在墙角落的破沙发里,看了一会儿棋谱书,也很快睡着了。

第二天醒来,天已大亮,我一看片子床上的凤婶已经不在,倒有点担心起来,不知她啥辰光走的?漱好嘴、擦好脸,我就跑到娶媳妇桥塊的那家小饮食店里买了一副大饼油条,边吃边在街上瞎逛。我特意走过凤婶屋门,周围静悄悄的,好像什么也没有发生过。

不知为何,一清早我就哈欠连天,今天实在没心思去汽车站摆摊设局了,便跑到工人文化宫的活动室看别人下棋。活动室里下棋的人倒不少,但大多是上了年纪的退休工人,那些人的水平太臭,我看了一会儿觉得没劲就跑到地下室的录像厅看录像。录像厅里很暗,我拣了一个空位置坐下来,投影银幕上正上演着一场激情涌动的床上戏,令人眼前一亮，我顿时来了精神，体内的荷尔蒙也激情涌动起来。不一会儿，我就适应了场内的环境，黑暗中已能看清周围的物体。录像厅里的看客不多，两边的位置都空着，令我欣喜的是发现坐在我右边相隔几个空位的是位年轻女子，虽看不清娇容，但忽明忽暗里的侧影像一个美丽的剪影，感觉那女子逼人的气息正向我袭来。我突然涌起对小玉的思念，要是旁边坐的是小玉该有多好啊！激情戏还在上演，录像里的花样经真多，男女主人公已经从床上运动到椅子上。为此我受到了极大的刺激和感染，情不自禁地越过几张空座位，坐到那个女子边上。我扭头看了看女子轮廓分明的胸脯，很想伸手过去，可始终出不了手。

录像终于结束了，回到阳光灿烂的地面，让我有点张不开眼。我不知道接下来该往哪里去？猛一抬头，发现文化宫墙壁上挂钟的长短针刚好叠在一起，我"扑哧"一笑，大概是想起了刚才录像里的情景。我又念起了小玉，今晚小玉要来，那天临走时讲好的，今朝要上城里住一夜的。上次她嫌我身上臭，这次我一定要汰汰干净了。我先到离文化宫不远的仙景园面店吃了一碗素饺面，算是对自己的胃有了交代，然后就拐弯来到放春池浴室汰浴。

或许是冬季，放春池里的浴客像农贸市场摊贩鱼缸里的大鲢鱼，上蹿下跳，拥挤不堪。我只得蹲在浴池边上，蜻蜓点水似的擦身。一个搓背师傅跑过来站到我身后，摇晃着手里的毛巾大声招呼浴池里的一个人，"金老板，起来搓个背吧！""好嘞！"一个洪亮的声音即刻从池里蹿起来。我透过热腾腾的雾气终于看清了那人的面孔，这不是老金师的小儿子吗？开丧那天我们见过，我认得他，或许他已记不得我了。

搓背师傅是江苏丹阳人，操着一口不标准的普通话边搓边问他，"金老板，怎么好久没见你来了？"金爱兵说，"最近忙啊。"搓背师傅说，"金老板一定又做了几笔大买卖。"金爱兵说，"还大买卖呢，忙了半天，最后还是被人骗了。"搓背师傅说，"不会吧，以你金老板的身份，谁敢骗你？"金爱兵说，"真的，不骗你的，爷老头子前一阵子

'走'了,等我们为他操办好丧事,家产都被他的老姘头骗去了。"搓背师傅说,"怎么会有这种事情?"金爱兵哀叹一声,"说出来难为情,不说了。"搓背师傅说,"有啥难为情的,儿子继承老子的遗产是天经地义的事啊。"我靠在浴池的边上,边泡边听他们说话,但他们说了几句就不说了。没劲,等一会出了浴池我就听不到金爱兵的说话了,他休息一定是开包厢的,不可能跟我一样去大厅休息。

我在放春池浴室的休息大厅里美美睡了一觉,恢复了不少元气,总算又鲜活起来了。穿好衣裳,一照镜子,见自己红光满面的,我朝镜子里的人做了个鬼脸,想起老金师常挂在嘴边的一句话,"饭后汏个浴,赛过活神仙。"

我一看时间已不早,就匆匆往家赶,等我到家时,小玉已在门口等我了,她还从乡下带来了我不太喜欢吃的山芋。因为我俩都没有通讯工具,不知道她要来吃夜饭的。我看了看碗橱,除了一碗咸萝卜干,没有别的小菜,就对小玉说,"夜饭就吃'汤山芋'吧。"她说,"光吃'汤山芋'填不饱肚皮的。"我知道她的意思,可今天我没有上街摆残局,身上仅有的几块钱是买不到什么荤腥的。我嬉皮笑脸地说,"我喜欢吃'汤山芋',你就嫁狗随狗吧。"她瞋了我一眼说,"哼,谁高兴嫁你?"我鬼鬼地说,"你的山芋啊。"她用小拳头像敲背似的打了我好几下,但一点也不痛,反倒觉得很舒服。那夜,我和小玉像两只肉垛垛的小狐狸,在冷森森的被窝里,边放着臭屁、边相互取暖。

我和小玉开心过后,她躺在我的胸口上问我,"二宝,你认得我之前真的还是童男子吗?"我说,"玉,你让我怎么讲呢?"她说,"实话实讲么。"我说,"说实话,没有结过婚是真的,没有碰过女人是假的。"小玉说,"那你这么多年一定碰过不少女人吧。"我说,"没有。只碰过两个,一个是初恋情人,还有一个……"我不想说了。小玉见我欲言又止,骑到我身上追问我,"快交代!还有一个是谁?"我说,"那一个不是我主动碰她的,不算数。"小玉说,"哪有你这种强盗逻辑,碰了人家还说不算数。"我说,"真的,主动与被动是不一样的,每次回想起来就像做了一场噩梦。"小玉"呵呵呵"地笑了起来,她说,"美死你,谁信呢?"我说,"你不信,拉倒!"小玉问,"那你倒讲讲看,是一场啥个样子的恶梦?"我说,"你实在要听的话,我就再痛苦一回。"小玉说,"你说出来,让我听听到底是不是一件痛苦的事?"我说,"讲就讲,反正也没啥难为情的了。那是我进手表厂工作快满师的时候,管我的那个小组长是个女的,比我大六岁,我叫她兰姐,她知道我没爹没娘,平时就像大姐一样对我很照顾,经常帮我汰工作服什么的。其实,她早就饿吼吼地对我有了意思,我开始不知,后来才晓得她跟自己的男人结婚不久就分了居,认识我一个月后就离婚了。我知道这些后就想回避她,但由于工作关系,加上马上学徒期满要转正,转不转正,班组长的意见很重要,因此我不敢惹她生气,总是吓势势地任她摆布。有一天,我烟瘾上来了,知道车间里是严禁吸烟的,就偷偷溜到车间的厕所里假装大便吸香烟。我脱了裤子蹲好位置,点了烟,随手将火柴梗扔进裤裆下的水槽里,想不到哪个缺德鬼把废酒精倒在了厕所的水槽里,我刚吸一口,还没把那口烟咽下去,就听'轰'的一声,一个火球直咬我的屁股。我'哎呀'一声跳起来,同事们听到叫声,冲进厕所一看我的熊样,再一问缘由,大家都笑了出来,闹得全车间的人都知道了。兰姐没有笑,马上把我叫到角落里,我以为她要骂人,因为吸烟也是一种违反厂纪厂规的行为,我害怕自己学徒期满转不了正。没想到,她既没骂我,也没威胁我不让我满师,而是关切地问我,烧着了没有?我红着脸没敢说话,只是摇摇头。兰姐为何没笑,原来她是心疼我,但我不要她的这种不明不白的疼爱。那天吃中饭的时候,兰姐还是不放心,偷偷问我,真的烧着了没有?我说,没有。下午快到下班的时候,兰姐说,今晚去她家吃馄饨,顺便要给我看样东西。我想推辞,但嘴笨一时找不到回绝的理由。后来我只得跟她去了……"

讲到这里我不想再往下讲,接下来的事不讲也该明白了,可小玉真是个没文化没教养的乡下人，非要我接着往下讲，我怕她不高兴就硬着头皮答应她继续讲，在讲之前我先给小玉打预防针，对她说，"你听了可不要吃醋。"小玉说，"我不会吃醋的，要吃早就吃了。"我就接着讲，"后来，我俩吃了馄饨，她就过来拉我上床，我害怕得要命，结结巴巴地说，你是我的阿姐，我不能欺负你啊！可她已经像饿狼一样把我拖到床上，趴在我的身上，开始脱……"我那个"脱"字还没说清楚，小玉就用手一把把我的嘴掩住，狠狠地嚷道，"你这块死排骨，谁要你讲这些！"我说，"我本来就不想讲了，谁叫你非要我讲的。"小玉说，"你坏！我是要你讲后来她给你看啥东西了？"我说，"除了给我看一个白白胖胖的大活人，其他啥东西也没给我看。那时，我年纪轻真不懂事，事后才明白她说的东西就是她这个大活人。"小玉问，"那你们的关系后来有没有保持下去？"我说，"没有。不久她就被厂长相中，调到了厂部办公室，我们也就开始疏远，后来听说她跟厂长有了戏，我就再也没跟她来往了。"小玉问，"就这么简单？"我说，"我不骗你，就这么简单，该讲的全讲了。"过了一会儿，小玉用疑惑的目光看着我又问，"你真的就这么两个吗？"我说，"不骗你，自从有了那次被压迫的经历后我再也没有碰过别的女人。"

我和小玉正说着话，突然，有人敲我的房门，但没有说话声。出鬼了，这两天怎么天天夜里有人来敲门？我和小玉搂抱在一起不敢出声，心想，不会是派出所来查夜的？要是真查夜的倒也没什么可怕，现在未婚同居的比比皆是，怕只怕真的闹鬼。隔了片刻敲门声又响了，且急促起来，我只得开口问，"谁啊？"对方开口说，"是我啊！"那声音搭哭搭颤，一听又是凤婶的腔调，我和小玉对视了一下轻声问小玉，"是你大姑姑。"小玉说，"不要开门。"我问，"她知道你在我这儿吗？"小玉摇摇头说，"不知道的。"这时，凤婶在外面叫嚷着，"小排骨，你快点开门啊！"我说，"凤婶，深更半夜的你又有啥事体？"凤婶哭着说，"有人打我啊，你快开门呢！"我轻声对小玉讲，"放她进来吧。"小玉极不情愿地点了点头,说实话我也不情愿,心里暗骂,"这个死老太婆真的发痴了!"

我起床将门打开,凤婶跌跌撞撞好像不是走进来的而是跌进来的。我一看几乎认不出她了,脸上鼻青眼肿的,哪里还有人样?简直像一只从动物园里逃出来的大熊猫。我扶她坐到墙角处的破沙发里,问她,"怎么弄成这个样子?"凤婶不说话,只是一个劲地哭。我追问道,"到底被谁欺负了?"凤婶瞄了我一眼,继续哭。我猜测地问道,"是不是被老金师的家人打的?"凤婶哭着说,"打我的人带着面具看不清。"我说,"你不要哭了,应该报警啊。"凤婶制住了哭声,突然发现床上的小玉,连忙抹了把眼泪招呼道,"小玉,你也在啊。"小玉尴尬一笑,问,"大姑姑,谁欺负你了?"凤婶看了一眼小玉,答非所问地说,"好人做不得啊!你们休息吧,我不妨碍你们了。"说着,她立起身就走。我说,"要不要叫小玉陪陪你?"她说,"不用了。"说完,就跌跌撞撞出了门。我立即追出去,可她已跌进寒风呼啸的夜色中。

小玉在屋里大声喊我。我回了屋,责备小玉道,"你大姑姑来了,怎么不热情一点?"小玉说,"我爹爹知道了,叫我不要跟她来往。"我问,"为啥?"小玉说,"爹爹说她过去在上海滩做过妓女。"

我心里一愣,只知道凤婶小时候跟她表姐去上海学唱过一段时间越剧,那时她才十来岁。或许,小玉她爹说凤婶在上海滩做过妓女,说的就是解放前的这段经历吧。

我对小玉说,"你别瞎说,凤婶不是那种人。"小玉说,"反正我不想再跟这种不清不白的人来往了,要是被人家知道了会说闲话的。"我说,"即使有那么一回事,也是过去的事了,你怎么能这样呢?"小玉说,"我与这种人来往没啥好处。"我心火了,大声说,"这又不是做买卖,大姑姑平时对你那么好,你怎么一点人情都不讲!"小玉说,"跟她讲什么人情,你知道吗,那个姓金的金银珠宝全被她一个人独吞了。"我听了差点笑出来。我告诉小玉,"你大姑姑手里根本没有真货色。"小玉说，"你怎么知道没有真的？"我说，"她亲口告诉我的。"小玉反驳说，"她亲口告诉你的话就是真话了？"是啊，是真是假，也仅仅听她本人说的，无从考证。其实我知道，小玉也是为那些金银珠宝而跟她大姑姑生气的。难道老金师生前真的有那些金银珠宝？这事，让我感到越来越迷茫。

我脱了衣裳正准备睡觉，突然从外面街上传来一声叫喊，"有人跳河了！"这喊声像往平静的古护城河里投进了一块大石头，顿时起了波澜。我一个激灵，感到异常紧张，立即翻身下床穿好衣裳，转身对小玉说，"我出去看看。"小玉从牙齿缝里挤出一句话，"你去了就别回来了！"我顾不上小玉的恶毒，快步跑了出去。

外面的气温很低，我的脑子像被寒冷的空气一下子凝固了，不知道在想些什么，也不知道自己是真的去救人的还是纯粹去看热闹？

娶媳妇桥附近已经围着好多人。我来到桥边，最终没有勇气下水救人，只是蹲在河边的石驳岸上观看，奇怪的是河里的那人没有完全沉下去，而是漂浮在河面上挣扎着。这时桥上、岸边已经有人打着手电，其中两个过路的中年男子还开着摩托车大灯往河里照，灰暗的光柱在漆黑的夜里像幽灵的目光，游走在眼前这条熟悉而又默默无闻的古护城河上。终于有个勇敢的男子下到河里，我一看是住在桥边那个拖儿带女做弹棉花生意的河南人。很快，河里那人被救了起来。我丝毫不感到意外，被救起的那人果真是凤婶。人群中我看到了居委李主任跑来跑去的身影，一颗悬着的心终于有了着落。我心里在说，"李主任啊李主任，老金师你可以不管，凤婶这样的孤老太你不能不管啊。"

凤婶没有死，被李主任和几个婆娘架着往她家的方向跑。我松了一口气，赶紧回家去叫小玉，可小玉已经在打呼噜。我推了她两下，她却翻了一个身，面向墙壁继续睡，我又推了她一下说，"小玉，快醒醒，你大姑姑跳河了！"小玉没有反应，不知道她是真的睡着了还是故意不理我。

与小玉冷战了几天,我有点熬不住了,现在没女人陪着,晚上真的睡不着觉。中秋节快到了,我买了一盒月饼、半袋苹果准备去趟乡下,想喊小玉回城,顺便看望一下小玉的父母。

我难得去乡下,小玉的父母见了我像见了中央首长,自然一番热情招待。

晚饭,小玉父亲一定要跟我喝酒,我说酒量不行,小玉父亲说他酒量也不行,但难得见面,不行也得行。两人畅怀欢饮,喝了很多酒。我大着舌头问小玉父亲:"伯父,最近小玉怎么跟她大姑姑不好了?"小玉父亲说,"小玉这孩子,从小脾气大,任性,跟谁都这样,一会儿好一会儿不好。"我借着酒劲又问,"那是你告诉小玉她大姑姑过去在上海滩做过妓女?"小玉父亲愣了一下,直直地望着我说,"谁说的,我可没说过。"我又问,"伯父,小玉她大姑姑与你家到底是啥亲眷关系?"小玉父亲叹了一口气说,"唉,说不清,上辈的事,反正是很远很远的远房亲戚,只是按年纪和辈分我让小玉叫她大姑姑。"我也叹了一口气说,"唉,小玉她大姑姑也挺可怜的,一辈子靠了那张漂亮脸蛋也没过上好日子。"小玉父亲又叹了一口气说,"唉,女人漂亮了也不好,注目的男人就多,还有陌生男人突然上身的。"或许我酒喝多了,有点听不懂小玉父亲的话。他在说凤婶吗?什么是"还有陌生男人突然上身的"?我害怕问下去了,便转了话题说,"伯父,你与伯母思想真好,只生了小玉一个孩子,我知道你们那个时代一般人家都要生一窝呢。"我这么一说,想不到小玉父亲又叹了一口气,"唉,不是思想好,一言难尽啊。"我听了一愣,什么是"一言难尽"?这下,我啥都不敢问了。

夜深了,小玉躺在我身边早就去周公那里编织美梦了,而我仍回味着小玉父亲的酒话,怎么也睡不着。借着灰暗的灯光,我看了一眼小玉,忽然觉得她长得跟一个人很相像,这个人就是凤婶,而她跟自己父母倒一点也不像。我突然有了一个大胆而又震惊的念头,小玉会不会是凤婶身上掉下来的一块肉?如果是,那她又是跟谁生的呢?难道那个人就是小玉父亲说的那个突然上身的陌生男人。而小玉现在的父母终身不育，才领养了她。如果我的猜想成立，之前的一切，都能迎刃而解。不过，这仅仅是我的猜测。

那天，我和小玉从乡下回城，路过凤婶家，见屋门半开着，便拉了一把小玉，可她头也不回地继续往前走。我停下脚步，望屋里张了张，里面一团漆黑，什么也看不清。正想离开，突然从屋里飘出一段越剧清唱：

侬今葬花人笑痴，他年葬侬知是谁？
一朝春尽红颜老，花落人亡两不知。
……

这段子我熟，是《黛玉葬花》里的唱词。凤婶的嗓音有些嘶哑，可唱功依然不凡，委婉动情，声声如泪。

梅林深处

序

江南水乡青池市有一座令周边县市羡慕的山冈，此山名曰"翠山"，古时候又称"灵翠山"，她像一个柔美的女子，眉清目秀地倚在青池这座富有的城市身旁。虽然她与这座城市紧挨在一起，但实事求是地说，她不属于傍大款的那种，如果非要说傍的话，那只能说是大款在傍她。事实亦是如此，有了翠山才有青池人杰地灵的美丽和富饶。

翠山不高，她的身高就不说了，说出来恐怕会让五岳耻笑，会被喜马拉雅鄙视。她确实很矮，够不上白云，更够不上蓝天，因此营造不出"白云深处有人家"的意境，但紧挨在青池县城一侧的翠山玉女峰半山腰上，有一个叫"玉岩"的地方却藏着一处出落得惹人喜爱的梅林，春天还盛产着酸酸甜甜的水晶杨梅。在这梅林深处倒也散落着一些人家，远远望去，"梅林深处有人家"的意境确也不错，高高低低，错落有致，粉墙黛瓦，时隐时现，袅袅炊烟有时还会与云雾亲亲嘴、接接吻，其意境不比"白云深处有人家"逊色。

梅林深处的人家虽不多，就那么二十来户，但每家每户的故事却不少，如果顺藤摸瓜的话，或许老祖宗都是有头有脸的著名人物。传说清朝三代帝师翁同龢的后裔就在这里生活过，还有孔子唯一的南方弟子言偃的后辈也曾在这里居住过。梅林深处玉梅家的祖辈就很有来头的，以前谁都不晓得，其实现在晓得的人也不多，那些晓得的人大多也只是些记忆的碎片，粘不成一只完整的青花瓷瓶了。当然，即便是一些碎片也足以让人感慨万千。现在就让我们透过这些碎片来听一个发生在梅林深处的故事吧，而故事的主人公就是玉梅。

公元一九七三年

一

说来谁也不相信，玉梅生日那天突然失踪了。失踪的前一天，她还跟玉岩山庄一样是欢天喜地的，因为玉岩山庄迎来了一位稀客。稀客的双脚非但步入了翠山的玉岩梅林，而且踏进了梅林深处玉梅家的门。

那天，玉岩山庄迎来的稀客不是别人，是时任青池县县委书记、县革委会主任梅春元。梅书记一到，整个玉岩山庄就像"春天到、鸟儿叫"那般莺歌燕舞起来了。玉梅还被翠山林场玉岩工区长王山山推荐陪梅书记上山打猎。其实王山山不推荐，梅书记也会钦点玉梅的，他早就认识玉梅了，而且两人还握过手，只不过与玉梅没有私下里说过话罢了。梅书记第一次见到玉梅是在一年前的一次全县歌咏比赛上，那天玉梅是林场小学代表队的领唱，山里人高亢的嗓音令坐在前排的梅书记很是振奋，他振奋得有点激动，激动得又有点过于喜形于色了。作为地方上的一位高官，一般情况是不会激动的，也不应该激动得两眼发直忘了形。当然那天实属意外，除了玉梅高亢的嗓音，看来梅书记激动的主要动因还是在于玉梅的身材和那张漂亮的似曾相识的脸蛋上。那次歌咏比赛林场小学代表队出色的表演，得到了在座领导们的首肯，评奖时自然花落出色者身上，林场小学代表队获得了全县唯一的一个特等奖，梅书记还亲自上台为玉梅他们颁了奖。从此梅书记就认识玉梅了，对玉梅的印象就像他天天见到的办公桌上那张女儿的照片那样深刻起来了。

玉梅长得确实水灵，虽然脸上还有几颗未消退的青春痘，但怀春的少女毕竟是引人注目、惹人喜爱的，就像玉岩梅林里成熟的水晶杨梅那样让人过目不忘，让人产生酸酸甜甜的感觉来。

自从梅书记见过玉梅后，他就有了这种感觉，而且越来越强烈，似乎已经到了不能望梅止渴的地步了。他有事没事地找过玉梅几次，第一次是叫小车司机用"上海"牌小轿车将玉梅接到他的办公室，没什么事，纯粹是闲聊。其实聊的内容也只不过是问问她的工作情况、家庭情况什么的？玉梅告诉他，高中毕业后就到林场小学当了一名代课老师，至今已有一年多时间了；家父在她小的时候就已经"走"了，现在就剩她和母亲两人。第二次是梅书记在县文教局局长陪同下亲自去了玉梅的学校，名誉上是检查工作，实则去探望玉梅。

玉梅失踪那天，就是被大名鼎鼎的梅书记用小车接去的。这个玉梅娘是知道的，但具体叫去干什么玉梅娘就不清楚了，当然玉梅失踪的那天玉梅娘是一辈子也忘不了的，不只因为这天是玉梅的生日，而且也是玉梅她爹仙逝的日子。

十四年前的农历八月初八，才六岁的玉梅高烧不退，她爹一大早就去山上采药却失脚摔下悬崖，直到傍晚时分玉岩山庄的乡亲们才在山谷里找到了他。一个热乎乎出去的大活人回家时却已成了一具凉冰冰的尸体。玉梅娘号啕大哭，当然不管她怎么哭也已哭不回一个热乎乎的大活人了。

这次不见玉梅回家，玉梅娘虽然暂时没有哭，但她很是担心。她熬了整整一夜，第二天上午就拖着病弱的身子去了林场小学，校长说没来，他正要派老师去她家找玉梅呢。

玉梅娘又走了好几里山路和平地，打听问讯了不少人，才摸到了城里那个八字衙门朝南开的县革委会。县革委会门口站岗的是个穿黄军装的热血青年，阶级斗争那根弦绷得很紧，他瞥见一个扎着方格子头巾的老妈子东张西望地爬上台阶向门口走来时，就像发现了阶级斗争新动向那样顿时警觉起来，一声"站住！"把玉梅娘吓得倒退两步。玉梅娘倒也有心计，立即抖抖擞擞从身上的大襟土布衣衫里掏出一个手绢包，然后又颤颤巍巍打开手绢，抽出一张照片，递给站岗放哨的年轻人，说是找照片上站在中间的那个人。

站岗的小青年抓过照片一看，这下轮到他吓一跳了！那是梅书记与两个女人的合影，其中一个就是眼前的老妈子。热血青年脖子一红，马上一个立正致以革命的敬礼，然后哈下腰微笑着说，您请进！玉梅娘被这一冷一热的举止搞糊涂了，愣了半天才一步一回头地走进那扇黑漆漆的衙门。

衙门里别有洞天，假山池塘，树林花圃，要什么有什么，办公房一进又一进的，简直像红楼梦里的大观园。玉梅娘是个山里人从没见过大世面，走进县革委会的大门就如同刘姥姥进大观园那样新奇又局促，当然她更多的是紧张。梅书记正在开会，是梅书记的秘书接待她的。

当她知道玉梅昨天就已经回家的消息后，就紧张得更是不能自持了，从衙门里出来时只感天昏地暗，双脚都不听使唤了，当她走下第一步台阶时，右腿一软，差点瘫倒在县革委会大门口那高高的台阶上。

其实除了玉梅娘最担心玉梅外，还有一个人也在担心玉梅，且备受着心灵的煎熬。那人就是与玉梅中学时的同学、现在的同事金晨曦。

金晨曦也是林场小学的代课老师，和玉梅同一天进校教书，跟玉梅不同的只不过他教的是算术，而玉梅教的是语文。他们原本是一对恋人，当然他们的恋情是秘密的，那是在七十年代初期，即使工作了也不可能大张旗鼓公开的。想不到当晨曦将他们成熟的恋情告诉最亲最爱的母亲时，有着博大胸怀的母亲即刻脸色大变，一下子小家子气起来，她几乎用命令式的口吻严肃认真地说，年轻人不能过早恋爱，应立即停止！晨曦是个孝子，在听了母亲关于年轻人理想、事业等一大套理论的教导后，不得不在母亲面前保证，今后一定把精力花在革命工作上，以事业为重，停止与玉梅的一切恋爱活动。

按理说晨曦与玉梅已经分手，他大可不必再去为玉梅担惊受怕了，但问题恰恰就出在这次分手上。玉梅早不失踪晚不失踪，偏偏在他们分手的第二天就不知了去向，晨曦为此非常自责。那天，也就是梅书记去玉岩山庄视察（打猎）的那个晚上，晨曦偷偷来到玉岩梅林把玉梅约出来后主动提出与她分手的，当然分手的原因是含含糊糊、躲躲闪闪的，玉梅听了半天也没有听出个所以然来。

晨曦与玉梅已经偷偷相好有一年了，肯定有了相当的感情基础，一下子说分就分，就有点不近人情了。应该说，他的这一选择是痛苦的、无奈的，也就只能含含糊糊、躲躲闪闪了。

晨曦想，肯定是他的绝情才导致玉梅离家出走的。当然他不想把玉梅的不出现就理解为失踪，他更不敢把玉梅往别处想。在学校里老师们议论的时候，晨曦虽不发表意见，但他心里是翻江倒海的，提心吊胆的，他真心希望玉梅能早日归来。

玉梅并没有出走，没有离开生她养她的翠山，而是在离玉岩山庄不太远的翠山最高峰神仙峰上跳崖了！

玉梅站在山顶上跳崖的那刻，除了山林、天地以外似乎没人知道。她跳崖时的动作也是无师自通的，极其死板的，就像一只青花瓷瓶那样直楞楞地往山崖下坠去。当时的山谷面对这只青花瓷瓶也很沉得住气，在玉梅纵身一跃的那刻，几乎不露一点声色，没有一点反应。

当然玉梅并没有死。当她昏迷后醒过来的时候，发现自己被卡在一棵松树的枝桠间，那棵苍劲有力的松树宛如从山崖石缝里伸出来的一只巨手，牢牢地把玉梅攥着。

在玉梅不太清晰的记忆里，她隐约觉得父亲也曾拥有过这样一只大手。记得有一次，县城里的中学操场上放露天电影，父亲背着幼小的她走了几里山路去观看电影《白毛女》。那天操场上看电影的人很多，周围的树上结满了沉甸甸的孩子，围墙上也加砌了高低不平的人墙，想不到影片里的悲惨场面还没放映出来，操场上的悲剧却已经真实地上演了。学校里那堵摇摇欲坠的围墙经不起热情高涨的人墙折腾，哗啦一下子全都砸向底下的观众，操场上的人们顿时像一窝受了惊吓的老鼠黑压压地四处逃窜，现场一片混乱。在混乱中，就是父亲的那只大手把玉梅高高擎起，才免受挤压之苦或被践踏的危险。只可惜现在父亲不在了，如果父亲在世的话，就会保护她，就不会受他人的欺负和凌辱了。

一阵山风吹来，把玉梅从父亲的影像里吹了出来。玉梅打了个寒战，其实山风没有肆虐，只是像一个胆小而好色的男人弄乱了玉梅的秀发。玉梅依然被那只大手攥着，当然那只大手没有父亲那般温暖和柔软，攥得她有点透不过气来，她想动，但手脚根本不听她的指挥。她动弹不得，就想到叫喊，可嗓子也不听使唤了。应该说玉梅的嗓子是清脆的，像山里的百灵，她参加过学校组织的山歌比赛，以前还经常与对面山上的乡亲们对过山歌呢！可现在玉梅什么都做不了了，唯一能做的只能是流泪了。

辛勤转动了一天的太阳眼看就要收工下山了，可玉梅还是不能动弹。面对这深不见底的山谷，玉梅害怕了。如果说刚才跳崖时勇气十足的话，那么现在她就像一只被掐着颈脖子的山里石蛙那样，直腿直脚地害怕得简直快要断气了。这不上不下，不死不活的境遇，让刚刚度过二十个春秋的她过早地尝到了欲生无望、欲死不能的滋味。

玉梅闭上眼睛默默祈祷，她希望有人来救她。玉梅想到的第一个人自然是母亲，可母亲现在在哪呢？或许此刻正躺在家里的床上仍然发着高烧，或许已经艰难地爬起来心急如焚地在四处寻找她了。母亲在玉梅的心目中是一个善良的化身，虽然那个年代不能烧香拜佛，但她处处以慈悲为怀，忍辱负重，面对苦难坦然自若。玉梅的性格也许更像她爹，虽然善良，但骨子里叛逆得很。玉梅想到的第二个人是晨曦，她是不指望他来救她的，虽然她是强忍着泪水与他分手的，虽然她还不知道他提出分手的真正原因是什么？但她仍然没有忘记他，只是把爱转化成了恨。玉梅第三个想到的恐怕就是山里的乡亲们了，照例这个时候，对面山上的人会与她这边的人对歌的，现在怎么连一点声音一点动静都没有。玉梅张了张嘴巴，可还是发不出声音，她伤心得一个劲地流泪，且多了一种害怕，害怕自己变成一个不会说话的小哑巴。其实，玉梅是由于害怕而记错了方位，她现在所处的位置并非是他们对歌的那座山峰了。

天快要黑下来了，玉梅身下的山谷也开始变得幽深恐怖起来。玉梅更害怕了，她闭着眼睛还在祈祷，可这种默默的祈祷是招不来救她的人的。

幸好月亮在老天还没有黑下来的时候就已经爬上来了，看来月亮真是玉梅的知心朋友。以前每当玉梅无聊的时候，它就挂在天边陪她说说话。想必此时它也一定知道玉梅现在的痛苦，可它离她太遥远了，虽然心心相印，但也只能用眼神安慰她，只能用明亮的目光赐予她活下去的勇气和力量。玉梅不能向它挥手致意，就只好苦笑地、久久地、无助地凝望着它。

要知道，农历八月的天，已过了白露。俗话说，白露身不露。说明天已经开始转冷了，而山谷的傍晚跟早晨一样气温更会低一些。玉梅忍受着饥饿、忍受着风寒、忍受着痛苦，在一种无法用语言表达的绝望中，她像树懒一样静静地悬在崖边的树上，眼看即将降临的夜色很快会像一只巨型的锅盖那样要将其覆盖、吞没、置于死地。

此时，玉梅求生的欲望越来越强烈，她忍着剧痛鼓足勇气硬是调动了指挥手脚的肌肉神经。一动、二动……似乎有感觉了！手脚真的可以动了！当她再想进一步活动的时候，突然一条灰色的长蛇从天而降，她条件反射似的立即紧闭双眼，吓得"啊"出了声。这突如其来的情况让她既害怕又惊喜，害怕的是身边出现了一条蛇，惊喜的是她能开口发声了。过了一会儿，她感觉头顶崖壁上有石子滚落的声音，她抬头眯开一条眼缝，朦胧中只见一个庞然大物顺着那条长蛇在山崖上快速下滑。又过了一会儿，玉梅终于看清楚了，那条长蛇不是一条真正的蛇，而是一根绳子，那个庞然大物也不是什么怪物，而是一个人。

那人顺着绳子像猩猩似的很快滑到玉梅身边的树上。玉梅终于看清此人的面目：瘦长个，像根吊长丝瓜；年纪应该不大，但黑苍苍的脸上满脸胡子，简直与黑猩猩没有多大区别，只是多穿了一件黄军装罢了。

玉梅从没见过这样的人，也不知道此人怎么会发现她在这里？心里紧张又惊讶。那人没有说话，只是伸出瘦长的右手将玉梅从松树的枝桠间拉了出来。玉梅终于松动了身子，拉住树干坐起来，胆怯地望着他，问，你是什么人？

那人打着手势，嘴里发着咿呀咿呀模糊不清的声音，似乎叫她不要乱动。接着就用绳子的一头往玉梅身上绑。玉梅害怕得身子一个后倾，眼看就要掉下悬崖，那人咿呀咿呀大叫，迅速一把牢牢抓住了她。玉梅不敢再乱动了，她终于明白眼前这个男人是个不会开口说话的哑巴。那人的外形看似狰狞，但玉梅从他的动作上还是感觉到此人并非可恶之人，于是她象征性地挣扎了一下，就任那人摆布了。束好绳子，玉梅想站起来，但左腿痛得根本不能动。那人嘴里又发出了咿呀咿呀模糊不清的声音打着手势叫玉梅伏在他的背上。

两人终于艰难地爬上了崖顶，此时天色已经完全黑了。玉梅借着月光，望着那个已经累得气喘吁吁瘫倒在飞来石旁边的黑猩猩，她想说些感谢他的话，但转而一想，聋和哑往往是连在一起的，他是听不到别人说话的。玉梅茫然地望了望哑巴，又望了望天上的月亮。虽然天上有明亮的月亮，但黑灯瞎火的山林野外毕竟是荒凉恐怖的，玉梅害怕得有点发抖，当然身体的疼痛和寒冷也是一个因素。哑巴咿呀咿呀不知又说了些什么，不等玉梅同不同意，背起玉梅就跑。

此时的玉梅像一只受伤的小羊羔，根本无力反抗，她也不想反抗了，说实话，她早已六神无主、昏昏糊糊了。玉梅驮伏在哑巴的背上，又痛又紧张。

两人艰难地往山下走去。他们走的是一条崎岖的羊肠小道，玉梅家在南，而他们走的方向是北，哑巴要将玉梅带向何处？

此时的山风大胆而好色，贴面刮过来的风像男人的剃须刀那样，玉梅感到脸上辣乎乎的。玉梅被山风这么一刮，就清醒了许多，她开始在哑巴背上挣扎起来，叫嚷着，你要带我去哪里？快放我下来！

哑巴也感觉背她背得有点累了，就把玉梅放了下来。他转过身，在玉梅面前摇了摇手，像是告诉她不要害怕，然后又双手合一放到头的一侧，做了一个睡觉的姿势。玉梅虽然似懂非懂，但她还是平静不下来。玉梅确实很害怕，白天被一个熟悉的男人强奸的一幕还历历在目，不要说现在面对是一个陌生男人，这种危险性就更大了。她痛苦地闭上眼睛，眼泪就不由自主地流出来了。

哑巴见玉梅哭了，便马上从地上拾起一根树枝，借着月光用力地在地上写下了五个大字：

先去我家吧

这次玉梅看清楚了，她终于平静了下来，可她的内心还是平静不下来的，心想，他家有其他人吗？会不会就他一个人呢？但不跟他走，一个人在这恐怖的山野黑夜里又怎么能回家呢？况且她刚才使劲的挣扎，使得受伤严重的左腿更加疼痛、更不能动了。

玉梅坐在山石上撩开单薄的裤管摸了摸自己的小腿，又热又肿的，感觉真的伤着骨头了。看来靠玉梅自己一个人的力量是不能走路了，她只能默默祈祷眼前这个哑巴是个真心救她的好人。

哑巴终于又驮起玉梅，两人又翻越了一座山头，穿过一片野梅林，哑巴的家就到了。

哑巴的家很特别，就坐落在密林深处的一个山洞里。洞里黑乎乎的，哑巴点亮了一根蜡烛，玉梅这才看清了里面的东西。呈现在玉梅眼前的几乎没有什么家什，一堆柴火，一地稻草，一条棉被，一张用木板搭的桌子，一只塑料旅行包。洞里也没有家人出来打招呼，只有滴答滴答从石壁上掉下来的滴水声。

玉梅被这眼前的一切搞糊涂了。难道这儿就是他的家？玉梅又一次害怕起来，她不由自主地用手支撑着身体向洞口移动。

哑巴从洞壁的一处泉眼上打水过来，见玉梅坐在地上扭动着身子往外移，就咿呀咿呀拼命打着手势，意思是叫她不要动。

玉梅知道不是哑巴的对手，如果此人真是个坏蛋的话，她也已经逃脱不了他的魔掌了。玉梅想好了，反正已经死过一回，如果对她非礼的话，她就会像刘胡兰那样宁死不屈。玉梅不再移动，她偷偷捡起身旁的一块石头攥在手里，以防不测。

哑巴见玉梅已经不动，就转过身给柴堆点火准备烧水。这样的烧水方法很简单很实用，把一只军用水壶架在柴堆上就成了。也许这是全世界通用的一种野餐方式，打仗片里就是这样的，当年工农红军两万五千里长征也是靠这种方式度过了最艰难的岁月。

玉梅虽然对哑巴还心存疑虑，但她已经平静许多了。现在玉梅更多的是思考，这山上应该不存在土匪，此人也不像疯子，他到底是什么人？为什么在这山洞里深居简出？难道他在逃避什么？逃避什么呢？玉梅的好奇心竟一个又一个地冒了出来，且正一步一步地战胜她的害怕感。

水烧开了。哑巴用毛巾轻轻地将玉梅脸上、手上的肮脏和血迹擦拭干净，然后又用热毛巾敷她那只肿胀的左腿。玉梅一阵脸红，她从来没给外人看过她雪白的大腿，哪怕是她过去的恋人晨曦。

哑巴拿起军用水壶晃了晃，感觉还有点开水，就把水壶递给玉梅，他又从口袋里掏出一块压缩饼干塞到玉梅的手里，叽里呱啦说了几声谁也听不懂的哑语，操起一把砍柴刀就出了山洞。

他去哪儿？玉梅根本搞不清，她想喊住他问个明白，可一想他是个聋哑人，喊也白喊。当然她最后还是喊了，可哑巴早已出了山洞不知了去向。玉梅又一次害怕起来，会不会他丢下她不管？虽然她知道这山上没有大老虎，但这山上有四脚蛇。玉梅是最害怕蛇了，不管是有毒的还是无毒的，只要是蛇，她就害怕。虽然玉梅自己也属蛇，但不知什么原因她就是最怕蛇。不是有句老话吗，一朝被蛇咬，十年怕井绳。说明蛇是一种十分令人生畏的动物，冷血的、残酷无情的。

想起蛇，玉梅自然又想起了外婆去世时的情景。那天，娘带着她去见已经奄奄一息的外婆，当时许多亲人纷纷围在外婆的床头耐心守候着。就在外婆快要断气的那一刻，突然一条大蛇从天而降，它是从外婆床头的房梁上飞蹿下来的，玉梅当时也在场，所有在场的人都与玉梅一样惊恐万分。当大家回过神来的时候，外婆已经去了，谁也没有看见外婆闭眼的那一瞬间。也许外婆不想让人看到她死时痛苦的样子，才让蛇来干扰的；或许蛇就是鬼神的化身，它是来带走外婆灵魂的。

玉梅刚从外婆的阴影中抽身出来，惊魂未定，哑巴就回来了，他是抱着东西进来的。玉梅一看，是几根毛竹，还有一些藤条，以为烧火之用，想不到是用来捆她大腿的。玉梅闹着说，不要！哑巴唬起脸，在玉梅面前第一次做出了骂人的样子，他拿起手里的砍柴刀在地上比划了几下，由于洞内光线太暗，玉梅看不清楚他写的什么字。哑巴见玉梅仍不理解，就又拿起砍柴刀撩起自己的裤管，朝自己的腿上砍下去。这下玉梅急了，她大声叫了起来。其实哑巴不是自残，他不是真砍，他是在做示范，好让玉梅领会他的真实意图。哑巴弄了半天，才让玉梅明白。他认为玉梅的小腿骨折了，要用毛竹充当夹板将其固定。玉梅明白后就顺从了，束"手"就擒了，乖乖成了哑巴的俘虏。

哑巴让玉梅平躺在他的那张用树叶和稻草铺就的纯天然绿色环保"榻榻米"上，小心翼翼地用削好的竹片和藤条将玉梅的左腿固定、绑结实。玉梅从来没有像现在这般被一个陌生男人服侍过，而且服侍到她的大腿上了，这确实是历史性的，是划时代的。当然这过程也是美妙的，温馨又从容的。看来有时候过程比结果来得美好、来得重要。玉梅想，即使今后她的腿落下后遗症，她也无怨无悔了。

这次跳崖，可以算是一个人间奇迹，玉梅除了一只左腿痛得不能动弹以外，其他部位都没事，只是扭了筋或划破了一点皮。这首先得感谢崖壁上那棵枝繁叶茂的老松树，因为它离崖顶最近，抢先一步把玉梅抓牢了，否则后果肯定不堪设想。当然这也得感谢哑巴，是他接过了老松树的救命接力棒，才把玉梅真正拯救过来。

二

知道玉梅失踪的那夜，晨曦在自责中一夜没合眼，他望着窗外的星星和月亮在发呆、在痴想。虽然晨曦除了手以外没有碰过玉梅脖子以下的肌肤，但他们毕竟是相爱的，至少说他是爱着玉梅的。至于恋爱至今两人为什么没有进入更深更广的肌肤接触，这就有点说不清了，但这并不是说晨曦像翠山神仙峰顶上那块飞来石那样只有观望没有欲望，其实在他心里曾多次打过玉梅身子的主意，只是没有合适的机会和合适的地点，当然玉梅也没有给过他机会，也不愿意到合适的地点去。晨曦最强烈的一次也只不过是隔着衣裳拥抱了她的身子，像蜻蜓点水那样轻吻了一下她的脸颊。

关于他与玉梅分手的原因，这与玉梅老是不给他机会或不愿到合适的地点去没有任何关系，完全是晨曦的母亲一手遮天、从中作梗的结果，这点已经很清楚了。问题是晨曦的母亲为何要从中作梗，而且这梗作得如此坚决，就不是很清楚了，也不是理想事业等一套大道理那么简单了，想必其中必有原因，只是晨曦的母亲暂时还没有明说罢了。

晨曦的母亲是位老师，而且不是一位普普通通人人都可以当的代课老师，她是青池县第一中学的副校长，一位资深的历史教师，教学水平自然很高。看来当老师的就是喜欢教书育人，喜欢做人的思想工作，而且是一套一套的，转弯抹角的。为了阻止儿子与玉梅恋爱这件事，她是谈古论今，引经据典，举一反三，苦口婆心，说得晨曦心烦意乱。晨曦最初的观点自然与母亲的观点有很大的分歧，但母亲说话的分量是很重的，上纲上线的。

当然晨曦母亲从中作梗自有她的道理，她毕竟是一位传道、授业、解惑的人类灵魂的工程师，她完全是用历史的和现代人的眼光认真严肃地审视这一问题的，她是从高瞻远瞩的历史望远镜里和无限放大的历史显微镜里看到了儿子与玉梅恋爱的危险性和严重性，说得深刻一点的话，这是一个阶级立场的问题，一个大是大非的问题。

一天，晨曦的母亲终于跟儿子说了一点点真心话，她告诫儿子，玉梅这女孩现在不能要，将来也不能要。晨曦问为什么？母亲说，她是狐狸精的后代。

李老师此话似乎有点言重了，但她认为这是事实。晨曦当时听了母亲这一奇谈怪论后很是生气，他以为与玉梅分手只是暂时的，想不到是永远的。原来母亲要求他跟玉梅不谈恋爱不是担心年轻人的理想、事业问题，而是另有隐情。

晨曦像一头初生牛犊那样与母亲斗了起来，他说等他找到了正式工作后还会与玉梅恋爱的。

李老师听了儿子叛逆的话，急了，她不得不使出了撒手锏，像第二次世界大战中的美国人不得不向日本扔出一颗杀伤力极强的原子弹那样，一下子就把晨曦的内心炸得血肉横飞、满目疮痍，炸得他毫无还手之力，甚至连招架之力也丧失了。

晨曦母亲投出来的那颗原子弹虽然是看不见摸不着的，但确实很厉害。那颗原子弹是从秦淮河畔的历史资料里搜出来的。李老师近几年在研究收集整理当地的人文历史，特别是对翠山的玉岩山庄已经考察过多次，对那里的人文和家族史做过较为专业的研究，故对玉梅家的家史也略知一二。经过这么多年的考证，旁征博引，有关玉梅家的历史似乎已经越来越明朗、越来越清晰了。也就是说，玉梅家在明末清初的宗谱中有一个是秦淮河畔的名妓，人称秦淮"新八艳"之一的柳若菲。明崇祯十五年，柳若菲被削职归乡的原朝廷户部左侍郎金虚利纳为小妾，后来两人就隐居在玉岩山庄，并生下一男领有一女。玉梅就是从那只男根或女根上衍生出来的。晨曦的母亲考证到此就有了结论，就不管其亲生的还是领养的，也不去管是歌妓艺妓还是其他什么妓，反正只要与"妓"字沾边的，统统视为洪水猛兽，能避则避，能远则远，决不套近乎。但想不到她的研究成果刚出来，儿子的魂灵头已被那只小狐狸精勾去了，这能不叫做娘的着急吗？

当母亲把玉梅家的老祖宗从阴暗的角落里揪出来，揪到晨曦面前放在太阳底下暴晒了一番后，晨曦的脸色大变。他不相信这是真的，但一时没有办法再与母亲抗争了，套用当时的一句时髦话来讲：理解的要执行，不理解的也要执行。

晨曦像一根霜打的茄子，耷拉着脑袋，有气无力，爱恨交加。

三

时间过得真快，一转眼玉梅已在哑巴这个不成其家的家里住了一个多月了。可在这么长的时间里，哑巴始终没能问出玉梅的身世和她的家庭地址。玉梅不想让哑巴知道，是因为不想让任何人知道她被奸后含冤自杀的情况，她盘算着等自己的腿痊愈了，就一个人悄然离开哑巴回家。

在疗伤的这段日子里，玉梅像一个坐月子的小媳妇，饭来张口，衣来伸手，天天被哑巴宠着。一日，哑巴踏着夜色回来时给玉梅捎来了一件格子布的中式外套，衣服虽轻，但情意不轻，这着实给玉梅带来了肉体和心灵的双重温暖。当然，玉梅在接受之前详细盘问了它的来历，哑巴用笔和纸明确告诉她不是偷来的，是去城里百货公司买的。

玉梅的坏腿经历了一个多月的束缚终于松绑解放了，她可以扶着石壁动动了，偶尔哑巴见她不稳的样子就会上去扶一把。玉梅似乎也愿意让哑巴扶，只是让她想不通的是，一个多月来，哑巴始终没有越雷池一步，他似乎刻意与她保持一定的距离。难道他没有男人的欲望？

按常理哑巴不会没有男人的欲望，他应该也是个正常的男人，只不过不说话罢了。难道他是在克制？而克制的理由又是什么？是仅仅为了证明自己是个正人君子吗？

几天后，玉梅的左腿已经恢复得差不多了，可以自如地走动了，她像一只受伤痊愈后的小鸟那样终于可以自由飞翔了。一天，她终于飞出了山洞，飞到了温暖的阳光里。最令玉梅兴奋的是，她像哥伦布发现了新大陆那样发现了离山洞不远的一处温泉。玉梅不顾已近立冬的季节，她脱了外套，就迫不及待地跳入山凹处的温泉池里，欢叫着与温暖清爽的泉水来了一次亲密接触。

玉梅在温泉池中沐浴的样子很美，薄薄的衣衫在温泉十分前卫的创意下与柔美的肌肤时分时合，勾勒出一幅灵动的贵妃沐浴图。虽然这儿不是骊山脚下华清池内的海棠汤，虽然她也不是被皇帝宠爱的杨玉环，但玉梅陶醉了，她像贵妃一样陶醉了。玉梅在池中尽情戏水了很久，说实话她太需要洗一洗肮脏的身子了。试想，一个江南女子哪有一个多月不洗澡的？玉梅终于尽情了、欢畅了，她从温泉池里出来时宛如一颗熟透的水晶杨梅那样晶莹水灵。玉梅很长时间没有这般轻松了，她像脱胎换骨似的顿然换了一个人。

玉梅回来时走的是另一条路，当她穿过一片野梅林时，就闻到了一股梅林特有的清香。虽然现在没有成熟的杨梅，但这香气特别温馨而又诱人，熟悉而又难忘，足以让她敏感起来。玉梅又一次勾起了回家的欲望。其实她早就想回家了，只是以前腿脚不好一个人走不了，因此就这么耗着，想不到两个陌生的年轻人一耗就是一个多月，玉梅也没有觉得时间的漫长。这也印证了"男女搭配，干活不累"那个说法。看来玉梅和那个哑巴在一起，也有点活着不累的味道。当然即使再不累，玉梅想家的念头还是经常有的，而且越来越强烈了。

玉梅本可以现在就回家的，但她突然改变了原先的主意，且有了一个重大的决定，她要与哑巴再见最后一次面，就在今晚，就在那洞里。不！应该说就在那个给她第二次生命的家里，她要把身体献给哑巴，然后再悄然离开，为他们的这段友情、这段真情、这段没有表白的爱情，画上一个圆满的、深刻的句号。

玉梅回到石洞时，哑巴还没有回来。天黑了，哑巴仍然没有回来。玉梅吃了晚饭就早早睡了。玉梅躺在"榻榻米"上，耐心地等待着哑巴的归来。

天亮了，外面突然下起了小雨。哑巴还是没有回来。他去哪了？玉梅一阵心慌，她隐隐感到了什么？一种不祥之兆犹如一条蛇那样向她游来。玉梅打亮了哑巴送给她的那只手电筒，向四处照射，她真的害怕有蛇出现。她照了周围的石壁，又照了地上、树根做的凳上、木板搭的桌子上，最后她的电筒光被躺在桌子底下的一张纸吸引住了。玉梅弯腰捡起来一看，那是哑巴的字迹，歪歪斜斜写着的这么几个字：

杨玉梅同志，我走了，这个家就留给你吧。保重！哑巴留。

玉梅看后顿即就哭了，她喃喃自语。原本她要悄然离去的，想不到哑巴先她一步了。她还没有报答，还没有……他就走了。

说出来恐怕谁也不相信，在这么长的时间里他们之间只是互通了姓名，玉梅以前是故意不与哑巴交流，现在想交流却已经没有机会了。

张大哥，你怎么这么残忍！此时此刻玉梅心里愤愤的、哀哀的，但已经没有办法，只剩下埋怨了。

四

　　失踪一个多月的玉梅终于回家了。

　　玉梅回到玉岩山庄时，娘已经病入膏肓，奄奄一息。她扑倒在娘的床前，痛哭流涕地不停地自责起来。女儿不孝啊！在娘最需要人陪伴的时候，自己却像丢了魂似的无声无息地离开了。

　　玉梅在娘的床前说了自己许多不是。娘似乎在听，似乎又不在听，她非但没有责备玉梅，反而露出了微笑的神情，低低地说，回来就好！回来就好！

　　是啊，只要玉梅回来，只要见着女儿，也就没有什么遗憾了，可以安心地去了。玉梅娘吃力地侧过身从枕头底下抽出一件用红布包裹的东西，颤抖着骨瘦如柴的手递给玉梅。她告诉女儿，这是祖上的传家宝，一定要保存好。

　　玉梅像接受革命的"红宝书"那样虔诚地接过那个包裹，打开一看，是一只紫檀木小盒，小木盒里躺着六颗暗艳的红豆。红豆！玉梅差点叫出声来。她怎么会不认识这种被称之为"相思豆"的红豆呢？怎么会对其不敏感呢？那年金晨曦偷偷给她的那一颗至今仍珍藏着，同时还有抄给她的那首唐代大诗人王维的《红豆》诗，"红豆生南国，春来发几枝。愿君多采撷，此物最相思。"这诗句，玉梅几乎能倒背如流。

　　玉梅见物生情，情生魂牵，本来已经擦干眼泪的她又一次嘤嘤地哭了起来。她又想起了晨曦，想起了他们的曾经。现在最相思的情已去了，留下的只有躯壳、只有痛了。

　　玉梅娘见状，叫她不要哭了。玉梅不语，抹了一把眼泪，她在想，红豆不是一般的东西，是信物，是爱情，老祖宗肯定也是个有情有爱的人，这背后的故事肯定可歌可泣。玉梅轻轻抚摸着盒中的红豆，露出痴痴的神情。

玉梅终于问娘，这红豆是祖上谁传下来的？娘说，她也不太清楚，只是以前听婆婆说起过是从明末清初一代一代传下来的，盒子里的红豆都是从屋后山坡上一棵相思树上摘的，据说那树每隔60年才结一次籽，她结婚那年就摘过一次。玉梅又问娘，那棵相思树还在不？娘说，不在了，在你爹去的第二年就也跟着去了。玉梅听了一阵唏叹。

三天后，玉梅娘终于闭上了眼睛仙逝而去。玉梅娘闭眼的那刻是安详的、满足的。而玉梅却悲痛地哭得死去活来，她不能没有这个娘，她活着回来就是想给娘尽孝的，想不到刚见着面，娘就急着要走了，她要找自己的丈夫去了，丢下唯一的女儿不管了。

玉梅在乡亲们的帮助张罗下，终于安葬了娘。她整日呆呆地望着娘的遗像，常常以泪洗脸，一个如花似玉的姑娘一下子苍老了许多。玉梅从此就成了一个孤家寡人，翠山林场的领导很关心她，想让她回林场小学继续教书，但她不想去了，她怕见到金晨曦。后来玉梅就被安排到翠山茶厂当了一名出纳会计。

五

时间过得很快，转眼已近新年元旦。可就在元旦的前一天，青池县城里发生了一件惊天动地的大事。县委书记、县革委会主任梅春元被人杀死了，案发地就在县委第一招待所的客房里。这一爆炸性的事件不知谁泄露了消息，那天县公安局的公安人员到达现场不久，第一招待所门口就已被众人围得水泄不通了。也难怪，老百姓好奇啊。虽然那个年代与天斗、与地斗、与阶级敌人斗，加上文斗武斗，死人的事是经常发生，但堂堂一个县委书记、县革委会主任被人"咔嚓"那肯定是不常有的，这在有着三千年历史文化的古城里是极其罕见的，是千年都等不到一回的，因此老百姓们的好奇心也在情理之中了。虽说人固有一死，或重于泰山，或轻于鸿毛，但县委书记、县革委会主任在老百姓心目中肯定是重于泰山的，人们的心情很是压抑，而看的愿望也是极其强烈的，他们都想看一看当官的被杀的样子到底是怎样的？当官的死相与老百姓是不是一样的？但是，这些站在寒风中翘首以盼的老百姓只是一厢情愿，为防止阶级敌人乘机捣乱，威严的公安人员和年轻力壮的解放军战士早已手拉着手凝结成牢不可破的钢铁长城，老百姓是看不到什么的，甚至连血腥气也闻不到的。

梅春元被杀当天，玉梅恰巧进城到银行办事，她知道消息后也来到了县委第一招待所门口。虽然她害怕死人，但确实也想看一看梅书记。玉梅不会忘记梅书记对她的教诲，给她的恩情。记得最后一次见面，梅书记说他一个死去的女儿很像她，要认她做干女儿。玉梅当时没有表态，她说回去问了娘再给他回音。可就在那天，玉梅没有回家就跳了崖，从此再也没有见着梅书记，当然也没有给他回音。玉梅本打算过两天就去找梅书记，她有许多心里话要跟梅书记说，有许多事要叫梅书记做主，想不到现在已无缘相见了。

梅春元的尸体被抬出来了。围观的人群开始骚动，不少人喊着"梅书记"，有的人竟开始哭哭啼啼了，玉梅也跟着呼喊起来，她拼命想往前挤。可人山人海的，玉梅始终没能挤上前去，更没有看到梅书记。当然站在前面的人们也没有看见梅书记的容貌，他是被白布盖着放在一部担架上担出来的，并很快被运上了一辆救护车。玉梅望着"呜哇呜哇"渐渐远去的救护车，也开始呜咽起来。

一个喜气洋洋的元旦就这么完蛋了，原本红红火火的大喜日子，转眼间就变得惨白惨白，喜事变丧事，街道上的节日气氛顿消，北风开始呼啸，天空也急着前来哀悼，一时间竟下起了鹅毛大雪。真可谓：元旦风光，千里冰封，万里雪飘。望青池内外，唯余茫茫；大街小巷，顿失滔滔。

省、地区、县的各级领导对这起案件都作了重要批示，看来这不是一起普通的凶杀案，是一个阶级斗争的新动向，是一次你死我活的革命与反革命的较量，不获全胜决不收兵！

县公安局立即成立了由局长挂帅的专案组，地区公安处的人来了，省公安厅的刑侦专家也来了。时过三日，就传出了令人振奋的喜讯，凶杀案破了！看来无产阶级专政铁拳真的不是吃素的，打击有力，破案如神。但出乎人们预料的是，案犯并非是一个老奸巨滑的阶级敌人，也不是你死我活的反革命分子，而是给县委书记、县革委会主任梅春元开车的小车司机魏小强。魏小强祖辈是三代老贫农，根正苗红，而且刚刚入党，怎么会一下子沦落为杀人犯？这让全县的干部群众都犯迷糊了。

经过昼夜轮番突击审讯，魏小强终于耷拉着脑袋交代了杀害梅春元的犯罪经过。但当问及犯罪动机时，魏小强就变得异常激动，像一头愤怒的狮子似的，他骂梅春元不是个东西！如此看来魏小强不是谋财害命，也不是权力争斗，而是一次蓄谋已久的复仇。何为复仇？复仇就是采取行动打击仇敌。按理说魏小强给梅春元开车是上下级的亲密关系，不应该有仇恨的，特别是给县委书记、县革委会主任开车的司机，或多或少能沾点领导的光，比如在外多吃一点、多喝一点、多拿一点啦，帮亲属解决一些实际问题什么的。然而，魏小强杀害梅春元的导火线却却就是系在梅春元帮魏小强解决他妻子的实际问题上。

魏小强的妻子虽是个农民，人却长得不赖，一米六五的个头，该丰满的地方丰满，该苗条的地方苗条，很水灵，特别是有一对会说话的大眼睛。当然，她心气也高，老想进城当工人。工农兵学商，工人阶级是老大哥，工人阶级领导一切。要知道在二十世纪七十年代，农村人进城打工是极其困难的，最关键的要有城镇户口，而每年的"农转非"指标是有限的，而且少得可怜，没有特殊困难的，没有特别关系的，就如同登天那样根本不可能的事。魏小强就凭着给梅书记开车这一得天独厚的优势，硬是给妻子弄了个"农转非"指标。当然梅书记也是个热心人，在见过魏小强的妻子后，就决定好事帮到底了。很快，魏小强的妻子如愿以偿地进了青池县机械厂当上了一名车工。

一天，梅书记问魏小强索要了"上海"牌小轿车的车钥匙，说他晚上要用一用车。魏小强知道梅书记没有驾照，但又不好制止，更不便多问，只是发现梅书记近来不喜欢坐车而喜欢自己开车了。那天还没到点，梅书记就早早离开了办公室一个人驾车走了，他去哪儿？无人知晓，当然魏小强也不会知道。

魏小强兴高采烈地下班回家了，他知道梅书记开了车，就不会在晚上有事叫他了，因为领导干部一旦晚上有事第一个带累的就是小车司机。魏小强路过马泳斋熟食店买了五香大排和白斩鸡，又去酱油店买了一瓶粮食白酒，心里盘算着今天是周末，晚上可以与妻子好好摸一摸了。

魏小强进了家门，还没有高兴个够，就发现妻子留在八仙桌上的一张纸条，上书：

小强，我在单位加班，晚饭不要等我了。秋菊，即日。

魏小强只得一个人吃起了闷酒。他草草吃罢夜饭，就骑上自行车出了门，漫无目的地在街上转悠。突然，他在一个拐角处，看到了那辆熟悉的"上海"牌，是梅书记在开车，副驾驶座位上没人，但他很快发现轿车的后座上有一个女人，似乎很熟悉，仔细一看，他差点叫起来，那人竟是自己的妻子！轿车拐了个弯就一溜烟地跑了，魏小强想追，但两个车轱辘怎能赛得过人家四个机械化轮子，除非魏小强是"南征北战"里的中国人民解放军，可惜他早就从部队汽车连退伍了。那天妻子很晚才回家，魏小强想问，但最后还是忍住了，他生怕自己看走了眼冤枉人家，因为这不是件开玩笑的事，窗户纸一旦触破后果不堪设想。魏小强决定观察一段时间再说，当然观察的结果是令他沮丧的，也是令他愤怒的，他像在酒宴上吃了半条青菜虫那样，吐也不是，咽也不是。

一日，也就是梅春元要认玉梅做干女儿的那天，梅春元要魏小强用小车送玉梅回家。一路上魏小强套玉梅的话，他以为梅春元与玉梅也有那种不正当的关系，当他得知梅春元要认玉梅做干女儿时，一个罪恶的念头便在他的脑海里诞生了，你姓梅的在车屁股里干我老婆，今天我也要在车屁股里干你的干女儿。他像一条被网困住的大鱼，已经豁出去了，不计后果了，他作好了鱼死网破的准备。那日魏小强把车开到人烟稀少的盘山公路最高处，就在那辆"上海"牌小轿车里实施他的罪恶。当时他只知道玉梅是哭着逃离小轿车的，不知道玉梅跳了崖，后来才知道她失踪了。对于玉梅失踪后平安无事，他只是松了半口气，还有半口气他始终松不下来，也就是说梅春元和他的妻子暗里仍在勾搭，且有燎原之势。

魏小强这人有点内向，也有点窝囊，当他发现玉梅被他强奸后而平安无事时，他就不想再作鱼死网破的打算了。魏小强对梅春元和他妻子的行为敢怒而不敢言，他怕失去一切。然而世界上的东西越是怕失去就越会失去，梅春元和他妻子正步步为营，得寸进尺，他妻子已被组织调动到了县委机要室，而且妻子已经在跟他暗中叫板，晚上都不让他上身了。魏小强惶惶不可终日，看来他确实被逼到了悬崖边上，眼前只有两种选择了，不在沉默中爆发，便在沉默中死亡。

魏小强最终还是选择了爆发，当他发现这对狗男女经常在县委第一招待所那间唯一的豪华客房里鬼混的情况后，就选择了最黑暗的一天，那天他拿着早已准备好的一把三角刮刀趁着夜色潜伏下来，他翻上了二楼客房的阳台，打算破门而入把两个一起杀掉，但转而一想，自己生死未卜，三岁的女儿不能没有妈，于是他决定等候机会只杀梅春元那个狗杂种。机会终于等来了，梅春元和他妻子一番云雨后，他妻子就先走了。魏小强从阳台的门缝里望着妻子离去的背影，顿时热血涌上心头。房间里的灯灭了，一会儿梅春元就打起了呼噜，魏小强轻轻推了推阳台的门，似乎没有关死，当然即使关死他也已经作好了破门的准备，门被魏小强无声无息地推开了，梅春元像一头幸福的猪那样睡得鼾声如雷，口水横溢。魏小强摸黑走到床前,举起那把寒光凛凛的三角刮刀狠狠地刺向躺在床上的那个狗杂种。一刀、二刀、三刀……魏小强连他自己都不知道朝对方刺了多少刀,反正把对方刺得一动不动才罢了休。

六

公判大会会场就设在县城里的人民体育场。偌大的体育场内人山人海,群情激愤,那只挂在电线杆上的高音喇叭叫得最起劲,一遍又一遍大声传递着主持人高亢激昂的洪亮声音。魏小强像一只肉粽似的被五花大绑着由两个身强力壮的解放军战士押上了司令台,只见他胸前挂着一块写有"魏小强"名字的大牌子,"魏小强"的名字上被血红的颜色打着一个大"×",颈后背上插着一把用硬纸板做的"斩旗",上面也写着"魏小强"名字,所不同的是名字上不是打红"×"了,而是画着红"○"。人们一看就知道这是个死刑犯,当地的老百姓都称这种人叫"枪毙鬼"。

做了"枪毙鬼"的魏小强似乎还有点知觉,他抬头望了望天空,白茫茫一片,很刺眼;他又低头看了看人群,黑压压一片,很壮观。突然,他发现人群中一双特别愤怒的眼睛,这双眼睛很熟悉,但一时半会儿想不起来了。是的,此时的魏小强魂灵都快出窍了,他还能想起什么呢?魏小强闭上眼睛不再看那人,他实在想不起了。可那人不会忘记他,她就是站在司令台下的杨玉梅。

玉梅愤怒地盯着魏小强,那个受凌辱的一幕仿佛就发生在昨天。

就是生日那天,玉梅从梅书记办公室出来后,乘上了魏小强驾驶的小车。在送她回家的路上魏小强说了个谎,他说要上山给患哮喘病的母亲采一些草药。玉梅知道那种治哮喘的草药只生长在翠山最高处神仙峰上,就跟着魏小强一起上了山顶。当"上海"牌小轿车停在盘山公路边上的一处山凹里时,魏小强就露出了真相,他从驾驶舱扑向旁边副驾驶座位上的玉梅。原来他不是上山采草药,而是想摘玉梅这朵花的。玉梅惊叫起来,她奋起反抗。两人在狭窄的汽车里展开了肉搏战,可是一个弱女子面对虎狼般的一个大男人,叫喊和反抗都变得微不足道、无济于事了。魏小强熟练地把玉梅身下的座椅放倒,用身子压住对方。他真是色胆包天了,竟敢在光天化日之下把一只好端端的青花瓷瓶弄碎了。他以为"上海"牌小轿车里就是过去的十里洋场"上海滩"了,想怎么来兴就怎么搞了。玉梅一阵疼痛之后,知道自己的那只青花瓷瓶已被魏小强弄碎,悲痛欲绝,青花瓷瓶的碎片像一把把尖刀在她的心里翻滚着,飞舞着,横冲直撞。当魏小强翻身离开玉梅时,玉梅拉上裤子就冲出了汽车……

玉梅还在愤怒的回忆中,公判大会就胜利结束了,魏小强被押上了一辆由解放牌货车充当的刑车,准备游街示众。当刑车开出体育场大门时,会场上的人们立即像潮水一样紧随其后,有的人甚至说要跟着刑车一直跟到刑场,大有不见尸首决不收兵的胆识和决心。

刑车一走,偌大的体育场上很快就显得空空荡荡、冷冷清清了,只有少数几个公安人员和一些环卫工人在收拾会场和打扫卫生。

玉梅不紧不慢随最后一批人向体育场门口走去,当她走到大门口时,突然听到有人喊她的名字。玉梅回头一看,是一个穿制服的民警,她一愣,继续往前走,心想,她从来不跟公安人员打交道,此人怎么认识我?

那人追上来,把平顶帽一脱,冲着玉梅说,怎么?不理我了。

玉梅终于看清了此人的面目,原来是金晨曦。玉梅惊讶得说不出话,晨曦的突然出现,让她丝毫没有准备,她能说什么呢?他们已经是熟悉的陌生人了。

玉梅扭头继续走。晨曦快步走上去拦住她说,玉梅,我们能不能冷静下来聊一聊?

玉梅站住了,她抬头望了望晨曦,平淡地说,我们还能聊什么?

晨曦的内心在翻腾,"原谅我"三个字在他的嘴里跳跃、挣扎。此时此刻，玉梅的内心也在涌动，她对晨曦的感情始终没有流失，只是把其埋藏在心底里罢了。现在与晨曦的意外相遇，突然又敲击着她那扇紧闭的心门了，开还是不开？玉梅犹豫了。

正当两人僵在体育场大门口不知所措的时候，两辆坐着全副武装警察的三轮摩托车呼啸而来，晨曦眼明手快，一把拉过玉梅。等玉梅回过神来，三轮摩托车已经冲入体育场。

晨曦连忙对玉梅说，我要去执行任务了，一会儿就结束，你等我！

玉梅不知发生了什么事？她望着跑向体育场里的晨曦，一阵疑惑。不一会儿，疑团就被一辆汽车冲开了，押解魏小强的刑车也风驰电掣般的驶进了体育场。原来，枪决魏小强的刑场就设在体育场里。

玉梅既想看又不敢看，她落在稀少的几个人后面，但最终还是加快了脚步向场内走去。

枪决魏小强的刑场就设在体育场司令台后面的小树林里，虽然场内的群众已经不多，但军警们还是围成了一道警戒线。魏小强被两名解放军战士押着，踩过放在刑车屁股后面的一张长条子木凳，"枪毙鬼"就很快被两名年轻战士连跳带拖拉了下来，拉到早已挖好的一个像畚箕形状的浅坑里。魏小强双膝跪进浅坑的凹处，就像卡入了死亡的陷阱，他脸色惨白，魂灵早已出窍，估计连黑洞洞的枪口抵住他脑袋都浑然不知了。随着一声沉闷的枪声，魏小强应声倒下。

等玉梅慢腾腾走到司令台前时，行刑已经结束，军警车辆开走了，火葬场的运尸车也开走了，一些看热闹的人也纷纷从台后走出来了。玉梅看到晨曦也从台后走了出来，她瞥了他一眼，心里还在矛盾，要不要理他？

晨曦也一眼发现了在不远处的玉梅，他一阵欣喜，心想，她没有离开说明还有戏可唱。说实话，自从他俩分手后，晨曦一直在痛苦中备受着来自心灵的煎熬。失去的才知道珍贵。他是爱她的，他想避过母亲的眼睛重新找回他的真爱。今天，他终于得到了一次重塑自我的机会，他不想放弃了。

两人目光终于交织在了一起，传递着爱意。玉梅故意躲开，可她的内心已经不想躲开了。在人民体育场中间这片宽广的绿茵茵的足球场上，两颗凝固的心终于像足球一样开始滚动了，虽然周围没有球迷、没有裁判，但欢呼声、哨子声已在两人的心里此起彼伏了。

然而，世上没有不透风的墙。就在晨曦和玉梅重归于好的半年后，两人的关系还是被晨曦母亲那根敏感的脑神经觉察了。她分析了给儿子介绍对象为什么没见一面都统统被"枪毙"的一桩桩一件件事实后，就看到了问题的症结所在。看来李老师是学过心理学和侦察学的，她很快摸清了儿子的思想动态和行动规律。是的，儿子的性格妈知道，就晨曦的性格而言，表面善良听话，实质固执得很，当晨曦放在心里的那张爱情位置一旦被某个人占有后，其他人就失去坐的机会了。李老师通过一番观察，很快验证了她的判断。她既感到震惊又觉得预料之中，这让她坐立不安，暗暗叫苦，那只小狐狸精真够厉害的！

李老师作为一名有理想、有文化、有道德、有纪律的人民教师，当然不能坐视不管，这关系到儿子的前途，关系到家庭的命运，关系到子孙后代的幸福。为了这一切，她不得不变成一条残酷无情的蛇了。

要知道人一旦变成蛇就有了蛇的本性，就要咬人了，而且不顾一切了。李老师变成的那条蛇也是如此，她开始行动了，咬人的地点就选在玉梅下班的路上。那天，李老师守候在翠山茶厂门口的路边，见玉梅出来后，就毫不客气地上前拦住了她。玉梅突然发现面前一对凶巴巴的罩着洋瓶底的眼睛，顿时吓坏了，她知道在劫难逃了。那条露着凶光的蛇吐着信子开始向玉梅展开攻击，牙囊里的毒液已经夹杂着"妓女"的字眼喷射出来，喷得玉梅连连后退、无地自容，不一会儿玉梅眼泪就出来了。好在茶厂的几位工人阶级老大姐快速从后面赶上来，才把玉梅从攻击中解救出来。

晨曦在第二天才知道母亲变成了毒蛇攻击玉梅的消息，为此与母亲大吵了一场,他大骂母亲是个冷血动物,这是他有生以来第一次这样骂亲爱的妈妈,他终于忤逆不孝了。

母亲毕竟是个人民教师,有一定的素养,面对自己的儿子,她强压住怒火,不想跟儿子一般见识。李老师用历史的经验教育儿子,蔡锷娶了小凤仙后,很快就客死异国他乡;还有那个晚清的洪状元纳了赛金花为妾后,不是也风光了没几年就一命呜呼吗?看来李老师什么都知道,她真是一个历史的老百晓,历史的经验值得注意,她要借历史的利箭射破儿子心中的爱情泡泡,上述两个事例都是真实的、有据可查的,着实有点像美国大法官用判例法断案那样,用历史的案例就可以对当事人进行判决了。当然那个年代大多数中国人是不知道美国的判例法是什么玩意儿,但李老师知道。

然而,不管是历史经验也好,判例法也罢,晨曦这次是决计不会听从母亲的了,他要高举起爱情的伟大旗帜向颓废的传统挑战了。爱情是神圣的,是不可侵犯的。可是,金晨曦却忽略了爱情的另一面,原来爱情也是一味毒药,既能治病疗伤,也能毒杀亲情、蛊惑人心。说真的,晨曦已经被毒药的香味迷惑了、左右了,他亢奋着,想勇往直前了。

要知道毒药还有一个最明显的特点,那就是极有可能会引发一系列的连锁反应和强烈的副作用,严重的会致人死亡。这不,公安局政工科的领导已经找金晨曦谈话了,这点连晨曦的母亲都始料不及。政工科长知道晨曦的父亲是一位与他一起出生入死扛过枪、打过仗的老革命,限于老战友的情面,他对革命的后代以教育挽救为先,对金晨曦晓之以理,动之以情,并重申了公安人员的纪律,其中一条就是个人问题先要向组织汇报,恋爱对象要经组织审查通过后方能确立。想不到金晨曦一言不发,来一个沉默是金作抵抗。

晨曦虽然沉默着,但在他的内心深处正进行着激烈的思想斗争。他知道玉梅的家庭背景被他母亲揭露后肯定是通不过组织审查这一关了,为此他只有两种选择,要么断绝与玉梅的关系,要么走出公安机关。断绝与玉梅的关系是他不愿意的，走出公安机关也是他不想看到的结果，这是他从小的志向，也是父亲动用了关系才把他从偏僻的学校里调出来投进这个半军事化的革命大熔炉里的。他想不通的是，再革命的工作也不能干涉到个人的婚姻自由啊？敬爱的毛主席不是说过，有成份论，不唯成分论，重在政治表现。玉梅有那么好的政治表现，她有理想、有抱负、有爱心，她乐于助人，经常无私帮助那些困难的人。记得有一次，一个女同学在学校里玩耍时不小心跌断了手臂，她硬是背着她走了好几里路把那位受伤的同学送到了县城里的卫生院。有这么好政治表现的人，怎么还会有人跳出来反对呢？

金晨曦年轻气盛，好多事情当然还想不明白，可在那个"理解要执行，不理解也要执行"的年代里，他是没有选择自由的。晨曦终于抬起头，他看了一眼政工科长那张十分严肃的脸，始终没有表态。

政工科长见他不说话，又语重心长地说：小金同志，不要执迷不悟了！快悬崖勒马吧！如果再不悬崖勒马就会跌进万丈深渊，到那时谁也救不了你！

应该说政工科长的话振聋发聩，可此时的金晨曦已经糊涂透顶了，他居然在心里默默地吟诵起裴多菲那首《自由与爱情》的箴言诗来。对于一个年轻的革命尚未成功的金晨曦来说，生命、爱情、自由，他都想要，可当失去自由的时候，他感到什么都没了，生命将只剩下一部只会运转的冷冰冰的机器，爱情将成为飘在天边一抹绚烂的彩虹，一切皆成空。缘难成，情难了，空悲切！

一个夏日的早晨，在翠山深处的梅林里，金晨曦终于作出了他的选择，他没有选择与玉梅断绝关系，也没有选择走出公安机关，而是作出了第三种选择——"自由故"。

那天清晨，晨曦一个人在玉梅的房前屋后徘徊了许久。应该说，他对生活是留恋的，对爱情是向往的。虽然说他有几种选择，而事实上他已经别无选择了。

晨曦来到梅林深处,他选择了一棵最粗壮的杨梅树,随即从口袋里掏出了一根尼龙绳,理出一个绳头,用力一抛,尼龙绳像一条白色的毒蛇凌空一跃立即攀住了树杆。晨曦搬来三块大石头,他摇摇晃晃站到垒起来的石头上,将尼龙绳打了一个活络结。就这么一打,一个生命就跟这个结打在一起了,虽然结是活络的,但后果是不活络的,是必死无疑的。晨曦当然清楚,他用力扯了扯已成环型的绳子,想不到就这么一会儿工夫,绳子与树杆已经沆瀣一气,勾结得十分牢固了,想必这根洁白的尼龙绳早已决定与树一起实施阴谋诡计了。晨曦环视了一下梅林,远处几户人家的烟囱里正冒着袅袅炊烟。玉梅是不是也起床了?是不是也在做早饭?晨曦这么一想,眼泪就禁不住掉了出来。但他已经没有退路,尼龙绳圈成的天堂之门已经摆在他的跟前,男子汉大丈夫能屈能伸,他已经屈过,现在该到了非伸不可的时候了。

金晨曦抬头望了望山下那片生他养他的土地,那座给他童年欢乐的城池,还有那轮正从地平线上默默爬起来的太阳,顿时泪流满面。金色的阳光照在金晨曦那身雪白的运动服上显得特别光彩、特别亮丽。晨曦把泪擦干,把眼一闭,将头伸入绳圈,他猛踩脚底下的石头,大石头"哎呀"一声轰然倒塌。晨曦开始挣扎,那棵杨梅树也跟着吱呀吱呀摇晃起来,顷刻间,鸟雀成群惊飞离,梅子顿作倾盆雨,那一颗颗成熟的杨梅就像一滴滴鲜红的眼泪,扑簌簌从树上直落而下,落在他的头上、脸上、身上,洇下点点猩红……

噩耗传来,玉梅哭了三天三夜。

对于晨曦的死,玉梅感到自己有不可推卸的责任。如果那天她拒绝晨曦的爱,他们不再联系、不再相爱;如果她的家庭背景是三代贫农,而不是背负"妓女"的历史包袱,那么晨曦也就不会走上不归之路。而最令玉梅伤心的是,竟不能最后看一眼晨曦,她只能呆呆地坐在晨曦垫脚的那块石头上,无限悲痛地流泪。梅林,这片伤心的土地,埋葬了多少自由忠魂?见证了多少人间悲情?

晨曦的死，很快让玉梅背上了"扫帚星"的恶名；祖先的"妓女"身世，也让她背上"狐狸精"的骂名。玉梅终于也想到了死，她割过手腕，喝过农药，但终究没有死成，也许老天爷不让她死，阴曹地府不收留她。在多次品尝了死亡的滋味后，玉梅终于惧怕死亡了，她不得不苟且地活了下来。

因为爱情、因为男人，这生生死死、恩恩怨怨，让她越来越怕男人了，为了证明自己的清白，她决定远离所有的男人，而周围的男人女人也都知道了她的身世开始躲着她了。玉梅成了孤家寡人，但不管怎样，白天她还有埋头工作的快乐，可到了晚上玉梅就再也没有快乐可言了，只剩下了寂寞和哀愁。

七

玉梅再次见到哑巴时，一晃已经过了十五年。这十五年的变化是巨大的，青池县摇身一变也变成青池市了，翠山也被披上新装成为了国家森林公园，玉岩梅林更是成了远近闻名的旅游胜地。其实，玉岩梅林本来就是一个热闹的地方，据清康熙二十八年《青池县志》记载："四月中，玉岩杨梅极盛，游人结队往观，名曰'看杨梅'"。昔日的"看杨梅"风俗如今焕发了青春又开始盛行起来了，现在每年的"杨梅节"自然成了青池市最风光的旅游盛会。风景搭台，旅游唱戏，来的人多了，人气就高涨了，经济也被带动了，梅林也很快热闹起来了。玉梅见周围邻居都有了动静，便辞了翠山茶厂的工作，把自家的房子院落来了个脱胎换骨，雇了几个厨子和服务员也支撑起了一爿饭店。玉岩山庄自古至今历来是个好客的地方，事实亦是如此，家家垒起七星灶，户户招待八方客，玉梅还干脆把饭店取名为迎宾饭店。玉梅的饭店虽小，生意却很兴隆。玉梅现在有钱了，荷包鼓起来了，可她的肚皮始终鼓不起来，这也是她最遗憾最致命的地方。钱多有什么用？有情才有真幸福。为此，玉梅总觉得心里空落落的。

　　令玉梅没有想到的是，空落落的心在十五年后的一个阳光灿烂的日子里，突然被一个人填满了。

　　那是一个杨梅快要成熟的日子，"杨梅节"还没有正式开始，可前来玉岩看杨梅的人已经络绎不绝，一批接一批，迎宾饭店自然也招揽着一批又一批的生意。那天，进来的一批食客中突然有一个三四十岁的男子直愣愣盯住了玉梅，那人的样子简直不是来吃饭的而是专门来吃人的。玉梅虽然不怕被人吃，说心里话她恨不得有个男人来吃她，但这样直勾勾盯着她不放的人还是第一次碰见，很觉奇怪。

　　那人看了半天终于开口了，他问玉梅，你是不是姓杨？

　　玉梅点头称是。

　　那人又问，你是不是叫玉梅？

　　玉梅惊讶了，她没有立即点头，心想此人怎么会知道自己的姓名呢？

　　玉梅再次审视了那人一眼，她的脑神经突然被什么触动了一下，终于想起了一个人，莫非是他？对，就是他。那个人就是曾救过她命的哑巴，只是比以前胖了一大圈。可问题是以前的那人是个不会说话的哑巴呀，玉梅迷惑了，又不敢确认了。

　　玉梅还没理出个头绪，那人几乎肯定地说，你就是杨玉梅吧！

　　这次玉梅只能点头了。玉梅一点头，那人就兴奋起来了，说，我姓张，十五年前的事你还记得不？

　　玉梅震惊了，站在眼前的果真是十五年前救她的张大哥！玉梅重重地点了点头。

　　那人随即从口袋里掏出一张名片递给玉梅。玉梅接过一看，上面赫然印着"青池市旅游管理局副局长张抗美"的字样。可她还是疑惑呀，十几年不见，哑巴怎么开口说话了呢？玉梅简直不相信自己的耳朵，哑巴说话就好比石头开花，那真是人间奇迹了。

张抗美见玉梅神情异样，就意识到了什么，马上向玉梅赔礼说，那年是他骗了她，他不是真哑巴，而是为了保命而故意装聋作哑的假哑巴。

玉梅很快明白了，不再惊讶，她开始激动了，真的激动了。她撂下了其他客人，和张抗美在包厢里热聊了起来。

张抗美告诉玉梅，当年他是因为父亲的原因卷入了一场打斗而被迫躲进山里的。文化大革命期间，红卫兵小将不知从哪里知道了他父亲是个从朝鲜战场上回来的逃兵，不久就开始对他父亲进行无产阶级专政，为此他与他们斗了起来，把一个红卫兵小将打了，由于出手太重，打断了对方的一根肋骨，而那人是县工业局局长的大公子。他闯祸了，父亲叫他快逃！他就逃进了翠山深处，成了一个半人半猩的野人。

如此看来，张抗美父亲逃兵一事有点真实可信了，他的劣根性又一次暴露出来了，一旦遇上棘手的事第一个念头就想到了逃。但静下来仔细一想，张抗美的父亲其实是个聪明人，他虽然斗大的字不识一个，不知《孙子兵法》为何物，但不得不承认他是一个最忠实的实践者，三十六计走为上策么。

其实当年张抗美的父亲也是个热血青年，朝鲜战争爆发那年，他就积极响应党中央"抗美援朝，保家卫国"的伟大号召，毅然决然地抛家别妻奔赴抗美第一线。那年他父亲雄赳赳气昂昂跨过鸭绿江的时候，还在娘肚皮里的张抗美也一个激动提前半个月乘风破浪从羊水中钻了出来。抗美娘为了纪念这一难忘的日子，就给儿子起了抗美这个名字。

聊天中，玉梅自然忘不了张抗美当年救她的情形，她问起张抗美那天在山上怎么会发现她的？

张抗美说，那天他是远远就看到她站在悬崖边上，等他奔跑过来的时候，已经不见人影了。他知道玉梅是跳崖了，于是就趴到悬崖边上，很快就发现了被挂在一棵松树上的她，他立即找来了绳子，抢时间，争速度，必须得赶在天黑之前完成抢救工作，否则下面的人恐怕是熬不到天亮的。张抗美说玉梅的命真大!

玉梅听了，谢了又谢。

张抗美与玉梅在包厢里已经聊了很长一段时间了，当然十五年里发生的事是一下子聊不完的，玉梅准备起身告辞，因为外面还有很多事要她去张罗，但有一事玉梅一直想问张抗美，只是开不出口，现在起身要走了，又想起了那个问题，可到了嘴边又咽了下去。

其实玉梅要问的问题没有什么开不了口的，现在是什么年代了，改革开放了。玉梅是想问张抗美当年他俩在山洞里相处那么长时间为什么没有流露出男人的本性? 当初她还猜想他可能是个废人，但现在人家已经结婚了，而且孩子都上学读书了。这就使得玉梅更想知道个中的原委。说实话，玉梅对张抗美最初的好感就在于此，不像其他男人那样见了身边的姑娘就如同猫见了鱼似的马上想入非非，恨不得一口吞掉。他是只看不吃，实在让人刮目相看。当然，玉梅对张抗美的好感还在于是她的救命恩人，她是欠他人情的。现在张抗美的重新出现，让玉梅藏在心底多年的情酿之酒又一次冒了起来。

张抗美自从与玉梅重逢后，下基层工作就变得勤奋起来了，他在动脑筋设想要进一步开发玉岩，把玉岩梅林的风景区做大做强，于是便三日两头到玉岩梅林附近的山沟沟里转悠，有时带些客人来，有时干脆就一个人，当然最后的落脚点肯定是在玉岩梅林深处的迎宾饭店。

有道是: 路勤暖人心，日久见真情。在一个不平静的晚上，一件早该发生但又不该发生的事终于顺理成章地发生了。那天，天公作美，狂风暴雨把张抗美客气地留在了玉梅家里。殊不知，假客气碰到了真老实，这一次张抗美真的老实了，不再正人君子了，安安稳稳地赖在玉梅家里不走了。玉梅说过了"外面的风雨太大，今天就不要走了"的话，当然是不能再赶他走了，况且她知道张抗美是个保尔·柯察金式的人物，不会有危险。其实从玉梅内心深处那颗最真实的细胞来讲，是非常希望张抗美今晚不要再做钢铁战士了，只是一时开不出口罢了。

　　当然，玉梅内心是极其矛盾的，毕竟人家已是有妻室的人了。在矛盾中，玉梅已经把张抗美的床铺好，她转过身来对抗美说，张局长，今晚您只能将就着睡了。张抗美没有谢她，反而唬着脸说，玉梅，我要向你提个意见。

　　什么意见？玉梅惊讶地瞪大了眼睛问张抗美。

　　张抗美说，你不要老是叫我张局长，以前不是叫我张大哥挺好的么，况且我也不是局长，还只是个副局长。

　　玉梅想了想说，那好吧，张大哥。

　　张抗美说得一点都不错，张局长和张大哥虽然是一词之差，但叫这叫那是完全不一样的。一声"大哥"，两人的距离和关系也就发生翻天覆地的变化了，距离即刻缩短了，关系也马上热乎了。

　　那夜，本来两个人各睡一个房间一张床铺的，不知怎么后来睡到一起了。当然张抗美是主动出击的，他是睡到了玉梅的床上，因此临时铺好的那张床就变得冷冰冰的，多余了。

　　玉梅除了那次被魏小强奸淫以外，她是第一次享受男女床笫之事，虽然两次都是紧张的，但紧张的内容不同了，内容的不同就说明了过程和结果也不同了。这次玉梅是静静地躺着的，像一只精美的青花瓷瓶那样杳无声息的，不像被魏小强强奸那次大叫大喊的。当然说杳无声息也不是真的一点动静都没有，那只青花瓷瓶里藏着的东西毕竟是激越澎湃的，是像炸弹一样快要爆炸了的。

　　当张抗美像参加剪彩揭幕仪式那样揭掉遮盖在玉梅身上的衣衫布帛时，他的眼睛顿然发光发亮了，这不是一次应付的、走过场的剪彩揭幕仪式，是一场实实在在的，轰轰烈烈的，令人心悸也令人心喜的活动。

　　此时，玉梅的身体已被张抗美那束激光般的目光照得发酥发软了，她在那个强烈的目光下融化了，不再像青花瓷瓶那般坚硬了。虽然那只青花瓷瓶已经有过裂缝，但毕竟还是完整的，有价值的，令人爱不释手的。玉梅痴心地想过，从今往后她的那只青花瓷瓶就交给张抗美一个人保管了。

玉梅的头枕在张抗美的胸脯上，她第一次真正享受到了男人的体馨。当她从沉醉中清醒过来时，又一次想起了那个问题，现在已经没有遮掩了，玉梅终于向张抗美提了出来。

玉梅娇柔地说，张大哥，我想问你一个问题，那次你救了我，在那么长的时间里真的没打过我主意吗？

张抗美想不到玉梅会问他这个问题，顿了顿才开口说，实事求是地说，有过，但我不能。

为什么？玉梅惊讶地问。

张抗美忧伤地说，你太像我那个死去的妹妹了。

妹妹？你妹妹怎么死的？玉梅好奇起来。

张抗美哀叹一声说，病死的。

玉梅的提问勾起了抗美的无限痛苦，他告诉玉梅，妹妹三岁那年就被一个"打过长江去解放全中国"的渡江干部领走了。那时他家里穷，且父母重男轻女的思想严重，他们只想要儿子，于是就把妹妹送给了那个没有孩子的干部人家。可他很爱妹妹，经常偷偷去看她。当时妹妹住在一个门口有人把守的机关大院里，他跑不进，就常常呆在人门口守株待兔。想不到，妹妹十七岁那年突然生病死了，他至今仍不知道妹妹是生什么病死的？抗美又一次哀叹起来，妹妹太不幸了，她真不是个富贵命，也许不被领走，呆在自己贫穷的家里就不一定会死了。

从张抗美的语气和眼神里不难看出，虽然妹妹不与他生活在一起，但血缘在，妹妹的死自然成了他一个永远的痛。

玉梅听了抗美的讲述后，又问，你妹妹养父母家的条件好吗？

抗美说，她家条件很好的，就是那个当过青池县委书记、县革委会主任的梅春元家。

玉梅听了差点叫起来，想不到梅书记的女儿就是抗美的亲妹妹。玉梅没有再问什么，将脸紧紧贴在抗美的胸前，温柔地说，张大哥，我做你的亲妹妹好吗？

抗美用食指轻轻刮了玉梅一个鼻子，说，小傻瓜，亲哥哥哪能和亲妹妹睡觉呢？

玉梅也很机灵，马上回敬说，我俩是没有血缘关系的亲兄妹呀。

自从张抗美把玉梅那层窗户纸捅破后，一切都透风了，就像干柴那样一点就着了，一着就旺起来了，正可谓星星之火可以燎原，势不可挡了。当然玉梅知道张抗美是有妻室的，但她已经不能自拔。对于一个三十多岁的女人来说，正是似狼似虎的年龄，送上门来的肉哪有不吃的道理？此话虽不能一概而论，但绝大多的人还是逃不了这一自然规律的魔掌。不想的人、放弃的人，要么不正常，要么有这样或那样的毛病。玉梅自然是一个正常的女人，以前虽然对男人产生过恐惧，但毕竟是暂时的，哪个少女不怀春？玉梅虽称不上少女了，可她在张抗美面前还是一个很有吸引力的女人。

一段时间以来，张抗美天天很晚才回家，披星戴月的。明曰工作忙，实则是去玉梅家欢度两人世界。这种欢度当然不像欢度国庆、春节那样可以光明正大、张灯结彩的，他们只能偷偷摸摸，有点像少数民族沿袭下来那种走婚的味道。张抗美每次走婚时的欢乐很有限，副作用也很大，换句话说，欢乐是一时的，害怕是数日的。每每行动总是提心吊胆，一怕老婆跟踪，二怕组织知道。因为，张抗美在女人问题上已有前科劣迹，老婆见他天天深更半夜回家就知道又出事了，故对他威胁过，如果再不回心转意，只得通过组织解决了。

当然内部矛盾还是先在内部解决的为好，家丑尽量不要外扬。即使今后迫不得已要靠组织解决，也是需要证据的。为此，张抗美老婆像其他失宠的女人一样第一个行动是跟踪。一个月前她新买的那辆永久牌自行车就是派这用场的，因为她上班从家到单位就那么百十来米，自行车是派不上用场的，平日里完全可以以步代车的。张抗美老婆是想用永久牌自行车找回张抗美那颗不再永久的心,当然她是不期望爱情的永久了,只是想让婚姻长久一点,为孩子,也为自己,毕竟老公是个吃皇粮的,而自己只是漂染厂的普通工人,要珍惜这样一个来之不易的家庭。张抗美老婆忽发奇想:要是人也能像染缸里的布那样可以漂红漂白那该有多好呀!

其实社会就是一只大染缸,漂黄漂黑容易,可漂红漂白就不那么容易了。这道理几乎人人明白,但真正经得起漂的人却不多,张抗美就经不起了,他早就跌落在美丽女人的小染缸里了。在与玉梅重逢之前,张抗美就已经与两个女人有过染,只是后来被他老婆从别人的染缸里打捞了出来,现在,张抗美的老婆是想第三次打捞他。

这次打捞似乎有点艰难,张抗美老婆发现他是往山里跑的。每到晚上,盘山公路上是很少有人的,一路上死人的坟倒不少,因此张抗美老婆往往跟了一段路就半途而废了。她实在想不明白,老公怎么灯红酒绿的地方不去偏偏跑进黑灯瞎火的山里?张抗美老婆没办法,只得叫自己的亲弟弟帮忙。弟弟一听是捉姐夫的奸,起初不愿意,最后在姐姐一把眼泪一把鼻涕的要挟下,总算答应了下来。

玉梅真的爱上张抗美了,她像吊住了一棵可以挡风避雨的树那样爱得死去活来。张抗美也给玉梅吃了定心丸,说是等一段时间做通了他那个黄脸婆的思想工作,就名正言顺地娶她。玉梅痴痴地表示,她愿意等,哪怕等一辈子。玉梅没有其他男人,对张抗美真是死心塌地了。

然而,现实是残酷的,吊在一棵别人栽种的树上终究是不行的。玉梅还没吊多长时间,张抗美的老婆就来拽了。

那天,张抗美的老婆是在亲弟弟指点下找上门来的,她指着玉梅的鼻梁骨不分青红皂白上来就一阵痛骂,世界上有钱的男人多的是,你不去卖,偏要来勾引我男人……

张抗美的老婆说了一大统的话,很难听,看来她是已经抓住他俩的把柄了,甚至已经知道玉梅的家庭背景了。

现在社会开放了很多，玉梅也已经了解清楚了，古时候的秦淮名妓并不是现在人们想象中的坏女人，她们琴棋书画样样精通，也算得上是上流社会的名媛，甚至可以说胜过当今的歌星、影星，哪像现在的"野鸡"只会进鸡厢干活、只会假假地哼上几声？但轮到自己身上，秦淮名妓后裔的名声还是不那么好听，平时玉梅还是能避则避。当然，现在的玉梅毕竟也不是过去的那个黄毛丫头了，很沉得住气。当她听完张抗美老婆一番发泄后，非但不以牙还牙，反而心平气和地说教起张抗美的老婆来了，她说，你凭什么说别人勾引了你的男人？有本事的不在于嘴凶，而在于你有没有吸引男人的能力，扪心自问一下，自己没本事能怪别人吗？应该先从自身找原因，作为一个女人，一旦真的落伍了，非但会被现在这个社会淘汰，也会被原来爱你的那个男人淘汰。

张抗美的老婆被玉梅说得一愣一愣，最后哑口无言了。

当然，张抗美的老婆是不会善罢甘休的。女人是一种好斗的动物，张抗美的老婆就属于这类动物，这次她已经想好了，她斗不过玉梅就与自己的丈夫斗。可丈夫不与她斗，一走了之干脆不回家了。如此看来张抗美为了玉梅真的有点昏头了，不顾组织原则了，不顾社会道德了。他难道也不怕组织知道吗？

张抗美的老婆没有斗着丈夫，真的到旅游局去斗了。局党组对此很重视，局长亲自找张抗美谈话，问他，你要位置还是要婊子？并苦口婆心地劝导他说，你什么女人不可以找，偏要找个有复杂背景的女人？这种女人不值得你去爱的，也不配做你这个局长太太的。同志，要擦亮眼睛啊！千万不要为了一个有污点的女人而断送自己美好的前程。

张抗美经过一番激烈的思想斗争，终于在局党组和同志们的帮助下，作了深刻的反省，写了洋洋数页的悔过书；旅游局也从安定团结的大局出发，大事化小，小事化了，对张抗美作了内部通报批评；张抗美的老婆在家人的劝导下，也不再闹了，知道闹是闹不出好结果的，闹只会闹到对立面去，只会两败俱伤。但他们都忽视了还有受伤的第三方，当然社会也不会同情第三方，常常被贬之为"第三者"。多难听的一个称呼，第三者有点像活跃在公交车上的"三只手"，不劳而获，专扒别人口袋里的钱财。

玉梅知道张抗美不来了，那棵挡风避雨的树不见了，她伤心欲绝，原来男人都是缩头乌龟，见了真刀真枪，把头一缩，躲进自己的壳里就万事大吉了，就不管别人的死活了。玉梅欲哭无泪。她知道哭叫是唤不回男人的，眼泪是救不了爱情的。躺了一天的玉梅在床上终于想通了，过去的殉节是为了留住自己的一份清白，值。如果今天为一个男人而再去殉情的话就觉得很傻了。干吗要与自己过不去呢？大不了独身一辈子。

好在迎宾饭店的生意很红火，慕名前来就餐的人也越来越多，玉梅也就没有心思多悲伤了。但任何事情往往是物极必反的，当迎宾饭店生意最红火的时候，也意味着火苗燃到了头，开始有熄火的危险了。

一日，一个大腹便便的老板让服务员叫玉梅去他的包厢敬酒。玉梅忙完手头的活就拿着酒杯前往，当她走到包厢门口时，里面的黄段子正肆虐四飞，笑声不断。玉梅推门进去，只听得那个老板演讲似的说，秦淮河畔是个好地方，小姐多来西；桨声灯影更妙，让你激情燃烧，火烤火燎。

那个老板见玉梅进来，就停止了演讲，大声招呼道，秦淮河畔的美女来敬酒了！

玉梅强作微笑地举杯上前说，谢谢各位光临，我敬大家一杯。

大腹便便的老板制止说，慢！敬酒分分档次，先敬我的客人，地税局的钱科长。

玉梅在那位老板的指挥下酒台上一圈下来连干了四杯啤酒，肚里顿觉翻江倒海，一阵恶心，差点出洋相。玉梅拱手想退，可那位老板不依不饶，伸出咸猪手摸着玉梅丰满的玉臀，非要与她喝个交杯酒。玉梅觉得此人完全是想调戏她了，便作了回绝。

- 258 -

那位老板可能喝高了，脸色一变就说，秦淮河畔的，有什么了不起，老子见的多了，不就是上床的料么。

这下玉梅也火了，冲着对方说，你说话得注意点，秦淮河畔的又怎么了？谁是上床的料？

老板把红红的眼睛瞪得溜圆，指着玉梅说，我说的就是你！

玉梅也不甘示弱，说，老娘即使是从秦淮河畔来的妓女，也轮不到你操！

玉梅不理智了，客人是衣食父母，是上帝。她这样对待上帝肯定是不对的，至少说是没有好处，会断送自己财路的。

自从张抗美做了缩头乌龟后，玉梅的脾气确实暴躁了许多，特别是对那些好色之徒越来越刻骨仇恨了，不少慕名而来的男性食客有时会被她毫无理由地拒之门外。饭店酒家一旦没有了酒色这块调色板，没有了调色的"专家学者"，那么它的生命也就寿终正寝了。事实正是如此，迎宾饭店的生意开始滑坡，人气一天不如一天了。

秋日的江南，烟雨濛濛，梅林也淅淅沥沥下起了小雨。玉岩梅林已陷入了观光旅游淡季的泥沼，这鬼天气一来，把本来就不多的游人赶得精光。玉梅默默地倚在冷冷清清的食府门口，迷茫地望着眼前的山、眼前的树、眼前的路，从她忧郁的眼神里不难看出，她似乎还在期盼什么、等待什么？

后　记

今年六月"玉岩杨梅节"开幕前的一天，我又去了一次玉岩，很想见见玉梅，采访她一次，但没有见着她。经营迎宾饭店的老板说她去年秋天就把饭店及整座房屋都转让给他了，现在他也不知道她的去向，反正此人已经不在玉岩了，很可能也离开青池了。

我又打听问讯了几位梅林山庄里的山民，但说法不一。有的说，她开洋荤去了,跟一个大老板去国外了;也有的说,她是带了一个小白脸走的,是去别的城市隐居去了;还有一位戴眼镜的老先生像总结似的说,嗨,江山可移,本性难改,不管她去哪儿,都是冲着男人去的。

后来,我又去了几次玉岩梅林,真的再也没有见到杨玉梅。

(一九九八年深秋于青池)

水边的玉翠

一

都说孩子的后妈像只虎,孩子的后爹像头狼。玉翠虽然很不幸,从小就死了爹,但她又感到很庆幸。十年前玉翠妈虽给她找了个后爹,可这个后爹不像一头吃人的大灰狼,而是一个疼她、爱她、关心她的大好人。后爹是相距三里路的邻村人,因为家穷,加上一只脚先天有点瘸,一直是光棍一条。自从进了玉翠家门后,光棍有了爱的雨露滋润,灰暗的脸上很快就光亮了起来。他比玉翠妈小六岁,年轻有活力,总像一头不知疲倦的壮牛,拉着这个五口之家,快乐地走在希望的田埂上。后来,玉翠的两个哥哥初中没毕业就像两只稚鹰随着打工大军早早飞出了草屋,到外面的世界觅食去了,因此家里就剩下了老中青三个人。一家人日子过得虽清贫,倒也其乐融融。只是玉翠有时觉得孤独,很想要个弟弟做做伴,哪怕有个妹妹也行,但不知为什么妈和后爹一直没有给她再生一个胖娃娃?

玉翠的家在村东头,村里大部分人家在河对岸的村西头,因为没有桥，平时往来要用船摆渡。这渡口有点像《边城》里的"拉拉渡"，不过牵连两岸的不是湘西的篾缆，而是脚拇趾粗的麻绳。渡口也没有像翠翠爷爷那样的老艄公，来回奔波的只有一条小划子船，因为无人看管，小划子船的两头就用两根拇指粗的麻绳拴着，这样即便船在河对岸，也可以轻松地来来回回为村民服务了。当然这里也没有山，但有的是水，水网密布，河道纵横，不远处还有一个没有名字的湖，传说那儿曾是姜太公垂钓过的地方。

玉翠家就姓姜太公的姜，其实全村大多数人家都姓姜，只是不清楚玉翠家为何住在人烟稀少的村东头，这恐怕已经无从考证了。当然村东头不就玉翠家一户，挨在一起的还有两家，一家是一对老夫妻，没有子女，全靠村里接济；另一家跟玉翠家一样也是五口人，三个孩子的年龄也相仿，所不同的是那户人家的老大老二是闺女，老三才是个儿子。正因为如此，玉翠家与这户人家有了矛盾，也有了斗争，吓得两家的孩子都不敢来往。其实说出来也不是什么原则性问题，自从玉翠妈结了第一个雄果果开始就瞧不起人家了，因为对方结的第一个是雌果果，等到结第二个果果时，玉翠妈更是瞧不起人家了。玉翠妈本来不想再结果果，想不到时隔一年，那户人家竟奇迹般的结出了一个骄傲的雄果果，玉翠妈哪能容得了对方趾高气扬的样子，便咬咬牙又让孩子他爹下了种，不料第三回结出的是一个死果果，玉翠妈痛苦万分，但她很快痛定思痛，第四回终于结出了一个活果果，但随之而来的仍是痛苦，因为这回却是个雌果果，这个雌果果便是玉翠。小玉翠和她妈出院的那天，就发生了一件惊天动地的大事，这对玉翠妈来说无疑是雪上加霜。那天玉翠她爹匆匆从乡下赶往镇上的乡卫生院接母女俩，也许走得太急，在横穿公路时，被一辆汽车撞了，送到县医院时已经断了气。从此，玉翠家与这户姓吕的人家在结果果的明争暗斗中结下了深仇大恨。

时间过得很快，转眼玉翠已出落成一个水灵灵的大姑娘。玉翠长得也确有点像《边城》里的翠翠，皮肤黑里透亮，身姿细如杨柳，一对明眸水晶那般清澈，只是身边没有小黄狗做伴。其实玉翠比翠翠幸福多了，虽然爷爷大前年也病逝了，但毕竟还有亲妈和后爹，还有两个在外挣钱的哥哥。也许她现在也不再像以前有段时间那么孤独了，因为她在没有征得任何人同意的情况下已私下跟吕家的独养儿子对上了暗号，接上了头。当然身处在两家人周围的白色恐怖里，只能搞一些地下活动。平日里接头的话，要么选择在视为后方根据地的学校里，要么选择大人们在前方打仗的空挡中。当然，他们后来又开辟了一个只有天知地知的芦苇荡革命根据地。

吕家的独养儿子叫金生，一个很光彩照人的名字。他比玉翠大三岁，在外人眼里两人是天生的一对、地配的一双，很有夫妻相。但由于"两大有猜"的历史原因，金生和玉翠从没有享受过青梅竹马的美好生活。看来，孩子们的许多不幸往往是大人们造成的。但不幸归不幸，孩子们毕竟要长大，毕竟要飞翔，他们不想带着沉重的历史包袱去飞翔。

然而，世上没有不透风的墙。就在玉翠十六岁那年，她和金生还没成为真正的比翼鸟的时候，两人的翅膀就被玉翠妈折断了。玉翠被关进了医院，而金生则被打入了地牢，罪名是强奸罪。

金生强奸的对象不是别人，正是他最心爱的人——玉翠。说出来，学校里的老师都不相信，但村上的人都深信不疑。是知识分子的观点对呢，还是农民伯伯的看法正确？孰是孰非、孰轻孰重，也许半斤八两，势均力敌，但他们都不算数，最终的天平还是在法院那边。

二

以前，玉翠和金生是不敢来往的，也从没说过话，要是恰巧遇上了也只是像秋水望月那样远远地望一眼。可苍天有眼，他们最终还是接触了、好上了。

要说玉翠和金生真正开始接触是玉翠十三岁那年麦子快要成熟的

时候，想不到第一次接触就那么惊心动魄，而且是一次实打实的肉体接触。

那是一个星期天的下午，天上艳阳高悬，树上知了欢叫。金生一个人在"拉拉渡"附近的河里游泳，说是游泳，其实是摸河蚌。摸到的河蚌，拿回家一半人吃，一半给鸭溜溜吃。他刚摸到一只大河蚌正想笑出来时，突然听到身后"扑通"一声，紧接着就有人在喊"救命！"金生回头一看，"拉拉渡"旁边有一个人在河里挣扎，估计是从小划子船上跌落下去的。他将河蚌丢到岸边，立即游了过去。

那个落水的人已经沉没水中，金生一个猛扎潜水搜索，终于发现了目标，他转到那人身后用左手一把将其牢牢抱住。想不到这一抱，吓得金生差点甩手，他的手刚好搭在对方的胸脯上，那可不是一般的胸脯，肉朵朵，胖乎乎，分明是一个女人丰满的奶子。但救人要紧，金生已顾不上这些了，现在即使脸红得像一只燃烧的火球也决不能松手了。

金生靠一只右手奋力划水，终于将女子拖到岸边，仔细一看，是玉翠！

金生像做了贼似的连忙将玉翠抱到河边的麦田里，麦穗"簌簌"作响，跟他心似的一片混乱。他朝四处张望了一下，见周围没人，才大胆去摸玉翠的口鼻，看看有无呼吸。金生参加过学校的小红十字会，懂得一点溺水急救知识，他发现玉翠的嘴唇已经发紫，呼吸缓慢，便想起了老师讲过的现场急救方法，看来必须做人工呼吸了。金生颤抖着双手在准备解开紧扣在玉翠颈部的衬衫领扣时，问题就来了，解一颗还是二颗？他极力回忆红十字会老师讲过的动作要领，最后他决定只解一颗，解二颗就有点出格了。

玉翠的鼻子真美，滑滑的、嫩嫩的，金生第一次这么近距离地观察到玉翠的鼻子，他不忍心将它捏住，生怕捏瘪了、捏坏了，但人工呼吸的操作要领必须先捏住对方的鼻子。金生斟酌了好大一会儿，才鼓起勇气捏住了玉翠的鼻子。但当他第二步深吸一口气准备口对口吹气时，障碍又来了,他还从来没有与哪个女孩子如此接吻过,要是被人看见了怎么办?金生又一次胆战心惊地朝四周张望了一下,但更让他胆战心惊的是玉翠的嘴唇已经越来越青紫了。看来决定性的时刻已经到来,他必须当机立断,否则他就是杀人犯,至少是个见死不救的胆小鬼。法律不追究,道德也会追究,要知道中国的道德比法律有更大的溯及力。这点知识对于快上高中的金生来说是略知一二的。

金生不得不再一次捏鼻、再一次深吸一口气、再一次凝望,然后俯身轻轻地靠上去,很快他感到了一股无形的力量,像磁铁般的迫使他紧紧贴住玉翠的嘴唇。终于,金生开始用富有青春气息的生命之气有力地注入了玉翠的心房。吹——放,吹——放,一次、二次、三次……此时的金生已经完全进入了角色,他忘我地工作着,俨然是一位医术高超的白衣战士。

玉翠终于回了一口气,吐出了一点恶水。金生见状惊喜不已,他立即把玉翠托起来、翻身将她的脸朝下,让其伏在自己的大腿上,并用手平压着玉翠的背部进行倒水。玉翠很快就吐尽了肚里的恶水,脸色开始好转,嘴唇也不再青紫了。

金生把玉翠仰放到麦田里,将手在自己的短裤衩上擦了擦,然后去抹玉翠嘴角的唾沫。玉翠躺在金黄的麦田里,胸脯忽高忽低已经正常呼吸了。金生静静地望着玉翠高高低低错落有致的身躯,突然想起了《红高粱》电影里"我爷爷""我奶奶"在那个高粱地里的情景,他顿时有了一种莫名的冲动。虽然这里并没有高高的红高粱,但这里有一望无际的麦田,有黄灿灿的麦穗,有沁人心脾的麦香,还有……

金生不敢再这么往下想了,他现在考虑的首要问题是,玉翠接下来该怎么办?金生想直接送她回家,但怕被自己的父母或玉翠的父母发现了骂人;不送她回家吧,又怕再发生意外。他六神无主了。

就在金生直起身子探头探脑的时候,突然有人站在河岸上喊他的名字。金生心头一惊,"嗖"地缩下身来。当那人再喊他的名字时,金生

- 265 -

才辨出是班主任王老师的口音，他透过沉甸甸的麦子抬头一看，果然是王老师，她已经跑了过来。

金生站起来说，"王老师，您好！"

王老师问，"金生，你在田里干啥？"

金生像见到了大救星似的，一五一十把事情的经过讲了一遍。他要王老师帮他把玉翠送回家，最后还向王老师提了一个苛刻的要求，其实也是一个最简单的要求，他希望王老师不要把这件事告诉任何人，也不要学校的表扬。王老师不解地问为什么？金生说这件事要是被父母知道了非骂死他不可。王老师听了就更糊涂了，但她还是答应了金生的要求。看来做老师的毕竟是通情达理的知识分子，不像自己的父母，也不像玉翠她妈和他的后爹。

三

玉翠小学毕业后，玉翠妈就不想让她读初中了，认为女孩子读那么多书干吗，迟早是泼出去的水。但玉翠不答应，她坚决要求读书，"我要读书"的呼声一天比一天高涨。玉翠明白农村的娃只有书包翻身才能求得彻底解放，才能跳出农门高高飞翔。因此玉翠什么都能答应，唯独读书这件事当仁不让。其实，玉翠心里还藏着一个小秘密，她与金生已经在学校里开始进行地下工作了，不读书就会中断联络，联络点虽然没有遭到破坏，但密电码就不方便接收了。

后爹倒是个明白人，他见玉翠一把鼻涕一把眼泪伤心欲绝的样子，就动了恻隐之心，跟老婆吹起了枕边风。当然这枕边风也不是瞎吹的，要看好时机，找准机会，要在玉翠她妈高兴的时候。因为近来玉翠妈的脾气比以前暴躁了许多，最主要的是老是不跟他过家家，照例才四十有五的人，不应该这么早就进入更年期的，况且即便进入了更年期，家家还是可以过的，虽然间隔的时间允许长一点，但也不能一个月一次都不过啊。

　　玉翠妈自知心里也有愧对第二任丈夫的地方，十年了，没有给他留个种、生个娃，再不卖力一点，他们张家门里的香火就要断了。玉翠妈决定进一步放权，好让丈夫顺利工作，争取早日完成这一艰巨而又光荣的任务。

　　玉翠的后爹苦熬了两个月，终于熬见了太阳，红彤彤的，那是玉翠妈那张亢奋的脸。以前他经常能看到这张脸，这张脸给过他多少温暖和惬意，给过他多少激情和能量。他像一台没有开过缸的发动机，同样的生产日期，他就是比人家马力足，功力大。能量的积聚就像火山爆发，势不可挡。那夜，两人辛勤工作了整整一个时辰，玉翠妈突然"哎哟"一声，她感到下身一阵剧痛，像生娃的感觉，但不可能这么快就生了。玉翠的后爹马上紧急刹车，他下来一看，坏了，下面已有许多血，玉翠妈绝对不是处女了，怎么会有血呢？玉翠的后爹一扫刚才的兴奋劲，真的害怕起来了，他从来没有见过女人下边的血，而且有那么多的血。底下的血还在流淌，玉翠妈叫他去拿"月月舒"，可"月月舒"也不管用了，什么防侧漏、加长型，此刻统统失去了应有的魅力。

　　"快拿毛巾来！"玉翠妈命令道。

　　玉翠的后爹手忙脚乱地把家里的毛巾脚布统统给了玉翠妈，他不知道怎么会这样？他害怕极了，他深知自己闯祸了。深更半夜的，家里又没有电话，到哪里去叫医生？玉翠的后爹想到了做小生意的吕家有电话，但与他们是仇家，而且他一来到这块土地上两家就已经是冤家对头了。可救人要紧，玉翠的后爹顾不得什么了，披上一件衣裳就直奔吕家。

　　吕家的大门紧闭，铁栅门里的看门狗见了玉翠的后爹就像见了仇人一样分外眼红，一个劲地狂叫，真是狗眼乌珠看人。玉翠的后爹正想敲门，有人已经开出窗来探头张望，此人就是金生的爹，他用手电照了照，见门口站着的是玉翠的后爹，便恶狠狠的说，"深更半夜的，叫什么?"那口气,既像骂狗,又像骂人。

玉翠的后爹忍气吞声地说,"大哥,快让我进来借打个电话,玉翠她妈不行了!"

"我家的电话坏了,你到别处去打吧。"金生爹说完就"呼"地把窗关上了。

看来有时人比狗还凶残,见死都不救。玉翠的后爹一阵心酸,差点哭出来。

金生的爹可以见死不救,但作为丈夫就不能这样做了,况且是自己闯下的祸。他立即返身回家,叫醒了玉翠,背上玉翠妈直奔镇上的卫生院。三人摇摇晃晃上了"拉拉渡",黑灯瞎火的还差点翻了船。过了"拉拉渡",玉翠的后爹又背上玉翠妈开足马力一路狂奔,他要把剩余的功全部作在这条路上,反正这些功已派不上别的用场了。

乡卫生院初步有了结论,但他们说没有权威的医生,不好定论,建议到县医院做进一步检查。

四

县人民医院很快就有了结论,主治医生把玉翠的后爹叫去,告诉他患者得的是子宫颈癌,需要做子宫切除手术。他听了一阵发呆,虽然他不知道女人的子宫颈具体在什么方位和什么样子,但知道应该是在女人的下边,那地方正是男人最需要的地方。他一想到那个地方,顿时痛苦和沮丧起来。医生虽然说,做了子宫切除手术,对性生活不会有影响。但他不相信,身上割掉了一块肉,怎么会没有影响呢?虽然有医生的安慰话,但玉翠的后爹还是有一种像天塌下来的感觉,压抑、失落、恐惧。

玉翠在医院里天天陪着妈。虽然两人以前经常发生同性相斥的情况,但不知为什么玉翠觉得越来越离不开妈了。妈就像披在她身上的一件老棉袄，虽然旧了，但还是有着许多温暖，一旦失去了她真的会受不了。玉翠精心护理着妈其实还有自己的小算盘，她是想感动她老人家，要她开恩，让她继续上学读书。

这次玉翠妈开刀住院几乎花费了家里的所有积蓄，好在两个在外打工的儿子，虽然没回家看望母亲，但给家里寄了一些钱来，总算弥补了家中拮据的生活，给玉翠交学费的钱也算有了着落。

当然这次玉翠能顺利进入初中，得感谢她的后爹，是他给玉翠妈做了许多工作才定下来的。玉翠获得了批准，她像考取了大学那样兴奋，谢过了妈，又谢了爹，这是她第一次改口叫"爹爹"，以前都是叫"叔叔"的。后爹也很高兴，眼眶里直冒水花，这一声"爹爹"他是已经盼了十年了，今天终于盼着了，能不激动吗？

玉翠妈出院那天，也就是学校开学的日子。玉翠把妈接到家里后，就高高兴兴去学校报了名。她有好些日子没有与金生联络了，着实有点想他。

玉翠在学校的大操场上转悠了半天，就是不见金生的人影，便一个人来到他俩经常接头的小树林里。第六感觉告诉她，金生一定会来这里跟她接头的，一定会有密电码要交给她，因为她好久没有收到金生的密电码了。她喜欢金生的密电码，密电码上的内容非但丰富多彩，让人心旌荡漾，而且上面的字也很漂亮，完全可以作为书法作品欣赏，也许还能获奖，只是不便参加比赛罢了。玉翠起初只是感恩金生，后来渐渐有点崇拜他了，当然崇拜是从看到了密电码上漂亮的字开始的。她想不通，自己的爹妈为什么不与金生的爹妈来往，而且也不允许他们的子女之间来往？现在，金生的两个姐姐都已出嫁，她的两个哥哥也长期在外，不允许的无非是指她和金生两个人了。她希望两家人历史的冤仇在他们这代身上结束，以后就世世代代友好下去吧。

玉翠正憧憬着，金生果然来了，他学着布谷鸟叫，唤醒了胡思乱想中的玉翠。玉翠一个激灵，见是金生，虽然身子没有动，但脸已经像一朵盛开的玫瑰,幸福地笑了。

金生将右手放在背后让玉翠猜有啥东西?

玉翠说,"猜不出。"

金生说,"猜一次么。"

玉翠就胡乱猜了一样东西,说,"是不是巧克力?"

金生说"不对",要她继续猜。

玉翠心想,不是吃的,那一定是用的,便说,"是不是钢笔?"因为她太想要一支依金钢笔了,哪怕是旧的也行。

金生说,"还是不对。"

玉翠昒视了金生一眼,嘟着小嘴说,"不猜了。"

金生不想惹玉翠生气,要她闭上眼睛。玉翠点头答应。

金生见玉翠已经闭眼,便迅速把手中的东西放到她的眼前,说,"美丽的姜小姐,请睁开眼睛!"

玉翠张眼一看,惊喜得差点叫起来,在她眼前摇曳的是一枝红玫瑰,湿漉漉的,像刚出浴的样子。玉翠第一次接受别人送的玫瑰花,她喜欢、她兴奋、她感到无比的幸福。想不到平时不太言语的金生也会这般浪漫,也懂得讨女孩子的欢心。

五

玉翠近来隐约感到,后爹也在讨她的欢心。有事没事地经常进她的房间,而且时不时地给她一些女孩子们喜欢的小饰品,如发夹,头饰之类的东西。在玉翠记忆里,后爹以前只买吃的东西,用的东西、特别是女人的东西他从来不买的。这让玉翠有点迷惑了。

玉翠的后爹是一个地道的农民,没有见过什么大世面,性格内向,平时少言寡语,只知道默默耕耘,是个三拳头打不出一个闷屁的老黄牛。其实老黄牛不是没有想法的,只是不善于表达罢了。老黄牛的内心世界又有谁去真正了解了解呢？要知道，即便是真正的老黄牛也会有丰富的情感，也有欲望，何况是人，更何况是一个血气方刚的男人。

玉翠妈肯定是不行了，至少近阶段不可能给予他想要的东西。那天医生安慰的话老在玉翠的后爹耳边回响，但事实胜于雄辩，看来医生的话虽不可不信但也不可全信，就像测字先生算的命，就像和尚念的阿弥陀佛经。玉翠的后爹觉得自己也快要憋成真和尚了。

一日，玉翠在房里洗澡，想不到后爹不声不响就推门进来了，把她吓得魂灵出窍，双手赶紧护住两只胸脯，但除了胸脯上两只粉红的小眼睛被遮住外，玉翠光溜溜的玉身还是一览无余地被后爹看到了。玉翠一声惊叫，玉翠的后爹连忙倒车，但他的目光仍然停留在玉翠的身上。玉翠本来红润的脸色几乎发白，浑身上下顿时起了许多鸡皮疙瘩。

要知道在农村，十三、四岁的女孩往往都已经出落成大姑娘了，穷人的孩子早当家，穷人的孩子也早成熟。玉翠也不例外，虽然个子不高，但胸是胸、腰是腰、臀是臀，三围都已经呈现出来了、完美起来了，而且凹凸分明，一点都不含糊。

玉翠妈正在灶间里烧饭，听到女儿的叫喊，就拿着正在切菜的刀冲了出来，看到玉翠的后爹正从玉翠的房里退出来，便问，"出什么事了？"

玉翠的后爹红着脸说，"哦，玉翠在房里洗澡，我不小心闯了进去。"

"孩子大了，以后注意点。"玉翠妈只是小声嘟哝了一句，就回了灶间。

那天虽是一场虚惊，但惊出了玉翠后爹的真情，惊得他坐立不安，也惊得他夜不能寐。当夜，他躺在床上翻来覆去怎么也睡不着，玉翠光溜溜的身子老是在眼前摇来晃去，惹得身下的竹榻也"劈劈啪啪"响个不停。

玉翠妈见丈夫深更半夜还在床上扭来翻去，就问，"水生，你今天怎么了？"

玉翠的后爹说，"我有点头疼，睡不着。"

"是不是吃力了,发寒热了?"玉翠妈关切地问。

"没事,睡着了就会好的。"

其实,玉翠的后爹说的头疼实属子虚乌有,如果硬要与头痛挂上钩的话,那只能说是"小头"痛了。但这无法跟玉翠妈说,更不能吃她的"药",况且她也在吃药,只不过她吃的不是丈夫的"药",而是医生开出来的药。

玉翠的后爹很沮丧,但又有什么办法呢?其实,办法倒是有一个,他也听说过,在县城的小街小巷里,那里的洗头房就有那种"药"。但他没有尝过,一来不敢,二来没钱,况且对城里的情况一点都不熟,从小到大也没去过几回,记得有一次走在大街大巷里还迷了路,因此不要说去小街小巷了,吓煞人了。

玉翠妈听丈夫还在窸窸窣窣做小动作,就又催促了一遍,"快睡吧,明天还要起早身劁猪呢。"

玉翠的后爹想到劁猪,便黯然伤感起来。幸福的猪啊,人跟猪一样也可以劁的话,那就好了,一了百了。

六

自从那次玉翠的后爹去金生家借打电话不成,两家大人之间的关系越来越恶化,而玉翠和金生在私下里却越来越好,好到两人可以像磁铁那样牵牵手、贴贴背、搂搂抱抱了。

一日,玉翠和金生挎着竹篮,拿着镰刀,一前一后来到离村不远的那个无名湖边,说是割猪草,实则是幽会。

无名湖面积不大,但气势不小。青黄的芦苇,满目的芦花,微风吹拂,芦花飞舞,那情那景简直美妙无比,也许不比北大的未名湖差到哪里。玉翠一想到未名湖,就有点心潮彭湃了,虽然她没有见过未名湖的样子,但她还是很向往,就像前世结的缘,化作今生无限的思念。说实话，她做梦也想去伟大祖国的首都进那所名牌大学上学。

玉翠和金生钻进静谧的芦苇深处，一下子就让他们感到这世界就是他们两人的了，也让他们惊讶地发现这儿应该是开展革命工作最安全的根据地。当玉翠还在想象心目中的未名湖时，金生就已经一把把她搂入他的怀里，两人不再是牵牵手、贴贴背了。金生毫不客气地将嘴贴在玉翠的唇上，那舌尖简直像一根电棒，麻得玉翠不能自持，她不得不将紧闭的大门敞开，金生的舌头便没有障碍地长驱直入。

金生的手在玉翠的身上潺潺流动，他还想流向何方？只见他在玉翠的腰间稍作休整后，就拐了一个弯，缓缓地向下而去，原来他想流进玉翠的圣地。这可不行，玉翠从麻木中清醒过来，她用手挡住了他流动中的手。

"不要。"玉翠轻声地拒绝。

"我想。"金生也轻声地道来。

"对不起，金生哥，我还没有思想准备。"

金生哀求道，"给我吧。"

"现在不行。"

"为什么？"

"你得答应我一个条件。"

"什么条件？"

"你答应了我再说。"

"我答应。"

"等你考上大学的那一天。"

"啊？"金生一听就像一只泄了气的轮胎，一下子瘪了、不滚了。他一盘算，还得熬上漫长的一年半载。

玉翠为了不让金生太难堪，就叉开了话题。想不到她问了一个让金生更难堪的问题，她问，"金生哥，村上的人家都姓姜，为什么就你一家不是这个姓？"

金生想了想，摸着自己的脑袋说，"这个问题我倒没想过。"

"你知道吗，我们这个村上的人家之所以都姓姜，是因为这里曾经是姜太公垂钓的地方。"玉翠自豪地说。

"不会吧。"

"真的，小时候我听爷爷说的。"玉翠躺在金生的怀里一本正经地说。

金生沉思了良久，突然想到了什么，他禁不住又一次低头吻了玉翠一下，兴奋地说，"我找到答案了！"

玉翠不知所言地问，"找到什么答案了？"

"哈哈，我们三千多年前就是一家人了！"

"你骗我！"玉翠在金生的怀里撒起娇来。

"谁骗你了？"

玉翠见金生不像开玩笑的样子，就说，"那你说说理由？"

金生深情地望了一眼玉翠，便娓娓道来：

姜太公的祖先是神农氏后裔，在虞舜时曾任四岳，因辅助禹治水有功，被封为吕。他本人生于商朝末年。周文王时，封为太师；后辅佐周武王灭商有功，又封于齐，成为周代齐国的始祖。他足智多谋，长于用兵，工于奇计，也被历代兵家和谋略家奉为始祖。有道是，自古圣贤受皇封，垂钓悟出立国章，灭纣兴周礼元帅……

玉翠听得如云里雾里，便打断了金生摇头晃脑的神仙状，忽闪着大眼睛说，"金生哥，你说的什么呀？"

"玉翠小妹，你还没听出来？"

"没有。"玉翠茫然地说。

金生埋怨道，"刚才我的话被你打断了。"接着又一字一句地说，"你听好了，自古圣贤受皇封，垂钓悟出立国章，灭纣兴周礼元帅，吕氏祖宗姜太公。"

"啊，姜太公是吕氏的祖宗？"玉翠惊讶地说。

- 274 -

"姜太公也称姜尚、俗称姜子牙,又叫吕尚。所以说呀,我们三千多年前就是一家人了。"金生得意地说。

玉翠听金生这么一说,胸口顿时像放了一只热水袋似的感到一阵温暖,想不到眼前的这个小伙子也像吕尚那样满腹经纶,她被他渊博的知识所倾倒,心里愈加地佩服他了。这佩服不是一般的佩服,而是全心全意的佩服,五体投地的佩服。如果金生现在还提出那个要求的话,也许她会同意了。可金生现在已经有了一种满足感,他不会再提了。

七

玉翠妈自从开了刀就不能干啥重活了,而且还得定期去医院做检查。起初,后爹总是要陪玉翠妈一起去的,后来就不陪了。玉翠妈说少去一个人就节省一个人的路费。

一天,玉翠妈又去县医院做定期检查,要到下午才能赶回来。快到吃午饭的时候,后爹兴冲冲地从集镇上回来,他知道玉翠今天上午考完试,中午要回家吃饭的,就急匆匆地做起饭来。要知道,农村人做饭比城里人简单多了,而玉翠后爹做饭比一般农村人还要简单,饭熟了菜也好了。蒸茄子、水炖蛋、腌黄瓜、辣鸡爪、紫菜汤,四菜一汤倒也蛮丰富。要说做的过程确实很简单,蒸茄子、水炖蛋是放在饭锅里与饭一块儿熟的,腌黄瓜是边烧边弄的,辣鸡爪是从镇上熟食店里买回来的,紫菜汤是用开水现冲的。

饭刚做好,玉翠就回来了。玉翠的后爹把菜摆在八仙桌上,就招呼玉翠吃饭。他讨好地将辣鸡爪往玉翠的碗里夹,并说,"多吃点,我在镇上排队买来的。"

玉翠一见辣鸡爪就有点皱眉头,端起碗侧着身子说,"我不要吃。"

玉翠的后爹不解地问,"这不是你平时最喜欢吃的吗?"

"我今天不想吃。"

"好好，那你吃别的。"玉翠的后爹一脸和气。

其实，玉翠不是不喜欢吃辣鸡爪，而是今天不能吃。下午她还要到新开辟的根据地去跟金生碰头，她不想把辣鸡爪的臭味带给心上人，她得保持她纯正的稻谷香。当然，玉翠的后爹是无从知晓的，是蒙在鼓里的。

吃罢饭，玉翠洗了碗，她还没动脚走，后爹却已经蠢蠢欲动了。他拿出了刚从镇上供销社买回来的一条碎花连衣裙，递给玉翠说，"玉翠，爹爹给你买了一条连衣裙，你试一下，看合不合身？"

玉翠一看连衣裙，是她喜欢的花型和颜色，很是高兴。心想，今天约会就穿这件。便接过连衣裙进了自己的房间。

后爹站在门外，既激动又忐忑不安，他想进去，但又害怕，毕竟他此刻的想法是有些见不得人的。他憋了许久，才开口，"玉翠，穿好了吗？快让爹爹看看。"

房门"吱嘎"一声开了，飘出一个美人儿，后爹眼前一亮，几乎失态。

玉翠回房继续照镜，后爹终于跨了进去。这一跨，问题就严重了。后爹已经把身后的房门关上，这下他真的失态了，不由分说地扑向玉翠。玉翠在镜子里看得真切，后爹的动作真像一头大灰狼，已将她牢牢扑住。她"啊"地一声大叫，可这时有谁会来救她呢？她心里好害怕，心目中好后爹的光辉形象一下子变得丑恶起来。以前，后爹不是这样的，从不碰玉翠，只买好的东西给她吃，想不到他现在要吃她人了，难道当后爹的男人老了都要变成像吃人的大灰狼吗？

后爹在她身后抱住她的时候，玉翠的身子就已经开始不停地发抖，虽然他在她耳边温柔地说"别害怕"，但玉翠还是很害怕、怕极了，而且还闻到了一股强烈的臭味，这臭味不是来自狼的身上，而是来自狼的嘴里。

玉翠拼命挣扎，但越是挣扎后爹就抱得越紧。后爹的手已经摸到了玉翠的奶子上，这奶子不是一般人可以摸的，做爹的也不可以摸的，只有金生才有资格摸。但做爹的已经摸了，玉翠"哇"地哭了起来。

玉翠哭了也没用，看来狼是改不了吃人的本性，他没有放开玉翠扭曲的身子，而且想把玉翠头扭转过来。玉翠死活不肯，小时候她听爷爷说过，背后遇上了狼是万万不可回头的，一回头狼就会咬断人的血管，吸尽人的血，把人弄死。

"好玉翠，乖玉翠，你就给爹一次吧。"

"爹爹，不可以的。"玉翠拒绝着，她心想，宁可玉碎也不会成全你这片瓦。

"为什么？"

是呀，应该寻找一条充足的理由才能制止大灰狼的攻击，如果硬拼，一个小女子肯定不是一头成年狼的对手。玉翠稍微平静了点，也算是急中生智吧，她很快想到了一条理由。

玉翠狠狠地说，"我来'老朋友'了。"

后爹一听来什么"老朋友"了，一惊，竟松了手，玉翠像小兔似的，逃出了后爹的魔掌，躲到墙角一边。

"谁来了？"后爹害怕地朝门口望了望。

玉翠默不作声。

后爹毕竟心虚，他来到房门口侧耳靠在门缝上听了听，外面静静的，什么声音也没有，就转过身来说，"玉翠，你骗我。"

玉翠怯怯地说，"不骗你，真的。"

"那你说说看，到底谁来了？"后爹显然很生气。

玉翠指了指马桶边上的"月月舒"，仍然怯怯地说，"我的'老朋友'来了。"

后爹终于明白了，但他不甘心，说，"你骗我。"

"我没骗你。"

"你让我摸。"后爹说着就又扑上去。

这下，玉翠虽然还很畏惧，但已经不像刚才那样害怕了。她知道，也许只有让他摸了才能叫后爹死心,因此当后爹扑上来时,她几乎没有动。

玉翠的后爹果真摸了,他像摸福利彩票那样怀着希望和不安的心情虔诚地摸了,但他摸到的是硬邦邦的"谢谢您"。真晦气,他心里埋怨起自己来,怎么手气这么差?

玉翠终于在"月月舒"的呵护下,逃过了一劫。玉翠以前是最恨"月月舒"了,现在她却不得不喜欢上了它,开始天天带着"月月舒"过日子。其实,一个月带几天还熬得过去,天天带就不那么舒服了,特别是在这么炎热的夏天,简直是活受罪。玉翠知道,天天带着"月月舒"也不是个办法,即使是个办法,也只是个暂时的办法、可笑的办法。她感到唯有在母亲身边才有安全感。母亲,母亲,只有母亲才能真正地保护她。玉翠现在最大的希望是让母亲的病快点好起来,让她老人家健康长寿。

八

虽然玉翠妈的病不是像玉翠希望的那样会马上好起来,但在外人眼里,玉翠家的生活依然像村口的那台水车那样"咕噜咕噜"稳稳地转着。其实,玉翠心中的水车已经被后爹这头大灰狼踩得面目全非了,她在家里早已失去了往日像水车那样"咕噜咕噜"的欢声笑语,她唯有在金生那里才能得到一点快乐。

严冬终于过了,春天来了,该到了花开的季节。可玉翠为了捍卫着自己的神圣领土,已经想尽了各种办法,她不想让花开在狼窝里,即使要开也要开在别处,哪怕与金生开在芦苇荡里。

现在玉翠和金生开辟的根据地已经固定在无名湖边的芦苇荡里,金生也确有几次想借着芦苇的掩护强行与玉翠来一次彻底革命,可玉翠像刘胡兰那样坚强,只允许革命革在上半身,要想彻底革命必须拿到红旗般的录取通知书，这一条是写进玉翠那部根本大法里的，是一件非常严肃的事。

时间过得真快，转眼已近高考，玉翠为了让金生考出一个好成绩，决定暂停一切在根据地的娱乐活动。金生虽然有点依依不舍，但为了今后的彻底革命他无奈地同意了，并表示能够理解她的好意。其实不管同意与否、理解与否，理解的得执行，不理解的也得执行。对金生而言，玉翠的话简直有点像玉皇大帝的圣旨。

玉翠和金生被惨无人道的高考无情地分开了。在他们分开的那段日子里，时间像一个步履蹒跚的老人那样慢得叫人心慌。尤其是玉翠，她已经放假在家，一来闲着容易胡思乱想，二来还得时时提防着身边的那头大灰狼。玉翠只得像一张狗皮膏药那样天天粘着母亲不放了。

一天夜里，玉翠做了个噩梦，她梦见后爹偷偷溜进了她的房间，他拿了一把杀猪刀，架在她的脖子上，然后把整个身子压在她的身上。后爹一手拿着明晃晃的刀，一手强行剥她的裤衩。玉翠不敢动弹，吓得不敢作声。玉翠突然感觉身下一阵钻心的疼痛，她再也忍受不住，"啊"地大叫一声，整个人弹坐了起来。

玉翠妈听到隔壁房间女儿的叫喊声，立即推醒丈夫，叫他去女儿房间看看到底发生了什么事？玉翠后爹像拿到了一根鸡毛令箭，飞速下床，去敲玉翠的房门。想不到玉翠听到后爹的声音，愈加害怕，声嘶力竭地呼喊道，"你别进来！"

那晚，玉翠一夜未眠，她开着灯坐了一夜，想了一夜，也害怕了一夜。

九

七月的芦苇荡一望无际，充满了神秘和诱惑。风声、水声、苇声、鸟声，声声入耳，满目的青纱帐摇曳着青涩的手臂，跳跃着青春的音符。

那日，也就是金生高考结束的第二天上午，玉翠和金生就早早来到了芦苇荡，两人一见面就迫不及待地拥抱着接起吻来。也许这就是最浪漫的法国式见面礼，就像中国人见面时的握手，可惜这是在中国。虽然金生曾经听着收音机里的外语讲座学过一阵子法语，虽然他羡慕法国人的罗曼蒂克，也会说上几句诸如"您好"、"再见"之类的常用法语，但这样的法式见面礼一旦发生在中国这个普普通通还并不富裕的乡村里就有点羞人了，就只能偷偷摸摸。

玉翠和金生现在有天然屏障的青纱帐作掩护，自然不怕什么。当然，他们在青纱帐的掩护下，并不只是来拥拥抱、接接吻，他们还有许多心里话要向对方倾诉。两人选择了一个平坦干燥的地方，相依相偎地坐着又耳鬓厮磨起来，他们先要用温柔的耳鬓和轻轻的厮磨来交流、来感受。

芦苇荡对于玉翠和金生来说，是心灵的栖息地，是爱情的庇护所。此时此刻，金生需要宣泄，他是由于高考的重负需要释放；而此时的玉翠也同样需要宣泄，所不同的是，她是受到来自后爹豺狼般的窥视和威胁的重压。可这些羞于启齿，一时不好发泄，更不能在金生面前释放，她怕他误解，怕他一旦知道会做出不理智的举动，玉翠的内心似乎在流血。而金生此时面对着波涛般的芦苇荡，却聆听到了自己内心深处"哗啦哗啦"像春水一样流动的声音，感到有一股莫名的暗流在强烈地撞击着他的胸口往外涌，他情不自禁地一把搂住玉翠。玉翠迷惘而又温顺地倒进了金生的怀里。

金生望着怀里忧郁而又美丽的玉翠，又一次想起了《红高粱》电影里"我爷爷""我奶奶"在那个高粱地里的情景，他的手禁不住地在玉翠身上躁动起来。玉翠忸怩了一下，还是顺从了金生的摆弄。可当金生的手像蛇一样再次试探着游向玉翠的圣地时，玉翠一个激灵用手捍卫着，虽然她也需要，但还是不想违背自己制定的那部根本大法。

金生开口哀求道，"玉翠，求求你，给我吧！"

"不是说好了等你考上大学以后。"

"相信我，这次我发挥得很好，我一定能考上的！"

"金生哥，你放心，我答应了就不会反悔的。"玉翠虽然嘴上这么说，可她心里着实没有底，不知道哪天会被后爹先夺去贞洁？

"给我吧！"

金生还在哀求。芦苇荡里的风声、水声、苇声、鸟声此起彼伏，似乎也在为金生哀求。

玉翠望了望头顶的蓝天白云，痛苦地闭上了眼睛。她的内心在妥协，她的根本大法在动摇，她看到了后爹那双贪婪的血红的狼眼，她已经动摇得六神无主了。

金生已经强行入侵到了玉翠圣地的边缘，玉翠再也无心恋战，根本大法在金生的强攻下即刻溃不成法，她象征性地抵抗了一下，就像美国人攻占伊拉克那样没费多少力气就顺利进入了巴格达。

金生拿出一块准备已久的白手绢，他看了看，然后将其安适地放到散发着泥土芳香的苇地上。玉翠已从他的怀里出来安全着落了，像一架银燕那样稳稳地降落在白手绢上。

芦苇荡里的风声、水声、苇声、鸟声又开始此起彼伏起来，好像这次不光为金生一个人说话，而是为两个人在尽情地呻吟了。

芦苇荡在一阵激越之后，终于渐渐变得恬谧、温馨起来。白手绢像一块画布那样很快被他俩画上了一幅最美最纯的图画，那是一朵带着芦苇清香的盛开着的红玫瑰。

玉翠见了红玫瑰哭了，她真的不知道自己为何而哭，为了爱，还是为了逃避？但她知道，今朝在这芦苇最隐秘的深处把一个少女最隐秘的东西交给了一个最爱的男人，就等于交出了自己的全部，物质的、精神的、甚至是生命的。

十

金生没有辜负玉翠的殷切希望,他走了,去伟大祖国的首都读书去了。而令玉翠伤心的是她不能去送行,她只能待在自家的后窗口盯着不远处的"拉拉渡",向他行注目礼。

金生走后,玉翠就把全部心思用在了学习上,她也想在三年后跟金生一样考上京城的大学,当然最好是有未名湖的那所学校。玉翠的成绩在班里数一数二,努力一下还是很有希望的。

一天,教玉翠高一语文的班主任姜老师把她叫到办公室,要她准备一下参加下个星期县里组织的"爱祖国爱家乡"中学生作文竞赛。玉翠听了很是兴奋。姜老师还告诉她,每个学校只有两个名额,这个名额是他极力为她争取来的。玉翠当然非常感激姜老师,她也知道学校里比她写作水平高的同学有的是,姜老师真是太偏爱她了。

在玉翠眼里,姜老师是一位很敬业的老师,他的家在县城里,可他不经常回家,平时就住在学校简陋的宿舍里。虽然玉翠所在的学校是镇上唯一的一所农村中学,但条件还是很差,有几个教室连窗户玻璃都没有,用透明的塑料薄膜替代着。可就是这样一所学校,已经培养出了好几个清华、北大的高才生。玉翠也时时以学哥学姐们为榜样,心向着伟大祖国的心脏,当然还有她心中的那个未名湖。在玉翠日记本扉页上就有这么一句话,"今朝我以母校为荣,明天母校将以我为荣!"

在作文竞赛前的那几天里,姜老师也忙着给玉翠做竞赛前资料收集和选材准备,每天在学校放学后还要给玉翠进行半个小时的赛前辅导。玉翠看在眼里,记在心里,姜老师真是一个不可多得的好老师。通过这次赛前辅导,姜老师的形象在玉翠的心目中越来越高大了。

胜利往往是给予有准备的人。玉翠的一篇《我爱你——芦苇荡》在"爱祖国爱家乡"中学生作文竞赛中脱颖而出,获得了全县唯一的一等奖。

但令人遗憾的是，仍有一件事让玉翠打了一个无准备之仗，以至于让她焦虑不堪，并且这种焦虑的心情已经把获奖的喜悦赶得无影无踪。

玉翠的"老朋友"已经四十多天没来了。"老朋友"不来意味着什么？意味着问题的严重，意味着地下工作的失败，还意味着有许多不可预知的后果。现在她不仅仅是焦虑，简直像热锅里的大闸蟹备受煎熬了。

十一

玉翠现在每天起床的第一件事就是认认真真、服服帖帖地勒紧自己的裤腰带，她不想暴露自己日长月大的肚皮，可不争气的肚皮还是像气球那样渐渐隆了起来。

在学校放寒假后的第一个早上，玉翠妈终于发现了女儿身上的秘密。作为一个母亲，她也太粗心了，在近六个月的时间里竟没有看出玉翠的变化。

那天，天已经大亮，太阳也起床了，隔夜玉翠妈与玉翠约好了第二天早上一块儿上镇上买东西，玉翠妈见女儿还没动静，以为她还在睡觉，就拿钥匙去开她的房门，想不到玉翠正坐在床头精心打理着她那个胀鼓鼓的小肚皮。玉翠听见有人开门，吓得差点叫出声来，她以为后爹又来骚扰了，一看是母亲，但她还是显得很害怕的样子。

玉翠妈见女儿慌慌张张的样子，就问，"玉翠，你在做啥？"

"没啥。"玉翠低声地回答，显得中气不足。

"玉翠，你的肚皮怎么会这么大？"玉翠妈显然已经看出了端倪。

玉翠像一只成熟的小番茄似的低下了头，沉默不语了。

玉翠妈毕竟是过来之人，很快明白了一切，急吼吼地问，"玉翠！谁把你搞大的？"

玉翠仍然沉默不语。她能说什么呢？她已别无选择，只能选择沉默。

"小祖宗，你倒是说呀，是谁的？"玉翠妈歇斯底里起来。

"我不能说。"玉翠低着头，小声地说。

玉翠妈气得跳脚拍手，她冲着玉翠恶狠狠地说，"难道你要把这个小杂种生下来！？"

玉翠一想到后爹这只大灰狼，一想到是母亲引狼入的室，顿时变得逆反起来，不可理喻起来，竟冲着母亲大声地叫道：

"我生！我就要生！"

玉翠妈气得天昏地黑，举起右手"啪"地一声，重重地打了玉翠一句耳光。玉翠"哇"地哭出声来，她想不到母亲会打她，因为在她的记忆里，虽然母亲经常骂她，但从来没有打过她，即使是在她小时候最调皮的时候。

"不管你生不生，你必须告诉我那个人是谁？"玉翠妈拿出那种一查到底决不姑息的架势。

看来胳膊还是粗不过大腿，玉翠最终败下阵来，她终于成了叛徒，非但将地下组织的成员名单供了出来，而且把活动的时间、地点也统统作了交代。

玉翠妈一听口供，这可了得，跳得八丈高。千不该，万不该，万万不该是吕家的小杂种！

别小看玉翠妈是个斗大字不识的农村妇女，她脑筋活络，心里很快就有了主意：一、必须让玉翠立即打胎，只要没有生下来，哪怕再大的胎儿也要打掉，决不留下孽种。二、必须状告吕金生，告他一个强奸罪，告到吕家的独养儿子进班房为止。

玉翠妈主意已定，就等玉翠的后爹去集市卖菜回来后合计下一步的具体行动方案。

玉翠的后爹不久就回来了。他人虽回来了，但他的心思与玉翠妈的心思不一样，甚至可以说是背道而驰，他像一个护花使者那样老是顺着玉翠的心思。说什么，玉翠不愿意打胎就别打了，得个孩子也不容易；又说什么，也不要状告吕家的儿子了，人家已经在北京上大学，不要毁了人家的前途。况且这种事体还是瞒着的好，不要青竹头掏屎坑，越掏越臭。

玉翠妈听得玉翠后爹的这番话，暴跳如雷，骂道，"你这个老猢狲，手臂老是往外拐，我家玉翠已经被吕家的儿子掏臭了，我今生今世也要掏臭他！"

玉翠妈说完，就气势汹汹地跑出家门来到金生家，在吕家的门口大骂起来。好在这里除了一对耳朵不灵的老夫妻外没有其他村民，两家人好似在没有观众的擂台上孤独地打起了拳击赛。没有人观看的拳击赛往往是蹩脚的，也是很难打下去的，两家人打得没了劲，很快就息兵罢战了。

玉翠妈气鼓鼓地回了家，像一只无头苍蝇在屋里转了大半圈，心想，女儿委屈一点不要紧，丢人现眼也无所谓，便宜了吕家那个小猢狲就是不行！她越想越气，就一把拉起女儿边说边往外跑，"走，去乡里告他！"

玉翠不肯走，但玉翠妈在火头上，力气大得像头拉车的牛。

乡派出所的值班警察接待了玉翠和她妈，录了口供，其实大多数话是玉翠妈代玉翠说的。离开时，接待的警察又安慰了她们几句，并承诺这件事他们一定会追查到底的。

母女俩从派出所出来，玉翠妈像押解犯人进看守所那样一把拉着玉翠去了乡卫生院。让医生一检查一推算，才知道腹中的胎儿已经静悄悄地长了快六个月了，年轻的医生说得很专业，妊娠已经超过了12周，做一般的人流肯定不行了，必须尽快施行中期妊娠引产术。

那天玉翠没有回家，而是直接住进了病房。

在乡卫生院，玉翠像一只迷途的羔羊被母亲牵来牵去，经过一系列上上下下，内内外外的检查和术前准备后，终于向她体内的生命采取革命行动了。但在玉翠心里，这完全是一次反革命行动。

玉翠妈站在病床前使出杀猪的气力用双手按住了玉翠的身子，戴着口罩的医生像施放毒气的刽子手那样，毫无表情地拿起一支粗大的穿刺针先装模作样看了看，然后向上挤出点药水试了试，接着便毫不留情地刺向她的腹部，玉翠"啊"地大叫一声几乎昏厥，穿刺针已像一颗杀人的毒气弹那样快速穿过皮肤、穿过肌鞘、穿过子宫壁，直达羊膜腔内，很快毒气弹释放出毒药在玉翠的体内弥漫开来，渐渐向蠕动的小生命包围上去。此时此刻，玉翠有了一种赴死的感觉，她紧咬牙关，已是泪流满面。

十二

就在玉翠躺在乡卫生院里被一帮人灭杀金生那颗生命种子的时候，金生正高高兴兴地坐在回家的火车上。他想玉翠了，他的心早已雄赳赳气昂昂地跨过了"拉拉渡"，奔向玉翠，奔向芦苇荡了。

金生在火车快乐的节奏中正甜美地想着，突然他身上的 BB 机响了，这款摩托罗拉是他上大学时父亲给他买的，以便联系。金生一看 BB 机上的号码，知道是家里发来的，但看到号码后面缀着"333"，就有点紧张了。"333"是暗号，说明有急事要联系。可火车上哪来电话？金生急得像车厢底下"哐当哐当"飞转的车轮。

列车终于进了一个大站，金生趁停车的间隙，在站台的小卖部用公用电话给家里打了一个长途，令他想不到的是，不是家里出了大事，而是他本人出大事了。母亲在电话那头急切地关照他不要回家，玉翠的老娘已经状告他强奸了玉翠，乡派出所的人也已经来过两回了。

金生顿时像被一根铁棒击中了他的后脑勺那样差点昏厥，要不是站台服务员的提醒，这趟火车也要弃他而走了。

— 286 —

金生上了车就怨恨起来，可又能怨恨谁呢？他极力回忆当初与玉翠彻底革命的情景，如果没记错的话，与玉翠只进行过三次彻底革命，一次是在高考刚结束，那次似乎有点强求她；第二次是在拿到录取通知书那天，那次她虽然有点扭扭捏捏，但还是很配合的；第三次是临走的前一天，那次她是特别主动的。要么警方依据的就是第一次？金生像跌进了一张蜘蛛网里，始终理不出个头绪。

　　列车飞驰着，离家乡越来越近了。金生终于从蜘蛛网里钻了出来，他选择了一个自己一直想去的地方——湘西凤凰。令他哭笑不得、坐立不安的是，这不是一次快乐之旅，而是一次逃亡之行。

　　隆冬季节的凤凰游人稀少，即便是走进人气最旺的商业石板街，也看不到几个游人。金生到凤凰时恰好下过一场雨，小街两旁的屋檐上还不停地滴着水，"嘀嗒嘀嗒"的滴水声令整条小街显得愈加寒冷和孤寂。

　　金生提着行李走进路边的一家餐馆，他的肚子早已向他提出严正抗议了。店堂里空空荡荡、冷冷清清，几个围坐在收银台边上的伙计见金生一个人，便都用冷冷的目光望着这位神情恍惚、面容憔悴的不速之客，几乎无人与他招呼。金生想，他脸上又没有刻"逃犯"两个字，况且他也不认为自己是个逃犯。金生自个儿坐到临河的窗边，虽然窗外的景色很美，河对岸的吊脚楼也很独特，但他已无心欣赏。终于有一个伙计问他吃点什么，他草草点了两个菜，一份血粑鸭，一份菜豆腐。

　　金生简单喂饱了肚子，就去了沈从文故居，但由于是旅游淡季故居正在修缮，他吃了个闭门羹。此时，沮丧、孤独一齐向他袭来，金生沮丧地离开了故居，一个人孤独地走在小街上，见天色还早，便打算去沈从文的墓地看看，想必那里应该是完全开放式的。

　　很长的一段路让他走得好疲惫，也许此时的心更疲惫。金生终于沿着沱江来到听涛山脚下，当他爬上听涛山时，在山腰处首先映入眼帘的是一块石碑，上刻："一个士兵要不战死沙场便是回到故乡"。金生在石碑前站立了许久，也许这句话让他产生了强烈的共鸣，是啊，回不了故乡就做一个战死沙场的士兵吧。金生如此一思量，眼泪就汪汪地眼眶里流出来了。

第二天，金生就去了湘西一个叫茶峒的边陲小镇，那儿才真正是沈从文笔下的《边城》，翠翠和爷爷肯定都不在了，而那个"拉拉渡"还在。金生一看到"拉拉渡"就触景生情起来，他油然想起了家乡，想起了玉翠，心中涌出无限的感慨。他坚信，玉翠是不会告他的，肯定是玉翠的母亲在作怪。

就在金生在真正的"拉拉渡"旁边思念玉翠的时候，他肯定不知道此时的玉翠也在备受煎熬，由于人工引产引起的大出血，玉翠已被送往县人民医院抢救。但即使在生命垂危的那刻，玉翠的心里还在深深呼唤着金生的名字。

十三

很快就要过节了，这可不是一般的节日，而是一年一度每家每户喜气洋洋、团团圆圆的新春佳节。可在姜家村这个在地图上找不到位置的村庄里，有两户人家显得冷冷清清、悲悲切切，都沉浸在无限的悲痛之中。不一样的遭遇却有着同样的悲痛，一个还在医院，另一个已不知去向。

那个不知去向的人，终于在大学开学的那天找到了。

当地警方在北京市公安局海淀分局的协助下，终于在金生所在的学校里逮到了他。那天，他踏刚进校园大门就被请进了学校保卫处。应该说，面对这样的场景，金生是有思想准备的，他像一个早已知道自己回不了故乡的士兵那样，一句话都没说就跟着警察走了，他是准备战死沙场了。

在审讯室里，金生努力为自己辩解。金生是学过一点法律的，他认为，他与玉翠的两性关系是建立在彼此相爱的基础上的，不能视为强奸。

审讯的警官说，"不管爱与不爱，只要违背妇女意志就是一种强奸行为。"

金生说，"我没有违背对方意志。"

"那么对方为什么要告你呢？"

金生知道告状要有证据的，便说，"你们凭什么说我是强奸？"

"你没有强奸，为什么要逃跑呢？"

"是父母要我逃的。"

"吕金生！"审讯的警官有点不耐烦了，拍着桌子说，"你是一个大学生，父母要你逃你就逃，父母要你杀人你就可以杀人吗？身为大学生难道连这点最起码的判断能力都没有吗？"

一连串的诘问，问得金生无言以对。金生耷拉着脑袋，一副理屈词穷的样子，看来他真是一个初出茅庐的士兵了，在那个气势汹汹的警官面前竟败下阵来。

金生被捕了。他被捕的消息像台风一样很快传遍了家乡的整个村庄，人们窃窃私语着，连默默无闻的"拉拉渡"也在风中不停地摇晃，似乎也想参与进来的样子。

玉翠虽然没有像金生那样失去自由，但她不比金生好受到哪里，她天天忍受着来自四面八方像刺刀一样的目光，这些目光简直比做人流时的那根穿刺针还厉害，无形的，痛在心上的。

一日，玉翠在学校里突然收到一封落款为"新新责任有限公司"的挂号信。她大为迷惑，新新责任有限公司对她一个学生来说太陌生了、太遥远了。玉翠打一看，惊呆了。信是金生从监狱里写给她的，不长，但让她读得痛哭流涕。

玉翠：

　　你好！

　　我还能叫你一声"亲爱的"吗？

　　由于我的过错，伤害了你，也伤害了你的全家。在此我首先表示深深的歉意！

　　这次由于我的认罪态度较好，法院酌情给我轻判了四年有期徒刑，四年后我将毕业的不再是北京那所我心爱的大学，而是监狱这所改造人教育人的社会大学，我将努力重新做人。

　　我所在的这座监狱对外称"新新责任有限公司"，其实是一家大型的劳改水泥厂，条件很艰苦，但监狱的管教干部对我很照顾，安排我在监狱的图书室进行改造劳动，让我读了不少好书，让我的心灵进一步得到了净化。

　　今天，我之所以鼓起勇气提笔给你写这封信，是因为我觉得自己仍然放不下你，我是真心爱你的，永远爱你的，不管是昨天、今天、还是明天，不管是今生还是来世。我什么都不会怪罪你，我想你做出的一切也是为我好。我相信你也仍然是爱我的！

　　人生如缘，来到这个世界是一种缘，认识你也是一种缘，爱上你更是一种缘。缘起缘落，缘生缘灭，一切随缘吧！

　　玉翠读到这里再也读不下去了，眼泪"噗噜噜"地直往下掉，完全模糊了她的视线。她恨金生，为什么不在信里骂她几句呢？也许骂了才会让她的心里好受些。她知道，不是金生害了她，而是她害了金生。当初在母亲像绑架者那样强迫她的时候，为什么不坚持原则呢？为什么不宁死不屈做个革命者呢？

　　玉翠当晚就给金生写了回信。

金生：

　　你好！

　　我不知该如何向你表白？应该说是我伤害了你，让你蒙受了如此巨大的不白之冤，这也是我这辈子的奇耻大辱。现在一切都木已成舟，不可改变，即使可以改变，也难以抚平你心灵的创伤，难以减轻你内心的痛苦。

　　对不起，你的骨肉我已经无法保护，他们像刽子手一样地残忍，让我痛不欲生，那可是一个已经萌动的生命啊！他们也差点将我杀死，其实我也想死，但一想到你，一想到今生今世再也见不到你了，我就迟疑了，我还没有为你赎罪，我应该要等你出来，用我毕生的爱来爱你的一生。现在我唯一希望的是，你在那里好好改造，争取早日出来。

　　亲爱的，相信我，我会等着你。等你！等你！

十四

　　村口那台"咕噜咕噜"的木制水车已经好久不转了，它孤独地趴在那里再也无人过问，替代它的是"轰隆轰隆"的电泵了。

　　村里的一切似乎都在变，连人们投向玉翠的目光也在变，变得那么异样，变得那么小心翼翼，更多的是变得像刺骨的寒风，像医生手里那根穿刺的针。

　　这期间，唯有姜老师没变，仍然一如既往地对待她，接近她，关心她。玉翠打心眼里感激她的班主任老师。姜老师虽然是个三十多岁的男老师，但一点也没有大灰狼的味道，玉翠可以放心地听他讲课，接受他的辅导，甚至可以到他宿舍里请教问题。

　　最近玉翠已有好几天没有见到姜老师了，他的语文课也由别的老师代上着。姜老师去哪了？玉翠不知道，同学们也都不告诉她，她也不便问老师。在好多同学的眼里玉翠就像一只被苍蝇叮过的裂了缝的臭鸡蛋，能躲则躲，能避则避，离她越远越好。现在姜老师不在，她心里感到空落落的，不禁黯然伤感起来。

一个星期后姜老师终于出现了。玉翠见了姜老师简直不敢相信自己的眼睛，原来精神气爽的老师怎么一下子变得像一条被暴晒过的黄瓜那样又黄又蔫？姜老师怎么也变了？变得目光呆迟、面容憔悴了。玉翠最后发现姜老师臂上戴的黑纱，才知道他家里死了亲人。但到底死了什么人？玉翠没有问老师，她怕问了会勾起老师的悲痛。

那年秋天，玉翠刚上高二，玉翠的母亲就走了。她走得很匆忙、很突然。其实她的子宫颈癌早已病变转移，这种病对于一个家境贫寒的农村妇女来说就意味着死亡。

玉翠为了金生的事虽然一直记恨着母亲，但当那天母亲病情恶化的时候，她哭得还是很伤心。她知道，母亲走了，她身上那件温暖的老棉袄没了，单薄的身躯恐怕再也抵御不了风霜雪寒了。玉翠一想起人们那种像刀一样明晃晃的目光，还有后爹那双大灰狼般贪婪的眼睛，她真的害怕极了，以至于她哭得更厉害了。

玉翠哭过一阵后，就立即赶到乡邮电所给两个哥哥发了两份"母亡速归"的加急电报。

哥俩第二天才先后赶回来，没有见着母亲的最后一面，两个大男人也伤心至极地当着众人的面哭得呜呜咽咽。两人在母亲的灵前守了三天三夜。

出殡火化那天，玉翠也去了，当她亲眼目睹母亲弱小僵硬的身躯被"哐啷"一声推进焚化炉的那一刻，竟拉着殡仪馆的铁围栏哭得当场昏死过去。母亲再凶，母亲再不讲道理，母亲毕竟是自己最亲的亲人。此时此刻，玉翠心中对母亲的积郁也随着母亲被烈火一起燃烧，化为乌有。

玉翠的大哥捧着骨灰盒走在送葬队伍的最前面，玉翠疲惫地跟在二哥的身后，吹鼓手们一路吹吹打打，送葬队伍很快进了村。前面就是芦苇荡了，玉翠又想起了金生，照例今天是不应该想起他的，他是母亲的肉中钉眼中刺，但玉翠还是情不自禁地想了，义无返顾地想了，刻骨铭心地想了。

这时起风了，芦苇荡里的芦花纷纷扬扬如雪花般的扑面而来，它默默地盖过了抛向空中的纸钱，默默地盖过了鼓手们吹打的余音。

十五

母亲真的走了，身上的那件老棉袄真的没了。玉翠一个人在母亲的遗像前呆呆地想着，她想到了母亲所有的好，虽然村上的人背后都说她母亲是只母老虎，因为玉翠的母亲刚好属虎，虽然她以前也对母亲有很多意见，可现在她还是觉得母亲最好，虎毒不食子，再凶狠的母亲也是不会吃子女的。

记得有一次玉翠发高烧想吃西瓜，玉翠妈顶着烈日赶到五里路以外的镇上，为她买了一只西瓜，回来时已经汗流浃背。玉翠见了西瓜就像见了朝思暮想的金生那样，"吧嗒吧嗒"一下子吃了好多，吃剩最后一块才想到了母亲。母亲说她不喜欢吃，玉翠就把最后一块也吃了。其实，这不能怪玉翠的胃口大，而是那只西瓜实在太小了。玉翠妈端了玉翠吃剩的瓜皮就去了灶间，玉翠想擦把脸也出了房门拿毛巾，她走到灶间门口愣住了，母亲正背着她低头在啃她吃剩的瓜皮。

当玉翠还在母亲遗像前呆呆坐着的时候，后爹已经将饭做好了，招呼玉翠吃饭。玉翠说没有胃口吃，叫他一个人先吃。

一会儿，后爹走了进来，他抚摸着玉翠的头说，"玉翠，不要太伤心了，人是铁饭是钢，不吃饭怎么行呢？"

"爹爹，我吃不下。"

"玉翠乖，还是先去吃点饭吧。"

后爹说着，就去拉玉翠的手。玉翠想挣脱，但被他捏住了。两人像拔河似的几个来回，虽没有分出胜负，但后爹感到手里已经捏出了温度，玉翠的玉手湿漉漉的，像一只刚出窝的小鸟，红红的皮肤，扑通扑通的心跳。

后爹望着玉翠红红的脸蛋，开始喘粗气，想必要发力了。后爹毕竟是个大男人，他一使劲就把玉翠搂进了自己的怀里，原先的平衡终于被无尽的欲望打破，玉翠像一只无助的小鸟在一个大男人的怀里乱蹦乱跳，她"哇哇"大叫，可现在有谁来救她呢？玉翠已经不能飞了，她的两只手像一对翅膀那样被后爹抓着再也扑棱不起来。

后爹很快就露出了大灰狼的狰狞面目，他开始撕扯玉翠身上的羽毛，一片、二片……羽毛在脱落、在飞离、在哭泣。

"爹爹，你不能呀！"

玉翠在挣扎，可这时的挣扎已经显得软弱无力、微不足道了，完全被一种弱肉强食的动物本能所控制、所凌辱。

玉翠"啊"地惨叫一声，顿时感到一阵撕裂的疼痛，这痛不只在下身，更是在心头。她几乎昏厥过去。

十六

不知什么时候，村口的那台水车终于倒塌了，"咕噜咕噜"的木轮已被风化成一堆朽木，横七竖八地躺在有点变味的河滩上，河水也不像以前那么清澈了，整个村庄的天空上飘起了长长的白云。哦，错了，原来那不是白云，那是一种白色的烟雾。

玉翠辍学了。她进了村里刚办的一家化工厂，她劳动了，她自食其力了。两个哥哥虽然都愿意支助她继续读书，但她还是辍学了。

玉翠没了心思读书，学习成绩像被人推下悬崖似的一路下滑。下滑、下滑，她在一次又一次的噩梦中，觉得自己离那所曾经视为生命目标的名牌大学越来越远。

是谁让她做了如此多的噩梦？恐怕无人敢站出来担当。来过问的人也不多，虽然有一些，但除了她的两个哥哥外，也只有她的班主任姜老师找她谈过几回话，希望她悬崖勒马，重新回到学校。殊不知她早已被人推下悬崖了。

一个月后，玉翠从化工厂里领到了有生以来第一笔工资。该怎么花，她第一个想到了姜老师。那天，她抽空去镇上买了一些水果和滋补品，在厂里吃了晚饭就直接往学校赶。

学校在镇东头，离她的化工厂不远。玉翠来到校门口，就触景生情地伤感起来，望着熟悉的校舍，玉翠的眼泪在眼眶里直打转。

"姜玉翠！"

突然有人喊她的名字，玉翠回头一看是姜老师。多日不见，老师憔悴的样子似乎让玉翠感到他苍老了许多。

"姜老师，您好！"

"玉翠，你怎么在这儿？想学校了？"姜老师嘴上这么说，心里却还在说，是不是也想我了？但那只能在心里，不能说出口，要为人师表么。

"是的，想学校了，顺便也想来看看您。"

"那就进去坐坐吧。"

两人并肩走进了校园。学校的面貌还是老样子，教室依旧，操场依旧，老师的宿舍也依旧。姜老师住的那一间由普通教室改建的宿舍，中间用木版隔了一下，一劈为二。东面的一间是教高中数学的李老师住的，西面的一间就是姜老师住的，看来吃喝拉撒全在这间包厢里。玉翠把水果和滋补品放在那张课桌做成的写字台上。姜老师见她还买了东西，就有点不高兴地说，"你来看我，我就已经很高兴了，买东西来就不好了。"

玉翠坐下来，突然感到校园里很冷清，便问姜老师。姜老师说，"明天是星期日学校放假，隔壁的李老师也回家了。"

玉翠一阵感慨，是不是当了工人阶级骄傲得连明天是星期日都记不得了？其实也难怪她，化工厂除了春节放三天假，平日里是没有休息日的。当然更让玉翠感慨的是，老师怎么连星期日也不回家呢？今天她想问个究竟。

"老师，您怎么不回家？"

姜老师轻轻哀叹一声说，"我没有家了。"

"老师，您可不能胡说啊！"

"真的，老师什么时候骗你了？"姜老师看着玉翠说。

玉翠也深情地凝望着姜老师说，"老师，到底发生什么了？"

"老婆孩子都不在了。"

"啊，她们怎么了？"玉翠紧张得像在听一个悬念故事。

"死了。"姜老师强忍着泪水，掉头仰望着窗外乌黑的夜空，自言自语道，"一场车祸，都死了。"

"姜老师，对不起！"玉翠很后悔，她真不该来，更不该问。

姜老师摇着头说，"没关系。"

玉翠无声地哭了，在橘红色的灯光里，她流泪的样子很美，幽幽的美，像一根火柴突然点亮了宿舍窗台上那盏好久没有燃烧的油灯那样，让姜老师心里感到忽闪忽闪地悸动。是呀，他许久没有这种感觉了，自从去年妻子和孩子因车祸离他而去后，他一直沉浸在悲痛之中，一直把自己感情的闸门关闭着。

玉翠安慰道，"姜老师，如果您不嫌弃的话，我就是您的亲人。"

姜老师情真意切地望着玉翠，千言万语并成两个字，"谢谢！"

少女的敏感，让玉翠隐约感到姜老师内心深处一定有难言的痛楚，但这更不能问了。玉翠终于抓住了一个可以聊的话题说，"老师，我们都姓姜，是不是真的五百年前一家人吗？"

姜老师一听玉翠提了这么一个问题，让他脸色大为好转，他似乎一下子又找到了上课的感觉，竟滔滔不绝起来：

"不，要说我们这个姓呀，何止是五百年。姜氏为中华民族最古老的姓之一，炎帝就是姓'姜'。中华民族共同始祖炎黄两帝原分属两个按母系血缘关系组织起来的部落或部落联盟，一姓姜，一姓姬，而他们又分别拥有表示自己父权家长制首领的氏称：'列山'和'轩辕'……"

姜老师说得很投入，玉翠也听得很入迷。玉翠又一次领略到了老师的风采，她越来越佩服姜老师渊博的知识，也越来越敬佩姜老师这个人了。

一道闪电、一个响雷，把姜老师这节编外辅导课打断了。玉翠一看时间也不早了，准备起身告辞。姜老师没有忘记桌上的水果和滋补品，塞在玉翠的怀里说，"老师有，你还是拿回家自己吃吧。"

玉翠不肯，说，"不，还是留着您吃。"

两人推来搡去，想不到马夹袋里的苹果愤怒了，纷纷从袋底的裂口处挣脱出来，玉翠和姜老师立即俯下身去抢抓满地逃窜的苹果。这苹果不抓还没事，一就抓出了问题。"咚"地一声，玉翠只感到两眼金星直冒，姜老师的头与她的头撞在了一起，玉翠跌倒在地。

姜老师连忙扶起玉翠，抱住还在摇摇欲坠的玉翠，他轻轻用手抚摸着玉翠的额头说，"玉翠，没事吧？"

玉翠闭着双眼，无力地摇了摇头。

又一个很响的雷打了下来，像是已经打着了大地，那雷似乎也重重地打着了玉翠的心坎，她颤栗了一下，突然伏在姜老师的怀里嘤嘤地哭了。外面狂风大作，大雨瓢泼而下。姜老师情不自禁地搂紧玉翠，生怕狂风大雨对她的侵袭。

十七

　　一过夏天，后爹又要帮玉翠找后妈了。玉翠一点都高兴不起来，确切地说更害怕了，她对身边那头大灰狼已经不能忍受，现在又要添一只真正的母老虎，她快受不了了。以后不知还会发生多少吃人的事呢？

　　秋天一到，后妈真的进门了。再过几天就是母亲去世一周年的日子，玉翠在做着许多准备，她想好了即将要做的一切。

　　母亲的祭日终于到了。这天下午，玉翠换上了母亲活着时在新年里给她买的那件舍不得穿的新衣裳；她重新梳了头，戴上了有一年过生日时金生送给她的发夹；玉翠还抹了一点淡淡的口红，那是她是第一次用女人的口红，那支口红还是大哥在上海打工时给她买的。

　　玉翠来到母亲的坟上、烧好香、磕过头，然后就迎着快要落山的太阳，一个人来到无名湖畔的芦苇荡里。

　　这个曾经洒下她少女贞洁的芦苇荡，眼下正盛开着花团锦簇的芦苇花，湖风四起，芦苇花宛如雪花似的扑面而来，纷纷扬扬，轻柔地拂过她脸庞，她仿佛看到了自己正与金生举行着婚礼，天上飘落的似乎不再是芦苇花，而是抛洒在新郎新娘身上的花瓣。

　　她幸福地笑了。

　　湖风突然大了起来，那风声像狼嚎似的从芦苇深处传来，玉翠打了一个寒战。蓦地，玉翠又跌落到了现实中，刚才的一切只是幻觉，在这稍纵即逝的幸福之后见到的仍然是沉寂的芦苇荡。玉翠陷入了深深的孤寂和无助之中。

　　玉翠一个激灵，金生的眼神似乎还在，但不再是微笑，已经变得面目全非。玉翠突然感到了什么，她想到了那个风雨交加的夜晚，想到了在半推半就中的那场革命，她说不清也道不明，这中间似乎有她主动跟老师干革命的成分，当然也不排除老师引她走入歧途的可能。但不管怎样，这肯定是她最后的一顿晚餐了。玉翠似乎已经想好了，她感到对不起金生，她立场不坚定，即使是再崇高革命也不可以跟老师啊！

玉翠突然感觉眼前的无名湖已经变成了京城的那个未名湖，她庆幸自己已经远离了家乡，远离了苦难。

她微微地笑了。

玉翠满足了，她立即从兜里拿出一只从厂化验室里带出来的玻璃小瓶，像开启一扇通往天堂的门那样小心翼翼地旋转着。

她凄凄地笑了。

玉翠一声不吭，心里却在呼喊，"对不起，金生，我不能等你了，我要去母亲那里了。"

玉翠一昂头，所有的痛苦、迷茫、耻辱、绝望统统被她吞下了肚。

不一会儿，绝望、耻辱、迷茫、痛苦开始在她的体内挣扎，也许它们还想出来，但此时已经不可能了。玉翠这才知道，原来她打开的是一扇地狱之门。

玉翠开始在地上打起滚来，有点像跟金生临行前的最后那一次彻底革命，可这次只剩下她一个人了。玉翠已经挣扎得筋疲力尽，可她心里却还在呼唤着金生的名字，她希望金生来拯救她。

大片大片的芦苇乱了，成团成团的芦花开始在玉翠的身边跳起舞来，此时她的内心和肉体也在狂舞。玉翠突然想起爷爷常放在嘴边唠叨的一句话，"吃了苦中苦，方为人上人。"是啊，她得忍受这痛苦，也许过了这扇地狱之门就可以去天堂磕见母亲了。玉翠终于平静下来，她平静地躺在曾经躺过的那片激情燃烧的土地上。她闭上眼睛，等待着母亲的到来。她想象着小时候躺在母亲怀里撒娇的情景。

似乎过了好久，玉翠又一次睁开眼睛，深情地望着天边一抹灿烂的晚霞。她努力着，把眼珠睁得很大很大。